Über die Herausgeberin:
Christine Albach wurde 1989 in Slawjanka, Kasachstan, geboren. Sie studierte Germanistik und Soziologie sowie Literatur-Kunst-Kultur in Jena. Heute arbeitet sie in der Verlagsbranche und lebt in München.

Christine Albach (Hg.)

Sommer
nachts
küsse

Die schönsten
Liebesgeschichten

KNAUR

Besuchen Sie uns im Internet:
www.knaur.de

Originalausgabe Juni 2018
Knaur Taschenbuch
© 2018 Knaur Verlag
Ein Imprint der Verlagsgruppe
Droemer Knaur GmbH & Co. KG, München
Alle Rechte vorbehalten. Das Werk darf – auch teilweise –
nur mit Genehmigung des Verlags wiedergegeben werden.
Redaktion: Christine Albach
Covergestaltung: ZERO Werbeagentur, München
Coverabbildung: FinePic/shutterstock
Abbildungen im Innenteil:
Macarons: Innakote/Shutterstock.com
Cappuccino: Antonova Katya/Shutterstock.com
Hintergrund: TairA/Shutterstock.com
Herz: Michaela Lichtblau
Satz: Adobe InDesign im Verlag
Druck und Bindung: CPI books GmbH, Leck
ISBN 978-3-426-52254-7

2   4   5   3   1

Inhalt

Susanna Ernst

Mit nur einem Blick

Über die Autorin

Susanna Ernst wurde 1980 in Bonn geboren und schreibt schon seit ihrer Grundschulzeit Geschichten. Sie leitete siebzehn Jahre lang eine eigene Musicalgruppe, führte bei den Stücken Regie und gibt bis heute Schauspielunterricht. Außerdem zeichnet die gelernte Bankkauffrau und zweifache Mutter gerne Portraits, malt und gestaltet Bühnenbilder für Theaterveranstaltungen. Das Schreiben ist jedoch ihre Lieblingsbeschäftigung für stille Stunden, wenn sie ihren Gedanken und Ideen freien Lauf lassen will. Ihr Credo: Schreiben befreit!

~ Finn ~

Der Lieblingskellner meiner Eltern schenkt meiner Mutter Rotwein nach. »Und, Frau Sundermann, sind Sie auch ordentlich beschenkt worden?«

Oh, nein! Ich erahne die Antwort auf diese Frage schon, ehe sich Mutters Mund öffnet.

»Ach, mein größtes Geschenk ist, dass ich bald Oma werde«, sagt sie erwartungsgemäß, mit seliger Miene zu meiner Schwester schauend. Wie auf Kommando legt Mia die Hand über die pralle Rundung ihres Bauches und streichelt liebevoll darüber.

Ich hingegen ringe mir mein Schmunzeln nur mühevoll ab. Und bei dem theatralisch geseufzten »Endlich«, das meine Mutter noch folgen lässt, greife ich schnell zu meinem Bierglas, um mit großen Schlucken all die bissigen Kommentare hinunterzuspülen, die ich ihr am liebsten entgegenschleudern würde – 60. Geburtstag hin oder her.

Denn es ist klar, dass Mutters Aussage auch mir gegolten hat. Ihrem Sohn, der es mit seinen einunddreißig Jahren immer noch nicht fertiggebracht hat, ihr eine feste Freundin vorzustellen, geschweige denn zu heiraten und eine eigene Familie zu gründen.

Was habe ich mir in den fünf Jahren seit meiner letzten Trennung schon alles von ihr anhören müssen?! Angefangen von vertrauensvollen Gesprächseinstiegen, die rasch darauf hinausliefen, dass ich doch bestimmt homosexuell wäre – und endend mit ihrem an Ratlosigkeit kaum noch zu übertreffenden Gesichtsausdruck, wenn ich ihr versicherte, definitiv auf Frauen zu stehen.

Und dann ständig dieser Vorwurf, ich würde schlichtweg zu viel erwarten. »Du solltest dir mal klarmachen, dass Frauen auch nur

Menschen sind, Finn. Eine, die direkt nach dem Aufstehen schon picobello gestylt daherkommt und zugleich fürsorgliche Hausfrau und erfolgreiche Karrierefrau ist … So etwas gibt es im echten Leben nicht, Junge. Da wirst du wohl oder übel Abstriche machen müssen.«

Aha!

Als wäre ich auf einer abgelegenen Insel für illusorische Machos aufgewachsen und nicht etwa in einem kleinen Reihenhaus, umringt von Schwester, Mutter, anfangs sogar noch Großmutter – und all deren Freundinnen. Als hätte Mia, die viereinhalb Jahre jünger ist als ich, nicht zur selben Zeit ihre Pubertät durchlaufen, in der Mutter auch die ersten Anzeichen ihrer Wechseljahre festgestellt und uns täglich darüber in Kenntnis gesetzt hatte.

Ich erschaudere bis heute, wenn ich an diese Jahre zurückdenke, die ich weitestgehend in meinem Zimmer verbracht hatte – meist bei lauter Musik, um das Gezeter und Gekreische, das unser Haus damals beherrschte, zu übertönen.

Zu jener Zeit pflegte Mutter noch zu sagen, ich wäre das Kind, das ihr keine allzu großen Sorgen bereiten würde. Ich war der gutmütige Junge, Mia die kleine Zicke. Klare Rollenverteilung.

Doch inzwischen hat sich das Blatt komplett gewendet.

Im Gegensatz zu mir hat Mia ihren festen Partner schon vor langem gefunden. Zu Beginn ihrer Tätigkeit als Bankkauffrau waren sie und Frederick nur Kollegen, wurden jedoch in Rekordzeit ein Paar. Im vergangenen Jahr haben sie geheiratet, in ein paar Wochen wird ihr erstes Kind zur Welt kommen. Bilderbuchmäßig.

Und unsere Mutter liebt diese Art von Lektüre.

Mein Vater hingegen, dem die unterschwellige Stichelei ebenfalls nicht entgangen ist, hat kein Problem damit, dass ich nach wie vor Single bin. Er tätschelt mir leise seufzend die Schulter, als er bemerkt, wie sehr ich innerlich koche.

Als wäre es meine Schuld, dass ich meine Traumfrau noch nicht gefunden habe!

Und mit *Traumfrau* meine ich keineswegs, dass sie perfekt sein muss, sondern vielmehr, dass sie für mich das gewisse Etwas ausstrahlen sollte.

So wie damals …

Ich schüttele den Gedanken an Laura ab, kaum dass er mich durchzuckt hat. Wie jedes Mal.

Eine halbe Stunde später ist das gemeinsame Abendessen vorbei. Kaum haben wir uns auf dem Parkplatz des Restaurants von unseren Eltern verabschiedet, hakt Mia sich bei mir unter. »Noch Lust auf 'nen Cocktail, Bruderherz?«

»Einen Cocktail, ernsthaft? In deinem Zustand?«

»Na, für mich natürlich alkoholfrei«, stellt Mia klar und streckt mir die Zunge heraus.

Mit ihren kupferblonden Haaren, den blassen Sommersprossen und ihren strahlend blauen Augen ist meine Schwester inzwischen zu einer wirklich hübschen Frau geworden. Trotzdem werde ich wohl immer das kleine zahnlückige Mädchen vor mir sehen, wenn sie mich so kess anschaut wie jetzt. Und weil sie heutzutage nicht mehr nur mich komplett übergeht, wenn sie sich etwas in den Kopf gesetzt hat, sondern auch ihren Mann, wende ich mich Frederick zu. »Was meinst du?«

»Klar, gehen wir. Ist doch erst halb zehn«, willigt er ein und bekommt dafür prompt einen Wangenkuss von Mia aufgedrückt.

»Na schön! Ich wollte sowieso noch mit euch sprechen«, leite ich mein Anliegen ein.

»Also brauchst du möglichst dringend einen Renovierungskredit?«, schlussfolgert Mia geraume Zeit später. Wir sind in einer überfüllten Bar untergekommen, haben dank meiner schwangeren Schwester trotzdem einen Tisch ergattert und schreien uns seitdem an, was jedoch nur der viel zu lauten Musik geschuldet ist.

»Mir fehlen keine Unsummen, aber ganz alleine kann ich den Umbau auch nicht stemmen«, erwidere ich. »Seitdem der kleine

Hörbuchverlag pleitegegangen ist, für den ich bis vor Kurzem noch regelmäßig gesprochen habe, bin ich gezwungen, umzudenken. Aber das Haus möchte ich auf jeden Fall halten, vor allem auch wegen Flo und Kati.«

So heißen meine beiden Bobtails, für die das Haus im Grunde genommen weniger wichtig ist als der große Garten, der es umgibt.

Und ja, ich fand das Wortspiel mit ihren Namen witzig, zumal sie wirklich wie zwei Bettvorleger aussehen.

»Aber warum genau willst du denn umbauen?«, erkundigt sich Frederick, der uns gerade neue Getränke von der Bar geholt hat. Mia erklärt es ihm in Kurzform: »Finn plant das Wohnzimmer zu verkleinern und zwei Wände einzuziehen, damit ein extra Schlafzimmer entsteht, angrenzend an das untere Bad. Danach kann er die beiden Räume dann vermieten.«

»Vermieten?«, hakt Frederick erstaunt nach.

Ich wiege den Kopf hin und her. »Ja, aber nicht als separate Miniwohnung, sondern an einen Mitbewohner, mit dem ich mir Küche und Wohnzimmer teile.«

Die zwei Augenpaare starren mich so skeptisch an, dass ich sofort das Gefühl habe, mich näher erklären zu müssen. »Ich finde, es ist eine gute Lösung. Zumindest vorerst, bis ich das Haus wieder alleine durch meine Arbeit finanzieren kann. Spätestens in ein paar Monaten, wenn mich der Sender als festen Sprecher einplant, gibt es eine ordentliche Gehaltserhöhung. Aber auch danach ist das neue Zimmer weiterhin gut.« Ich zucke mit den Schultern. »Denn mal ehrlich, mein Wohnzimmer ist momentan unnötig groß. Und ich wollte mir immer schon ein eigenes Tonstudio einrichten.«

Mia sucht den Blick ihres Mannes und findet ihn sofort. Beide wackeln mit den Augenbrauen.

»Bis es irgendwann ein Kinderzimmer wird«, trällert meine Schwester und lacht dann albern los.

»Na toll, jetzt fang du auch noch an wie Mama!«, rufe ich in aufgesetzter Empörung und trinke den Rest meines kubanischen Bieres.

Susanna Ernst

~ Laura ~

Am kommenden Morgen

Frau Herkenrath deutet auf den Bildschirm. »Über die obere Leiste wählen Sie den Kundennamen aus und separieren ihn mit einem Doppelklick. Dann … Oh, Moment!«

Als das Klingeln des Telefons die verbale Druckbetankung unterbricht, der ich nun schon seit geschlagenen zwei Stunden ausgeliefert bin, greife ich erleichtert zu meiner Kaffeetasse. Ich hatte ganz vergessen, wie anstrengend diese Einarbeitungsphase sein kann. Und es gibt so vieles, das sich während meiner Abwesenheit geändert hat, so unglaublich viele Neuerungen. Abgesehen davon, dass das Arbeitstempo hier ein vollkommen anderes ist als in Kalifornien. Fast kommt es mir vor, als würde ich die Ausbildung noch einmal von vorne beginnen.

Die Hand bereits an den Hörer gelegt, drückt Frau Herkenrath, die das zweifelhafte Vergnügen hat, mich binnen eines Monats einarbeiten zu sollen, auf die Lautsprechertaste, damit ich das Gespräch mit anhören kann.

Sie meldet sich mit ihrem üblichen kleinen Begrüßungsspruch. Ich nehme einen Schluck meines Kaffees und schmunzele gerade noch innerlich über die Idee, wie typisch es für mich wäre, in ein paar Wochen vor meinem eigenen Apparat zu sitzen und ein eingehendes Telefonat versehentlich auf Englisch anzunehmen, als …

»Guten Morgen Frau Herkenrath, mein Name ist Sundermann. Ich habe Ihre Telefonnummer von meiner Schwester Mia Berghoff bekommen.«

Meine Augen öffnen sich weit und ich atme erschrocken ein. Was keine so gute Idee ist, wenn man gerade trinkt. Prustend stelle ich die Tasse ab und schlage mir die Hand vor den Mund, doch auch das hilft nicht mehr viel, zumal mir der Kaffee bereits durch die Nase schießt und bis auf Frau Herkenraths Tastatur spritzt. Irritiert schaut sie mich an, während ich nur den Kopf schüttele und mich hastig abwende, um so viel Platz zwischen uns zu bringen, wie es ihr kleines Büro erlaubt, und meinen Hustenanfall zumindest einigermaßen dezent unter Kontrolle zu bekommen.

»Ach, wie schön! Wie geht es Mia denn? Jetzt ist es doch nicht mehr lange, bis der Kleine kommt, oder?«, erkundigt sich Frau Herkenrath nach dem kurzen Schockmoment. Doch durch mein Japsen und das starke Rauschen meines Blutes, das mir in den Ohren dröhnt, höre ich ihre Worte nur noch gedämpft. Wie durch mehrere Lagen Watte.

In meinem Kopf überschlagen sich derweil Gedanken und Erinnerungen; Abertausende Synapsen blinken auf und verursachen in ihrer Summe ein regelrechtes Schwindelgefühl. Ich stütze mich auf der Fensterbank ab und atme mehrmals hintereinander so tief wie möglich durch.

Frau Herkenrath muss denken, dass ich auf diese Art versuche, mich von meinem peinlichen Missgeschick zu erholen. Aber es ist so viel mehr als das.

Finns Worte rollen durch die Leitung, seine Stimme klingt sogar durch den Lautsprecher noch wunderschön. Er erklärt, dass er sein Haus umbauen und ein Zimmer mit Bad vermieten möchte und bittet Frau Herkenrath dafür um einen kurzfristigen Termin zur Kreditberechnung.

Bitte nicht morgen!, denke ich nur, weil ich da auf einem Seminar und deshalb nicht im Hause sein werde.

»Passt es Ihnen morgen Vormittag um halb elf?«, fragt Frau Herkenrath schon im nächsten Moment.

Mist!

Andererseits ... Ein Wiedersehen zwischen uns hier, in der Bank und unter den Augen meiner neuen Kollegen, wäre auch keines der Art, das ich mir wirklich wünschen würde.

Susanna Ernst

»Das passt mir sehr gut, ja«, bestätigt Finn. Auch wenn ich seine Stimme lange nicht mehr gehört habe, habe ich sie dennoch sofort wiedererkannt.

Während Frau Herkenrath ihm noch die Unterlagen nennt, die er zum Gespräch mitbringen soll, lichtet sich das Chaos in meinem Kopf ein wenig.

Finn Sundermann. Und seine Schwester ist Mia. Heute Mia Berghoff. Das heißt, sie und Frederick haben wirklich geheiratet.

Oh, Gott!

Meine Erinnerungen tragen mich gute fünf Jahre zurück:

Ich öffnete meine Wohnungstür zum wohl zwanzigsten Mal an jenem Abend. Frederick Berghoff stand breit grinsend davor und ließ die Hand seiner mir noch unbekannten Freundin nur los, um mich zur Begrüßung an sich zu ziehen. »O Mann, ich kann echt nicht glauben, dass du schon morgen nicht mehr da sein wirst, Laura. Hier, das ist Mia. Zumindest habe ich es noch geschafft, euch einander vorzustellen.«

Ich lachte. »Ja, zumindest das. Schön dich kennenzulernen, Mia.« Wir umarmten uns ebenfalls, wenn auch ziemlich zaghaft. Mia wusste, dass Frederick und ich uns gut verstanden und ich ahnte, dass sie das argwöhnisch machte. Dennoch wurden wir erstaunlich schnell warm miteinander.

»Hey, das hat was, mit den ganzen Umzugskartons und Biertischgarnituren in der leeren Wohnung«, befand Mia, als wir den kahlen Raum betraten, der bis vor wenigen Tagen noch mein gemütlich eingerichtetes Wohnzimmer gewesen war.

Die fröhliche Geräuschkulisse war beachtlich, das Lachen der anderen Gäste hallte zusammen mit der Musik von den blanken Wänden wider, und ich fragte mich, wie lange mein grimmiger Nachbar den Lärm noch dulden würde. Bis jetzt verhielt er sich unerwartet ruhig, vermutlich versöhnt durch die Aussicht, mich ab morgen endgültig los zu sein.

»Das sind nur die restlichen Kartons, die ich heute noch gepackt habe und die mein Bruder nachher mitnimmt«, erläuterte ich. »Gott sei Dank hat unser Dad einen riesigen Dachboden, da kann mein ganzer Krempel lagern.«

»Ist schon etwas anderes, als nur für ein paar Wochen zu verreisen, oder?«, hinterfragte Frederick das Offenkundige. »Allerdings«, bestätigte ich. An weitere Details unserer Unterhaltung kann ich mich nicht mehr erinnern. Ich weiß nur noch, wie hübsch ich Mia fand, mit ihren langen rotblonden Haaren und dem Porzellanpuppengesicht. Und wie glücklich Frederick an ihrer Seite aussah. Er und ich hatten gemeinsam die Ausbildung durchlaufen und uns vom ersten Tag an gut verstanden, ohne je mehr als Sympathie füreinander zu empfinden. Nach der Abschlussprüfung waren wir beide von unserem Arbeitgeber übernommen und unterschiedlichen Filialen zugeteilt worden. In seiner hatte Frederick kurz darauf Mia kennengelernt und sich Hals über Kopf in sie verliebt.

Ich hingegen hatte nach der längst überfälligen Trennung von meinem Ex-Freund monatelang fast nur mechanisch vor mich hin gearbeitet. Wobei mein lange gehegter Wunsch, wieder zu meiner Mom nach Kalifornien zu ziehen, mit jedem Tag drängender geworden war.

Bis zu meinem dreizehnten Lebensjahr war ich in Santa Barbara aufgewachsen – zweisprachig, als Kind einer Amerikanerin und eines Deutschen. Damals, nur ein Jahr nach der Scheidung meiner Eltern, war ich Dad und meinem älteren Bruder Billy aus freien Stücken nach Deutschland gefolgt. Aber jetzt zog es mich wieder zurück in meine alte Heimat, was auch der Anlass meiner Party war: Ein letztes Zusammenkommen mit allen Freunden und Familienmitgliedern, bevor es galt, Abschied zu nehmen.

Während ich Mia und Frederick dabei beobachte, wie sie so frisch verliebt miteinander turtelten und alle anderen Gäste um sich herum vollkommen ausblendeten, redete ich mir ein, dankbar sein zu können, selbst keinen festen Freund mehr zu haben.

Susanna Ernst

Erst wieder in Amerika!, hatte ich mich in den vergangenen Wochen und Monaten öfter ermahnt und mit diesem Vorsatz bereits dem einen oder anderen ganz passablen Kerl einen Korb erteilt.

Jetzt war es endlich so weit. Morgen Nachmittag würde mein Flieger gehen. Vorfreude und Abschiedsschmerz prallten in meiner Brust aufeinander und verschmolzen dort zu einem dicken Klumpen, während ich mein Bestes gab, diesen letzten Abend in Deutschland noch zu genießen.

Und das gelang mir wirklich. Zumindest, bis *er* auftauchte.

Ich erinnere mich beim besten Willen nicht mehr, wie spät es war, als ich Finn Sundermann zum ersten und bislang einzigen Mal sah. Ich weiß nur, dass mir niemals zuvor oder danach wieder etwas auch nur annähernd Imposantes passiert ist.

Die Schar meiner Gäste hatte sich bereits merklich gelichtet; nur der harte Kern war noch übrig geblieben. Ich saß mit meinen beiden Cousinen, meinem Bruder und einer Handvoll Freunden, darunter auch Frederick und Mia, an einem der schmalen Klapptische. Gemeinsam spielten wir dieses sinnfreie Trinkspiel, dessen einziger Witz darin bestand, dass die arme Mia schon seit gefühlten zwanzig Runden am laufenden Band verlor.

Dementsprechend belustigt erhob ich mich, als es an der Tür klingelte.

»Das ist bestimmt Mias Bruder«, rief Frederick mir nach. »Er war selbst mit Freunden unterwegs und hat angeboten, uns auf dem Rückweg abzuholen, damit ich auch was trinken kann. Obwohl Mia ja eigentlich schon genug für uns beide bechert, wenn man mal ehrlich ist«, neckte er und steckte den Knuff seiner Freundin lachend weg.

»Ja, ja! Hol meinen Bruder ruhig rein, Laura! Finn soll mal prüfen, ob da wirklich alles mit rechten Dingen zugeht. Kann ja nicht sein, dass ich hier immer so kläglich verliere«, lallte Mia mit glasigem Blick und wedelte hinter mir her, als wolle sie mich aus dem Raum fegen.

Grinsend öffnete ich die Wohnungstür ... und erstarrte, noch bevor mir auch nur ein »Hallo!« über die Lippen schlüpfen konnte.

Groß und gut gebaut stand er vor mir, mit kurzem dunklem Haar und diesen grünblauen Augen, die immer schmaler wurden und mich schon nach wenigen Sekunden so eingehend musterten, dass mir ganz heiß wurde.

Auch wenn es mich schon bald irritierte, dass er ebenso wenig sprach wie ich, schaffte ich es dennoch nicht, das Schweigen zwischen uns zu durchbrechen. Und so standen wir einander einfach gegenüber und gafften uns gegenseitig an – wer weiß, wie lange.

Schließlich drang ein weiteres lautes Lachen aus meinem ehemaligen Wohnzimmer. Mia hatte offenbar auch die nächste Mäxchen-Runde verloren. Den Blick nach wie vor in die Augen des jungen Fremden gerichtet, versuchte ich durch schnelles Blinzeln, meine Fassung zurückzuerlangen. Da drang plötzlich Mias halb ersticktes »Oh, Gott, ich glaub, ich muss kotzen!« nicht nur an mein, sondern auch an das Ohr ihres Bruders und hauchte ihm abrupt wieder Leben ein.

»Mia?«, fragte er mit sorgenvoll herabgezogenen Brauen, lugte durch die offene Tür und stützte sich dabei am Rahmen ab. Sein Duft wallte mir entgegen, und ich weiß bis heute nicht, ob ich wirklich kurz die Augen schloss, weil er so dermaßen gut roch.

Doch da stürzte Mia auch schon hinter mir auf das Badezimmer zu, begleitet von Frederick, der sie stützte. »Sorry, ich glaube, sie hat zu viel getrunken«, gestand er kleinlaut, mit einem flüchtigen Blick in unsere Richtung.

»So, glaubst du, hm?«, brummte der junge Mann, dem ich mich immer noch nicht vorgestellt hatte, finster. Schnell und viel zu fahrig streckte ich ihm nun meine Hand entgegen. »Laura, hi!«

Seine Augen fanden zurück zu meinen. Er ließ zwei, drei Sekunden verstreichen, in denen sich sein Blick wie in Zeitlupe auf meine Hand senkte. Unglaublich sanft erfasste er sie. Alleine diese zaghafte Berührung zwischen uns sandte schon unzählige Schauder

Susanna Ernst

durch meinen Körper. »Finn, freut mich sehr«, stellte er sich endlich vor. »Obwohl ich ehrlich gesagt gehofft hatte, du wärst es nicht.«

»Wa-Was?«

Finn schenkte mir den Ansatz eines einseitigen Schmunzelns, während sein Blick ernsthaftes Bedauern bekannte. »Na, ich hatte gehofft, du wärst nicht Laura. Weil du dann doch diejenige bist, die morgen in die USA zieht, oder?« Er sprach ganz leise, aber auch so war seine Stimme schon wunderschön. Eine der wenigen, die man nur ein einziges Mal hört und die sich dennoch unwiderruflich tief im Unterbewusstsein verankern. Bis heute frage ich mich, ob nur ich so empfänglich für den Klang seiner tiefen, warmen Stimme bin.

Ebenso ruhig und unaufgeregt wie lauer Sommerwind seine Signatur in Getreidefelder zieht, zeichnete Finn mit seiner Stimme Bilder wunderschöner Versprechungen direkt in mein Herz. Ohne auch nur ein Wort davon wirklich auszusprechen. Dennoch erfasste ich die verheißungsvolle Botschaft unserer Begegnung sofort und mit einer Sicherheit, die mich schier überwältigte.

Wie konnte das sein? Mit nur einem Blick?

So etwas passierte in Filmen, okay, und in Büchern – aber doch nicht im echten Leben! Niemals hätte ich geglaubt, dass an dem Mythos etwas Wahres dran sein könnte. Und doch …

In meiner Brust wurde es für eine unmessbare kleine Ewigkeit ganz still, bevor dort ein wilder Rhythmus losbrach und mir die Röte in die Wangen trieb.

»Ja, diese Laura bin ich«, sagte ich endlich. Bedauernd. »Es ist meine Abschiedsparty.«

Aus dem Wohnzimmer erklang das Lachen meiner Gäste und riss mich zumindest ein Stück weit aus meiner Versunkenheit. »Magst du nicht reinkommen, Finn?«

Seine Augen verengten sich erneut. Dabei öffnete sich sein Mund und schloss sich wieder, ohne dass er mir geantwortet hatte.

Und dann tat er etwas, womit ich niemals gerechnet hätte: Anstelle einer Antwort erfasste er einfach meine Hand und zog mich über die Schwelle zu ihm ins Treppenhaus, ehe er die Tür in meinem Rücken schloss.

»Du … hast mich ausgesperrt«, stammelte ich, überwältigt von seiner unmittelbaren Nähe. Er war so viel größer als ich und lächelte auf mich hinab, während ich zu ihm aufschauen musste. »Irgendjemand wird diese Tür schon wieder öffnen. Und zwar viel früher, als es uns lieb sein wird, befürchte ich«, wisperte er zurück und drückte dabei meine Hand, die er noch immer in seiner hielt.

Ein Räuspern zieht mich aus meinem gedanklichen Abstecher zurück in die Gegenwart.

Frau Herkenrath hat das Telefonat mit Finn inzwischen beendet und versucht nun mit einem Papiertaschentuch und leicht angewiderter Miene, ihre Tastatur von meinen Kaffeespritzern zu säubern.

»Warten Sie, ich mache das. Entschuldigung, ich habe mich total verschluckt.«

»Das kann doch jedem mal passieren«, wehrt sie ab, sieht mich dabei jedoch prüfend von der Seite aus an. »Herr Sundermann hat mir seine Kontaktdaten gegeben. Wissen Sie noch, wie man die bei einem Bestandskunden aktualisiert?« Auf mein Nicken hin schiebt sie mir ihren Notizzettel zu, damit ich die Eingabe selbst tätigen kann. Mit bebenden Fingern greife ich zur Maus.

»Seine Schwester ist übrigens die schwangere Kollegin, für die Sie gekommen sind. Ist die Welt nicht klein?«

»Ja«, presse ich nur knapp hervor und füge gedanklich ein fassungsloses *Verdammt klein!* hinzu.

Auffällig klein, wenn es um Finn und mich geht.

Während ich seine Handynummer einpflege, driftet mein Blick auf den in seinen Stammdaten hinterlegten Beziehungsstatus.

Ledig.

Susanna Ernst

~ Finn ~

Vier Tage später

»Oh, jetzt tu doch nicht immer so!«, sage ich zu Flo und streiche nach seinem auch Katis dichten weißen Pony zurück. Ihr Blick schreit ebenfalls *Armer hungriger Hund!*, obwohl die beiden im Gegensatz zu mir schon gefrühstückt haben.

»Ich lasse mir kein schlechtes Gewissen mehr von euch machen, die Zeiten sind vorbei«, erkläre ich mit Nachdruck und beiße dann betont kraftvoll in mein Brötchen. »Der Arzt sagt, euer Gewicht ist grenzwertig. Sprich, ihr seid schon latent fett. Also *laufen* wir heute zum Baumarkt und mieten uns dort einen Transporter, um das ganze Zeug für den Trockenbau zu holen. Danach dürftet ihr platt genug sein und mich in Ruhe arbeiten lassen.«

Ausgeräumt habe ich das Wohnzimmer bereits, alle Möbelstücke in die Garage geschleppt und die Kartons mit meinen Büchern und dem restlichen Krimskrams in mein Schlafzimmer. Somit können Frederick und ich nachher direkt loslegen.

Erst vor ein paar Wochen habe ich Mia und ihm noch geholfen, das Babyzimmer zu streichen; jetzt will er sich unbedingt revanchieren.

Noch während des Kauens räume ich mein Geschirr in die Spüle und das Marmeladenglas in den Kühlschrank, um keine weitere Zeit zu verlieren, als plötzlich mein Smartphone vibriert.

»Bitte nicht von Frederick. Keine Absage!«, beschwöre ich mein Handy. Doch die Nummer ist mir fremd. Die Nachricht selbst hingegen liest sich ziemlich vertraut.

Hey du! Ein Vögelchen hat mir gezwitschert, dass du bald einen
Mitbewohner suchst. Schon genauere Vorstellungen?

Hm. Kein Name, nicht einmal Initialen. Ich tippe auf das Profilbild, ein Kleeblatt, das mir leider auch keine genaueren Erkenntnisse über den Absender bringt. Doch offensichtlich kennt er mich. Oder sie?

Um mir keine Blöße zu geben, beschließe ich erst einmal zu antworten und dann zu schauen, ob die nächste Nachricht vielleicht aufschlussreicher ausfällt.

> Hey selbst! Ja, stimmt, Ende des Monats soll alles bezugsfertig sein. Ein 16 qm großes Zimmer mit eigenem Bad. Küche und WZ dann gemeinschaftlich. Mitbewohner muss mit Flo und Kati zurechtkommen, sollte auf jeden Fall Nichtraucher sein und am besten diesseits der 40. Aber ansonsten ...

Gespannt schaue ich auf das Handy, bis es nur wenige Sekunden später wieder vibriert und eine neue Nachricht aufpoppt.

> Geschlecht bevorzugt?

Ich stutze. Verrückt, aber darüber habe ich mir noch gar keine Gedanken gemacht. Wenn ich an die Umsetzung meiner Pläne dachte, habe ich mir zwar immer einen anderen Mann als Mitbewohner vorgestellt, aber warum eigentlich?

Noch immer ahnungslos, mit wem ich hier schreibe, durchforste ich mental alle Bekannten, Kollegen – auch die ehemaligen – und Freunde, während ich zögerlich tippe:

> In dem Fall eigentlich nicht. Ansonsten natürlich schon. ☺

Wieder schaue ich eine Weile auf mein Handy, bis Kati laut gähnt und sich auf meine Füße legt.

»Nichts da, Fräulein, keine Müdigkeit vortäuschen! Jetzt geht es erst richtig los!«, rufe ich und stecke das Smartphone schnell in die Gesäßtasche meiner Jeans.

Susanna Ernst

Gerade als ich im Flur nach den Hundeleinen greife, schellt es in meinem Rücken an der Haustür. Im Herumdrehen habe ich noch den Postboten vor meinem geistigen Auge, doch dann öffne ich … und erstarre an Ort und Stelle.

Mit nur einem Blick. Auf sie. Genauso wie damals.

Klein und schmächtig steht sie vor mir, das blonde Haar etwas kürzer als in meiner Erinnerung; es reicht ihr nur noch bis knapp über die Schultern. Mit geröteten Wangen und diesen warmen braunen Augen schaut sie zu mir auf – schüchtern, scheu und doch auch ein wenig schelmisch, wie auch immer sie das anstellt. In ihrer Hand hält sie ihr Handy.

»Du?«, stoße ich ungläubig aus, chancenlos, die Umstände, die zu diesem unerwarteten Wiedersehen geführt haben, auch nur ansatzweise zu begreifen. »Steckt Mia dahinter? Hat sie …?«

Laura schüttelt den Kopf. »Deine Schwester und Frederick wissen nicht einmal, dass ich wieder zurück bin. Und selbst wenn, denkst du, die beiden hätten damals mitgekriegt, was …« Sie senkt ihren Blick auf bezaubernde Art und Weise, lässt den Satz unvollendet und stammelt stattdessen nur: »Die waren doch …«

»Vollkommen weggetreten, ja«, beende ich ihren Satz, mich an meine sturzbetrunkene kleine Schwester erinnernd. Nein, weder Frederick noch Mia hatten damals bemerkt, was zwischen Laura und mir geschehen war. Und ich hatte auch niemandem davon erzählt, geschweige denn versucht, Kontakt zu ihr aufzunehmen. Schließlich wusste ich, dass Laura zurück zu ihrer Mom nach Amerika ziehen würde. Weil sie Kalifornien so sehr vermisste. »Meine Heimat«, hatte sie gesagt. Und ich hatte sie nicht aufhalten oder in eine emotionale Zwickmühle ziehen wollen. Denn genau dazu wäre es gekommen, das hatte ich schon während der knapp zwanzig Minuten gespürt, die wir zu zweit auf der kalten Steintreppe vor ihrer Wohnung gesessen und uns die längste Zeit nur angestarrt hatten.

Genauso wie auch jetzt wieder.

Und plötzlich habe ich das Gefühl, seit unserer Begegnung damals nie etwas anderes getan zu haben. Denn obwohl Laura so lange weg war, habe ich sie in meinen Gedanken und Träumen doch immer wieder gesehen.

»Du bist zurück«, wispere ich und strecke intuitiv meine Hände nach ihr aus. Sie ergreift sie ohne zu zögern und zieht mich sanft über die Schwelle zu ihr nach draußen. In dem Moment, als sich meine Arme um Lauras Rücken und ihre um meinen schlingen, rückt alles in mir an seinen rechten Platz. Ich atme so tief durch wie schon ewig nicht mehr – seit gut fünf Jahren, um genau zu sein – und inhaliere den Duft ihrer Haare, den ich seitdem so oft vergeblich gesucht habe.

»Seit drei Wochen … bin ich wieder hier, meine ich. Und wohne noch bei meinem Dad«, stammelt sie.

»Warum haben wir nur keine Nummern ausgetauscht?«, stoße ich mit einem kleinen Seufzer aus. »Ich meine, klar, du warst nur eine Nacht davon entfernt, nach Amerika zu ziehen. Und ich …« Sie schaut zu mir auf. Wissend, aber nicht vorwurfsvoll. »Du warst in einer Beziehung. Direkt am nächsten Vormittag, noch vor meinem Abflug, habe ich Frederick per SMS nach dir ausgefragt.« Sie lächelt verlegen. »Ganz unauffällig, natürlich. Aber dabei kam die Sprache sehr schnell auf deine Freundin.«

Nickend halte ich ihrem Blick stand. »Wir waren zwei Jahre zusammen, aber damals hat es schon heftig zwischen uns gekriselt. Ich habe nur drei Tage nach unserer Begegnung mit ihr Schluss gemacht. Und seitdem …« Ich schüttele den Kopf. Lauras Augen weiten sich, bevor sie ihre Stirn wieder gegen meine Brust fallen lässt. »Bei mir auch. Ich konnte dich einfach nicht vergessen«, gesteht sie leise.

Ich küsse ihr Haar, schließe die Augen. Fühle mich, als wäre ich nach einer unglaublich langen Reise endlich angekommen, obwohl doch Laura diejenige ist, die Tausende von Kilometern zunächst zwischen uns gebracht und nun wieder überbrückt hat.

Susanna Ernst

Ihr Kichern dringt warm durch den Stoff meines T-Shirts. »Sind das Flo und Kati? Gott, sind die süß!«

Ich drehe mich um und lache auf, denn die beiden sind in etwa zwei Metern Abstand zu uns stehen geblieben und schauen uns mit entgegengesetzt geneigten Köpfen an. »Fehlen nur noch die blinkenden Fragezeichen über ihren Köpfen«, befinde ich und richte meinen Blick wieder in Lauras schöne Augen.

Wie geschmolzene Schokolade.

»Ob wir wohl jemals über diesen Punkt hinauskommen?«, fragt sie nach einer Weile.

»Hm?«

»Na, dass wir vor einer unserer Türen stehen und uns gegenseitig bestaunen?«, verdeutlicht sie.

»Oh, und ob!«, beschließe ich energisch. »Aber davor …« Ich ziehe sie noch enger an mich und beuge mich ganz dicht an sie heran. Doch anstatt sie zu küssen, wie sie es offenbar erwartet, denn ihre Augen schließen sich prompt, nähere ich mich ihrem Mund mit meiner Nase und schnuppere demonstrativ. Lauras Lider schießen wieder auf; für einen Moment sieht sie vollkommen perplex aus.

»Yep, eindeutig Nichtraucherin! Passt!«, befinde ich nickend und küsse sie nur einen Augenblick später doch. Nach dem ersten Schock bläst Laura ihr süßes Lachen in meinen Mund und schmiegt ihre Lippen bereitwillig gegen meine.

Es ist perfekt.

Wir küssen uns lange, und ich streichele Lauras Wange und Hals, während sie ihre Fingerspitzen in meinen Haaren vergräbt.

»Sie sind viel länger als damals. Schön!«, sagt sie schließlich im Zurückweichen. Ich grinse, den Blick auf ihre gut durchbluteten Lippen gerichtet. »Okay. Dann streiche ich den Friseurtermin morgen. Aber jetzt komm erst einmal rein.« Und damit ziehe ich sie über die Schwelle in mein Haus und werfe die Tür hinter uns zu.

»Und nur, dass du's weißt«, hauche ich, meinen Mund lediglich Millimeter von ihrem entfernt, »dieses Mal habe ich dich einge-sperrt! Mitbewohnerin.«

Ich nehme das Zucken ihres rechten Mundwinkels so gerade noch wahr, ehe sie das Kinn reckt und unseren Pakt mit einem weiteren Kuss besiegelt.

Mietverträge? Tss! Vollkommen überbewertet!

Ein Hauch Magie, ein großes Geheimnis
und ganz viel Gefühl

SUSANNA ERNST

Der Herzschlag deiner Worte

Roman

Nach dem plötzlichen Tod seines Vaters kann der junge Musiker Alex bei seiner schwer kranken Patentante Jane mit ihrer scheinbar unbekümmerten Lebensfreude neuen Mut schöpfen. Und so verliebt er sich Hals über Kopf in die junge Autorin Maila. Doch warum lässt sie weder in ihren Geschichten noch im eigenen Leben ein Happy End zu? Und wieso wird Alex das Gefühl nicht los, dass Jane ihm etwas Entscheidendes verheimlicht?
Alex begibt sich auf Spurensuche und fördert behutsam zutage, was viel zu lange unausgesprochen war. Kann er Maila überzeugen, dass doch noch alles gut wird?

Gabriella Engelmann

Arche Noah

Über die Autorin

Die gebürtige Münchnerin entdeckte in Hamburg ihre Freude am Schreiben und fühlt sich im Norden pudelwohl. Nach Tätigkeiten als Buchhändlerin und Verlagsleiterin genießt sie die Freiheit des Daseins als Autorin von Romanen, Kinder- und Jugendbüchern. Seit sie zum ersten Mal an der Nordsee war, träumt sie von einem eigenen Häuschen am Deich, mit einem Garten voller Wildrosen und knorrigen Apfelbäumen.

Tiefblauer Himmel spannte sich über der Nordsee und den zwölf Kilometer langen Sandstrand von St. Peter-Ording, der wegen seiner besonderen Schönheit Touristen, Surfer und Naturliebhaber aus aller Welt anlockte. Möwen und Seeschwalben überflogen die Dünen, die Salzwiesen und das Meer – ein Tag wie im Bilderbuch, und wie geschaffen für ein Treffen mit den Freundinnen.

»Auf uns, und darauf, dass es endlich geklappt hat.« Nina erhob ihre Bierflasche, die Armreife an ihrem Handgelenk glitzerten in der tief stehenden Sonne und klimperten fröhlich im Sommerwind.

»Auf unsere Freundschaft«, wiederholte Leonie, die sich zur Feier des Tages einen Cremant Rosé gönnte. Die drei waren gerade angekommen, hatten in ihrer Ferienwohnung eingecheckt und feierten nun den Beginn ihres Kurzurlaubs in SPO, wie dieser Ort liebevoll genannt wurde. Leonie konnte ihr Glück kaum fassen: auf der Terrasse des angesagten Strandrestaurants Arche Noah sitzen, die würzige Seeluft einatmen, freihaben. All das war purer und mittlerweile seltener Luxus für sie.

»Danke, dass ihr mich aus Husum geholt und mir damit vermutlich das Leben gerettet habt«, sagte nun Stella, die Dritte im Bunde. »Die Kids, der ständig gestresste Gatte … Mädels, heiratet niemals einen Kinderarzt, es sei denn, ihr habt Nerven aus Stahl.« Die blonde Schönheit nippte mit geschlossenen Augen an ihrem Aperol Spritz und seufzte wohlig angesichts der schönen Aussicht, Ferien von allem zu haben, was sie zurzeit belastete oder überforderte.

Das Leben an der Seite eines erfolgreichen Kinderarztes, noch dazu dem einzigen in der Region, war nicht immer ganz leicht. Oft verspürte Stella den Wunsch nach ihrem alten Leben, als sie Single und eine erfolgreiche Karrierefrau gewesen war. Doch ein Blick auf ihre Lieben, eine innige Umarmung ihres Mannes, eine witzige Bemerkung eines ihrer Kinder, oder ein Lächeln genügten, um sie für alles zu entschädigen, das sie zu vermissen glaubte. »Eine Woche Ruhe, SPO, und wir drei endlich mal wieder vereint. Ich kann's kaum fassen, dass wir wirklich hier sind.«

Nina und Leonie nickten, ihnen ging es nicht anders. Manchmal war der Akku einfach leer und musste aufgeladen werden. Und wo gelang es besser, sich zu sammeln und zu sich selbst zu finden, als an der Nordsee?

Doch es war nicht ganz einfach gewesen, die zahllosen Termine und Verpflichtungen der drei unter einen Hut zu bekommen. Wenn es um ihre langjährige Freundschaft ging, waren Leonie, Nina und Stella jedoch immer bereit zu kämpfen wie Löwinnen.

Früher hatten sie gemeinsam in einer alten Stadtvilla in Hamburg-Eimsbüttel gewohnt, doch nun hatte das Schicksal sie in alle Winde verstreut. Stella lebte mit ihrer Familie in Husum, Leonie hatte die Pension ihrer Eltern im Alten Land übernommen. Nur Nina war in der Villa geblieben, wo die drei sich gelegentlich trafen, wenn es ihre kostbare Zeit erlaubte.

»Mir steht das Wasser auch gerade ziemlich bis zum Hals«, murmelte Leonie, in Gedanken an ihr Zuhause, und betrachtete die nach dem Hochwasser allmählich ablaufende Nordsee, deren graugrüne Wellen die Pfähle umspülten, auf denen die Arche Noah stand. »Irgendwie ist im Apfelparadies gerade der Wurm drin, und ich weiß nicht, was ich dagegen tun soll.«

»Oh, nee, müssen wir schon am ersten Abend über Jobs und Probleme sprechen?«, protestierte Nina und rollte genervt mit den Augen. Die aparte Rothaarige war die Kratzbürste des Trios. Mit ihr war nicht gut Kirschen essen, wenn etwas querlief. Das Herz der Floristin schlug für Pflanzen, denn in ihnen konnte sie lesen wie in einem offenen Buch. Das gelang ihr bei Menschen leider eher selten, erst recht nicht bei Männern, weshalb ihr Liebesleben ein stetiges Hin und Her war, wie Ebbe und Flut. Zurzeit herrschte in der Beziehung mit ihrem Freund Alexander Dauerflaute.

»Du hast die Wahl«, entschied Stella. Groß gewachsen und schlank, bildete sie einen starken Kontrast zu der kleinen, dunkelhaarigen Leonie. »Entweder haken wir die nervigen Themen sofort ab, oder wir sparen sie uns für den letzten Abend auf. Ich bin aber ehrlich gesagt dafür, die Karten gleich auf den Tisch zu legen, dann haben wir es hinter uns und können den ganzen Kram für eine Weile komplett hinter uns lassen. Was meinst du, Nina?«

»Ich bin ja schon überstimmt, wie ich die Sache so sehe«, knurrte diese und nahm einen kräftigen Schluck Bier aus ihrer Flasche. »Kann ich einen Gin Tonic haben?«, bat sie den vorbeieilenden Kellner, der alle Hände voll damit zu tun hatte, die Gäste auf der bis auf den letzten Platz besetzten Terrasse mit den urigen Holzmöbeln zu bedienen. »Ich möchte ihn aber pur, ohne Gurken und sonstiges Gemüse-Gedöns.«

Der Kellner grinste und hob den Daumen. Wenig später kam er mit dem bestellten Drink wieder.

»Ein wurmstichiges Apfelparadies? Das klingt ja gar nicht gut«, sagte Stella und zog die perfekt gestylten Augenbrauen hoch. Die ehemalige Innenarchitektin fand trotz der Verantwortung für vier Kinder immer noch Zeit für Termine bei der Kosmetikerin und dem Friseur ihres Vertrauens, worum Leonie sie beneidete. Ihr selbst zerrann die Zeit immer zwischen den Fingern. Wenn ihre Mutter sie nicht manchmal darauf aufmerksam machen würde, wäre Leonie so manches Mal mit grauem Haaransatz zu Festen oder wichtigen Anlässen erschienen. »Aber was ist denn passiert?«, fragte Stella besorgt. »Als wir letzte Woche geskypt haben, war doch noch alles wunderbar.«

Leonie wiegte den Kopf hin und her. Die Freundinnen hatten in den letzten Jahren viele emotionale und berufliche Höhen und Tiefen erlebt, aber stets gemeinsam gemeistert. Die Stärken und Schwächen der drei ergänzten einander nahezu perfekt.

»Das nahende Saisonende ist passiert«, erwiderte Leonie düster. »Und viele Stornos. Irgendwie funktioniert mein Plan, die Pension nach der Apfelblüte und der Ernte für Touristen interessant zu machen, nicht so recht. Spätestens nach dem großen Apfel- und Kürbisfest in Jork scheint Schluss mit lustig zu sein. Doch unsere Kalkulation und der Kredit basieren auf einer ganzjährigen Auslastung, wie ihr wisst.«

Nina machte »Hm …«, und rührte in ihrem Gin Tonic.

»Hörst du uns eigentlich zu, oder willst du lieber weiter auf den Po des Kellners starren und Gin trinken?«, fragte Stella, einen Tick zu forsch und zu gereizt.

Wenn es Differenzen im Trio gab, dann meist zwischen Nina und Stella, die einander nach ihrer ersten Begegnung als neue Mieterinnen der Villa grauenvoll gefunden hatten, weil sie so unterschiedlich waren wie Tag und Nacht. Obwohl sie einander mittlerweile abgöttisch liebten, gab es immer mal wieder Streitereien, und Leonie war damit beschäftigt, die Wogen zu glätten.

»Ich bin Multitaskerin, schon vergessen?«, brummelte Nina und nahm die Sonnenbrille ab. Ihre grünen Augen funkelten. »Das Hm sollte zeigen, dass ich nachdenke, das Auf-den-Po-Gucken und Gin-Trinken bedeutet, dass Alexander sich diesmal einen Tick zu viel Zeit mit seinen Reisen lässt. Ich sitze auf dem Trockenen. Emotional gesehen, und auch sonst.«

»Ich glaube, du gefällst ihm«, giggelte Leonie, der der Cremant schon ein wenig zu Kopf stieg. Sie trank nur selten Alkohol, seit sie mit der Leitung der elterlichen Pension im Alten Land betraut worden war. Die Anstrengung, das Lebenswerk ihrer Eltern am Laufen zu halten, machte ihr mehr zu schaffen, als sie es sich manchmal eingestehen wollte.

»Aber was ist denn mit dem Wellness-Konzept und dem Einbau der Sauna und des Whirlpools, der euch so viel Geld gekostet hat?«, fragte Stella. »Das war doch ein guter Plan.«

Nina wunderte sich insgeheim, wieso weder Stella noch Leonie auf ihre Bemerkung eingingen. Doch sie war auch froh, so konnte

Gabriella Engelmann

sie sich besser von dem ablenken, was sie gerade belastete – schließlich hatte sie Ferien.

Für gewöhnlich hätten die Freundinnen sich mit Wonne auf dieses Thema gestürzt, denn sie genossen es, sich offen und ehrlich über ihre Partnerschaften, das Älterwerden, Jobs, ihre Rolle als Frau, aber auch Sex zu unterhalten. Keine von ihnen musste sich vor den anderen verstellen oder die Welt schönermalen, als sie es gerade war – eine echte Wohltat.

»Damit kann man aber offensichtlich auch keinen mehr hinter dem Ofen hervorlocken. Die Leute sind mittlerweile ganz schön verwöhnt und wollen für Komfort so gut wie gar nichts mehr zahlen«, erwiderte Leonie seufzend. »Ich fürchte, ich muss mir etwas vollkommen anderes ausdenken, und das ganz schnell. Aber lass uns jetzt nicht nur von mir reden, was gibt es Neues bei euch?«

»Du meinst, seit den letzten drei Tagen, in denen wir mal nicht telefoniert oder geskypt haben?«, fragte Stella, sichtlich amüsiert. »Ach übrigens, was steht denn da auf deinem Bierdeckel, Nina?«

Nina guckte erst verwundert, nahm aber dann den Untersetzer und betrachtete ihn aufmerksam. »Sven: 0178 …«, las sie vor. »Sieht aus wie eine Handynummer.«

»Oh, là là, der süße Kellner steht echt auf dich und will ein Date. Und? Was machst du jetzt?« Leonie war entschlossen, ihre Aufmerksamkeit auf das Hier und Jetzt zu richten, statt fortwährend über die unschöne Situation im Apfelparadies zu grübeln. Damit hatte sie sich schon lange genug die Laune verdorben. »Schalt ab und spann mal ein paar Tage aus«, hatte ihr Freund Markus ihr geraten, bevor sie sich voneinander verabschiedet hatten. »Dann kommen die Ideen von ganz allein.«

»Nichts«, erwiderte Nina. »Obwohl ich den Typen ziemlich scharf finde, wenn ich ehrlich bin. Groß, durchtrainiert, Knackpo, stramme Waden. Der surft bestimmt, wenn er nicht gerade hier arbeitet.« Dass sie in Wahrheit schockiert darüber war, wie gut ihr die Aussicht auf ein Date mit dem Kellner gefallen würde, behielt Nina besser für sich.

Sie hatte ihre Freundinnen schon so häufig mit ihren Beziehungskrisen auf Trab gehalten, dass sie ausnahmsweise lieber nichts mehr davon verlauten lassen wollte, dass es mit Alexander zurzeit leider überhaupt nicht gut lief. Schließlich wollte sie ernst genommen werden, wenn es wirklich mal hart auf hart kam.

»Apropos surfen«, sagte Stella. »Wäre das nicht mal was für uns? Ich meine, wo wir doch grad hier sind und das Wetter gut ist.«

»Äh, nee, danke«, erwiderte Leonie prompt. Die Welt, in der sie sich zu Hause fühlte, bestand aus ihrer Familie, Markus, ihrer Heimat, dem Alten Land, und dem Katzenpaar Paul und Paula – nicht aus sportlichen Aktivitäten. »Wenn ich das versuche, endet das Ganze unter Garantie mit Armbruch oder Schlimmerem. Ich stelle mir gerade Papas Gesicht vor, wenn ich ihm verklickern muss, dass ich in der Pension wochenlang ausfalle, weil ich zu doof bin, um zu surfen.«

Nina und Stella schmunzelten. »Wie wäre es stattdessen mit Minigolf und Radfahren? Außerdem sind wir doch hier, um ausgedehnte Spaziergänge am Strand zu unternehmen, den Kitern zuzuschauen, bei Sonnenuntergang ein Strandpicknick zu machen – eben das volle SPO-Feeling zu genießen. Wenn es nach mir ginge, würde ich sowieso hier einziehen. Diese Terrasse mit dem windgeschützten Blick aufs Meer, den hübschen Strandkörben und das Interieur der Arche Noah sind einfach ein Traum.«

»Ich bin auch gegen das Surfen«, pflichtete Nina ihr bei. *Es sei denn, der scharfe Typ zeigt mir, wie's geht*, dachte sie insgeheim.

Nina spürte, wie eine Welle kribbeliger Vorfreude sie erfasste und vom Rücken bis hoch zum Nacken stieg.

Doch genau aus diesem Grund durfte sie auf gar keinen Fall alleine mit Sven sein. Sie war zurzeit etwas anfällig und ausgehungert nach Anerkennung. Alexander war nämlich so sehr mit dem Schreiben seiner Kochbücher und Reisen beschäftigt, dass er sie kaum noch wahrnahm. Wann hatten sie eigentlich zuletzt miteinander geschlafen? Nina konnte sich kaum mehr erinnern.

Gabriella Engelmann

»Außerdem sollten wir nichts planen, sondern die Dinge ganz entspannt auf uns zukommen lassen. Das ist doch der Sinn und Zweck von Urlaub, sich einfach mal treiben lassen und schauen, was passiert. Allerdings hätte ich Lust, mir mal das Beach-Motel anzusehen, weil ich es immer noch schade finde, dass wir dort keine Zimmer mehr bekommen haben. Wollen wir nicht dort was im dii:ke-Restaurant essen? Da stehen die Stühle und Tische auf einem Sandboden, das Essen soll ultralecker sein, außerdem habe ich mordsmäßigen Kohldampf«, sagte Nina.

Stella, die immer auf der Suche nach neuen, hippen Locations war, nickte begeistert. »Na, dann würde ich mal sagen: auf, auf zum Beach-Motel und da lecker Fisch essen und noch einen Drink nehmen. Ich meine, wann kann ich so was wieder machen? Die Kids halten mich so auf Trab, dass ich manchmal nicht mehr weiß, wie ich heiße. Also habe ich ja wohl ein bisschen Spaß und Entspannung verdient, oder?«

»Na klar, das hast du«, stimmte Leonie zu und grinste schief. *Mitgehangen, mitgefangen*, dachte sie. Viel lieber wäre Leonie auf der Arche Noah geblieben und hätte dort gegessen. Andererseits genoss die Küche des dii:ke einen ausgezeichneten Ruf, und es gab noch einige Abende, an denen sie es sich in der Arche Noah gut gehen lassen konnten.

Stella warf einen Blick auf ihre teure Armbanduhr, die Robert ihr letztes Jahr zu Weihnachten geschenkt hatte. »Also, Mädels, wir sollten uns beeilen. Um kurz vor acht geht die Sonne unter, und wir sehen nichts mehr, wenn wir über den Strand zum Hotel gehen. Oder wollt ihr lieber an der Straße entlang, das ginge dann sogar ein bisschen schneller.«

»Natürlich über den Sand, Straßen habe ich auch in Hamburg«, sagte Nina.

Und ich würde lieber auf Nummer sicher gehen, dachte Leonie, hielt aber den Mund.

Um zehn vor acht machten die Freundinnen sich in der einsetzenden Dämmerung auf den Weg. Vorbei an der Seebrücke, an weißen Strandkörben mit bunt gestreiftem Innenfutter, umher-staksenden Möwen – das Brausen des Windes und der Nordseewellen im Ohr. Natürlich hatte die Nordseeküste überall Charme, aber an diesem ganz besonderen Ort überkam einen das Gefühl, ein großes Stück vom Glück zu erhaschen. In SPO war der Himmel weiter, das Meer rauer, die Luft würziger, die Muscheln hübscher, der Strandhafer höher als woanders. Selbst das Kreischen der Silbermöwen glich hier einer sanften Melodie.

»Hier sehen sogar die Toilettenhäuschen toll aus«, schwärmte Leonie, die allmählich Gefallen daran fand, in der langsam einsetzenden Dämmerung über den breiten, schneeweißen Sandstrand zu laufen. »Diese Pfahlbauten sind wirklich hübsch, wie Puppenhäuser. Vielleicht sollten wir so was im Garten des Apfelparadieses aufstellen.«

»Ein Klo auf Stelzen? Nicht dein Ernst, oder?«, fragte Nina, die ansonsten sehr schweigsam war. Zu sehr war sie immer noch in Gedanken bei Sven, dem Kellner – und bei Alexander.

Sollte sie sich nicht doch einen kleinen Urlaubsflirt gönnen, der ihr Selbstbewusstsein pushte? Sie musste dabei ja nicht gleich bis zum Äußersten gehen. Beflügelt von der Aussicht auf Abenteuer tippte sie eine Nachricht an Sven:

Sind nachher an der Bar des Beach-Motels, komm doch einfach
nach, wenn du Feierabend hast.

Nina wollte das Schicksal entscheiden lassen. Wenn der sexy Kellner heute Abend zur vorgeschlagenen Verabredung erschien, würde sie die Gunst der Stunde nutzen. Das Leben war schließlich zu kurz, um Trübsal zu blasen.

»Nein, kein WC«, widersprach Leonie, in Gedanken immer noch beim Buchungsdebakel der Pension, »sondern ein kleines Gästehäuschen. Für Kinder. Oder Paare, die bei uns ihre Flitterwochen verbringen wollen. Das gibt es bei uns im Alten Land nicht, soweit ich weiß.«

Gabriella Engelmann

»Und zwar aus gutem Grund«, erwiderte Stella. »Diese Dinger sehen, genau wie Baumhäuser, toll aus und machen auf einer Website was her. Aber in der Realität ist diese Art der Unterbringung für Kinder untauglich, weil du ständig Angst haben musst, dass sie irgendwo runterpurzeln. Und … äh, igitt, was ist das denn Fieses?«

»Darf ich bekannt machen. Stella, das ist eine Qualle. Qualle, das ist Stella. Manchmal ein bisschen sehr etepetete, aber im Grunde ganz in Ordnung. Du brauchst also keine Angst vor ihr zu haben.«

»Br, wie eklig!«, quiekte Stella. »Dieser Glibberkram am nackten Fuß ist echt *widerlich!*«

»Endlich weiß ich, was wir Stella zum nächsten Geburtstag schenken«, freute sich Nina. »Eine Wattwanderung. Am besten von Föhr nach Amrum oder umgekehrt. Das ist dann so richtig schön lang, und es gibt viel zu entdecken, zum Beispiel die Exkremente von Wattwürmern. Leonie, bist du dabei? Du liebst doch Herausforderungen dieser Art.«

»Haha«, knurrte Leonie. »Nur weil ich nicht die Allermutigste bin, musst du nicht ständig darauf rumhacken. Immerhin traue ich mich mittlerweile zu fliegen, ohne dass ihr mich zuvor narkotisieren müsst.«

Nina hakte sich bei Leonie ein. »Nicht böse sein, Süße. Ich ziehe dich doch nur auf, weil ich dich so lieb habe.« Während sie sprach, registrierte sie irritiert, wie die Nordsee allmählich wieder in die Priele lief. Der Scheitelpunkt des Hochwassers war doch schon längst erreicht, und das Watt fiel dann normalerweise trocken. Gleichzeitig verdunkelte sich der Himmel, und der Wind blies immer kräftiger. Richtig unheimlich!

»What the f…?«, Nina begann mit den Zähnen zu klappern, weil auch die Temperatur durch die starken Böen schlagartig sank. Und schon stand sie knöcheltief im Wasser, genau wie ihre Freundinnen.

»Oh, mein Gott, was ist das?«, kreischte Leonie. »Wir haben jetzt doch laut Tidenkalender eigentlich Ebbe, das habe ich extra vorher nachgeguckt. O nee, wieso sind wir nicht auf der Straße gegangen. Ist das etwa so was wie eine Springflut?«

»Nun mal ganz ruhig.« Stella schaltete die Taschenlampenfunktion ihres Handys ein und leuchtete damit über den breiten Sandstrand, der nun vollkommen im Dunkeln lag. Kein Mond, der den Abend erhellte, auch keine Sterne.

Und sie standen mittendrin im Wattenmeer.

»Wir halten Kurs auf die Pfähle da hinten. Soweit ich weiß, markieren die den Weg zum Strandübergang beziehungsweise zur Düne, hinter der das Beach-Motel liegt. Wenn wir uns beeilen, sind wir ganz schnell da.« Obwohl das Wasser bereits den unteren Teil ihrer Waden umspülte, zwang Stella sich, ruhig zu bleiben. Wenn sie eines im Lauf der letzten Jahre als Mutter gelernt hatte, war es, die Nerven zu bewahren, um für die Kinder stark zu sein. Vor allem für die beiden ältesten, aus der ersten Ehe ihres Mannes, deren Mama früh verstorben war. »Am besten, wir fassen uns an den Händen, damit keiner verloren geht. Passt auf, bald haben wir es geschafft, stehen an der Bar, trinken was Heißes und schlagen uns danach die Bäuche mit leckerem Essen voll.«

Nina beobachtete mit zusammengekniffenen Augen, wie schnell das Wasser stieg, und krempelte ihre Jeans hoch, so gut es ging. Leonie trug einen kurzen Rock, Stella ein Sommerkleid.

Als Nina ebenfalls die Taschenlampenfunktion ihres Mobiltelefons einschaltete, sah sie, dass sie eine Antwort von Sven bekommen hatte.

Ich hoffe, ihr seid nicht über den Strand gegangen. Sorry, sitze wegen des plötzlichen Hochwassers sicher noch eine Weile in der Arche Noah fest. Melde mich, sobald ich Näheres weiß, würde dich aber sehr gerne noch treffen.

Ninas Herz pochte, weil sie sich über Svens Antwort freute. Aber wieso musste dieses blöde Meer ihr ausgerechnet jetzt einen Strich durch die Flirt-Rechnung machen?

Gabriella Engelmann

Schnell schrieb sie »Sind wir leider« und drückte auf senden.

»Boah, dieser Sturm ist echt fies, ich will ins Warme«, jammerte Leonie unterdessen und wickelte sich ihre Strickjacke so um den Kopf, dass er ein bisschen gegen den starken Wind geschützt war. »Und so was nennt sich Sommer.«

»So was nennt sich Klimawandel«, antwortete Nina düster, denn sie machte sich seit einigen Jahren Gedanken über die Kapriolen, die das Wetter schlug. Die Natur spielte immer wieder verrückt, das galt auch für ihre über alles geliebten Pflanzen. Im vergangenen Jahr hatte es im Spätsommer eine plötzliche Apfelblüte gegeben, die sich keiner der Obstbauern im Alten Land erklären konnte. Mittlerweile fror auch Nina, die sonst keine Frostbeule war. *Alexander aalt sich jetzt am warmen Mittelmeer*, dachte sie neidisch und seufzte tief. Alexander war ein renommierter Restaurantkritiker und Buchautor. Er arbeitete gerade an einem Buch über mediterrane Küche und hielt Nina ständig via WhatsApp über seine neuesten kulinarischen Entdeckungen auf dem Laufenden. Doch er schrieb weder, dass er sie vermisste, noch, dass sie das eine oder andere Gericht gemeinsam kochen würden, wenn er wieder daheim war. Auch das geplante Rückreisedatum verschob er immer weiter nach hinten. Würde Alexander überhaupt wieder nach Hamburg in die »Villa zum Verlieben« zurückkehren, wie die Freundinnen das Haus nannten, in dem sie sich einige Jahre zuvor kennengelernt hatten? Nina war sich gerade nicht sicher.

»Kann es sein, dass wir null vorwärtskommen und uns im Kreis drehen?«, fragte Leonie ängstlich und beschrieb mit ihrer Frage im Grunde das, was Nina gerade über ihre Beziehung zu Alexander dachte.

Räumliche Orientierung war noch nie Leonies Stärke gewesen. Aber jetzt, bei Dunkelheit, Sturm und Wasser, das den dreien bald buchstäblich bis zum Hals stand, war sie vollkommen verloren und war kurz davor, in Panik auszubrechen. Leider half auch keine Navigationshilfe von Google Maps, denn ihr Handy hatte hier draußen keine stabile Internetverbindung.

»Jetzt bräuchten wir die Jungs aus der Serie *Gegen den Wind*, erwiderte Stella, um Leonie zu beruhigen. »Die würden uns erst retten und hinterher einen mit uns draufmachen.«

»Du vergisst, dass die beiden jetzt auch Herren im gesetzten Alter sind«, stieg Nina auf Stellas Versuch ein, die Situation zu verharmlosen und gegen die Angst anzukämpfen, die alle drei fest im Griff hatte. »Ralf Bauer ist mittlerweile fünfzig, schreibt Bücher über Ernährung und Yoga, ist Buddhist und sammelt Spendengelder für Tibet«, fuhr sie fort. »Hardy Krüger junior ist achtundvierzig, verfasst online Reiseblogs und ist aktuell wieder Single. Der sucht aber garantiert eine Jüngere, wir kommen also alle drei nicht für ihn infrage.«

»Woher weißt du denn bitte solchen Kram?«, fragte Leonie verblüfft. Für einen kurzen Moment vergaß sie die Misere, in der sie sich gerade befanden. »Sag bloß, du liest die Gala oder Bunte?«

»Wenn's geht beide«, antwortete Nina. »Ich habe eben auch meine Abgründe.«

In diesem Moment begann es zu allem Überfluss auch noch zu regnen. Wasser von unten, von oben, gepaart mit Sturm und Dunkelheit. Angst, wie sie sie nur selten erlebt hatte, kroch in Leonie hoch, und sie sehnte sich in diesem Moment ganz besonders nach ihrem Freund, der im Alten Land seiner Arbeit nachging und momentan in der Pension aushalf, um ihr den Kurzurlaub zu ermöglichen. Markus war mit seiner fröhlichen, ruhigen und zupackenden Art Leonies Fels in der Brandung. Er hätte gewusst, was jetzt zu tun war. Doch nun war nicht der richtige Moment, um sich in Beziehungsträumereien zu verlieren, denn es galt, selbst zu handeln. Entschlossen, sich nicht unterkriegen zu lassen, leuchteten die drei mit ihren Handys in alle Richtungen, doch nun war keiner der Pfähle mehr zu erkennen, die Strandläufern – auch bei plötzlich aufkommendem Seenebel – den Weg zur Düne weisen sollten.

»Wartet mal«, Stella kramte in ihrem Gedächtnis. Sie war mit ihrem Mann Robert und den Kindern häufiger in St. Peter-Ording,

Gabriella Engelmann

da sie es von Husum aus nicht besonders weit hatten und die Kids den breiten Strand liebten, Sandburgen bauten und gern Drachen steigen ließen. »Wenn mich nicht alles täuscht, müsste da hinten auch ein Toiletten-Pfahlbau sein«, schrie sie gegen den Wind an, der ihr die Worte entriss und in die tiefe Dunkelheit schleuderte. »Wenn wir da raufgehen, sind wir auf alle Fälle geschützt, auch wenn es dort keine Heizung gibt.«

»Aber wenigstens ein Klo«, giggelte Nina, mittlerweile ebenfalls hochgradig nervös. »Ich muss nämlich mal. Und zwar ganz dringend.«

»Aber sind wir nicht schon viel dichter an der Düne?«, fragte Leonie, der die Aussicht, bei Sturm und Dunkelheit eine nicht beleuchtete Treppe hinaufklettern zu müssen, Furcht einflößte.

»Ich kann es nicht beschwören, aber ich glaube nicht«, erwiderte Stella, deren Puls nun auf Hochtouren lief. Wenn sie sich irrte, konnte das fatale Konsequenzen haben. »Aber ich kenne mich hier ziemlich gut aus, wie ihr wisst.«

»Und du bist die Beste von uns, was räumliches Denken und Orientierung betrifft«, stimmte Nina ihr zu. »Ich finde, wir riskieren es.«

Mittlerweile standen die drei fast knietief in den Fluten und hatten Mühe, sich vorwärtszubewegen. Wenn der Wasserpegel auch nur ein paar Zentimeter weiter stieg, waren sie gezwungen, zu schwimmen. Ohne auch nur ein Wort miteinander zu wechseln, arbeiteten sich die Freundinnen mit zusammengebissenen Zähnen vorwärts. Irgendwann, als Stella schon an sich zweifelte, stieß sie mit dem Fuß gegen die Treppenstufen.

»Yay, wir haben es geschafft!«, rief sie überglücklich und ignorierte den bohrenden Schmerz in ihrem großen Zeh. »Leonie, willst du als Erste?«

Leonie zitterte wie Espenlaub, als sie die rettenden Stufen erklomm, angespornt von Nina und Stella, die ihr gut zuredeten. Danach folgte Nina, Stella zuletzt. Nina verschwand sofort in einer der Kabinen, Stella und Leonie verschnauften und freuten sich darüber, dass der Vorbau der Toiletten überdacht war, obwohl der Wind den Regen schräg übers Meer peitschte.

»Irre, oder?«, sagte Stella und versuchte das Klappern ihrer Zähne zu unterdrücken. »Da stößt man vor einer Stunde fröhlich auf einen entspannten Urlaub an und landet kurz darauf völlig durchnässt auf einem WC-Pfahlbau. Das ist doch total verrückt.«

»Das kannst du wohl laut sagen«, stimmte Nina zu, als sie aus der Toilette kam, und begann in ihrer Tasche zu kramen. Sie beförderte ein Strandtuch hervor sowie zwei Schokoriegel. Darauf folgte eine Flasche Walnussbrand mit einem selbst beschrifteten, hübschen Etikett. »Hier, Mädels, trocknet euch ab, soweit es geht, und wärmt euch mit dem Schnaps auf. Gläser habe ich allerdings keine dabei, und die Riegel müssen wir uns schwesterlich teilen.«

»Wieso schleppst du denn Alkohol mit dir herum, Nina?«, fragte Leonie verwirrt, aber froh über die Aussicht, etwas Wärmendes in den Bauch zu bekommen. Wer wusste schon, wie lange es dauern würde, bis sie hier wieder wegkonnten.

»Seit es zwischen Alexander und mir so …« Es half nichts, die Wahrheit musste jetzt raus. »Seit es zwischen uns so beschissen läuft. Aber keine Angst, ich werde nicht zur Trinkerin. Nur ein bisschen irre.«

»Aber wieso hast du denn nichts gesagt?«, fragte Leonie empört.

»Wir können dir doch nicht helfen, wenn wir nichts von deinen Sorgen wissen«, pflichtete Stella ihr bei. »Wie lange geht das denn schon so? Zuletzt hieß es doch immer, ihr seid happy miteinander, und es klappt gut mit dem Zusammenleben in der Villa.«

»Na ja, Zusammenleben«, knurrte Nina und trank einen kräftigen Schluck aus der Flasche. »Ich finde es zwar toll, dass Alexander und ich in der Villa getrennte Wohnungen haben und uns daher nicht auf den Zünder gehen können, aber das könnten wir sowieso nicht, weil er seit dem Einzug quasi nonstop für seine Bücher unterwegs ist.«

Gabriella Engelmann

»Aber ich dachte, genau das gefällt dir so gut«, fragte Leonie kopfschüttelnd. Sie selbst war ganz anders und konnte kaum schlafen, wenn Markus nicht neben ihr lag. Doch Nina hatte ihre Unabhängigkeit immer geliebt und Alexander gegenüber immerwährend lautstark eingefordert.

»Hast du ihm schon mal gesagt, dass er dir fehlt?«, fragte Stella, die Nina insgeheim um die getrennten Wohnungen beneidete. So sehr sie ihre Familie auch liebte, so sehr sehnte sie sich zwischendrin nach Zeit und Raum ganz für sich allein.

»Wer sagt denn, dass er mir fehlt?«, schnaubte Nina, weil sie sich schmerzlich eingestehen musste, dass Alexander sie offenbar kein bisschen vermisste. »Ich sage ja nur, dass es schon besser zwischen uns lief, und ich überlege, wie es jetzt weitergehen soll. Vielleicht ist das mit mir und den Männern einfach nichts. Aber es tut gut, dass es jetzt raus ist und ich den ganzen Mist nicht mehr in mich hineinfressen muss.«

»Ich finde es super, dass wir hier endlich mal Tacheles reden«, stimmte Stella ihr zu. »Offensichtlich bleibt beim Skypen und Telefonieren doch so einiges auf der Strecke, das man sich nur persönlich sagen kann. Leonie, wir sollten uns im Übrigen dringend etwas für die Pension einfallen lassen. Gemeinsam haben wir bestimmt gute Ideen.«

In diesem Moment erblickten sie Schweinwerfer, die suchend den Strand und das Meer abtasteten.

»Ist das die Küstenwache?«, fragte Leonie aufgeregt. »Haben wir irgendetwas dabei, womit wir die auf uns aufmerksam machen können?«

»Du meinst, so was wie eine Leuchtrakete?«, fragte Nina amüsiert. »Wie wär's stattdessen mit der bewährten Methode? Dem Handy.« Und schon leuchteten die Freundinnen in Richtung der Suchscheinwerfer.

Kurz darauf saßen sie in einem Rettungsboot, das Sven gerufen hatte, nachdem er Ninas SMS erhalten hatte. Keiner der netten

Herren vom DLRG konnte erklären, wie es zu dieser plötzlichen Flut gekommen war, sosehr die Freundinnen sie auch mit Fragen löcherten. »Vermutlich der Klimawandel«, sagte der Älteste von ihnen. »Hauptsache, wir haben euch heil da rausbekommen.«

»Tschüss, Arche Noah«, rief Leonie, drehte sich noch einmal zu dem Pfahlbau um und winkte erleichtert.

»Dass du eine Niete in Sachen Orientierung bist, ist bekannt, aber selbst du müsstest wissen, dass das Restaurant da drüben liegt«, sagte Nina grinsend. Die Tatsache, dass Sven sie alle gerettet hatte, wärmte ihr immer noch das Herz. Sie würde mit Alexander sprechen müssen, wenn er wieder daheim war, und ihm sagen, dass es so nicht mehr weiterging. Sie wollte mit ihm genauso glücklich sein wie ihre Freundinnen mit ihren Männern. Sie wünschte sich jemanden, der an ihrem Leben teilnahm, mitfühlte.

Wenn es am Ende so sein sollte, dass sie sich trennen mussten, dann war das eben nicht zu ändern. Ihre Beziehung war – trotz vieler glücklicher Stunden – immer ein Auf und Ab gewesen. Doch Nina wollte das nicht mehr, sie sehnte sich nach Stabilität. Und nach emotionaler Wärme. Oder danach, ganz alleine zu sein. Auch Leonie war lange Single gewesen, als sie in die »Villa zum Verlieben« gezogen war. Sie hatte sich damit arrangiert, das Beste daraus gemacht, sich weiterentwickelt und schließlich doch noch ihr Glück mit Markus gefunden. Das größte Glück für sie war aber gewesen, mit sich selbst im Reinen und zufrieden zu sein. Und genau das wollte Nina auch!

»Aber für mich war der Pfahlbau die wahre Arche Noah, weil wir drei da oben waren und uns gegenseitig beigestanden haben«, protestierte Leonie und zog einen gespielten Flunsch. Allen dreien wurde – trotz der Kälte – warm ums Herz. Ihre Freundschaft war tatsächlich eine Arche Noah, auf die sie sich jederzeit flüchten konnten.

Ein wundervolles Gefühl.

Eines, das ihnen nie irgendjemand würde nehmen können, egal, was auch geschah.

Sonnige Unterhaltung,
die Herz und Seele wärmt!

GABRIELLA ENGELMANN

Eine Villa zum Verlieben
Roman

Stella, Leonie und Nina haben kaum Gemeinsamkeiten – bis auf ihre Begeisterung für eine alte Stadtvilla im Herzen Hamburgs. Hier führt der Zufall sie zusammen, und die drei Frauen ziehen kurzerhand ein – jede mit einem ganz eigenen Traum: Stella will als Architektin hoch hinaus, Leonie wünscht sich nichts sehnlicher als eine Familie, und Nina möchte nach einer großen Enttäuschung endlich wieder glücklich sein. Doch das Leben geht andere Wege als erwartet, und nicht alles läuft so glatt, wie es sich die drei erhofft hatten. Da heißt es zusammenhalten! Denn nichts hilft in schwierigen Zeiten so sehr wie echte Freundinnen …

»Ein gefühlvolles und warmherziges Buch, in das ich mich auf Anhieb verliebt habe!«
Steffi von Wolff

Apfelblütenzauber
Roman

Ein Meer von rosa-weißen Blüten, malerische Fachwerkhäuser und romantische Flusslandschaften – nach sechs Jahren in Hamburg hat Leonie fast vergessen, wie schön das Alte Land ist. Da ihre Mitbewohnerinnen eigene Wege gehen und sie ihren Job verloren hat, muss sie sich neu orientieren und hofft, in der alten Heimat zur Ruhe zu kommen. Doch das klappt einfach nicht, da ihre Eltern Hilfe brauchen und, ganz unerwartet, ein Mann ihr Herz höherschlagen lässt. Ein Glück, dass sie sich auf ihre beiden Freundinnen Nina und Stella verlassen kann!

»Gabriella Engelmann: Expertin für kluge Romanzen.«
Für Sie

Dani Atkins

Für immer und ewig

Aus dem Englischen
von Sonja Rebernik-Heidegger

Über die Autorin

Dani Atkins, 1958 in London geboren und aufgewachsen, lebt heute mit ihrem Mann in einem Dorf im ländlichen Hertfordshire. Sie hat zwei erwachsene Kinder.

ch besuche ihn jeden Tag. Wie könnte ich auch anders? Ich liebe ihn. Die letzten zehn Jahre mit ihm an meiner Seite waren wie ein wundervolles Geschenk, das ich mir niemals erträumt hätte. Und ich glaube, ihm geht es genauso ... eigentlich weiß ich es sogar. Also besuche ich ihn natürlich, denn wo sollte ich sonst sein? Ich komme jeden Tag und hoffe, dass dieser Tag der Tag sein wird, an dem er endlich wieder die Augen öffnet; an dem er seine Hand, die so regungslos neben ihm liegt, nach mir ausstreckt. Ich kann das Risiko nicht eingehen, dass er womöglich eines dieser Dinge tut und ich nicht bei ihm bin.

Also komme ich – aber nicht nur aus Liebe. Ich komme auch, weil ich ein schlechtes Gewissen habe. Denn es ist meine Schuld, dass er hier ist.

Ich war nicht die Erste, mit der Bob sein Leben teilte. Er war viele Jahre lang verheiratet, bevor wir uns trafen. Ihr Name war Evelyn, und es stehen immer noch Fotos von ihr in seinem Haus. Das macht mir nichts aus. Mir ist klar, wie wichtig sie für seine Kinder sind. Manchmal, wenn sie glauben, dass ich es nicht merke, holen sie sich ein gerahmtes Bild ihrer Mutter vom Kaminsims oder aus dem Regal, um es sich anzusehen. Es bricht mir jedes Mal das Herz, wenn ich sehe, wie sehr sie sie noch immer vermissen. Tom, Bobs jüngster Sohn, war erst fünfzehn, als sie starb. Eine solche Tragödie. Ein junger Bursche in diesem Alter braucht seine Mum, auch wenn er noch so sehr versucht, tapfer zu sein. Lange Zeit nachdem ich eingezogen war, hörte ich ihn immer noch in der Stille der Nacht um seine Mum weinen, und ich sehnte mich danach, zu ihm zu gehen und ihn zu trösten. Doch ich wusste, dass er noch nicht bereit war zuzulassen, dass jemand das riesige, klaffende Loch füllte, das seine Mutter hinterlassen hatte.

Das Große K – so nennen sie es. Als hätten sie Angst, das Wort auszusprechen. Es hat Evelyn viel zu früh all jenen entrissen, die sie liebten. Und es hat Bob und seinen drei Kindern das Herz gebrochen. Den Kindern, die ich so sehr liebe, als wären sie mein eigen Fleisch und Blut. Ich bin schon viel zu alt, um eigene Kinder zu bekommen, aber das ist okay, denn Bobs Familie ist meine Familie. Irgendwann akzeptierten die Kinder, dass ihr Vater eine Gefährtin brauchte. Und ich wollte niemals Evelyns Platz einnehmen. Ich wäre nie so dumm, es auch nur zu versuchen.

Natürlich wohnt mittlerweile keines der Kinder mehr zu Hause. Sie sind »ausgeflogen«, wie Bob zu sagen pflegt. Das bringt mich jedes Mal zum Lächeln, denn ich sehe dann drei sehr große, rot gefiederte Vögel vor mir, die über den Himmel flattern.

Sie haben die roten Haare ihrer Mutter geerbt. Selbst auf den letzten Fotos haben es weder Evelyns fortgeschrittenes Alter noch ihre Krankheit geschafft, die Farbe zum Verblassen zu bringen. Und ihr Erbe lebt auch in der nächsten Generation weiter: Bobs erstes Enkelkind – dieser engelsgleiche, pausbackige Goldschatz namens Catherine – hat ebenfalls weiche rote Locken. »Irgendwann wird sie einem Jungen das Herz brechen«, sagt Bob immer. Und ich bezweifle es nicht im Geringsten. Aber es wird nicht Bobs Herz sein … denn ich fürchte, das ist schon gebrochen.

Bobs Haare sind dunkel. Auf den Fotos erinnert mich die Familie immer an eine Packung Streichhölzer. Sie stehen mit ihren flammenroten Köpfen in einer Reihe, und in der Mitte steht Bob mit seinen dunkelbraunen Haaren, die beinahe schwarz wirken, und sieht aus wie ein verbranntes Streichholz.

Eigentlich gefällt mir dieser Vergleich nicht, denn er klingt, als wäre Bob am Ende. Verbraucht. Aber das ist er nicht. Er schläft nur. Zumindest rede ich mir das ein. Er schläft und könnte sich jeden Augenblick aufrichten und etwas Dummes sagen, wie etwa: »Warum macht ihr alle so traurige Gesichter?« Oder er könnte die Hand ausstrecken und leise flüstern: »Hallo, Blondie«, und ich würde den Kopf schütteln, als würde mich dieser Spitzname ärgern, obwohl er genau weiß, dass das nicht der Fall ist.

Wenn wir mit seinen Freunden oder der Familie zusammen sind, ist er immer so rücksichtsvoll und nennt mich Sally. Bloß in der Nacht, wenn er eine Hand nach mir ausstreckt, meint er oft mit tränenerstickter Stimme: »Ich danke Gott dafür, dass du bei mir bist, Blondie. Ohne dich würde ich es nicht schaffen.«

Und ich würde es auch nicht ohne ihn schaffen. Uns beiden war es bestimmt, miteinander alt zu werden. So lautete der Plan. Aber Pläne haben die fiese Angewohnheit, nicht immer aufzugehen, nicht wahr? Ich schätze, Bob und Evelyn hatten ihren ganz eigenen Plan, bevor das Große K in ihr Leben trat und es auf den Kopf stellte.

Ich rutsche hin und her und versuche, eine bessere, bequemere Position zu finden. Ich will mich nicht über meine Arthritis beklagen. Sie trifft uns alle bis zu einem gewissen Grad, wenn wir älter werden. Ich spüre es in den Beinen, Bob in den Händen. Manchmal, wenn er mich berührt, sehe ich, wie er schmerzerfüllt zusammenzuckt. Ich beschwere mich nicht über die Schmerzen. Das wäre falsch. Ich meine, ich werde immerhin nicht daran sterben, nicht wahr? Niemand wird mit erstickter Stimme zu mir sagen: »Oh, Sally, es tut mir so leid, dass dich das Große A erwischt hat. Was für ein herber Schlag.«

Aber vielleicht *haben* sie genau das zu mir gesagt, und ich kann mich bloß nicht mehr daran erinnern? Wie bei vielen anderen bringt der Lebensabend auch bei mir einige Unannehmlichkeiten mit sich. Doch von all diesen Dingen jagt mir die Demenz die größte Angst ein. Sie hat schon vor einer ganzen Weile begonnen, ihre schmutzigen kleinen Finger nach mir auszustrecken. Bob hat es vor mir bemerkt. Vielleicht wollte ich es einfach nicht wahrhaben.

Manchmal bin ich verwirrt, und ein oder zwei Mal habe ich mich bereits an Orten verlaufen, die ich wirklich gut kenne, und das hat mir Angst gemacht. Doch beide Male war Bob in der Nähe, nahm mich und führte mich auf sicheren, festen Boden zurück.

»Wir werden alt. Das ist einfach so«, sagte er nach dem letzten Mal. Dann zog er mich sanft in seine Arme und drückte mir einen Kuss auf die Stirn. Ich glaube, er hat geweint, denn ich hatte das Gefühl, als wäre eine einzelne Träne von seinem Gesicht auf meines gefallen, doch an diesem Tag war es feucht und es nieselte, weshalb ich mir weismachte, es wäre nur der Regen gewesen.

Bobs Tochter sorgt sich um ihn – und in einem geringeren Maß auch um mich, was ich ziemlich nett von ihr finde. Falls ich Evelyn jemals treffen sollte – wenn es denn so etwas wie ein Leben nach dem Tod gibt –, dann werde ich ihr dafür danken, dass sie drei so vortreffliche Menschen großgezogen hat. Die roten Haare sind nicht das einzige Erbe ihrer Mutter. Sie sind alle so freundlich und warmherzig.

»Warum ziehst du nicht mit Sally zu uns?«, fragte Diane Bob erst vor ein paar Monaten. »Das alte Haus ist doch viel zu groß für euch. Und Catherine würde sich sehr freuen, ihren Großvater jeden Tag um sich zu haben.«

Ich blickte unsicher von Diane zu Bob. Ein Umzug? Wollte Bob das wirklich? Wollte er das Haus verlassen, das er und Evelyn sich früher geteilt haben, das Haus, in dem jetzt wir zusammen leben? Ich sagte kein Wort, denn es stand mir nicht zu, aber ich kann gar nicht sagen, wie erleichtert ich war, als Bob die Hand seiner Tochter nahm und langsam den Kopf schüttelte. »Nein, meine Kleine. Aber du hast keine Ahnung, wie viel mir dieses Angebot bedeutet – uns beiden«, fügte er rasch hinzu, denn er hatte wie immer Angst, ich würde mich ausgeschlossen fühlen. »Die Tatsache, dass du tatsächlich willst, dass zwei so komische alte Käuze wie wir in deinem Haus herumlungern und dir ständig im Weg sind ...«

Dani Atkins

Diane musterte ihren Vater und mich eingehend, dann nickte sie langsam. »Ich dachte mir schon, dass du so reagieren würdest. Aber das Angebot steht. Es liegt auf dem Tisch, für den Fall, dass du deine Meinung einmal änderst.« Ich warf einen Blick zu dem Tisch hinüber, auf dem lediglich eine Teekanne und ein Kännchen Milch standen, und die beiden lachten. Es ist seltsam, so verwirrt zu sein. Manchmal raubt es einem jeglichen Sinn für Humor, denn in diesem Moment kam mir das alles überhaupt nicht witzig vor.

Bob und ich haben immer versucht, aktiv zu bleiben, obwohl das Schicksal uns ständig zu den unpassendsten Zeitpunkten mit weiteren Krankheiten torpedierte. Wir machten immer noch jeden Tag einen Spaziergang, wenn auch sehr viel langsamer als früher.

Wir waren gerade unterwegs, als es passierte. Diese schreckliche Sache, die alleine meine Schuld ist.

Wir hätten das Haus an diesem Morgen beinahe nicht verlassen, und wenn wir tatsächlich zu Hause neben dem prasselnden Feuer geblieben wären, hätte es mir ehrlich gesagt nichts ausgemacht. Es war ein bitterkalter Dezembermorgen, und in der Nacht war Schnee gefallen, der nicht so aussah, als hätte er vor, bald wieder zu schmelzen. Der Weg war ein wenig glatt, und ich beobachtete besorgt, wie Bobs Gehstock wegrutschte, als er das Gartentor hinter uns schloss.

In unserem Alter waren gebrochene Hüften nichts, das nur anderen passierte. Sie kamen in unserem Freundeskreis so häufig vor, dass man beinahe von einer Epidemie sprechen konnte. Bob war Mitglied im Bowling-Club, und obwohl ich selbst nicht spiele, begleitete ich ihn gerne zu den wöchentlichen Treffen. Es schien keine Woche zu vergehen, in der uns nicht einer von Bobs Bekannten erzählte, dass wieder jemand »zu Sturz gekommen« war. Jedes Mal, wenn ich diesen Ausdruck höre, muss ich beinahe lächeln. Wenn man jünger ist, stürzt man einfach. Doch wenn man ein bestimmtes Alter erreicht hat, »kommt man zu Sturz«. Das Ereignis scheint nach einem Hauptwort zu verlangen.

Der eisige Weg durch den Park, den wir regelmäßig nahmen, schien genau die Art von Ort, der bereits ungeduldig darauf wartete, dass Bob »zu Sturz kam.« Ich war also voller Sorge, als wir nebeneinander den Weg entlanggingen, doch ich hatte keine Ahnung, dass es nicht der Weg war, der an diesem Tag zur Gefahr für Bob werden würde, sondern vielmehr ich selbst.

Ich kann mich nicht mehr an den Namen des Mannes aus dem Bowling-Club erinnern, den wir an diesem Tag bei unserem Spaziergang trafen. Ich erkannte sein Gesicht wieder, weshalb er vermutlich regelmäßig kam, doch die Krankheit, die langsam und leise meine Gehirnzellen zerstörte, hatte mir seinen Namen entrissen. Die beiden Männer unterhielten sich angeregt über den bevorstehenden Wettkampf, auf den sie sich gerade vorbereiteten. Es ist gut, Dinge zu haben, auf die man hinarbeiten kann. So hat man ein Ziel vor Augen. Doch mir wurde schon nach ein paar Minuten langweilig. Die beiden waren so sehr in ihr Gespräch vertieft, dass sie vermutlich gar nicht bemerkten, dass ich mich alleine auf den Weg machte.

Ich erinnere mich, dass ich dachte: »Ich gehe einfach nur ein wenig weiter den Weg entlang. Es ist wärmer, wenn man sich bewegt, und es ist wirklich schrecklich kalt.« Doch der Schnee hatte die Grenze zwischen dem Weg und dem Rasen verwischt, und so war es leicht, die Orientierung zu verlieren.

Irgendwann begann der Boden zu meiner Rechten steil abzufallen, und in diesem Augenblick hätte mir wohl sofort bewusst sein sollen, dass ich mich an der Uferböschung befand, die zum See hinunterführt. Aber es war alles so verwirrend. Der Weg war weiß, der Abhang war weiß … und auch die Oberfläche des Sees war weiß. Er war über Nacht zugefroren, und der Schnee hatte auch die Grenze zwischen dem Land und dem … Nicht-Land verwischt.

Ich hatte erst einige Schritte vorwärts gemacht, als ich die ersten Geräusche unter meinen Füßen hörte. Es klang wie winzige,

Dani Atkins

leise Schüsse. *Knack. Knack.* Die Geräusche wurden mehr, und die dünne Eisschicht unter mir beschwerte sich lautstark über mein Eindringen.

»Sally!«

Ich wandte den Kopf und sah, dass Bob in einer Geschwindigkeit auf mich zukam, die sein Alter Lügen strafte. Ich erinnere mich, wie ich besorgt dachte: »Vorsichtig, du alter Narr, mach langsamer. Du wirst dir noch die Hüfte brechen, wenn du in diesem Tempo weiterläufst.« Weiter kam ich nicht, denn in diesem Augenblick wurden die winzigen Schüsse unter meinen Füßen von einem lauten Krachen übertönt, und ich fiel durch das Eis in das eiskalte Wasser darunter.

Die Kälte traf mich wie Tausende Nadelstiche. Wasser drang in meine Nase, meine Ohren, meine Augen. Ich ging sofort unter, auch wenn ich in jüngeren Jahren eine gute Schwimmerin gewesen war. Doch es war unmöglich, in dieser Situation zu schwimmen. Ich trat mit den Beinen aus und schaffte es – einen kurzen Augenblick lang – durch das Loch im Eis an die Oberfläche zu gelangen. Gleich darauf sank ich wieder ins eiskalte Wasser, doch ich war lange genug oben gewesen, um zu sehen, dass Bob am Ufer stand und gerade aus seinem schweren Mantel schlüpfte.

Sein Freund, dessen Name mir nicht einfallen wollte, kam hinter ihm her, und mir fiel auf, dass er in einem sehr viel vernünftigeren Tempo unterwegs war. Er hielt ein Mobiltelefon in der Hand, und ich nehme an, er tat das, was man als Multitasking bezeichnet. Er schrie in sein Telefon und gab unseren Standort durch, während er gleichzeitig Bob zubrüllte.

»Bob! Nein! Sei doch nicht albern! Bleib, wo du bist. Ich habe bereits den Notruf gewählt. Sie sind sicher gleich hier.«

Aber Bob hatte nicht vor, auf den Mann zu hören. Das war mir klar. Er hatte seine Gefährtin, mit der er sein ganzes Leben verbringen wollte, an eine Krankheit verloren, gegen die er nicht ankämpfen konnte; und er würde jetzt nicht auch noch mich wegen eines dämlichen Unfalles verlieren. Ein Unfall, der – wie unbedingt gesagt werden muss – ganz alleine meine Schuld war.

Ich schaffte es ein weiteres Mal an die Oberfläche und entdeckte Bob, der bereits auf allen vieren über das Eis robbte. Sein Freund stand oben an der Uferböschung und presste sich betroffen die Hände auf die Wangen.

Ich wollte Bob zurufen, zu seinem Freund zurückzukehren; zu warten, bis Hilfe kam. Doch das Wasser hatte mich meiner Stimme beraubt. Ich zappelte hilflos in seiner eisigen Umklammerung.

»Sally. Sally. Halte durch, mein Mädchen. Halte durch. Ich komme.«

Bob lag auf dem Bauch und schlängelte sich wie eine altersschwache Schlange über das Eis. Kein Mann seines Alters sollte so etwas tun. *Kein* Mann sollte so etwas tun – egal, wie alt er ist.

Als ich das letzte Mal an die Oberfläche kam, sah ich, dass Bob bereits sehr nahe war. Er war kaum mehr als einen Meter von der Stelle entfernt, an der ich eingebrochen war. Unsere Gesichter waren auf einer Höhe. Ich sah die Panik in seinen Augen. Sie waren groß und rund und voller Angst. Ich fragte mich, ob er Evelyn am Ende auch so angesehen hatte.

»Bitte, Sally. Halte durch. Ich hole dich da raus. Verlass mich nicht.«

Ich blickte in seine wässrig blauen Augen, die mich so voller Liebe ansahen, und mir wurde klar, dass es vollkommen okay wäre, wenn sie das Letzte gewesen wären, was ich auf dieser Welt sah. Das war vollkommen in Ordnung.

Doch im nächsten Augenblick schoss Bobs Arm über das Eis und packte mich. Ich habe keine Ahnung, woher er die Kraft nahm. Er umklammerte mich mit der Vehemenz eines Mannes, der nur halb so alt war wie er. Und er weigerte sich, loszulassen. Er ließ selbst dann nicht los, als das Eis unter seinem ausgestreckten Körper zu knacken begann und sich die Risse unter ihm wie ein Strahlenkranz in alle Richtungen ausbreiteten. Er

Dani Atkins

hielt mich fest, und plötzlich war mein Körper nicht mehr unter Wasser.

Es folgte ein Moment, den ich mein ganzes Leben lang nicht vergessen werde und in dem sich unsere Blicke trafen und einander festhielten. Er hatte mich gerettet. Er hatte sein Leben riskiert, um meines zu retten. So, wie es mir niemals möglich gewesen war. Im nächsten Augenblick hörte ich dieses schreckliche Geräusch, als das Eis unter ihm brach – und er war fort.

Mittlerweile gleicht ein Tag dem anderen. Ich gehe zu ihm, setze mich neben ihn und warte geduldig darauf, dass er wieder aufwacht. Denn das tut man eben, wenn man jemanden liebt. Das tut man, wenn einem das Herz gebrochen wurde.

Ich wohne jetzt bei Diane. Nur eine Weile lang, sage ich mir immer wieder. Nur, bis es Bob wieder besser geht. Doch Dianes trauriger Blick sagt mir, dass sie nicht glaubt, dass es Bob jemals wieder besser gehen wird. Ich allerdings schon. Die ganze Familie kommt zu ihm, sooft es geht, doch ich besuche ihn jeden Tag. Am Anfang ging ich zu Fuß, auch wenn es von dem großen Anwesen, in dem Bobs Tochter lebt, ein ziemlich weiter Weg ist. Irgendwann erkannte Diane, dass es keine Rolle spielte, was sie sagte, um mich davon abzuhalten. Ich werde mich nicht beirren lassen. Solange Bob hier ist, werde ich ebenfalls hierherkommen.

Deshalb bringt sie mich mittlerweile jeden Morgen mit dem Auto zu ihm und holt mich auf dem Nachhauseweg von der Arbeit wieder ab. Zurück in ihrem Haus zähle ich die Stunden bis zum nächsten Tag, wenn ich endlich wiederkommen kann, um mich neben den Mann zu setzen, den ich liebe, und um auf ihn zu warten.

Ich höre sie auch jetzt, wie sie den gefrorenen Weg entlanggeht.

»Komm schon, Sally. Es wird Zeit zu gehen.« Ich sehe sie traurig an, doch sie schüttelt bloß den Kopf. »Du musst jetzt mitkommen. Du bist sicher schon vollkommen durchgefroren.«

Durchgefroren? War es heute etwa kalt? Ich habe nichts davon bemerkt. Diane streckt die Hand aus und berührt mich sanft an der Schulter, und ich bewege mich langsam und zögerlich von dem Ort fort, wo Bob liegt.

»Ich muss dir einen Mantel besorgen. Wenn du darauf bestehst, weiter jeden Tag hierherzukommen, muss ich dir etwas Warmes zum Anziehen kaufen. Ich werde heute Abend im Internet nachsehen.«

Wir gehen schweigend zu ihrem Auto, und sie öffnet die Beifahrertür für mich. Als ich noch jung war, war es kein Problem für mich, in ein Auto ein- und wieder auszusteigen. Aber jetzt nicht mehr. Diane bückt sich und hebt mich praktisch auf den Beifahrersitz. Ich wende mich dankbar zu ihr um, und sie nickt traurig.

»Ich weiß. Ich vermisse ihn auch.«

Sie schließt vorsichtig die Tür, und ich drehe mich um, um aus dem Fenster zu sehen. »Verlass mich nicht«, hat er gefleht. Es waren die letzten Worte, die er zu mir gesagt hat. Und ich werde sie bis zu meinem Tod bei mir tragen.

Ich lasse langsam den Kopf auf meine Vorderpfoten sinken und beobachte, wie der Friedhof nach und nach aus meinem Blickfeld verschwindet.

»Ich komme morgen wieder, Bob«, verspreche ich ihm leise. Und ich weiß, dass er mich irgendwo hört.

Der Moment, in dem du den Menschen triffst,
auf den dein Herz gewartet hat.

DANI ATKINS

Sieben Tage voller Wunder

Roman

Als Hannah herausfindet, dass ihr Freund William sie betrogen hat, reist sie zu ihrer Schwester nach Kanada. Dort will sie sich über ihre Beziehung klar werden. Doch als sie nach fünf Wochen wieder zum Flughafen fährt, ist sie mit ihrem Gefühlschaos keinen Schritt weiter. Soll sie Schluss machen oder ihrer Beziehung noch eine Chance geben? Während sie auf den Flug zurück nach England wartet, fällt ihr ein Mann auf, dessen grüne Augen sie sofort in ihren Bann ziehen. Als sie das Flugzeug besteigt, ist Hannah fast ein bisschen enttäuscht, dass sie kein einziges Wort mit dem Fremden gewechselt hat. Da ahnt sie noch nicht, dass das Schicksal sie schon bald unter dramatischen Umständen wieder zusammenführen wird …

Yvonne Jarré

Paris von oben

Über die Autorin

Yvonne Jarré (Jahrgang 1967) ist eine Hamburger Autorin, die unter verschiedenen Pseudonymen Romane veröffentlicht. So oft wie möglich reist sie mit ihrem Mann und ihren beiden Kindern nach Paris, um dort von einer eigenen Wohnung zu träumen.

M anche Städte kennen keine Pause, dachte Nina. Egal, ob an Wochenenden, an Feiertagen oder nachts – immer pulsiert das Leben, vibriert, summt. So ist Paris.

Trotzdem merkte sie den Unterschied zu den Werktagen, als sie vor dem Sans Regrets stand, um auf das Taxi zu warten. Auf der nahe gelegenen Hauptstraße rauschte der Verkehr wie jeden Tag vorbei, die Autos, die Busse und Motorroller. Aber hier in der Rue Saint Vincent war es ruhiger als sonst. Weniger Autos waren unterwegs, der Bäcker und der Blumenladen ein paar Türen weiter hatten geschlossen, und die Passanten schienen es weniger eilig zu haben als an anderen Tagen. Lediglich der Rhythmus des Lebensmittelgeschäfts auf der anderen Straßenseite schien sich auch sonntags nicht zu ändern: Eine Markise beschattete die ordentlich aufgestapelten Kisten und Körbe mit Tomaten, Gurken und Melonen. Daneben saßen – wie an jedem der vergangenen Tage – zwei alte Männer auf Klappstühlen und tranken Tee aus winzigen Gläsern. Aus den Tiefen des Ladens erklang orientalische Musik, und der Duft von frischem Fladenbrot, gefüllten Blätterteigtaschen und Koriander wehte herüber.

Das erwartete Taxi kam und hielt direkt vor ihnen neben dem Kantstein. Der Fahrer sprang aus dem Wagen und verstaute die Koffer, während Nina die drei letzten Teilnehmerinnen des Autoren-Seminars verabschiedete.

»Ich wünsche euch einen guten Flug!«

»Danke Nina, vielen Dank! Ich nehme eine Menge mit aus dieser Woche: Anregungen, Ideen, Tipps – hoffentlich kann ich wenigstens einen Teil davon umsetzen.«

»Bestimmt. Außerdem hast du meine E-Mail-Adresse. Wenn du eine zweite Meinung brauchst, meldest du dich einfach.«

»Danke.«

Nina schüttelte die entgegengestreckten Hände, verteilte Umarmungen und wünschte viel Erfolg. Dann stiegen die drei in ihr gemeinsames Taxi, das sie zum Pariser Flughafen und von dort aus wieder nach Deutschland bringen würde. So wie sie. Das allerdings erst am Mittwoch. Das Seminar hatte Spaß gemacht, die Teilnehmer waren hoch motiviert gewesen, und die Gruppe hatte gut zusammengearbeitet. Trotzdem war es für sie auch anstrengend gewesen. Jetzt beglückwünschte sie sich zu ihrer Entscheidung, noch Urlaub anzuhängen. Statt also heute schon mit den anderen nach Hamburg zurückzufliegen und morgen wieder im Büro zu sitzen, lagen zwei Tage in Paris vor ihr: in den Tuilerien in der Sonne sitzen, Jim Morrisons Grab besuchen, in der Rue de Rosiers Falafel aus einer Papiertüte essen und um Mitternacht auf dem Eiffelturm stehen, die beleuchtete Stadt zu Füßen. Und das bei Temperaturen, die man mit Recht als sommerlich bezeichnen konnte. So viel, auf das sie sich freute!

Auf irgendein geheimes Kommando hin flogen die Tauben vom gegenüberliegenden Dach auf. Nina lauschte dem Schlagen ihrer Flügel, bis sie sich nur zwei Dächer weiter wieder niederließen. Ja, auch dieses Geräusch gehörte zu Paris.

Du hast es gut getroffen, Nina Westphal!

Sie drehte sich um und kehrte in das Sans Regrets zurück.

Die Bar empfing Nina mit ihrer ganz eigenen Mischung aus dunklem Holz, Messing, rotem oder leopardengemustertem Samt und gedämpfter Musik. Das Sans Regrets gab ihr das Gefühl, nicht nur eine ganz andere Welt zu betreten, sondern um vierzig oder fünfzig Jahre in der Zeit zurückzureisen. In die Zeit der ersten James-Bond-Filme, toupierten Haare, Lidstriche und kurzen Röcke.

Ursprünglich ein Etablissement mit eindeutigem Ruf, hatte sich das Sans Regrets unter den geschickten Händen ihrer Freundin

Svenja und deren Lebensgefährten Marc in ein blühendes Kulturzentrum verwandelt, ohne viel zu verändern: das Mobiliar, die
Raumaufteilung, die Farbgebung – alles war geblieben, wie es die
vorige Besitzerin hinterlassen hatte. Um die kleine runde Bühne
waren Tische verteilt, auf denen Lampen mit Messingfuß und roten Schirmen festgeschraubt waren. In ihrem dämmrigen Licht
brauchte es nicht viel Fantasie, um sich vorstellen zu können, wie
es hier früher zugegangen war.

Nina steuerte die Nische an, in der sich ihre Freundin Svenja
gerade mit einem erleichterten Seufzer auf die Sitzbank fallen ließ.
Das Séparée war früher vermutlich den zahlungskräftigeren Gästen
des Sans Regrets vorbehalten gewesen, die hier am Tisch hinter
schweren Vorhängen mit den Damen zusammengesessen, überteu-
erten Champagner getrunken und Arrangements für die Nacht
ausgehandelt hatten.

Nina setzte sich ihrer Freundin gegenüber und versank dabei fast
in den dicken Polstern.

»Das Seminar lief sehr gut, die Teilnehmer waren alle zufrieden.« Svenja lächelte. »Du hast wirklich gute Arbeit geleistet,
Nina.«

»Es ist keine Kunst, über das Schreiben zu reden, wenn man das
in so einem Ambiente tun darf. Es hat eine Menge Spaß gemacht.
Aber ich bin jetzt auch ziemlich erledigt.«

»Kann ich mir vorstellen. Die Pause haben wir uns wirklich verdient, oder?«

»Ja. Und ein Königreich für einen Kaffee!«

»Soll ich dich beim Wort nehmen?« Wie aus dem Nichts tauchte eine große weiße Schale vor Nina auf, aus der ihr ein verführeri-
scher Duft in die Nase stieg – frisch gemahlener und aufgebrühter
Kaffee, gekrönt von einem Berg aus warmem Milchschaum. Sie
hob den Kopf und blickte direkt in ein Paar blauer Augen unter
einem blonden Wuschelkopf.

»Kannst du Gedanken lesen, Didier?«

»Gelegentlich. Allerdings übe ich noch.« Er zwinkerte Nina zu und stellte den Café au Lait vor ihr auf dem Tisch ab.

»Du bist meine Rettung.« Nina erwiderte sein Lächeln und griff nach der Schale. Dabei berührten sich ihre Finger. Ein Zufall? Wieder hob sie ihren Blick und sah in Augen, in denen man sich ohne Anstrengung eine Weile verlieren konnte.

»Setzt du dich zu uns?«

Didier schüttelte den Kopf.

»Ich lasse euch beide mal in Ruhe. Ihr hattet in den letzten Tagen kaum Zeit, miteinander zu reden. Außerdem braucht Claire bestimmt noch Hilfe bei der Reinigung der Zimmer.«

Und dann war er auch schon verschwunden.

»Ich kann mich gar nicht daran erinnern, wie es bei uns zuging, bevor Didier hier seine Töpferwerkstatt eingerichtet hat. Der Mann ist unglaublich.« Svenja löffelte mit sichtlichem Genuss den Milchschaum aus ihrer Tasse. »Er steht hinter dem Tresen, hilft Marc mit der Technik, putzt und erledigt die Einkäufe. Seine Töpferkurse sind mittlerweile über das Viertel hinaus bekannt und für den Rest des Jahres ausgebucht. Hast du dir seine Skulpturen und Gefäße angesehen?«

»Gleich, als ich am Mittwochmorgen hier ankam. Der Lebensbaum, der vorne im Fenster steht, hat mich sofort in den Bann gezogen. Beeindruckend.« Nina nippte vorsichtig an ihrem Kaffee und dachte dabei an Didiers Hände: schmale, sensible Hände, die einem feuchten, unscheinbaren Klumpen Lehm die wunderbarsten Formen entlocken konnten. »Didier ist ein Künstler. Obendrein noch aufmerksam, freundlich und intelligent. Er sieht gut aus. Und er kocht himmlischen Kaffee!« Sie stellte die Schale ab und wischte sich Milchschaum von der Nasenspitze. »Seit Tagen bin ich auf der Suche nach einem Haken. Hat er irgendwo eine Frau und sieben Kinder? Oder ist er ein Mönch? Ein gesuchter Serienkiller? Kleptomane?«

Svenja schüttelte den Kopf.

Yvonne Jarré

»Nichts von alledem.«

»Ist er vielleicht schwul?«

»Nein.«

»Dann kann er nicht echt sein. Beim besten Willen nicht.«

Sie mussten beide lachen.

Wieder fiel Nina auf, dass Svenja sich in den vergangenen zwei Jahren verändert hatte. Nicht nur äußerlich durch die Schwangerschaft und den stattlichen Bauch, den sie zurzeit vor sich herschob. Nein, die Veränderung ging tiefer. Svenja war offener, lebendiger. Aus dem lieben und hilfsbereiten, aber hoffnungslos schüchternen Mädchen, das nie Nein sagen konnte, war eine warmherzige, quirlige, selbstbewusste Frau geworden. Das hatte Nina in den letzten Tagen einige Male beobachten können, wenn ihre Freundin mit Lieferanten, Handwerkern und Kursteilnehmern gesprochen hatte.

»Marc tut dir gut«, stellte sie fest.

»Du hast recht.« Svenjas Wangen färbten sich rosa. »Das sehe ich auch so. Nach Paris zu kommen war die beste Idee, die ich jemals hatte.«

»Abgesehen von diesem Kulturzentrum.«

»Vielleicht.« Svenja ließ ihren Blick durch den Raum schweifen. Es sah aus, als wollte sie jeden einzelnen Gegenstand streicheln – die dunklen Tische, die rot gepolsterten Stühle, die Lampen, die Messingaschenbecher, den Flügel auf der Bühne. »Gefällt es dir?«

»Und ob.«

»Anfangs haben Marc und ich überlegt, ob wir das Sans Regrets lieber ganz neu einrichten sollten. Die Vergangenheit ist hier noch sehr lebendig, was möglicherweise auch abschreckt – immerhin war es mal ein Bordell. Aber wir brachten es einfach nicht übers Herz, diese Einrichtung durch etwas Neues, Glattes zu ersetzen.«

»Gut, dass ihr es nicht gemacht habt. So wie es ist, atmet es Geschichte und Geschichten mit jeder einzelnen Kerbe im Holz. Es hat eine sehr inspirierende Atmosphäre. Und erst die Zimmer oben! Am liebsten möchte ich mich wie Hemingway in einem davon einschließen und nicht eher herauskommen, bis der Roman fertig ist.«

»Danke, das freut mich sehr. Wir hatten gehofft, dass es diese Wirkung auf kreative Köpfe hat. Aber der Weg hierher war nicht ganz leicht.«

»Ich weiß.«

»Hättest du mich vor zwei Jahren gefragt, ich hätte nicht im Traum daran geglaubt, dass mein Leben mal so eine Wendung nehmen könnte.« Svenja neigte ihren Kopf. »Und was ist mit dir?«

»Meine Bücher verkaufen sich gut, ich habe genug Ideen für mindestens drei weitere Romane. Die Arbeit bei der Caritas ist zwar anstrengend, aber auch oft befriedigend, wenn ich merke, dass eine Familie oder ein Klient wieder einen Schritt weitergekommen ist. Meine Nichten und Neffen halten mich auf Trab. Und wenn mir alles zu bunt wird, setze ich mich auf mein Motorrad, und mein Kopf wird wieder klar. Ich liebe mein Leben und genieße es in vollen Zügen.«

»Das spürt man. Aber du hast in einer Mail angedeutet, dass es da in Hamburg jemanden gibt.«

Da war er wieder, dieser kleine Stich, mitten in der Brust. Nicht schlimm. Es war kein richtiger Schmerz, keine Trauer, keine Wut, keine großen Gefühle. Sie zuckte nicht einmal zusammen. Aber er war da, dieser Stich, ganz plötzlich und unerwartet. Das konnte sie nicht leugnen.

»Du meinst Erik?« Sie hoffte, dass Svenja die kurze Pause vor diesem Namen nicht bemerkt hatte.

»Erik?« Svenja dehnte die beiden Vokale, runzelte die Stirn und schüttelte dann den Kopf. »Mein Hirn arbeitet zwar derzeit nicht auf Hochtouren, aber ich bin mir ziemlich sicher, dass es ein Name mit F war. Florentin? Oder Fabian?«

»Ach, du meinst Florian.« Nina winkte ab und spürte sofort den Ärger, den sie immer empfand, wenn sie an diesen Mann dachte.

»Das war vor etwa einem halben Jahr. Mittlerweile ist er Geschichte. Zum Glück. Weißt du, er ist wirklich nett. Sehr intelligent und gebildet. Er arbeitet als Journalist in der Redaktion eines Nachrichtenmagazins. Wir hatten eine angenehme Zeit miteinander, bis er plötzlich der Meinung war, ich solle doch lieber das Motorradfahren sein lassen. Aus Umweltschutzgründen, wegen der Lärmbelastung und weil die ganze Biker-Szene ohnehin nur aus einem Haufen ungewaschener, krimineller Proleten bestünde. Das wurde mir schnell zu bunt. Er selbst fährt mit einem riesigen SUV durch die Gegend, trinkt literweise Kaffee und futtert Schokolade – natürlich nicht aus fairem Handel. Aber nicht etwa, weil er zu geizig für die paar Cent mehr ist. Nein. Natürlich nicht. Sondern weil die ganzen Organisationen, die daran arbeiten, wenigstens etwas gerechtere Verhältnisse für alle Menschen in dieser Welt zu schaffen, lediglich Betrüger sind, die sich jährlich die Millionen in die eigenen Taschen wirtschaften.« Ninas Wangen wurden warm, während sie sich in Rage redete. »Aber ich soll meine Maschine stehen lassen! Mit welchem Recht versucht er, mir das Motorradfahren madig zu machen? Ich weiß, es ist nicht jedermanns Sache, und das ist auch völlig in Ordnung. Aber für mich ist das Motorradfahren ein Teil meines Lebens. Und dann soll man mich doch bitte lassen. Gerade wenn man vorgibt, mich zu lieben – als Mensch, als Ganzes, zu dem eben auch das Motorradfahren gehört.« Sie schüttelte verärgert den Kopf. »Er hat es nicht eingesehen. ›Diese Dreckschleudern sollten verboten werden!‹ So ein Spinner. Soll er sich erst mal an die eigene Nase fassen.« Sie schnaubte. »Ich habe es mir ein paar Mal angehört, ihn in die Schranken gewiesen. Und schließlich meine Sachen geschnappt, mich auf meine Fat Boy gesetzt, und weg war ich.«

»O weh. Der hat dich ja ziemlich gegen sich aufgebracht.« Svenja schaute sie zerknirscht an. »Wenn ich das gewusst hätte, hätte ich nicht gefragt.«

»Ach, mach dir keinen Kopf, dieser Idiot ist die Mühe nicht wert. Ich verabscheue Doppelmoral. Und ich verabscheue Menschen wie Florian, die sich alles immer so drehen, damit sie es in ihrem selbst gezimmerten Weltbild richtig schön kuschelig haben. Oh, aber meine Eltern haben den Kopf geschüttelt. ›Du bist verrückt, Nina. So ein netter Mann! Überlege es dir noch mal! Gelegentlich muss man doch auch mal nachgeben.‹ Natürlich. Ich bin zu Kompromissen jederzeit bereit. Aber es gibt basale Punkte, die stehen einfach nicht zur Diskussion.« Sie verzog das Gesicht. »Meine Eltern befürchten, dass ich eines Tages als alte, einsame Jungfer mit zwanzig Katzen in der Wohnung hocke.« Sie zuckte gleichmütig mit den Schultern. »Was soll's.« Sie lehnte sich in den Polstern zurück, streckte die Beine aus und schnippte einen Krümel von dem weißen Tischtuch. »Mir geht es jedenfalls ohne Florian deutlich besser.«

»Und wer ist dieser Erik? Du hast mich neugierig gemacht.« Svenja sah sie über den Rand ihrer Schale an. Es war unmöglich, diesem Blick auszuweichen. Die Wärme in Ninas Gesicht steigerte sich zu einem Brennen. »Aber, wenn du nicht darüber reden möchtest …«

»Nein, ist schon gut. Das ist nur … irgendwie kompliziert. Ich weiß nämlich selbst nicht, ob da überhaupt etwas war. Oder ist.«

»Aber du hättest gern, dass da etwas wäre?«

»Eigentlich schon«, gab Nina zu. Sie drehte die große Tasse nachdenklich in ihren Händen. »Erik ist einer unserer ehrenamtlichen Mitarbeiter. Anfangs waren die meisten von uns im Team skeptisch, weil er eine alles andere als lupenreine Vergangenheit hat – und Gegenwart, um ehrlich zu sein.«

»War er im Gefängnis oder so?«

»Das nicht, aber er ist Mitglied in einem Klub, der, sagen wir mal, in der Öffentlichkeit einen beschädigten Ruf hat.«

»Ah, lass mich raten. Hat es etwas mit Motorrädern zu tun?«

»Genau. Uns ist natürlich bewusst, dass ein Mensch jederzeit sein Leben ändern kann, ebenso wie man jedem die Chance dafür geben sollte. Aber Erik hat und hatte nie die Absicht, seinem

Yvonne Jarré

Klub den Rücken zu kehren. Wenn du dich jetzt fragst, wieso er dann ausgerechnet zur Caritas kommt – er hatte vor zwei Jahren einen schweren Motorradunfall. Etliche Wochen lag er auf der Intensivstation, die anschließende Reha hat Monate gedauert. Diese Grenzerfahrung war offenbar so einschneidend für ihn, dass er sich nach der Entlassung aus dem Krankenhaus taufen ließ. Er hat sein Leben geändert, ja. Aber ohne das alte dabei hinter sich zu lassen. Das hat viele bei uns im Team misstrauisch gemacht. Wie will ein Mitglied der berüchtigten ›Wizards of Doom‹ einerseits Rocker bleiben und andererseits christliche Ideale leben und Menschen auf der Straße helfen? Aber wer ohne Sünde ist, werfe den ersten Stein, wie man so sagt. Außerdem laufen der Caritas die freiwilligen Helfer, die sich um Obdachlose und Junkies kümmern wollen, nicht gerade die Türen ein. Wir haben lange beraten und dann Bedingungen gestellt. Keine Erwähnung des Klubs bei seiner Tätigkeit, Kutte bleibt zu Hause, keine Verbindungen zu den Wizards bei Veranstaltungen und so fort. Erik hat all das ohne Murren akzeptiert. Und so beschlossen wir, es probeweise mit ihm zu versuchen. Es hat funktioniert. Auf ganzer Linie. Jetzt ist er seit über einem Jahr Teil unseres erweiterten Teams. Und …«

Svenja nickte und schwieg, Nina holte tief Luft.

»Na ja. Ich mag ihn einfach. Und ich dachte auch, da wäre etwas zwischen uns. Aber leider …«

»Was ist passiert?«

Nina zuckte mit den Schultern.

»Wenn ich ehrlich bin – nichts. Das ist es ja. Wir hatten uns zu einem Kaffee verabredet, zum ersten Mal unter vier Augen und außerhalb der Räumlichkeiten der Caritas. Es war toll, fühlte sich an, als würden wir uns schon ewig kennen. Wir haben miteinander geredet, gelacht, sehr Persönliches ausgetauscht. Dann haben wir uns mit einer kurzen Umarmung verabschiedet. Und das war's.« Sie fixierte die Straße, die sie durch die Glastür hindurch sehen konnte. Eine alte Frau mit einem humpelnden Hund ging gerade vorüber, und vor dem Lebensmittelgeschäft auf der anderen Straßenseite saß nur noch einer der beiden alten Männer.

Zum wohl tausendsten Mal fragte sie sich, ob sie bei diesem ersten Date etwas falsch gemacht hatte. War sie zu aufdringlich gewesen? Zu offen? Es war zwecklos. Sie selbst kam nicht weiter. Und der Einzige, der ihr möglicherweise eine Antwort hätte geben können, schwieg sich aus. »Das ist jetzt über sechs Wochen her. Seitdem habe ich nichts von ihm gehört.«

»Vielleicht ist er verreist?«

»Zwischendurch. Aber er war auch immer wieder bei uns im Büro. Nur ganz zufällig nie, wenn ich da war.«

»Was ist mit Telefon? SMS? Mail?«

»Nix. Nada. Zweimal habe ich ihn angerufen. Beide Male schien er sich zwar zu freuen, aber er hat mir auch gleich zu verstehen gegeben, dass er wenig Zeit hat. Klar, das kann mal vorkommen. Trotzdem habe ich das Gefühl, dass er mir bewusst aus dem Weg geht. Dabei ist er eigentlich nicht der Typ, der sich scheut, die Wahrheit auch auszusprechen.« Sie seufzte und fuhr sich mit beiden Händen durch das Haar. »Ach, ich weiß auch nicht. Vermutlich habe ich mir nur eingebildet, dass er auch Gefühle für mich hat.«

»Ach, Nina.« Svenja streckte die Hand aus und drückte ihren Arm. »Das tut mir leid.«

»Muss es nicht. Ich gebe zwar zu, dass ich schon gern einen Mann an meiner Seite hätte. Andererseits mag ich mein Leben, meine Freiheit.« Sie lachte. »Meine Schwester Lisa sagt immer, ich sei viel zu anspruchsvoll. Aber wenn ich mir vorstelle, ich soll akzeptieren, mich einem Mann zuliebe zu verbiegen und zu ändern, nur damit ich morgens zwei Teller auf den Tisch stellen darf? Nein, danke. Da frühstücke ich lieber weiterhin allein. Das heißt ja nicht, dass ich nicht weiter hoffen und die Augen aufhalten darf.«

»Richtig. Und wer weiß …«

Sie schwiegen, und Nina hing ihren Gedanken nach. Über ihnen hörten sie das Summen des Staubsaugers. Draußen fuhr ein Motorroller mit kaputtem Auspuff vorbei, eine Kirchturmuhr schlug. Und der andere alte Mann kehrte aus dem Inneren des Ladens zurück mit zwei Blätterteigtaschen in der Hand. Abendessen vor dem Geschäft.

»Hast du heute Abend noch etwas vor?«, fragte Svenja.

»Ja. Ich gehe auf den Eiffelturm und werde mir die Stadt von oben ansehen. Das Ticket habe ich schon im Internet gebucht, damit ich nicht so lange an der Kasse anstehen muss. Habt ihr Lust, mitzukommen?«

»Wir auf den Eiffelturm? Ganz bestimmt nicht!« Svenja schüttelte den Kopf. »Mit dem Eiffelturm ist es wie in Hamburg mit dem Fischmarkt: Niemand, der hier lebt, geht da hin. Außerdem ...« Sie deutete auf ihre Füße. »Bei der Hitze schwellen meine Beine an wie Schlauchboote. Ich bin froh, wenn ich heute Abend einfach nur auf dem Sofa sitzen, die Füße hochlegen und früh ins Bett gehen kann. In letzter Zeit schlafe ich so schlecht, weil der Krümel da drinnen nachts anfängt zu toben und mich mit seinen Purzelbäumen wach hält. Manchmal wünschte ich, ich könnte mit meinen Fingern schnippen, und es wäre schon so weit.« Svenja legte ihre Hände auf den ausladenden Bauch. »Wenn du nicht allein gehen willst, frage ich Marc, ob er dich begleitet.«

»Ach was. Er hat sicher Besseres zu tun. Genießt lieber die Zeit! Bald werdet ihr Windeln wechseln und Gläschen wärmen, anstatt zusammen euren Abend auf dem Sofa zu verbringen. Ich finde den Eiffelturm auch allein.« Nina sah den skeptischen Blick ihrer Freundin und hob ihre Hand zum Schwur. »Wirklich. Großes Ehrenwort. Und die Zeit bis zum Sonnenuntergang werde ich mir mit einem Bummel an der Seine vertreiben.«

»Allein?«

»Warum nicht? Oder ich frage ...« Es klapperte hinter ihr, und Nina drehte sich um. Mit dem Staubsauger in der Hand kam Didier gerade herein, als hätte er auf sein Stichwort gewartet. »Hallo, Didier! Hättest du Lust, mit mir heute Abend an die Seine zu fahren?«

»Klar. Wann?«

»Jetzt gleich?«

»Gut. Hast du Hunger? Wollen wir vorher noch etwas essen?«

»Ja.« Nina lächelte. »Gerne.«

»Okay. Ich bringe noch den Staubsauger weg, dann können wir los.« Er ging an ihrem Tisch vorbei, und sie konnte sein Aftershave riechen – Sandelholz und Amber mit einem Hauch Zitrus. Sie mochte es, wenn Männer gut dufteten. Sie sah ihm nach, wie er in dem kleinen Abstellraum hinter der Theke verschwand.

»Bist du so weit?«, fragte er, als er kurz darauf wieder auftauchte. Er trug ein anderes Shirt als zuvor. Didier hatte sich offensichtlich umgezogen und frisch gemacht. Für sie? Oder war das wieder ein Moment, in den sie zu viel hineininterpretierte?

»Ja, ich bin bereit.« Nina stand auf und griff nach ihrer Lederjacke, die einsam an der Garderobe neben der Eingangstür zurückgeblieben war. Sie war immer offen für Chancen und Gelegenheiten. Und wer konnte schon wissen, was dieser Abend noch für sie bereithalten würde.

»Viel Spaß euch beiden!« Svenja stemmte sich aus den Polstern hoch, und Nina umarmte sie.

»Danke! Und du gönne dir jetzt bitte Ruhe auf der Couch, ja?«

»Wird gemacht.«

Didier hielt die Tür auf, und Nina trat ins Freie. Auf dem Gehweg blieben sie stehen und ließen die Frau vorbeigehen, die ihre Abendrunde offenbar beendet hatte, der Hund humpelte hinter ihr her. Es war immer noch warm. Der alte Mann vor dem Lebensmittelgeschäft war wieder allein und las jetzt eine Zeitung in arabischer Schrift. In den Wohnungen über dem Laden standen die Fenster offen, und man konnte das Klappern von Geschirr und Topfdeckeln hören.

Yvonne Jarré

Didier warf ihr einen Blick zu, und einen Moment rechnete Nina damit, dass er ihr seinen Arm um die Schulter legen würde. Doch stattdessen versenkte er seine Hände in seinen Hosentaschen. Nina war beinahe enttäuscht.

»Was möchtest du essen?«, fragte er.

»Wenn ich ehrlich bin, würde ich am liebsten etwas auf die Hand nehmen und dann irgendwo an der Seine sitzen.«

»Eine Parkbank statt eines Restaurants?« Er schaute sie ungläubig an.

»Genau. Wobei es ein Stück Rasen ebenso täte. Oder eine Mauer.«

»Wirklich? Nicht einmal ein Bistro oder eine Brasserie? Ich kenne ein paar wirklich nette Lokalitäten. Gutes Essen, exzellenter Service.«

»Und bestimmt auch ebensolche Preise.« Nina schüttelte lachend den Kopf. »Nein, aber darauf habe ich jetzt gar keine Lust. Bei uns in Hamburg fiel der Sommer bisher auf einen Tag im April und zwei Tage im Mai. Die übrige Zeit ist es kühl und windig und gießt in Strömen, ohne Aussicht auf Besserung. Ich möchte dieses traumhafte Wetter genießen und nicht in einem stickigen Restaurant hocken.« Didier neigte den Kopf und schaute sie an. »Was ist?«

»Ich überlege gerade, womit man dich wohl beeindrucken kann.«

»Jedenfalls nicht mit Silberbesteck, weißen Tischtüchern und Kellnern, die ständig um mich herumwuseln.« Sie lachte.

»Gut zu wissen.« Sein Lächeln ließ seine blauen Augen leuchten. »Dann also Essen zum Mitnehmen. Ich kenne einen sehr guten Tunesier hier in der Nähe.«

»Das klingt fantastisch. Ich liebe Couscous.«

»Lass uns gehen, bevor du noch verhungerst.« Sein Lächeln wurde wärmer. »Und auf dem Weg erzählst du mir, was du in Hamburg so machst, wenn es regnet.«

Keine Stunde später saßen sie nebeneinander auf dem Sockel der Freiheitsstatue auf der Île des Cygnes. Die Abendsonne wärmte Ninas Gesicht, und ihr Licht tanzte auf den Wellen der Seine. Die Touristenströme schienen sich um diese Zeit andere Ziele zu suchen, denn es war überraschend wenig los. Lediglich eine Handvoll Leute stand an der Ballustrade und fotografierte das Boot der Bateaux Parisienne, das beladen mit Touristen gemächlich an der Insel vorbeituckerte. Ein älteres Paar in Kleidung, die an die Zwanzigerjahre erinnerte, hatte ein Grammofon auf einem Klapphocker aufgestellt und tanzte elegant und leidenschaftlich zugleich Tango.

Nina löffelte den letzten Rest der köstlichen Mahlzeit aus dem Pappbecher. Satt und zufrieden lehnte sie sich gegen den von der Sonne gewärmten Stein. Es war ein netter Abend. Didiers Gesellschaft war angenehm, unaufdringlich. Es machte Spaß, sich mit ihm über Kunst und Literatur zu unterhalten, neben ihm hier in der Sonne zu sitzen, die kratzige Musik aus dem Trichter des Grammofons zu hören. Und doch … etwas fehlte.

Nachdenklich beobachtete sie die beiden Tänzer. Wie alt mochten sie wohl sein? Sechzig? Siebzig? Und doch war so viel Anmut und Leidenschaft in jeder Bewegung. Mal führte er, dann sie, die Rollen wechselten ständig. Mal schmiegten sie sich aneinander, mal entfernten sie sich. Und doch verloren sie sich nie aus den Augen, und jeder Blick schien zu sagen, dass es nichts Schöneres gab als den anderen, nicht einmal Paris. Das war es, was sie wollte! Diese Leidenschaft und Hingabe, dieses Neben- und Miteinander. Ob es das nur auf der Tanzfläche gab?

Die Sonne verschwand allmählich am Horizont, an beiden Ufern der Seine wurden die Straßenlaternen angeschaltet.

Die Musik verklang. Nina und Didier klatschten, und das Paar verbeugte sich. Dann packten sie Grammofon und Schellackplatten zusammen und gingen Hand in Hand davon, ohne um einen kleinen Beitrag zu bitten, wie bei Straßenkünstlern üblich. Vielleicht waren sie lediglich ein Paar, das es liebte, sonntagabends im Freien Tango zu tanzen.

Auch Nina und Didier sammelten ihre Sachen zusammen und machten sich auf den Weg zum Eiffelturm. Es war ein schöner Spaziergang direkt am Ufer der Seine, und doch kam nicht die gleiche Stimmung auf wie eben noch. Immer wieder musste Nina an das Paar denken. Mit wem würde sie selbst so tanzen wollen? Gab es überhaupt jemanden, der infrage kam?

Nachdenklich erreichten sie den Vorplatz des Eiffelturms. Dort erwies es sich als gute Idee, das Ticket für den Eiffelturm im Voraus im Internet gebucht zu haben: Die Schlange vor dem Kassenhäuschen war unendlich lang. Trotzdem reihte sich Didier ein. Als er jedoch nach einer Viertelstunde Anstehen lediglich um einen Meter weiter vorgerückt war, empfahl ihm Nina, aufzugeben und nach Hause zu fahren.

»Wir sehen uns ja morgen«, sagte sie.

»Morgen gebe ich den ganzen Tag Kurse«, erwiderte er mit hängenden Schultern. Aber auch er sah ein, dass es nichts nützen würde, noch länger zu warten. »Na gut. Dann wünsche ich dir einen guten Aufstieg und einen schönen Abend.«

»Dir auch. Vielen Dank für das leckere Essen und die nette Gesellschaft.«

»Gerne. Und jederzeit wieder.« Er nahm ihre Hände, und statt den üblichen Küssen auf die Wange küsste er sie direkt auf den Mund. Ganz leicht und zart, wie die Berührung einer Feder.

Nina erschauderte.

»Dann … au revoir!« Sie drehte sich um. Auf ihrem Weg zum Eingang spürte sie noch Didiers Blicke in ihrem Nacken. Plötzlich war sie froh, dass er nicht mitkam.

Nina musste nicht lange warten, um eingelassen zu werden und den Aufstieg zu beginnen – natürlich auf der Treppe. Manche Dinge musste man sich erarbeiten.

Morgen werde ich Muskelkater haben, dachte sie, als sie endlich auf der obersten Plattform angekommen war.

Nina trat an die Ballustrade. Vor ihr lag Paris – ein schimmerndes, funkelndes Lichtermeer in Rot, Grün, Weiß und Gelb. Gelegentlich sah man das rasche blaue Blinken eines Einsatzfahrzeugs. Die Lichter der Autos schlängelten sich durch die Straßen, das Champs des Mars sah aus, als hätte ein Riese seine leuchtende Armbanduhr dort abgelegt.

Direkt neben ihr stand ein junges Pärchen. Eng umschlungen küssten sich die beiden, dann standen sie Schulter an Schulter da, den Blick auf das im nächtlichen Glanz liegende Paris gerichtet. Zweisamkeit, die trotz der zahlreichen anderen Touristen hier oben die beiden in einen Kokon hüllte. Und für einen Augenblick spürte Nina wieder diesen kleinen Stich, der nicht wirklich wehtat.

Warum eigentlich? Sie hätte Gesellschaft haben können. Didier hätte sich ein Bein ausgerissen, um jetzt mit ihr auf dem Eiffelturm zu sein, ihre Hand zu halten. Aber das war ihr ja auch nicht recht gewesen.

Nina Westphal, du weißt nicht, was du willst.

Sie stützte sich mit den Ellbogen ab und schaute zu, wie die Lichter sich unter ihr bewegten.

Was war nur los mit ihr?

Im Grunde war sie glücklich. Sie fühlte sich wohl in ihrem Leben. Sie hatte einen Beruf, der sie ausfüllte, der ihr jeden Tag das Gefühl gab, etwas Sinnvolles zu tun. Sie hatte fantastische Kollegen, die in den vergangenen Jahren ihre Freunde geworden waren. Sie hatte eine große, lebhafte Familie, in der sich jeder auf jeden verlassen konnte. Sie liebte ihre Nichten und Neffen und hatte Spaß daran, mit ihnen Ausflüge zu machen, auf Shopping-Tour zu gehen oder einfach einen DVD-Abend lang mit Popcorn und Käsebroten auf dem Sofa zu sitzen. Sie war für diese acht wunderbaren Kinder und Jugendlichen die Nina, mit der man Spaß haben und über alles reden konnte – sogar darüber, wie sich der erste Kuss angefühlt hatte. Das machte sie glücklich. Wenn sie abends von der Arbeit nach Hause kam, konnte sie tun und lassen, was sie wollte. Wenn sie Urlaub hatte, setzte sie sich auf ihre Maschine und fuhr einfach los. Oder sie blieb zu Hause, lag bis mittags im Bett und verschlang ein Buch nach dem anderen. Da gab es niemanden, der ihr irgendetwas vorschreiben wollte. Sie war selbstständig. Sie liebte die Ordnung ihrer Wohnung, die von niemandem durcheinandergebracht wurde, keine fremden Haare auf den Kissen oder in der Dusche. Und sie hatte die beiden besten Hobbys der Welt: Sie schrieb Romane und verdiente sogar Geld damit. Und sie fuhr Motorrad, wann immer sie wollte.

War sie wirklich zu anspruchsvoll für einen Mann? War es vermessen, dass sie sich niemanden wünschte, der ihr die Tür aufhielt und ihr die Jacke abnahm, so wie Didier? Gab es tatsächlich nur die beiden Sorten von Männern: jene, die vor einer Frau in die Knie gingen und sie auf Händen trugen, und jene, die Frauen beherrschen wollten? Wo waren die Männer, die in einer Frau eine Partnerin auf Augenhöhe sahen? Gab es sie überhaupt?

Unwillkürlich seufzte Nina, kehrte den beiden Liebenden den Rücken, schlenderte ein paar Schritte weiter an einer Gruppe junger Asiaten vorbei.

Nur noch zehn Minuten bis Mitternacht. Zehn Minuten blieben, um die Stelle wiederzufinden, an der sie vor genau achtzehn Jahren schon einmal gestanden hatte. Da war sie! Und – als wäre alles eigens für sie vorbereitet worden – war sogar noch ein Platz direkt am Gitter frei, das allzu neugierige Touristen vor dem Abgrund direkt vor ihnen trennte.

Nina legte ihre Hände auf das kühle Metall der Brüstung, streckte ihre Arme durch und holte tief Luft. Der Tag war so heiß gewesen, dass sie einen Moment sogar fröstelte angesichts der kühlen Nachtluft in über dreihundert Metern Höhe. Nachdem sie sich an der Seine gefragt hatte, weshalb sie sich mit der schweren Lederjacke abschleppte, war sie nun froh, sie dabeizuhaben.

Damals, vor achtzehn Jahren, hatte sie schon einmal hier gestanden, hinuntergeblickt auf die Seine, deren Wasser dunkel zwischen den Lichtern ringsherum war. Sie hatte dabei an ihre Zukunft gedacht. Beruf, Familie, Wohnort. Lauter Begriffe, hinter denen vor achtzehn Jahren, fast ein Jahr vor ihrem Abitur, noch Fragezeichen gestanden hatten.

Und jetzt? Einige Wünsche hatten sich erfüllt. Vor achtzehn Jahren hatte sie sich an die Seite eines Mannes inmitten von gemeinsamen Kindern geträumt. Mindestens vier hatten es werden sollen. Aber sie hatte andere Wege eingeschlagen, andere Prioritäten gesetzt. Bereute sie das jetzt, achtzehn Jahre später?

Nein, antwortete sie sich selbst. *Ich bereue nichts.*

Ein kurzer Blick auf ihre Armbanduhr verriet ihr, dass es nur noch wenige Sekunden bis Mitternacht und zum 10. Juli waren, ihrem sechsunddreißigsten Geburtstag.

Fünf. Vier. Drei. Zwei. Eins …

Eine Glocke schlug zur neuen Stunde. Nina schloss die Augen und atmete tief ein.

Auf die nächsten achtzehn Jahre.

Als sie ihre Augen wieder öffnete, hatte sich nichts verändert. Unter ihr schlängelte sich die Seine, die Lichter der Stadt blinkten und blitzten in zeitloser, lebendiger Schönheit. Rings um sie herum hatten Leute ihre Smartphones gezückt und machten Fotos. Sie hingegen ließ ihres in der Tasche. Den Augenblick konnte man nicht durch die Linse einer Kamera genießen. Man musste ihn fühlen, sehen, riechen, schmecken, ihn *leben*, um sich auch später und nach Jahren wirklich daran erinnern zu können.

Neben ihr wurde es eng. Die Touristengruppe aus Asien drängelte sich an das Absperrgitter. Nina drehte sich um, um einen anderen Platz zu suchen, und zuckte unwillkürlich zusammen. Da war doch ein bekanntes Gesicht in der Menge? Sie blinzelte, ließ ihren Blick über Köpfe und Rücken schweifen. Nein. Nichts. Sie musste sich geirrt haben. Das konnte ja auch gar nicht sein. Irgendeine entfernte Ähnlichkeit und rote Haare kombiniert mit einem verdrängten Wunsch mussten ihr einen Streich gespielt haben.

Yvonne Jarré

Sie musste über sich selbst lachen, ging weiter und blieb an einer anderen Stelle stehen. Von hier aus konnte man Richtung Montmartre sehen. Wie eine strahlende Krone erhob sich Sacré-Cœur über dem nächtlichen Paris. Es war so schön, dass es schon fast wehtat.

Eine kindliche Hoffnung zwang Nina, sich erneut umzudrehen und die Menschenmenge abzusuchen. Doch diesmal wusste sie, dass sie sich nicht getäuscht hatte. Da stand er tatsächlich. Mit vor der Brust verschränkten Armen und zur Seite geneigtem Kopf lehnte er an einem der Metallpfeiler und schaute in ihre Richtung.

Erik.

Nina blinzelte. Einmal, zweimal. Er war immer noch da. Ob er sie sah? Es hatte den Anschein, denn er bahnte sich seinen Weg zu ihr. Er musste nicht einmal darum bitten, die anderen Menschen machten ihm Platz. Als wäre es selbstverständlich, dass man diesem Mann nicht im Weg stand. Er kam näher. Seine Schritte waren immer noch etwas langsam und schwerfällig, da er seit dem Unfall das linke Knie nicht richtig beugen konnte. Schließlich stand er vor ihr. Ninas Herz klopfte schnell, ihr Mund wurde trocken.

»Hallo Nina.«

»Was machst du denn hier?«, platzte es aus ihr heraus.

»Die Aussicht genießen.« Beim warmen, rauen Klang seiner Stimme stellten sich die Härchen an ihren Armen auf. Sein Blick ruhte auf ihr und ließ in ihr den aberwitzigen Gedanken aufkeimen, er wäre eigens wegen ihr hier oben.

Die Lichter, die Seine, Champs des Mars, Sacré-Cœur und Notre-Dame waren ihr plötzlich herzlich egal. Stattdessen hätte sie nichts dagegen gehabt, einfach in seinen braunen Augen zu versinken. Doch eine Stimme in ihrem Kopf warnte sie.

Bilde dir nicht zu viel darauf ein! Es kann nur ein Zufall sein! Woher sollte er denn wissen, dass du in diesem Augenblick auf dem Eiffelturm stehst? Denk nach!

»Bist du wegen eines Klubtreffens hier?«

Sie meinte sich daran zu erinnern, dass er vor einigen Wochen, als er ihr noch nicht ausgewichen war, erwähnt hatte, dass irgendwann dieser Tage ein internationales Treffen seines Motorradklubs stattfinden würde, in irgendeinem europäischen Land. Aber hatte er von Frankreich gesprochen?

»Nein. Ich wollte zu dir.«

Nina brauchte eine Weile, um den Sinn hinter Eriks Worten zu begreifen.

»Du wolltest …«

»Als ich dich heute früh nicht bei dir zu Hause angetroffen habe und du auch nicht ans Handy gegangen bist, habe ich Theresa angerufen. Sie hat mir erzählt, dass du nach Paris zu deiner Freundin gefahren bist. Dank RiRi, einem meiner Pariser Klubbrüder, habe ich schon von dieser Svenja und dem Sans Regrets gehört. Ergo war die Adresse kein Problem, und ich habe mich sofort auf den Weg gemacht. Als ich vorhin im Sans Regrets ankam, warst du leider schon weg. Deine Freundin sagte mir, was du vorhast. Ich musste also nur hierherkommen und den Pförtner und einen der Touristen da unten überzeugen, dass ich heute noch unbedingt auf den Eiffelturm muss.« Ein Lächeln huschte über sein Gesicht. »Ich hatte Hilfe von RiRi und zwei anderen Brüdern. Wie du weißt, können wir sehr überzeugend sein.« Offensichtlich sah sie so erschrocken aus, dass er lachen musste. »Keine Sorge. Ich habe dem Mann das Ticket ganz legal abgekauft. Er kann sich heute einen tollen Abend in einem Bistro gönnen und morgen zweimal den Eiffelturm besteigen, wenn es ihm Spaß macht. Jedenfalls musste ich nicht lange mit ihm diskutieren.«

»Aber warum …«

Der Abstand zwischen ihnen verringerte sich. Erik legte ihr seine Hände auf die Schultern, und ihr wurde warm. Sehr warm.

»Weil ich dich unbedingt wiedersehen wollte.«

»Aber warum hast du dich dann nicht bei mir gemeldet?« Sie

sah ihm offen ins Gesicht. »Ich habe ein paar Mal versucht, dich zu erreichen. Und irgendwann habe ich es aufgegeben.«

»Das kann ich verstehen. Tatsächlich war ich sehr beschäftigt. Da waren Klubbrüder, die Hilfe brauchten, ein Klubtreffen in der Tschechei, Probleme in der Familie. Vor allem aber musste ich nachdenken, mich sortieren. Weißt du, ich habe im Lauf der Jahre eine ganze Reihe Beziehungen zu tollen Frauen gehabt. Aber sie haben mich immer schon nach kurzer Zeit gelangweilt. Ich wusste nicht, woran das lag. Bis ich vor zwei Jahren eine Frau kennengelernt habe, die kein Weibchen war. Zum ersten Mal führte ich eine Partnerschaft auf Augenhöhe.«

Nina wurde kalt.

»Was ist mit ihr?«, fragte sie flüsternd.

»Ich habe sie verloren.« Er hob den Kopf und schaute über sie hinweg in die Ferne.

»Das tut mir leid, Erik.«

»Das muss es nicht. Manche Dinge lassen sich eben nicht ändern.« Er richtete seinen Blick wieder auf sie. »Trotzdem musste ich mir darüber klar werden, ob ich bereit bin, ihren Platz neu zu vergeben. An dich. Und als ich mir dann endlich sicher war, warst du weg.«

»Und da bist du mir einfach so nach Paris gefolgt?«

»Ja. Ich habe mich auf mein Bike geschwungen und bin hergefahren.«

»Neunhundert Kilometer am Stück? Wie lange hast du gebraucht? Zehn Stunden? Elf?«

»Sieben.« Er lächelte. »Ich hatte es eilig.«

»Du bist verrückt, Erik.«

»Nein. Das Leben ist verdammt kurz«, sagte er mit einem Ernst, der sie schlucken ließ. »Viel zu kurz, um auch nur eine Minute zu verschwenden.«

Er nahm ihr Gesicht in seine Hände, beugte sich vor und küsste sie. Ein Kuss, zärtlich und leidenschaftlich zugleich, als ob nicht nur seine Lippen und seine Zunge sie küssten, sondern auch der Rest seines Körpers, sein Verstand, seine Seele. Sein ganzes Ich. Und Nina erwiderte den Kuss.

Dann gaben sie einander wieder frei, umklammerten sich nicht, hielten sich nicht aneinander fest, ergriffen keinen Besitz, sondern standen sich gegenüber, schwiegen, versunken in den Anblick des anderen.

Eine Nähe auf Augenhöhe, so fühlte es sich an.

»Herzlichen Glückwunsch zum Geburtstag, Nina.«

Manchmal findet man das Glück
im Vorgarten

YVONNE JARRÉ

Rosenwein und Apfeltarte

Roman

Job und Kinder hat die 37-jährige Alexandra fest im Griff – ebenso wie ihre Gefühle, die sie seit dem Tod ihres Mannes einfach nicht mehr zulässt. Daran kann selbst das traumhaft gelegene Ferienhaus im Languedoc nichts ändern. Erst als ein Missverständnis den Journalisten Nick samt Zelt und Nachwuchs in Alexandras Garten führt, bröckelt ihre strenge Fassade. Bei ungeplanten Grillpartys und Motorradtouren durch endlose Weinberge und duftende Lavendelfelder entdeckt Alexandra eine ganz neue Leichtigkeit. Doch dann sind eines Morgens die Kinder verschwunden, und Alexandra gibt ihren Gefühlen für Nick die Schuld daran …

Michaela Grünig

Auf dem Postweg

Über die Autorin

Michaela Grünig, geboren in Köln, war lange Jahre in der Entwicklungshilfe tätig. Seit 2010 arbeitet sie hauptberuflich als Autorin in der Schweiz, wo sie zusammen mit ihrer Familie lebt. Neben heiteren, bisweilen tiefgründigen Unterhaltungsromanen schreibt sie spannende Krimis.

Eine Unterschrift, bitte«, sagte der neue Postbote zu Lena. Sie hatte in Erwartung des schnaufenden, rotwangigen Herrn Niepoldt, der ihr bisher ihre Post immer um diese Zeit gebracht hatte, ganz unbefangen die Wohnungstür geöffnet. Aber jetzt starrte sie erschrocken den jungen blonden Mann an, der ihr freundlich das elektronische Unterschriftengerät samt Stift hinhielt. Ein kleines, rechteckiges Paket hatte er bereits im Türrahmen abgestellt. Unwillkürlich strich sich Lena die Croissantkrümel vom XXL-Pullover, die es sich dort seit ihrem zweiten Frühstück gemütlich gemacht hatten.

»Sie sind doch Frau Lena Krüger?«, fragte der Postbote höflich, als sich Lena noch immer nicht anschickte, zu unterschreiben.

»Doch, doch. Die bin ich«, murmelte Lena verschämt und errötete. Sie ergriff den offerierten Stift und krakelte schnell ihre Unterschrift hin.

»Danke schön!«, rief der Postbote und wollte sich gerade wieder zum Treppenhaus umdrehen, als Lena verlegen flüsterte: »Kann ich Ihnen vielleicht selbst gemachte Plätzchen anbieten?«

Der Mann im gelben Polohemd stutzte. Dann lächelte er. »Gern!«

Während Lena die wenigen Schritte in Richtung Küche ging, wurde ihr mit Entsetzen bewusst, dass der Postbote ihr hinterhersah. Himmel! Womöglich hatte er den Blick bereits auf ihr breites Hinterteil gerichtet. Sicher verglich er sie im Geiste mit einem Elefantenbaby oder einem Nilpferd. Die meisten Leute waren nicht besonders kreativ, wenn es darum ging, jemanden zu verhöhnen.

Spontan zog Lena den Bauch ein, obwohl man den von hinten gar nicht sehen konnte. Beim Passieren der Küchentür stieß sie sich ihre weiche Hüfte am Türrahmen an. Mein Gott! Sie war es einfach nicht gewohnt, mit Fremden umzugehen. Die ganze Situation ließ sie ungeschickt und tollpatschig werden. Gleich würde sie bestimmt noch zu schwitzen anfangen.

Als sie mitsamt ihrem Präsent – sie hatte gleich mehrere Plätzchen in eine Papierserviette gepackt – zurück zu dem Postboten ging, war sie endgültig wieder auf dem harten Pflaster der Realität angelangt: Sie würde niemals einen Mann finden. Niemals!

»Hier«, sagte Lena und sah den überraschten Blick, mit dem der hübsche Kerl das filigrane, virtuos verzierte Gebäck betrachtete. Zarte, pastellfarbene Schmetterlingsplätzchen. Lenas Bestseller in der Konditorei, in der sie arbeitete.

»Wow! Das sind ja richtige kleine Kunstwerke! Haben Sie die wirklich selbst gemacht?«

Lena lächelte gezwungen. »Ja, das habe ich. Ich hoffe …« Sie atmete einmal durch. Die Verlegenheit lag ihr wie ein schwerer Stein auf der Brust. »… dass sie Ihnen schmecken.«

»Vielen Dank. Das ist wirklich nett von Ihnen.« Der Postbote fuhr sich mit der freien Hand durchs blonde Stoppelhaar. »Na dann, bis bald.« Er lächelte, und Lena bemerkte eine kleine, charmante Lücke zwischen seinen Schneidezähnen. »Beziehungsweise bis zum nächsten Brief oder Päckchen.« Er hob die Hand zum Gruß und verschwand im Treppenhaus.

Lena schaute ihm noch lange nach. Dann hob sie das erhaltene Päckchen vom Boden auf und schloss die Tür.

Während sie eine Tasse Ingwertee zur Beruhigung trank, öffnete sie das kleine Paket. Na, das hätte sie sich denken können. Ihre Mutter hatte mal wieder an sie »gedacht« und ihr das neueste Diät-Buch zugeschickt. Lena überflog den Klappentext. *Nehmen Sie ab, ohne zu hungern!*, hieß es da. *Stellen Sie Ihre Ernährung um, und beginnen Sie ein neues Leben!* Vollmundig wurde ein Verlust von sechs Kilogramm in zwei Wochen in Aussicht gestellt. Neue Energie und neue Lebensfreude wären das Resultat. Mit einem Seufzen blätterte Lena durch die Rezepte und klappte das Buch wenig später frustriert wieder zu. In hohem Bogen warf sie es in Richtung Papierkorb, den sie natürlich verfehlte. Missmutig stand sie auf und beförderte das Teil dahin, wo es hingehörte. Welcher grausame Mensch dachte sich nur solche knallharten Diäten aus? Keine vernünftige Frau konnte von hundert Gramm Fleisch und zwei Stängel Spargel leben. Da war sie lieber dick. Nein, nicht vollschlank und auch nicht pummelig. Dick mit einem großen, ausladenden »D«.

Lena war nie wirklich unglücklich mit ihrem Gewicht gewesen, doch ihre Eltern hatten keine Kosten und Mühen gescheut, damit ihre Tochter endlich abnahm. Allerdings bewirkten ihre gut gemeinten Ratschläge genau das Gegenteil und ließen Lena nur noch hungriger werden. Essen tröstete sie. Es füllte auf wundersame Weise nicht nur ihren Magen, sondern auch das leere Gefühl in ihrem Herzen. Der Geruch von frisch gebackenem Pflaumenkuchen im Herbst. Knuspriger Gänsebraten mit Rotkohl und Klößen. Frühlingsspargel mit zerlassener Butter und hauchzartem Schinken. Rosiges Erdbeereis mit Sahne. Diese Aromen, diese Gaumenfreuden waren die einzig wirklich schönen Erinnerungen an ihre Kindheit.

Resolut erhob sich Lena von dem Küchenstuhl, auf dem sie gesessen hatte, und wischte sich eine einzige, winzige Träne aus dem Augenwinkel. Es ging ihr doch gut. Sie liebte ihren Job und hatte eine eigene Wohnung in der Kölner Innenstadt, die in gesunder Distanz zu dem protzigen Anwesen ihrer Eltern in Frankfurt lag. Nein, sie würde sich von nichts und niemandem die Laune verderben lassen – auch nicht von einem gut aussehenden Postboten, der höchstwahrscheinlich eine rappeldürre, leidenschaftslose Freundin zu Hause sitzen hatte. Ha! Sollte er doch mit seinem dummen Skelett glücklich werden!

Am nächsten Morgen war Lena wie jeden Tag um vier Uhr früh in der Konditorei. Heute standen Petit Fours auf dem Programm: kleine Biskuitwürfel, die mit Buttercreme gefüllt und dann mit Marzipan und Zuckerguss verziert wurden. Diesmal mischte Lena der Glasur den Saft von frisch gepressten Orangen bei, was dem zarten Gebäck eine leichte Zitrusnote verleihen sollte. Später ertappte sie sich dabei, wie sie den nun zuckrigen gelben Teilchen mit dünner pastellgrüner Zuckerpaste kleine Schleifen verpasste. Sie fabrizierte tatsächlich kleine, quadratische »Pakete«! Dieser verdammte Postbote hatte es geschafft, sich irgendwie in ihren Kopf zu schleichen und dort Wurzeln zu schlagen!

Nach der Arbeit – Lena schuftete von Montag bis Samstag täglich sechseinhalb Stunden in der Backstube – machte sie sich auf den Weg zum Supermarkt. Normalerweise war der Einkauf immer das Highlight ihres Tages. Sie liebte es, Obst und Gemüse auf ihren Reifegrad zu prüfen, um wirklich nur das Frischeste vom Frischen mitzunehmen. Und der Anblick des vielfältigen Angebots an Fleisch, Fisch, Gewürzen, Süßigkeiten und Teigwaren bescherte ihr die besten Ideen für neue Gerichte mit ausgefallenen Kompositionen. Gerade erst letzte Woche hatte sie in Parmaschinken gewickelte Seeteufel-Filets mit einer Kruste aus karamellisiertem Zucker veredelt und dazu Süßkartoffeln gereicht. Es war ein wahres Gedicht gewesen und hatte ihrer Arbeitskollegin Iris ein Lächeln ins Gesicht gezaubert. Insgeheim spielte Lena mit der Idee, irgendwann einmal ein Kochbuch zu schreiben. Aber heute war sie abgelenkt. Planlos lief sie durch die Gänge des Supermarkts und dachte an ihren Paketzusteller. Wann würde sie ihn wiedersehen? Außer den Schlechte-Gewissen-Päckchen ihrer Mutter und der einen oder anderen Rechnung erhielt sie kaum Post. Doch plötzlich kam ihr eine Idee. Eine richtig gute Idee. Unvermittelt ließ Lena ihren erst halb gefüllten Einkaufswagen vor der Theke mit den Milchprodukten stehen und strebte dem Ausgang zu.

Michaela Grünig

Sie hatte mit voller Absicht das Postamt im Kölner Hauptbahnhof gewählt, weil da alles recht anonym zuging. Zunächst einmal kaufte sie fünf gelbe Kartons der Deutschen Post in verschiedenen Größen und beschriftete den kleinsten mit ihrer eigenen Anschrift. Dann kramte sie in ihrer Handtasche. Was für einen Gegenstand sollte sie sich selbst schicken? Schließlich fiel ihre Wahl auf den kleinen Taschenkalender, in dem sie immer ihre Rezepte notierte. Lena beförderte ihn unzeremoniell in das Paket und verschloss es mit braunem Klebeband.

Hm, wen sollte sie als Absender angeben? H. Göttlich gefiel ihr, weil sie insgeheim ihren Postboten Herrn Göttlich getauft hatte. Aber das war vielleicht zu ausgefallen. Doch H. Glückts für »Hoffentlich glückt's!« erschien ihr sehr passend. Kurz entschlossen füllte sie das Absenderfeld so aus. Dann ging sie zum Schalter und verschickte ihr Paket als Eilsendung.

Abends versuchte Lena sich ganzformatig in ihrem kleinen Badezimmerspiegel zu betrachten. Dieser komplizierte Prozess wurde durch den Umstand bedingt, dass sie keinen Ankleidespiegel besaß. Normalerweise versteckte sie ihre Rubensfigur unter weiten Blusen und flatternden Röcken mit Gummibund. Alles in gedeckten Farben. Bloß nicht auffallen. Das hatte sie schon in der Schule gelernt. Und für so eine Garderobe benötigte man keinen Spiegel. Aber falls sie den Briefträger tatsächlich in weniger als vierundzwanzig Stunden wiedersehen sollte – die Dame am Schalter hatte Stein und Bein geschworen, dass ihr Päckchen schon morgen ankommen würde –, dann wollte sie gut aussehen. Unsicher betrachtete sie ihr Ebenbild. Das Schönste an ihr war eigentlich ihr Gesicht. Sicher, ihre Wangen waren voll, aber trotzdem wirkte das glatte Madonnengesicht relativ wohlgeformt. Ihre hellblonden Haare trug sie meist zu einem Zopf zusammengebunden. Ob sie es mal offen …? Nein, lieber nicht zu viel auf einmal wagen. Stattdessen durchforstete sie ihren Kleiderschrank auf der Suche nach etwas Attraktivem, das ihrer Figur schmeichelte. In der hintersten Ecke wurde sie fündig: ein dunkelblaues Kleid mit einem ziemlich großen Ausschnitt, das sie für die Hochzeit einer Kollegin erstanden hatte. Es betonte ihr gut gefülltes Dekolleté. Und vielleicht würde dieser Anblick den Postboten von den ebenfalls gut gepolsterten Hüften ablenken.

Nachdem sie das Kleid anprobiert hatte – es passte noch –, schob Lena den Stuhl beiseite und öffnete seit langer Zeit zum ersten Mal wieder ihr Kosmetiktäschchen. Gewöhnlich reichte ihr ein einfacher Lipgloss als Tages-Make-up, aber für morgen wollte sie sich etwas mehr herausputzen. Daher legte sie einen beigen Lidschatten auf und zog – mit ihren geschickten Konditorinnen-Händen – zwei kerzengrade Lidstriche. Zum krönenden Abschluss schminkte sie ihre Lippen in einem zarten Rosa. Anschließend begutachtete sie ihr Werk im Spiegel und übte, unverfänglich lächelnd, verschiedene Konversationsauftakte: »Schön, dass wir uns wiedersehen!« –»Was für ein Zufall, dass ich so kurz hintereinander ein Päckchen bekomme!« –»Haben Ihnen meine Plätzchen geschmeckt?«

»Ihre Kekse waren übrigens der Hammer! Die haben mindestens genauso gut geschmeckt, wie sie aussahen!«, sagte der Briefträger, als er Lena ihr Päckchen reichte.

»Das freut mich aber! Wo steckt denn eigentlich Herr Niepoldt? Sind Sie seine Vertretung?«

»Nein, Herr Niepoldt ist pensioniert.«

»Ah, okay. Und wie heißen Sie?«

»Schumacher. Jonas Schumacher.«

»Mein Name ist Lena Krüger.«

Jonas schüttelte Lenas ausgestreckte Hand. »Das weiß ich. Steht ja auf den Päckchen.«

»Richtig.« Verlegen senkte Lena den Blick. Ihre Finger zitterten leicht.

»Na, dann werde ich mich mal wieder aufmachen.«

»Natürlich. Wollen Sie noch ein Petit Four für den Weg?«

Michaela Grünig

»Ein Peti-was?«

»Petit Four. Warten Sie, ich hole Ihnen eins.« Lena eilte in die Küche und kam mit dem kleinen Gebäckstück in der Hand zurück.

»Oh, das sind ja Minipakete! Vielen Dank.«

Sie lächelte – unverfänglich cool, wie eingeübt.

Jonas verzog seine vollen Lippen ebenfalls zu einem Grinsen.

»Also dann, bis zum nächsten Mal!«

Lena nickte. »Tschüss, Herr Schumacher!«

In den nächsten Wochen schwebte Lena geradezu durch ihren Alltag. Sie sang unter der Dusche, fegte fröhlich tanzend durch ihre Wohnung und hüpfte (!) die vier Treppen zur Eingangstür hinunter, anstatt wie sonst den Fahrstuhl zu nehmen.

Konnte es sich bei diesem Hochgefühl wirklich um Verliebtsein handeln? Sie vermutete es stark.

Iris, die Lenas kunstvolle Backwerke in der Konditorei verkaufte, konnte sich kaum ihre bewundernden Kommentare zu Lenas Laune und beschwingter Energie verkneifen. Aber jedes Mal, wenn sie Lena loben wollte, erstickte diese das wohlgemeinte Kompliment mit einem schnell gemurmelten »Bitte! Ich will wirklich nicht darüber reden!«.

Jeden Mittwoch schickte sie sich ein Päckchen. Nicht öfter. Sie wollte es nicht übertreiben. Jonas sollte schließlich keinen Verdacht schöpfen. Aber die Donnerstage, an denen die Sendungen bei ihr ankamen, waren himmlisch. Jonas wurde ihr immer vertrauter. Sie unterhielten sich jedes Mal ein bisschen länger. Lena erkundigte sich, ob er die Post per Fahrrad oder zu Fuß austrug. Und Jonas wollte wissen, in welcher Straße Lenas Konditorei zu finden war. Sie fachsimpelten über die Spiele des ansässigen Fußballklubs und beklagten das schlechter werdende Wetter.

Wenn ihre Begegnungen am Anfang ihres Kennenlernens rund drei Minuten gedauert hatten, dann waren es am Ende der vierten Woche bereits satte zehn. Nachts in ihrem Bett träumte Lena davon, wie Jonas sie zu einem Date einlud. Er mochte sie doch auch, oder? Sie malte sich sogar schon aus, was für ein Festmahl sie zubereiten würde, wenn er einmal zum Essen käme.

Lena hatte als Sechzehnjährige im Sanatorium für essgestörte Kinder kochen gelernt. Nachdem sämtliche von ihrer Mutter in die Wege geleiteten Abspeckversuche fehlgeschlagen waren. Weder Akupunktur noch Hypnose und Nulldiät unter ärztlicher Aufsicht hatten den erhofften Erfolg beschert. Als Frau Krüger zu guter Letzt vorschlug, ihrer Tochter einen Magenring zu verpassen, zog der Kinderarzt die Reißleine und stellte eine Überweisung für Gut Pfingstheide aus. Dort machte Lena mehrere Gesprächs- und Kunsttherapien. Man brachte ihr das Zählen von Kalorien und Nährstoffen bei. Und verordnete ein Sportprogramm. Lena nahm trotzdem nicht ab, stattdessen lernte sie, wirklich erstklassig zu kochen und zu backen.

Als Lena ihren Eltern nach einem viermonatigen Aufenthalt eröffnete, dass sie das verhasste Gymnasium abbrechen und eine Konditorlehre anfangen würde, bekam ihre Mutter spontan einen mehrere Tage andauernden Migräneanfall. Ihr Vater, der eine Investment-Boutique leitete, tobte und wütete eine ganze Woche lang. Aber dieses eine Mal setzte sie ihren Willen durch. Seit ihrem Umzug nach Köln genoss Lena ihre Unabhängigkeit, während ihre Mutter – in einer Art stillen Protests – dazu überging, ihr alle paar Monate ein Diät-Buch zu schicken. Als Erinnerung sozusagen, dass sie Lenas Lebensstil absolut nicht billigte.

Anfang Dezember, sieben Wochen nach ihrem ersten Treffen, fiel der erste Schnee. Für Kölner Wetterverhältnisse eher ungewöhnlich. Lena wertete das als ein gutes Zeichen. Heute – es war mal wieder Donnerstag – würde sie Jonas auf einen Kakao in ihre Wohnung bitten.

Sie stand frohen Mutes auf und betrachtete glücklich ihr neues Kleid, das sie am Vortag erstanden hatte. Es war viel enger anliegend als die anderen Klamotten, die bei ihr im Schrank hingen.

Michaela Grünig

Ihre Arbeitszeit wollte und wollte nicht enden. Die Zeiger der Uhr bewegten sich so langsam, dass sie zweimal die telefonische Ansage anrief, nur um sicherzugehen, dass sie nicht stehen geblieben war. Dann endlich war es Zeit, nach Hause zu gehen. Nicht zum Supermarkt, sondern direkt in ihre Wohnung. Schließlich wollte sie sich noch umziehen, nachschminken und ein bisschen Ordnung in ihre vier Wände bringen. Sie konnte es fühlen. Heute würde es passieren. Heute würde er sie auf ein Date einladen.

Als es endlich klingelte, rannte sie regelrecht zur Tür.

»Hallo!« Jonas strahlte sie an, worüber die Übergabe des Päckchens zur Nebensache geriet.

»Guten Tag!«, erwiderte Lena, deren Mund vor lauter Aufregung ganz trocken war. Jonas' Gesicht war von der Kälte stark gerötet, und seine Augen tränten ein wenig. Lena zerfloss fast vor Mitleid. Wie gern hätte sie sein Gesicht mit ihren Fingern gewärmt und diese Tränen einfach weggeküsst! »Wollen Sie nicht kurz auf eine heiße Tasse Kakao reinkommen? Sie sind ja völlig durchgefroren.«

Jonas machte einen Schritt auf sie zu, doch dann zögerte er und blieb stehen. »Tut mir leid. Ich glaube, das geht jetzt nicht.«

Lenas Herz zog sich schmerzhaft zusammen.

»Ich muss erst die Post zu Ende austragen. Letztes Mal hat sich jemand beschwert, weil ich so spät dran war. Aber ...«

»Ja?«, murmelte Lena und schöpfte wieder ein klitzekleines bisschen Hoffnung.

»Aber wenn es Ihnen recht ist, komme ich gern auf einen Sprung nach Dienstschluss vorbei!« Jonas spielte verlegen an den Knöpfen seiner Jacke.

Lena war so glücklich und erleichtert, dass sie fast geweint hätte. Stattdessen sagte sie leise: »Das wäre schön.«

»Ich würde so gegen zwei Uhr kommen. Aber wenn Sie schon etwas anderes vorhaben ...« Jonas blickte sie fragend an.

Lena schüttelte den Kopf. »Nein, das passt mir gut. Ich habe sogar noch etwas Sachertorte da.«

Seine Augen leuchteten auf. »Mein Lieblingskuchen! Na, da werde ich die Post heute aber ganz besonders schnell austragen! Bis später, Frau Krüger.«

»Lena.«

»Okay. Bis später, Lena!«

Lena tanzte durch die Wohnung. Da war es. Ihr erstes Date! Und noch dazu mit einem so lieben, mit einem so hübschen Mann. Seine herzlichen blauen Augen hatten es ihr angetan. Lena konnte kaum atmen, wenn sie an ihn dachte. Ob er sie heute küssen würde? Nur auf die Wange wahrscheinlich. Aber immerhin. Die Schmetterlinge in ihrer Magengrube drehten Loopings. Liebevoll deckte sie den Tisch, und als sie die Sachertorte aufschnitt, musste sie aufpassen, sich nicht zu verletzen, so sehr zitterten ihre Hände.

»Hallo Lena!«

Um fünf Minuten nach zwei schritt Jonas endlich durch die Haustür. Die halbe Stunde davor war einfach grauenhaft gewesen. Lena hatte plötzlich Angst bekommen, dass er nicht erscheinen und sie auf ihrer Sachertorte sitzen lassen könnte. Aber jetzt war alles gut.

»Hallo Jonas! Willst du mir deine Jacke geben?«

»Gern. Hier, das ist für dich!« Er zog aus seiner Jackentasche einen Piccolo und reichte ihr das kleine Fläschchen. »Ich habe in der Eile leider nichts anderes bekommen.«

»Aber das wäre doch gar nicht nötig gewesen.« Lenas Wangen röteten sich vor Freude. »Wollen wir ihn gleich aufmachen?«

Jonas lächelte. »Heute müssen wir ja wohl beide nicht mehr arbeiten. Also, warum nicht?«

»Dann hole ich schnell zwei Gläser.«

Während Lena den Sekt in zwei blank polierte Sektkelche aufteilte, blickte ihr Gast sich um.

»Du hast es aber gemütlich hier«, sagte Jonas, als er sein Glas in Empfang nahm.

Michaela Grünig

»Danke. Worauf wollen wir anstoßen?«

Jonas lächelte. »Auf deine begnadeten Backkünste? Mir läuft schon beim Anblick der Sachertorte das Wasser im Mund zusammen.«

»Okay.« Lena hätte zwar lieber einen Trinkspruch auf eine lange und glückliche Verbindung mit Jonas ausgesprochen, aber das passte nicht zu einem ersten Date.

Kling! Als sie ihre Sektgläser sanft aneinanderstießen, stand Lena so nah vor Jonas, dass sie sein wohlduftendes Aftershave riechen konnte. Oh, wie gern hätte sie sich in seine Arme fallen lassen. Für einen winzigen Moment schloss sie die Augen und stellte sich vor, wie seine starken Hände sie festhalten würden. Dann atmete sie aus und besann sich wieder auf ihre Gastgeberrolle. »Magst du jetzt ein Stück Kuchen?«

»Sehr gern. Es dürfen sogar zwei Stücke sein! Dann ist das eine nicht so allein«, scherzte der hübsche Mann und setzte sich an den Tisch.

Lena bugsierte ein großes Stück Sachertorte auf den Teller und reichte es ihm mit einem Lächeln. »Das zweite gibt es später.«

»Danke! Wow, sieht das gut aus!«

»Bitte fang ruhig schon an, du hast bestimmt Hunger!«

Das ließ Jonas sich nicht zweimal sagen. Lena musste schmunzeln, mit welch gesundem Appetit ihr Postbote seinem Tortenstück zu Leibe rückte.

Es passierte, als sie sich selbst gerade auch ein winziges Stückchen Kuchen nehmen wollte: Ihre Gabel fiel vom Teller auf den Boden. Und bevor Jonas sich hinunterbeugen konnte, hatte Lena es schon getan. Leider zu schnell für ihr neues Kleid. Ein sanfter Ratsch! Und plötzlich fühlte sie einen Luftzug an ihrer Taille!

»Oh, nein. Das schöne Kleid!«, hörte sie Jonas noch sagen, bevor sie mit hochrotem Kopf ins Schlafzimmer flüchtete. Warum!? Warum nur musste das ausgerechnet jetzt passieren! Es war ihr so entsetzlich peinlich.

Als Lena wenige Minuten später wieder ins Esszimmer trat – selbstverständlich in einem anderen Outfit –, hatte Jonas seinen Kuchen bereits vollständig vertilgt.

»Magst du noch ein Stück?«, fragte sie ihn, sah ihm dabei aber nicht in die Augen.

»Bist du okay? Das Kleid kann man doch bestimmt wieder nähen, oder?«, meinte Jonas besorgt, ohne ihr eine Antwort zu geben.

»Ich weiß nicht.« Lena errötete schon wieder.

»Hey, das muss dir doch nicht unangenehm sein! Das kann doch jedem mal passieren.«

Lena brachte keinen Ton raus. Nein, das konnte eben nicht jedem passieren. Das passierte nur so fetten Weibern wie ihr!

»Eigentlich wollte ich dich fragen, ob wir nicht mal ins Kino gehen können, aber …« Er sprach nicht weiter.

»Aber was?«, fragte Lena schrill.

»Tja, ich wollte vorher klarstellen … ähm, wie sage ich das jetzt am besten? Ich will natürlich nicht …«, stammelte Jonas.

Doch Lena wusste bereits, was er ihr mitteilen wollte: Sie war ihm zu dick. Er mochte sie als nette Bekannte, aber nicht als seine Freundin. »Keine Sorge, Jonas. Ich komme schon klar. Du brauchst dich nicht aus Mitleid mit mir zu treffen.« Lenas Stimme war eisig.

»Wie meinst du das? Ich will einfach nicht, dass …?«, stotterte Jonas verlegen.

Lena war kreidebleich. »Jonas, bitte, ich glaube, du gehst jetzt besser.«

Als die Tür hinter Jonas ins Schloss fiel, brach Lena schluchzend in Tränen aus. Sie heulte Rotz und Wasser, und es war ihr vollkommen egal, dass ihr Make-up verlief und auf ihr zweitbestes Kleid tropfte. Sie würde es nicht mehr brauchen. NIE MEHR!

Die nächsten Wochen zählten wirklich zu den schlimmsten ihres Leben. Innerlich fühlte sie sich wie tot. Sie vermisste Jonas und die Hoffnung auf Glück, die sie mit ihm verbunden hatte. Die Erinne-

Michaela Grünig

rung an das fürchterliche letzte Treffen mit ihm trieb ihr fortwährend die Tränen in die Augen, und sie schottete sich – außerhalb ihrer Arbeit – vollkommen gegenüber ihrer Umwelt ab. Selbst das Kochen und die vielen kleinen Dinge des Alltags, die ihr früher immer Spaß gemacht hatten, erschienen ihr nun sinnlos und hohl.

Phlegmatisch schlug sie ihre Zeit vor dem Fernseher tot, ohne die seichten Inhalte zu sich durchdringen zu lassen. Über die Weihnachtstage täuschte sie eine Grippe vor, um nicht zu ihren Eltern fahren zu müssen. Als ihre Mutter ihr daraufhin das obligatorische Weihnachtsgeschenk, einen Spiralschneider für kohlenhydratarme Gemüse-Spaghetti, per Post schickte, musste Lena einen weiteren Schlag verkraften: Jonas hatte sich versetzen lassen!

»Er hat sich um einen Bezirk beworben, der näher an seinem Zuhause lag, und so haben wir getauscht«, erwiderte die grauhaarige Postbotin auf Lenas Frage. Diese Antwort versetzte ihrem Herzen den Todesstoß. Insgeheim hatte sie gehofft, Jonas zumindest von Zeit zu Zeit wiederzusehen. Nicht als Freund, sondern einfach nur so. Um sich über sein Lächeln und die winzige Zahnlücke zu freuen, doch er ging ihr offensichtlich lieber aus dem Weg. Auch wenn es ihr schwerfiel, sie musste die bittere Wahrheit akzeptieren: Jonas hatte nie etwas anderes in ihr gesehen als die freigiebige Konditormeisterin.

Im März zog endlich der Frühling ins Land und vertrieb den dunklen Winter. Die Luft wurde wärmer, das Gras spross in zartem Hellgrün und bildete den perfekten Hintergrund für die gelb und lila leuchtenden Blüten der ersten Krokus-Teppiche. Wenn Lena nun in der Küche der Konditorei schuftete, hörte sie das lustige Gezwitscher der Vögel. Zum ersten Mal seit dem missglückten Date mit Jonas unternahm sie einen ernsthaften Anlauf, sich aus ihrer Lethargie zu befreien. Sie dekorierte ihre Wohnung mit frischen Tulpensträußen und pinkfarbenen Hyazinthen und versuchte, die frühlingshafte Leichtigkeit auch in ihren vier Wänden auferstehen zu lassen. Mit durchwachsenem Erfolg. Weise Menschen behaupteten, dass die Zeit alle Wunden heilte. Doch der Schmerz über Jonas' Verlust blieb allgegenwärtig, obwohl sie ihn tief in ihrem Innersten eingeschlossen hatte und er dadurch dumpfer wurde.

Anfang Juni wurde Köln von einer ungewöhnlichen, frühsommerlichen Hitzewelle heimgesucht. Plötzlich standen leicht bekleidete Menschen vor den Eiscafés Schlange. Restaurants stellten ihre Tische vor die Tür und warben mit gekühlten Drinks.

»Puh«, meinte Iris, Lenas Kollegin, und wischte sich den Schweiß von der Stirn. »Die Hitze ist ja kaum auszuhalten. Wollen wir am Sonntag zusammen ins Freibad gehen?«

Eigentlich hatte Lena ihre negative Standardantwort schon auf der Zunge. Schließlich war sie seit ihrer Kindheit nicht mehr in einem öffentlichen Schwimmbad gewesen. Aber auf einmal war sie es leid, ihre Figur ständig zu verstecken. Sie musste endlich anfangen, zu sich selbst zu stehen. Und so antwortete sie zu ihrer eigenen Überraschung, »Ja, sehr gern.«

Drei Tage später plantschte Lena in ihrem nagelneuen Badeanzug im erfrischenden Nass des Schwimmstadions an der Lentstraße. Zunächst war es ihr nicht leichtgefallen, sich lediglich in ihrem schwarzen Einteiler aufs Handtuch zu legen. Schüchtern hatte sie sich den neuen Pareo über ihre kräftigen Oberschenkel drapiert. Aber jetzt fühlte sie sich großartig. Wie befreit.

Iris und sie waren gerade auf dem Rückweg zu ihrem Liegeplatz, als ausgerechnet Jonas auf sie zukam.

Vor lauter Scham und Panik wäre sie am liebsten weggerannt. Aber an eine Flucht war nicht zu denken. Er hatte sie bereits erkannt.

»Hey, Lena!«, rief er. »Schön, dich hier zu treffen.«

Es war eine reine Höflichkeitsfloskel. Jonas schien eher erschüttert, als erfreut zu sein, sie wiederzusehen.

»Ja, dich auch!«, erwiderte sie errötend und versuchte so würdevoll wie möglich an ihm vorbeizuschreiten – ein relativ schwieriges Unterfangen in einem pitschnassen, tropfenden Badeanzug.

　　　　　　　　　　　　　　Michaela Grünig

Außerdem kam sie nicht sehr weit. Jonas, der breitschultrig und perfekt in seinen kunterbunten Bermudashorts aussah, hielt sie auf, indem er ihr seine Hand auf den nassen Arm legte. »Ähm … bist du ganz allein hier?«

Auf einmal wurde sie wütend. Dachte er ernsthaft, dass sie aufgrund ihres Aussehens noch nicht einmal eine Freundin hatte? »Natürlich nicht!«, antwortete sie kühl und zeigte auf ihre Kollegin. »Das ist Iris. Aber wir müssen jetzt leider gehen.« Mit diesen Worten machte sie sich von ihm los und stapfte weiter. Es ging nicht anders. Sonst wäre sie vor ihm in Tränen ausgebrochen.

Im Nachhinein wusste sie nicht mehr, wie sie den restlichen Nachmittag überstanden hatte. Doch zu Hause angekommen, bekam sie einen Heulanfall. Was hatte sie nur verbrochen, dass sie in einer Millionenstadt wie Köln ausgerechnet auf den Mann treffen musste, dem sie auf keinen Fall so spärlich bekleidet begegnen wollte? Was ihm wohl bei ihrem Anblick durch den Kopf gegangen war?

Die unerwartete Begegnung mit Jonas beschäftigte Lena über Gebühr, aber sie versuchte sich mit Arbeit von ihren traurigen Gedanken abzulenken. Als sie wenige Tage später ihre Wohnungstür aufsperren wollte, wäre sie um ein Haar gestolpert. Ein kleines Paket lagerte auf ihrem Fußabstreifer. Lena bückte sich und hob es auf. Wie merkwürdig, es trug weder eine Anschrift noch klebte eine Briefmarke drauf. Jemand musste es höchstpersönlich dort abgelegt haben. Plötzlich rang sie nach Luft. Steckte etwa Jonas dahinter? Sie konnte sich nicht eine Sekunde länger beherrschen und riss das Paket umgehend auf. Verwirrt betrachtete sie den Inhalt.

Es war eine Packung Mehl. Lena suchte überall nach einer Nachricht, aber sie konnte keine finden. Jemand hatte ihr tatsächlich nur eine einsame Tüte Weißmehl geschickt. Was sollte das bedeuten?

Sie grübelte die ganze Nacht. Doch auch am Morgen fand sie keine bessere Erklärung, als dass sich jemand in der Haustür geirrt hatte. Vielleicht hatte sich ein Nachbar Mehl geborgt und wollte es auf diesem Weg zurückgeben.

Doch schon am nächsten Nachmittag fand sie ein neues Päckchen vor ihrer Tür, das ebenfalls eigenhändig überbracht worden sein musste. Darin befand sich ein Glas feinster Aprikosenmarmelade. Wozu schickte ihr jemand diese Lebensmittel? Machte sich jemand über ihren Beruf lustig? Im Lauf der nächsten Tage klärten sich zumindest die anfänglich völlig willkürlich anmutenden Paketinhalte auf. Der anonyme Bote schickte ihr Zucker, dunkle Schokolade, eine Miniflasche Rum, Backpulver, Kakao, Puderzucker, sorgsam gekühlte Butter, Sahne und Eier. Oder in anderen Worten: die Zutaten für eine Sachertorte.

Bei jeder neuen Sendung lief ihr Herz Amok. Es war eindeutig Jonas, der hinter diesen Botschaften steckte. Niemand außer ihm hatte in ihrer Wohnung diese Wiener Spezialität serviert bekommen. Aber was bezweckte er damit? Ungeduldig wartete sie auf eine Nachricht, die Licht in dieses Dunkel bringen würde. Glücklicherweise ließ dieses neue Lebenszeichen von Jonas nicht lange auf sich warten. Diesmal war es ein Brief, der unter ihrer Haustür durchgeschoben worden war. Mit zittrigen Fingern riss Lena das Kuvert auf und starrte fassungslos auf die wenigen Zeilen.

Liebe Lena,
bist du so lieb und backst uns meinen Lieblingskuchen? Ich würde mich freuen, dich und meine geliebte Sachertorte diesen Samstagnachmittag im Volksgarten zu sehen. Die Getränke bringe ich mit. 15:30 Uhr? Am südlichen Ufer des Kahnweihers?
Ich freue mich auf dich,
Jonas

Die Buchstaben verschwammen vor ihren Augen. Aber erst als eine Träne auf Jonas' Brief tropfte, bemerkte Lena, dass sie weinte. Schwarz auf weiß stand dort zweimal, dass er sich freuen würde, sie zu sehen. Sie verstand die Welt nicht mehr. Weshalb wollte er sich mit ihr treffen? Nur um einen kostenlosen Kuchen abzustauben? Es waren noch vier ganze Tage bis Samstag, aber sie war sich schon jetzt absolut sicher, dass sie nicht in den Volksgarten gehen würde! Wer nichts riskierte, konnte auch nicht verletzt werden.

Lena sah Jonas schon von Weitem auf einer Decke sitzen. Im Sonnenschein, zwischen Löwenzahn und Gänseblümchen. Als er sie erblickte, sprang er auf und ging ihr lächelnd entgegen.

Sie hatte vier lange Tage mit sich gehadert. Alle Argumente dafür und dagegen eingehend analysiert und durchleuchtet. Aber letztendlich hatte sie ihm nicht widerstehen können.

»Lena!« Der liebevolle Ton in seiner Stimme verunsicherte sie zutiefst.

»Hallo Jonas.« Sie hielt ihm die Frischhaltebox mit der Sachertorte entgegen.

»Danke, dass du gekommen bist!«, flüsterte er. Lena rieb sich verlegen die Hände. »Hm. Aber ehrlich gesagt… ich weiß gar nicht, warum du mich hier antanzen lässt! Wenn du ein Stück Sachertorte essen möchtest, kannst du doch auch in der Konditorei vorbeikommen. Wozu der ganze Hokuspokus mit den Zutaten?«

Seine Antwort kam wie aus der Pistole geschossen. »Weil ich mich in dich verliebt habe.«

Was für eine schamlose Lüge! »Du armer Kerl!«, sagte sie mit vor Ironie triefender Stimme. »Warum hast du mir dann nicht einfach deine große Liebe gestanden?«

»Na, wegen deinem Freund, warum sonst?«

Lena riss die Augen auf. »Welcher Freund?«

»Hör mal. Jede Woche ein Päckchen! In Köln abgeschickt! Das macht man doch nur, wenn man so richtig verknallt ist. Wie heißt der Glückliche denn eigentlich? Helmut, Hajo, Horst? Ich habe ihn so um dich beneidet!«

Wie bitte? Sekundenlang ließ sie seine Worte auf Endlosschleife durch ihren Kopf laufen. Dann fielen die einzelnen Puzzleteile wie in einem Kaleidoskop zu einem neuen Bild zusammen. »Deswegen hast du dich versetzen lassen?«

»Natürlich! Ich hatte echt keine Lust, dir auch weiterhin jede Woche ein Päckchen von deinem Lover zu bringen! Das hält doch der stärkste Kerl nicht durch.«

»Aber warum jetzt? Was hat sich geändert?«

»Genau das will ich ja von dir hören!«, sagte er ernst. »Ich habe mich erkundigt. Meine Nachfolgerin schwört, dass du schon seit Monaten kein Päckchen mehr von H. Glückts bekommen hast. Und deshalb will ich die ganze Wahrheit wissen. Also hast du nun einen festen Partner, oder nicht?«

Innerlich hätte Lena vor Freude explodieren können. Aber sie blieb ernst und schüttelte den Kopf. »Nein. Ich habe keinen festen Freund.«

Jonas' Augen leuchteten auf. »Dann habe ich eine Chance bei dir?«

Für einen Moment fehlten ihr die Worte. Leise stammelte sie: »Ja, gefalle ich dir denn?«

Jonas legte die Frischhaltebox mit dem Kuchen auf der Decke ab und nahm Lenas Hände fest und warm in seine eigenen. Er blickte ihr tief in die Augen und erwiderte. »Was für eine Frage, mein Engel! Weißt du denn immer noch nicht, dass du meine absolute Traumfrau bist?« Kurz bevor er seine Lippen auf ihre senkte, flüsterte er: »Darüber könnte ich glatt vergessen, dass du außerdem die beste Sachertorte auf der ganzen Welt machst!«

Lena war sprachlos vor Glück. Und sie begann noch während dieses ersten leidenschaftlichen Kusses von einem Rezept für Liebende zu träumen. In üppigen Portionen für lebensfrohe und sinnliche Genießer.

Michaela Grünig

*Mit Herz, Humor
und etwas Wahnsinn*

MICHAELA GRÜNIG

Zwei fast perfekte Schwestern

Roman

Seit ihrer Kindheit bewundert die Lektorin Stephanie Lenz ihre
ältere Schwester Lily. Sie ist schön, beliebt und hat einen tollen
Mann geheiratet. Stephanie fühlt sich dagegen wie ein vom Pech
verfolgtes hässliches Entlein.
Wie rettet man sich zum Beispiel vor der Liebeserklärung seines
neuen Chefs, ohne die Karriere zu ruinieren?
Stephanie hat eine scheinbar geniale Idee:
Sie behauptet einfach, lesbisch zu sein. Zum Glück steht Lily als
Alibi-Partnerin bereit. Beruflich läuft es nun ausgezeichnet, bald
darf Stephanie den Bestsellerautor Bernhard Otto betreuen. Der ist
ihr nur dummerweise unerwartet sympathisch, und dann fällt auch
noch Lily aus, die auf einmal mit eigenen Männerproblemen zu
kämpfen hat.

Anna Bell

Blind Dates

Aus dem Englischen
von Silvia Kinkel

Über die Autorin

Anna Bell sagt von sich selbst, sie sei eine hoffnungslose Romanti-
kerin und liebe nichts so sehr wie ein gut gemachtes Happy End.
Bevor sie mit dem Schreiben begann, arbeitete sie als Museumsku-
ratorin. Wenn sie nicht gerade am Laptop sitzt und am nächsten
Roman oder ihre Kolumne bei www.novelicious.com schreibt, findet man sie in den Bergen beim Wandern oder in einer französischen Patisserie beim Köstlichkeitenprobieren. Derzeit lebt sie mit
ihrem Mann und ihren zwei Kindern in Frankreich.

Wer in aller Welt würde denn bitte schön ein Blind Date für eine gute Idee halten? Auf diesem Planeten leben mehr als sieben Milliarden Menschen. Die Chancen, einen Seelenverwandten zu finden, stehen also ohnehin schlecht – erst recht, wenn du es nicht selbst in die Hand nimmst, sondern an jemanden delegierst, der glaubt, es besser zu wissen als du.

Und wen habe ich mit dieser wichtigen Aufgabe betraut? Keine Geringere als meine gute Freundin Sarah. Allerdings hat sie mich auch ausgetrickst, indem sie die Saat der Angst in mir pflanzte. Sie hat mir eingeredet, dass ich nächstes Weihnachten wieder als Single verbringen muss, wenn ich nicht diesen Monat anfange, mit jemandem auszugehen. Sarah kennt nämlich meine verzweifelten Hygge-Fantasien – es sich in Partnerlook-Wollpullis bei Kerzenlicht gemütlich machen. Also habe ich zugestimmt. Ich Idiotin. Mittlerweile sollte ich eigentlich gelernt haben, dass Sarahs Ideen für gewöhnlich in einer Katastrophe enden – schließlich bin ich schon oft genug mit einem Tequila-Kater aufgewacht.

Laut Sarah ist Mike, mein Blind Date, ein »echt netter Typ« und »super süß«. Auf der Busfahrt zum Treffpunkt hat mir genau das keine Ruhe gelassen. Wenn er wirklich so ein toller Fang ist, warum hat sie ihn dann a) noch nie erwähnt; b) sich ihn nicht während einer ihrer Singlephasen selbst geschnappt und c) ihn nie zu einer ihrer legendären Partys eingeladen?

Ich bin zu dem Schluss gekommen, dass er vermutlich ein »~~echt~~ netter Kerl« ist und man ihn (nach ein paar Gläsern Wein) »super süß« findet (wenn gerade Sex-Flaute herrscht).

Ich verfluche Sarah. In diesem Moment könnte ich bis zum Kinn im Schaumbad liegen und mich in meine Fantasiewelt flüchten. Stattdessen drücke ich zögernd die Tür zu dem Nullachtfünfzehn-Lokal auf, eine Ausgeburt an glänzendem Parkett und kitschigen Kronleuchtern.

Unschlüssig verharre ich an der Türschwelle und überlege, ob der Typ mich schon bemerkt hat oder mir noch genügend Zeit bleibt, um abzuhauen. Ich könnte den nächsten Bus nach Hause nehmen und in einer halben Stunde in der Badewanne sitzen … Die Versuchung ist groß, aber ich drücke die Tür ganz auf. Versetzt zu werden ist meine größte Angst, deshalb könnte ich das nie jemandem antun.

Drinnen schlägt mir so unvermittelt warme Luft entgegen, dass ich meinen langen Winterschal schnell loswerden muss. Erst versuche ich es auf die sanfte Tour, damit meine perfekt fallenden Wellen nicht in Mitleidenschaft gezogen werden. Aber das gebe ich schnell auf und zerre an dem Stoff, als würde ich eine widerspenstige Schlange zähmen.

»Ist alles in Ordnung?« Eine Kellnerin kommt auf mich zu.

»Ich denke schon«, antworte ich, befreie endlich meinen Hals und streiche meine Haare wieder in Form. »Ich meine, ja. Alles bestens. Sorry, ich rede zu viel. Das tue ich immer, wenn ich nervös bin. Ich bin nämlich hier wegen eines … Blind Dates«, flüstere ich, als wäre es ein unanständiges Wort. Ich will nicht, dass jemand hört, wie jämmerlich unfähig ich bin, auf andere Weise einen Mann kennenzulernen.

»Oh, er ist schon hier«, sagt sie und lächelt amüsiert. »Ich führe Sie hin.«

»Unmöglich«, stottere ich. »Er ist viel zu früh. Ich muss zuerst hier sein, um mit einem Drink meine Nerven zu beruhigen.«

»Genau das hat er auch gesagt. Sie beide sind wie füreinander geschaffen.« Sie lacht. »Kommen Sie, ich bringe Sie zu ihm.«

Panik befällt mich. Schließlich habe ich noch nicht einmal überlegt, wie ich mich vorstellen soll. Eine Möglichkeit wäre na-

Anna Bell

türlich das klassische »Hi, ich bin Amy«. Aber besser wäre doch bestimmt etwas Witziges, Unvergessliches. »Hi, ich bin Sarahs Ex-Freundin Amy. Wir reden nicht mehr miteinander, seit sie mich zu diesem Blind Date gezwungen hat« oder »Hi, ich bin Amy, und mein Magen dreht sich schneller als eine Waschmaschinentrommel beim Schleudern«. ... Wenn ich recht überlege, wird es völlig überbewertet, witzig zu sein.

Während ich skeptisch der Kellnerin folge, fummele ich an den Knöpfen meines Paddington-Bär-Mantels herum und frage mich, wo sie mich wohl hinführt. Da sehe ich an dem Tisch in der Ecke einen Mann sitzen. Er ist süß, so in der Art Junge von nebenan. Sein strubbeliges Haar ist kurz – aber nicht zu kurz –, und er trägt ein verwaschenes T-Shirt und Jeans.

Als wir vor dem Tisch stehen bleiben, ringe ich mit dem letzten Knopf und kann ihn so unvermittelt lösen, dass ich den Mantel just in dem Moment aufreiße, als die Kellnerin mit hoher Stimme ruft: »Tada!«, und die Arme ausbreitet, als würde sie mich präsentieren. Ich komme mir vor, als wäre ich bei einer improvisierten Burlesque-Nummer ertappt worden.

Als ich merke, dass mich nicht nur meine Verabredung anstarrt, sondern auch alle anderen Gäste, könnte ich vor Scham im Erdboden versinken. Jetzt weiß wohl jeder, dass ich ein Blind Date habe – warum muss so etwas immer mir passieren?

Wenn ich mutiger wäre, würde ich mitspielen, Jazzhände machen oder so, aber meine Hände sind so verschwitzt, dass ich befürchte, dabei Wasser zu verspritzen. Stattdessen ziehe ich möglichst unspektakulär meinen Mantel aus und umklammere ihn mit beiden Händen, um sie unauffällig trocken zu wischen.

»Eigentlich hatte ich noch ein Bier bestellt«, sagt der Mann und lächelt zu mir hoch.

»Sieht so aus, als sei Ihre Verabredung genauso früh wie Sie. Setzen Sie sich, Schätzchen«, sagt die Kellnerin und zieht einen Stuhl für mich heraus. »Meine Schicht ist gerade um, aber ich schicke meine Ablösung, um Ihre Bestellung entgegenzunehmen.«

»Danke.« Ich lächle gezwungen, hänge meinen Mantel über die Rückenlehne des Stuhls und setze mich dem Mann gegenüber.

»Und ich dachte schon, so ein Blind Date wäre im ersten Moment echt peinlich. Aber dank unserer freundlichen Kellnerin haben wir das gut hinbekommen, oder?« Er schaut zu einer Gruppe Frauen an einem der Nebentische und winkt. Sie wenden sich wieder einander zu, und ich kann sehen, wie sie sich anstrengen, nicht zu lachen.

»Du wolltest also auch als Erste da sein?«, fragt er.

»So in der Art«, stammele ich. »Aber wie es aussieht, hast du gewonnen.«

»Stimmt, und du bist dann wohl mein Preis.«

Ich will gerade aufstöhnen, als er das für mich übernimmt.

»Tut mir leid, das war echt platt. Das passiert mir leider, wenn ich nervös bin. Im Kopf bin ich Joey aus *Friends* mit seinem Spruch ›Na, wie geht's denn so?‹. Aber ganz so kam es wohl nicht rüber«, sagt er und trinkt einen Schluck Bier.

Ich schüttle den Kopf und lache zaghaft.

»Es war weniger Joey und mehr Chandler.«

»Autsch.« Jetzt lacht er.

»Wer sagt denn, dass das eine Beleidigung ist? Wir finden Chandler doch alle liebenswerter.« Habe ich ihn gerade als liebenswert bezeichnet? Nach den ersten zwei Minuten einer Verabredung? »Ich meine, ähm, die meisten stehen nun mal auf ihn.« Gütiger Gott, ich brauche dringend ein Bier.

»Ich sehe schon, du bist genauso entspannt wie ich.« Anscheinend kann er Gedanken lesen.

»Allerdings.«

Er winkt die neue Kellnerin heran, die sich zögernd in Bewegung setzt. Sie ist nicht so enthusiastisch wie ihre Vorgängerin, was aber vermutlich nicht von Nachteil ist. Jedenfalls lässt sie den Blick

Anna Bell

gelangweilt durch den Raum schweifen, als würde sie jetzt schon die Minuten bis zum Ende ihrer Schicht zählen.

»Ich wollte mir noch ein Bier bestellen, oder sollen wir uns eine Flasche Wein teilen?«

»Bier ist okay für mich.« Ich drehe die Flasche auf dem Tisch so herum, dass ich das Etikett lesen kann. »Ich nehme das Gleiche, danke.«

»Möchten Sie auch etwas essen?«, fragt die Kellnerin.

»Vielleicht später«, antworte ich, da ich mich erst ein bisschen beruhigen muss. Es dürfte schwierig genug sein, ohne zu zittern eine Flasche in der Hand zu halten, ganz zu schweigen davon, Messer und Gabel so zu koordinieren, dass mein Essen zum Zielpunkt »Mund« befördert wird und nicht auf meinem weißen Top landet.

Was zur Hölle ist nur in mich gefahren, ein weißes Top anzuziehen?

#ErstesDatePatzer.

»Guter Plan.« Er nickt zustimmend.

Die Kellnerin geht, und ich hoffe, dass sie bei ihrer Rückkehr einen Zahn zulegt, denn ich brauche wirklich ein Bier.

»Also, gehst du oft zu Blind Dates?«, fragt er.

»Nein, heute ist das erste Mal seit Langem. Und du?«

»Ziemlich oft. Aus irgendeinem Grund bekomme ich Frauen nur auf diese Weise dazu, mit mir auszugehen. Mir ist schleierhaft, woran das liegt.«

»Mir auch. Bei deinen geschmeidigen Anmachsprüchen.«

Er lacht. Offenbar findet er meine Bemerkung witzig, und das freut mich.

»Es ist ein Trauerspiel, aber zum Glück habe ich jede Menge Freunde, die mich unbedingt verkuppeln wollen. Jemand mit einem weniger dicken Fell könnte auf die Idee kommen, dass sie versuchen, mich auf diese Weise loszuwerden. Aber ich bevorzuge die Theorie, dass ich in ihren Augen ein zu guter Fang bin, um Single zu bleiben.«

Während er redet, schaue ich in seine honigfarbenen Augen. Schon lustig, denn bisher habe ich nie verstanden, was die Leute meinen, wenn sie von einem warmen Blick sprechen, aber jetzt kapiere ich es, denn seine Augen erinnern mich an ein wohliges Feuer.

»Wenn du also der Blind-Date-Experte bist«, beginne ich und akklimatisiere mich allmählich, »was sind denn gute, gefahrlose Themen, über die man sprechen kann?«

Er klatscht in die Hände und zieht die Brauen hoch, als hätte ich gerade die Eine-Million-Dollar-Frage gestellt.

»Für gewöhnlich meide ich die üblichen Fragen. Du weißt schon, dieses wo lebst du, was machst du. Das ist kein guter Einstieg. Und um ehrlich zu sein, ist mein Job definitiv das Interessanteste an mir, warum also damit anfangen? Ich finde es sehr viel besser, eine Frage zu stellen wie: Was ist deine größte Macke?«

»Was ist meine größte Macke?«, erwidere ich zögernd, um Zeit zu gewinnen.

Ich bin nicht gerade für meine Coolness bekannt, und ein Mangel an Bekloppteiten herrscht bei mir bestimmt nicht. Aber ich möchte erst herausfinden, womit ich ihn am unwahrscheinlichsten in die Flucht schlage.

»Genau. Das ist die absolut beste Frage. Wieso bis zur fünften Verabredung warten, um herauszufinden, dass du dich mit einem Trekkie triffst, der dich zu jeder Star Trek Convention schleppt, um ein Autogramm von einem obskuren Schauspieler zu ergattern … nicht, das mir das jemals passiert wäre«, sagt er hüstelnd und zieht eine Braue hoch.

Ich lache ein bisschen zu laut. Vermutlich ist dies nicht der beste Zeitpunkt, um meine Begeisterung für die Avengers-Filme und meinen kürzlichen Besuch der Comic Con zu erwähnen. Allerdings habe ich kein Kostüm getragen, sondern nur ein T-Shirt mit Aufdruck …

»Na, dann leg mal los«, sagt er und neigt den Kopf zur Seite, als warte er auf eine Antwort.

Ich lasse sein verwaschenes Band-T-Shirt und die nicht gerade ordentlich frisierten Haare auf mich wirken und komme zu dem Schluss, dass er sich selbst nicht allzu ernst nimmt.

»Okay, meine größte Macke ist wahrscheinlich Geocaching. Das ist so eine Art digitale Schnitzeljagd, bei der du Hinweise hast und Koordinaten und …«

»Ich geocache auch«, sagt er. »Allerdings nicht oft. Ich gehöre zu denen, die durch die Gegend rennen und laut fluchen, wenn sie den nächsten Wegpunkt nicht finden.«

»Ja, das ist echt nervig.«

»Versuchst du, so viele Verstecke wie möglich zu finden, oder stehst du auf die kniffeligen Rätsel bei Mystery Caches?«

»Ich stehe total auf Rätsel. Es geht doch nichts über eine Herausforderung.«

Die Kellnerin stellt unsere Getränke auf den Tisch und verschwindet sofort wieder.

»Prost«, sage ich und nehme mein Bier. Wir stoßen mit unseren Flaschen an und schauen uns dabei zum ersten Mal in die Augen. Ich habe plötzlich ein Kribbeln im Bauch und bin ziemlich sicher, dass das nicht an meiner Nervosität liegt.

»Und was ist deine größte Macke?«, frage ich und versuche meine Wangen davon abzuhalten, knallrot anzulaufen und ihm dadurch zu verraten, dass er mir gefällt.

»Ich sammle 50-Pence-Stücke«, sagt er und zuckt kaum merklich zusammen.

»Alte oder neue?«, frage ich und denke, dass es schlimmere Hobbys gibt, obwohl ich mich sehr anstrengen muss, eines zu finden. Im Zweifelsfall bleibt natürlich Briefmarkensammeln …

»Beides. Angefangen hat alles mit meiner Oma. Sie hat mir jedes Mal eine 50-Pence-Münze gegeben, wenn ich sie besuchen kam. Schon damals konnte man mit 50 Pence nicht viel kaufen, also habe ich die Münzen in ein großes Glas geworfen. Erst als das Glas Jahre später voll war und ich das Geld ausgeben wollte, fiel mir auf, dass die Münzen auf der Rückseite unterschiedliche Prägungen haben, und ich war sofort Feuer und Flamme.«

»Klingt nicht nach einem furchtbaren Hobby«, sage ich.

»Das sagst du jetzt, aber es wird der Tag kommen, an dem wir in der Schlange an der Supermarktkasse stehen und ich Ewigkeiten brauche, um das Wechselgeld einzustecken, weil ich jede Münze erst begutachte.«

Ich lache und trinke einen Schluck Bier. Insgeheim freue ich mich, dass er von uns beiden bereits in der Zukunft spricht.

Automatisch öffne ich mein Portemonnaie, suche nach 50-Pence-Stücken und ziehe zwei heraus.

»Was ist mit denen?«, frage ich und drehe sie zwischen den Fingern hin und her, als seien sie etwas Besonderes.

»Das hier ist das stinknormale Standardwappen. Und diese ist durchaus etwas für Sammler. Sie ist ein bisschen seltener, aber immer noch ziemlich häufig.«

»Also nichts für deine Sammlung?«

»Nein. Momentan solltest du auf Münzen mit den Olympischen Spielen 2012 oder denen mit Beatrix Potter achten. Tut mir echt leid, ich hatte wirklich nicht vor, dass wir bei einem Gespräch über Münzen landen. Es ist ein ziemlich langweiliges Thema, und ich rede auch ganz bestimmt nicht dauernd darüber, ehrlich. Hör zu«, sagt er dann und zeigt unauffällig in Richtung Theke. »Glaubst du, der Typ dort ist ebenfalls wegen eines Blind Dates hier? Er schaut ziemlich oft auf seine Armbanduhr und wirkt nervös.«

Ich mustere den Mann in Chinos und dem ordentlich gebügelten Hemd. Sein Haar ist auf eine Weise frisiert, dass ich mir vorstelle, wie er es mit dem Glätteisen bearbeitet hat.

»Vermutlich. Sobald die Tür aufgeht, schaut er hin.«

»Ja, ich fühle jedes Mal mit ihm, wenn er hoffnungsvoll hinsieht und sich rasch abwendet, sobald mehr als eine Person hereinkommt.«

»Ich finde es furchtbar, auf jemanden zu warten, vor allem, wenn man denjenigen nicht kennt«, sage ich und bin erleichtert, dass

Anna Bell

mir das heute Abend nicht passiert ist. »Zum Glück warst du über-
pünktlich. Wartet er schon lange? Ich habe ihn gar nicht hereinkommen sehen.«

»Freut mich zu hören. So sehr hat dich unsere Unterhaltung also
fasziniert.«

»Definitiv. Wer hätte gedacht, dass Münzensammeln so fesselnd
sein kann.« Erleichtert stelle ich fest, dass er über meine ironische
Bemerkung lächelt.

»Er ist seit etwa zehn Minuten hier.«

»Dann kann man noch nicht davon ausgehen, dass er versetzt
wurde. Was schätzt du, wie lange er der Sache gibt?«

Bevor ich heute Abend hergekommen bin, hatte ich entschieden, auf keinen Fall länger als zwanzig Minuten über den verein-
barten Zeitpunkt hinaus zu warten, falls meine Verabredung nicht
auftauchen sollte.

»Ich hätte dir eine halbe Stunde gegeben«, sagt er und nickt
weise. »Das halte ich für fair. Das entspricht der Zeit, um zwei Bier
zu trinken.«

»Klingt vernünftig. Oh, warte mal. Vielleicht ist das seine Verabredung. Wow, die ist umwerfend«, sage ich. Anscheinend hat
der Chino-Mann das große Los gezogen.

Als meine Verabredung mit den Augen die langbeinige Brünette
in Jeans und Pfennigabsätzen abtastet, die gerade ihren Winter-
mantel auszieht und ein hautenges silbernes Top enthüllt, versuche
ich, nicht eifersüchtig zu werden.

Bis ich sie gesehen habe, dachte ich eigentlich, ich hätte mir
Mühe gegeben. Aber im Vergleich zu ihren Beinen wirken meine
in den Skinny Jeans kurz und pummelig, und obwohl meine rotblonden Haare aufwendiger frisiert sind als sonst, ist es kein Vergleich zu ihrer gestylten Mähne.

Sie blickt suchend durch den Raum, zeigt kein bisschen von
meiner Nervosität und stellt sofort Blickkontakt mit dem Chino-
Mann her. Dann wirft sie ihr glänzendes Haar zurück und geht ziel-

strebig auf ihn zu. Sie ist nicht so tollpatschig, dass sich eine Kellnerin erbarmen müsste.

»Guck mal, die beiden schütteln sich die Hände. Wie langweilig ist das denn?«, sagt mein Gegenüber und wendet sich mir lächelnd zu.

Ich atme erleichtert auf, dass er anscheinend nicht enttäuscht ist, bei mir gelandet zu sein statt bei ihr.

Als ich gerade zu einem anderen Thema wechseln will, bekomme ich aus den Augenwinkeln mit, dass der Chino-Mann den Kopf schüttelt und sich die Frau von ihm entfernt.

»Oh-oh, sie ist wohl doch nicht seine Verabredung«, stelle ich enttäuscht fest, als sie sich allein an einen Tisch setzt, von dem aus sie die Tür im Auge behalten kann.

»Wirklich schade. Die zwei hätten ein echt schönes Instagram-Paar abgegeben.«

Die bräuchten nicht einmal Filter.

»Hm, sieht so aus, als würden beide auf jemanden warten. Offenbar ist das hier *das* Lokal für Blind Dates.«

»Ja, komisch. Und ich hielt es für einen perfekten Treffpunkt, weil die Buslinie 19 direkt vor der Tür hält.«

»Eine gute Verkehrsanbindung ist bei der Planung eines Blind Dates unerlässlich. Man weiß schließlich nie, wann man einen schnellen Abgang machen muss.«

»Genau. Und die Linie 19 fährt alle acht Minuten, also, ähm …«

»Werde ich mir merken. Obwohl du mir das besser nicht verraten hättest. Jetzt kannst du nämlich nicht mehr behaupten, du müsstest gehen, weil du sonst Stunden auf den nächsten Bus wartest.«

»Verdammt!«, fluche ich gespielt entsetzt. »Aber ich muss nur auf den Anruf einer Freundin warten, bei dem es um einen dringenden ›Notfall‹ geht«, füge ich hinzu und zeichne Gänsefüßchen in die Luft.

»Falls mein Freund nicht zuerst anruft. Noch ein Bier?«

Ich schaue auf meine Flasche und stelle fest, dass sie leer ist. Mir ist gar nicht aufgefallen, dass ich getrunken habe, so sehr amüsiert mich unsere Unterhaltung.

Ich nicke, und während er einem vorbeigehenden Kellner ein Zeichen gibt, beginnen wir ein Gespräch über *Game of Thrones*, das er genauso sehr mag wie ich. Zum Glück sind wir beide nicht auf Superfanlevel, bei dem man sich entsprechend kostümiert und Conventions besucht, aber wir sind in der Lage, über die Vorgeschichte zu theoretisieren.

»Unser Mann will offenbar aufgeben«, sagt meine Verabredung.

Ich wende den Kopf und sehe, wie der Mann an der Theke sein Bier austrinkt. Dann holt er sein Handy hervor und tippt mit trauriger Miene etwas ein.

In dem Moment piept das Handy in meiner Tasche – ich habe eine SMS bekommen.

»Lass mich raten, deiner Freundin ist ein Bein abgefallen und du musst los, um sie schnell ins Krankenhaus zu bringen«, witzelt mein Gegenüber.

»Noch nicht. Du kennst doch Sarah. Sie verspätet sich immer.«

»Wer ist Sarah?«, fragt er.

»Haha!« Ich warte darauf, dass er lacht und mir sagt, dass das nur ein Witz gewesen sei, aber sein verwirrter Gesichtsausdruck verschwindet nicht.

Plötzlich wird mir flau im Magen, und mein Puls beginnt zu rasen.

»Sarah, deine Arbeitskollegin. Die diese Verabredung arrangiert hat …«

Ich suche in seinem Gesicht nach Anzeichen, dass der Groschen gefallen ist, ohne Erfolg.

Eigentlich brauche ich gar nicht mehr nachzusehen, wer mir die Nachricht geschickt hat.

»Du meinst …«, sagt er so langsam, als würde er die Teile eines Puzzles zusammensetzen.

Ich nicke und lese die SMS.

Hi, habe mich nur gefragt, ob wir uns bei Zeit und Ort unseres
Treffens vielleicht missverstanden haben. Ich bin im Mckenzies. Bist
du unterwegs? Mick

Mir wird schwindelig. Ich sollte nicht hier sitzen, sondern neben
dem Chino-Mann an der Theke.

»Er ist deine Verabredung?«, fragt mein Gegenüber zögernd.

»Japp. Und sie ist dann wohl deine.«

Die Heiterkeit zwischen uns ist plötzlich verschwunden, und es
fühlt sich an, als sei die Zeit stehen geblieben.

»Wir müssen es ihnen ja nicht sagen«, schlägt er vor. »Dann
denken die beiden, sie seien versetzt worden, oder?«

Für den Bruchteil einer Sekunde bin ich versucht, ihm beizupflich-
ten, aber dann sehe ich, wie Mick sehnsüchtig auf sein Handy schaut.

»Das kann ich nicht.« Ich schüttle den Kopf. »Sarah ist eine
meiner besten Freundinnen, und ich kann sie nicht in eine so un-
angenehme Situation bringen. Außerdem finde ich es furchtbar,
versetzt zu werden. Ich mag das niemandem antun.«

»So ungern ich es zugebe, aber du hast recht«, antwortet er und
nickt bedächtig. »Und es bestätigt nur, was ich ohnehin schon
weiß – dass du ein unheimlich netter Mensch bist. Also dann …
Ich weiß nicht einmal deinen Namen. Vermutlich lautet er nicht
zufällig Jodie?«

»Nein, ich bin Amy.«

»Und ich heiße James.«

Ich möchte ihn wahnsinnig gern um seine Telefonnummer bitten, aber ich sehe aus den Augenwinkeln, dass Mick bereits aufsteht.

»Danke, James. Ich …« Jetzt wäre der Moment, mutig zu sein,
aber ich kann es nicht. »Ich muss gehen.«

Ich deute hinüber zu Mick, der aufgestanden ist und seine Rechnung bezahlt.

»Schon klar, habe verstanden«, sagt James und nickt.

Nein, hast du nicht!, denke ich und winke ihm bedauernd zu.

Dann gehe ich zögernd zur Theke und trete dem Mann gegenüber, mit dem ich eigentlich hier verabredet bin.

»Hi, ähm, Mick.«

»Hi«, erwidert er überrascht. Er mustert mich von oben bis unten und lächelt dann höflich, bevor er mir die Hand reicht. »Du musst Amy sein. Sarah hat mir viel von dir erzählt.«

»Hoffentlich nur Gutes«, antworte ich mit einem oberpeinlichen Kichern. Man sollte meinen, dass ich weniger nervös bin, immerhin ist das rein technisch gesehen schon mein zweites Blind Date an diesem Abend.

»Klar doch. Seit wann bist du hier? Ich habe dich gar nicht hereinkommen sehen.«

»Ah, weißt du, das ist eine lustige Geschichte. Ich war ziemlich früh hier, und dann war da diese aufgedrehte Kellnerin. Ich sagte ihr, dass ich zu einem Blind Date verabredet sei, und sie hat mich sofort zu diesem Mann geführt, der auch wegen eines Blind Dates hier ist. Wir beide haben uns also die vergangenen vierzig Minuten unterhalten, und erst, als ich deine SMS erhielt ...«

Mir fällt auf, dass Mick nicht über meine Geschichte lacht.

»Habt ihr euch einander nicht vorgestellt, als du dich zu ihm gesetzt hast?«

Ich überlege kurz.

»Nein, es war so witzig wegen der Kellnerin und ...« Ich seufze. »Das war wohl einer von diesen Momenten, die man einfach miterlebt haben muss.«

Ich drehe den Kopf, um James einen verschwörerischen Blick zuzuwerfen. Ob er der langbeinigen Brünetten gerade die gleiche Geschichte erzählt? Nein, tut er nicht, denn er küsst sie in diesem Moment auf beide Wangen. Ich bemühe mich, auch nicht ein klitzekleines bisschen eifersüchtig zu werden angesichts der Tatsache, dass er mich nicht zur Begrüßung geküsst hat.

Mick hustet und zieht meine Aufmerksamkeit wieder auf sich.

»Also, Sarah sagte, dass du an der Uni London arbeitest?«

»Das ist richtig, ich bin in der Compliance-Abteilung.«

»Ach ja. Ich dachte, du wärst Dozentin, aber Compliance, das ist bestimmt, ähm, interessant?«

James hatte recht, das ist ein furchtbarer Gesprächseinstieg. Ich mag meinen Job und finde ihn interessant, aber für Außenstehende klingt das alles grottenlangweilig. Dass ich mich mit Studenten herumschlage, die wegen Plagiatsverstößen von der Uni geworfen werden, oder mit Beschwerden über schlechte Dozenten, lässt sich nur schwerlich als glamourös darstellen.

»Es ist jedenfalls viel Arbeit«, antworte ich. »Bei den steigenden Studiengebühren verlangen die Studenten immer mehr für ihr Geld.«

»Wie faszinierend. So habe ich das noch nie gesehen. Ich hatte einfach Glück. Bin gerade noch vor der Einführung der Studiengebühren fertig geworden. Ich habe Internationale Politik an der London School of Economics and Political Science studiert.«

»Das war bestimmt … anstrengend.«

»Ein bisschen. Aber es ist eine gute Grundlage für meine jetzige Arbeit.«

Er erzählt so begeistert, als wäre das hier ein Bewerbungsgespräch. Dank Sarah bin ich bereits auf dem Laufenden über den Thinktank, den die beiden ausarbeiten, und ich merke, wie ich gedanklich abschalte. Blind Dates sind immer anstrengend, erst recht, wenn man zwei unmittelbar hintereinander hat.

Ich spüre, dass ich jeden Moment gähnen muss, und kämpfe dagegen an. Es ist einer dieser herzhaften Gähner, bei dem ich den Mund weit aufreißen werde. Angestrengt spanne ich meine Kinnmuskeln an – und sehe vermutlich aus, als hätte ich einen furchtbaren Krampfanfall.

»Geht es dir gut?«, fragt Mick und starrt mich an.

»Äh ja. Mein Kinn juckt, du weißt schon.«

Bestimmt weiß er das nicht.

Anna Bell

Ich schaue hinüber zu James – er hätte es verstanden –, und unsere Blicke treffen sich. Ich schenke ihm ein gewinnendes Lächeln – und merke zu spät, was ich da tue.

»Ich habe nur der Kellnerin zugelächelt«, sage ich rasch. »Wir sollten uns an einen Tisch setzen, meinst du nicht auch?«

»Super Idee«, antwortet Mick und schaut sich erfolglos nach der Kellnerin um, die ich angeblich gesehen habe.

Wir entscheiden uns für einen Tisch ganz in der Nähe, und ich dränge Mick förmlich ab, um so zu sitzen, dass ich James sehen kann.

»Ist so ein Tick von mir, ich habe gern die Tür im Blick«, sage ich, weil mir klar wird, dass ich allmählich total durchgeknallt wirke.

»Okay«, sagt er langsam. »Möchtest du vielleicht etwas essen?«

Die Kellnerin serviert James und seiner langbeinigen Brünetten gerade Cocktails mit allem Drum und Dran – Strohhalme, Schirmchen und Wunderkerzen.

»Cocktails«, stelle ich mit Bestürzung fest und sehe, wie die beiden daran nippen und lachen, als seien sie bei der amüsantesten Verabredung der Welt.

»Du möchtest Cocktails essen?«, fragt Mick, wieder einmal verwirrt.

»Ich meine, wir sollten uns vielleicht Cocktails bestellen.«

»Okay, ich habe eine Vorliebe für Appletini.«

Die Kellnerin geht an unserem Tisch vorbei, reicht uns die Speisekarte, und ich bestelle zwei Appletinis.

Für einen Moment sitzen wir schweigend da und studieren die Speisekarte – zumindest tue ich so, denn in Wahrheit oberserviere ich James und seine Verabredung. Ist ja auch nicht zu übersehen, wie sie beim Lachen das Haar zurückwirft; wenn sie nicht aufpasst, bekommt sie noch ein Schleudertrauma.

Konzentration, Amy, Konzentration. Mick ist deine Verabredung. Vielleicht sollte ich versuchen herauszufinden, was ihn und mich in Sarahs Augen verbindet.

»Du reist gern?«, frage ich, weil ich mich vage daran erinnere, dass sie das erwähnt hat.

»Ja, tue ich. Kürzlich war ich in Sankt Petersburg. Warst du schon einmal dort?«

»Nein, ich war noch nie in Russland.« Ich schüttle den Kopf. »Meine Reiseziele sind in der Regel nicht sonderlich ausgefallen. Letztes Jahr habe ich allerdings Strandurlaub in Kenia gemacht.«

»Kenia kenne ich gut«, sagt Mick, und sein Gesicht erhellt sich. »Freunde meiner Eltern haben unweit von Mombassa ein Reservat, und in meiner Kindheit sind wir oft dort gewesen. Das letzte Mal habe ich sie besucht, als ich unterwegs war nach Tansania, um den Kilimandscharo zu besteigen.«

»Oh, wow«, sage ich und denke, dass meine größte Anstrengung im Urlaub darin besteht, meinen Kindle in der einen Hand und den Cocktail in der anderen zu balancieren. »Das war bestimmt anstrengend.«

»Es kommt nur darauf an, ob du mit der dünnen Luft da oben zurechtkommst. Dieses Mal hatte ich Glück, aber auf einer Trekkingtour durch Nepal bin ich richtig krank geworden, obwohl ich damals gar nicht so hoch war.«

»Du magst also Abenteuerurlaub?«, frage ich nach.

»Dafür lebe ich. Als Nächstes will ich über den Lares Trek in Peru. Der führt wie der Inka Trail nach Machu Picchu. Meine Begeisterung für Peru entstand bei meiner ersten Reise nach Südamerika. Das war kurz nach dem Studium. Bist du schon einmal dort gewesen?«

Ich schüttle den Kopf, und er beginnt, dieses Land in so anschaulichen Details zu beschreiben, dass ich beinahe versucht bin, mich ihm anzuschließen. Langsam verstehe ich, warum Sarah denkt, dass er mir gefallen könnte. Er ist echt nett und bodenständig, und wenn ich nicht zuvor James getroffen hätte, wäre ich vielleicht nicht abgeneigt. Aber ich bin James begegnet und weiß deshalb, was mir in dem Gespräch mit Mick fehlt: der witzige Schlagabtausch und das Knistern. Die Chemie zwischen uns stimmt nicht. Es ist einfach nur *nett*, und wir alle wissen, dass nett zu wenig ist für große Gefühle.

»Bitte entschuldige. Ich langweile dich«, sagt er.

»Nein, überhaupt nicht. Ich habe es mir nur bildlich vorgestellt.«

Er wirkt nicht überzeugt, und aus Angst, dass ich für ihn das furchtbarste Date aller Zeiten werden könnte, suche ich nach einem anderen Gesprächsthema. Mein Blick fällt auf seine gebräunten Arme.

»Du bist ganz schön muskulös«, sage ich und merke zu spät, dass es klingt, als sei ich scharf auf ihn. »Ich meine, du siehst aus, als würdest du Sport treiben.«

Gut, dass ich nicht auf Mick stehe, sonst würde ich mich superpeinlich finden.

»Ich mache Triathlon. Momentan trainiere ich für den Ironman.«

»Wow, das nenne ich hardcore. Triathlon habe ich mir im Fernsehen angesehen, diesen Schwimmteil, bei dem gestoßen und geschlagen wird – da geht es ganz schön brutal zu.«

»Ja, das ist nichts für Feiglinge, aber mich versetzt es geradezu in einen Rausch.«

»Davon bin ich überzeugt.«

»Und was machst du in deiner Freizeit?«

»Ballett für Erwachsene.«

»Ballett für Erwachsene, ist das so wie …«

Er wird tatsächlich rot.

»Nein, nicht so etwas. Wir behalten unsere Klamotten an. Es ist Ballett für erwachsene Frauen statt für kleine Mädchen.«

Ich denke an den zusammengewürfelten Haufen meiner Mittänzerinnen. Wir sind im Alter von achtzehn bis siebzig, alle Figurtypen und Körpergrößen. Bei der Vorstellung, wie sehr sich das von seinen Mitstreitern unterscheidet, muss ich lachen.

»Und ich mag Geocaching.« Mick sieht mich verständnislos an. »Du folgst GPS-Daten und findest versteckte Schätze – wie bei einer Schnitzeljagd.«

»Ach ja, richtig. Ich habe davon gelesen. Aber du behältst das, was du findest, nicht?«

»Nein, du trägst dich in das Logbuch ein und versteckst den Cache wieder.« Mir wird plötzlich klar, wie bizarr das klingt, wenn man es laut ausspricht. »Für mich besteht der Spaß darin, die Hinweise zu enträtseln. Die Koordinaten bringen dich zwar an den Ort, aber dann musst du die Hinweise entschlüsseln, um das Versteck zu finden.«

Er nickt und lächelt höflich. Anscheinend ist ihm das nicht anspruchsvoll genug. Vermutlich würde es ihn nur interessieren, wenn man mit dem Fallschirm über dem Ziel abspringen muss oder der Erste ist, der einen Cache auf dem Mount Everest versteckt.

Das Gespräch stockt, und es folgt betretenes Schweigen. Mit einer Entschuldigung fliehe ich auf die Toilette. Just in dem Moment, als ich aus der Kabine trete, kommt die langbeinige Brünette in den Waschraum und presst ihr Handy ans Ohr.

»Ich bin auch so erleichtert. Für einen Moment dachte ich schon, er hätte mich versetzt … ich weiß, ich weiß, welcher Idiot würde das tun«, sagt sie und lacht kreischend.

Ich ziehe das Händewaschen in die Länge, um so viel wie möglich von dem Bericht über ihre Verabredung zu hören.

»Als er auf mich zukam, war ich im ersten Moment nicht überzeugt. Du kennst diesen Typ Mann, gammelige Jeans, zerzauste Haare, T-Shirt. Er sah aus, als wäre er gerade aus dem Bett gekrochen und hätte sich nicht die geringste Mühe gegeben. Aber er ist witzig. So richtig witzig. Einmal musste ich so sehr lachen, dass ich geprustet habe.«

Enttäuschung macht sich breit. Ich hatte gehofft, das Date der beiden würde so verlaufen wie meins – nett, aber nicht gerade ein Knaller.

Während ich aufmerksam zuhöre, scheuere ich minutiös unter den Fingernägeln und seife die Falten meiner Hand gründlich ein.

Plötzlich merke ich, dass die Brünette mir zusieht und meine Wascherei belächelt.

»Auf öffentlichen Toiletten kann man sich alles Mögliche holen. Hepatitis A ... E. coli ... Würmer ...«

Sie rutscht von der Waschtischplatte herunter, an der sie gelehnt hat und untersucht ihre freie Hand, als könne sie die unsichtbaren Bazillen sehen. Ich gehe zu den Papierhandtüchern und trockne jeden Finger in Zeitlupe ab.

»Ja, ich denke, dass er heute Nacht definitiv noch seinen Spaß haben wird ... ähä, japp ... klar, Beine sind rasiert.«

Sie kreischt schon wieder auf diese für sie typische Art und wirft das Haar zurück. Ich habe genug gehört.

Ich verlasse den Waschraum und gehe zurück zu meinem Tisch.

»Sollen wir jetzt etwas zu essen bestellen?«, fragt Mick, während ich mich setze.

»Sicher«, antworte ich und denke, dass es mich nicht länger kümmert, ob ich mein weißes Top bekleckere.

Wir essen schnell, und der Kellner ist sofort zur Stelle, um die leeren Teller abzuräumen.

»Möchten Sie ein Dessert?«, fragt er.

Ich will gerade ablehnen, als Mick für uns beide antwortet.

»Unbedingt. Ich liebe die Brownies hier. Hast du die schon probiert, Amy? Du musst sie versuchen, sie sind göttlich.«

»Brownies also.«

Der Kellner geht, und ich bemerke aus den Augenwinkeln eine Bewegung an James' Tisch. Während des Essens habe ich mich bemüht, nicht hinzusehen, aber lange halte ich das nicht durch.

Entsetzt beobachte ich, wie er und die langbeinige Brünette ihre Rechnungen bezahlen. Ich bin sicher, dass sie ihn abschleppen will. James wendet den Kopf in meine Richtung, und unsere Blicke treffen sich. Auf telepathischem Wege versuche ich ihm mitzuteilen, dass er mich stattdessen mitnehmen sollte. Er zwinkert mir zu, und für eine Sekunde hege ich die Hoffnung, dass er mich verstanden hat. Aber dann wendet er sich ab und unterhält sich weiter mit seiner Verabredung.

»Mick, es tut mir leid. Glaubst du an Liebe auf den ersten Blick? Oder vielleicht nicht direkt Liebe …«, fahre ich fort und schüttle den Kopf, als würde sich das verrückt anhören, »… aber so etwas wie eine besondere Verbindung zu jemandem.«

Ein Anflug von Panik huscht über sein Gesicht.

»Oh, nein, keine Sorge, ich meine nicht dich«, sage ich lachend. Obwohl es mich schon ein bisschen kränkt, wie erleichtert er aussieht, als ihm klar wird, dass ich nicht von ihm rede. »Aber genau das ist mir heute passiert, und ich muss demjenigen unbedingt sagen, was ich für ihn empfinde.«

»Ich weiß genau, was du meinst«, sagt Mick. »Ich bin seit Jahren in eine Kollegin verliebt. Sie ist auch der Grund, warum ich mich auf diese Verabredung eingelassen habe.«

»Du meinst doch nicht etwa Sarah?« Das kann nur tränenreich enden, da sie ihren Freund Brett über alles liebt.

»Nein, Becky, sie sitzt neben Sarah.«

Ah, trotzdem ein tränenreiches Ende. Sarah hat mir kürzlich erzählt, dass Becky mit dem Chef vögelt. Was ich Mick natürlich nicht auf die Nase binden kann.

»Als Sarah diese Verabredung vorschlug, sagte Becky, dass es eine wunderbare Idee sei, da ich anscheinend nie ausgehe. Da konnte ich nicht ablehnen.«

Wieder versetzt es mir einen Stich, dass er sich auch nicht das kleinste bisschen für mich interessiert.

»Ich bin ja so froh, dass du das verstehst. Der Punkt ist nämlich, dass ich …«

James und die langbeinige Brünette ziehen bereits ihre Mäntel an. Mir läuft die Zeit davon …

»Ich kann das echt gut nachvollziehen. Es ist schrecklich, nicht wahr? Dieser brennende Schmerz, wenn du den geliebten Menschen anschaust, der nichts davon ahnt. Wenn dir ständig der Mut fehlt, einfach zu sagen, was du empfindest. Dieses Gefühl, dass nie der richtige Moment ist.«

Micks Ansprache befeuert mein Verlangen, loszustürmen. Ich schiebe gerade meinen Stuhl zurück, als er in Tränen ausbricht.

Nur noch Sekunden, dann ist James aus meinem Leben verschwunden, aber Micks Tränen sind zu einem Männerschluchzen geworden. Ich seufze innerlich, denn jetzt kann ich unmöglich gehen.

Stattdessen schiebe ich meinen Stuhl neben seinen und tätschele ihm den Rücken, als wolle ich James demonstrieren, dass ich meine Verabredung tröste und nicht etwa liebevoll umarme. Aber die Mühe hätte ich mir sparen können, denn als ich mich umwende, folgt er bereits der langbeinigen Brünetten durch die Tür nach draußen.

Ich bin maßlos enttäuscht und würde am liebsten mitheulen.

»Bitte entschuldige«, flennt Mick hicksend. »Alles fing an, als sie vor zwei Jahren in unsere Abteilung versetzt wurde.«

Während er von seiner unerfüllten Liebe erzählt, peile ich unauffällig zum Fenster. Vielleicht kann ich ja noch einen Blick auf James erhaschen, aber er ist bereits verschwunden. Er ist fort, und ich habe keine Möglichkeit, ihn zu erreichen. Da ich seinen Nachnamen nicht kenne, kann ich ihn nicht einmal auf Facebook aufspüren. Vielleicht sollte ich eine Suchanzeige in der Zeitung aufgeben? Gibt es diese Rubrik überhaupt noch? Würde er die jemals lesen?

»Was meinst du?«, fragt Mick.

Verdammt, ich habe nicht zugehört.

»Ähm ... nun, das ist eine Entscheidung von großer Tragweite«, antworte ich vage und versuche, Zeit zu schinden.

»Nicht wahr?« Er stöhnt und wägt erneut das Für und Wider ab, ob er Becky sagen soll, was er für sie empfindet.

Schließlich, nachdem unsere Brownies serviert und von uns verdrückt worden sind, fasst er den Entschluss, nach Hause zu gehen und ihr eine Nachricht auf Facebook zu schicken. Ich habe versucht, ihm das auszureden, aber anscheinend wertet er die Tatsache, dass ich das Thema überhaupt angesprochen habe, als Zeichen.

Verdammter Mist.

In solchen Dingen ist Sarah ziemlich scharfsinnig, und ich wette, dass sie von seiner Schwärmerei weiß. Vermutlich hat sie diese Verabredung genau deshalb eingefädelt – um ihn von Becky abzulenken.

»Dann wirst du es deinem Typen also sagen?«, fragt er.

»Meinem Typen.« Ich seufze. »Wohl nicht.«

»Das ist schade.«

Der Kellner legt die Rechnung auf den Tisch, und ich greife nach meiner Brieftasche, um meine Karte herauszuholen.

»Das geht auf mich, ich bestehe darauf. Danke, dass du eine so gute Zuhörerin gewesen bist.«

Ich bekomme ein schlechtes Gewissen, weil ich fast die ganze Zeit nur an James gedacht habe. Aber jedes Mal, wenn ich versuche, meine Karte auf die Rechnung zu legen, schiebt Mick meine Hand weg. Schließlich gebe ich auf und bedanke mich bei ihm.

»Ich gehe zur U-Bahn, in welche Richtung musst du?«, fragt er, als wir nach draußen treten.

»Ich kann die Linie 19 nehmen, die fährt da drüben ab.«

»Okay, möchtest du, dass ich mit dir warte?«

»Nein, nein. Geh ruhig. Ich habe meinen Kindle dabei und werde etwas lesen.«

»Na schön, wenn du meinst. Ich will auf schnellstem Weg nach Hause, um diese Nachricht zu schicken. Es war schön, dich kennenzulernen, Amy.«

»Hat mich auch gefreut, Mick. Und viel Glück.«

Wir umarmen uns linkisch, und keiner von uns macht sich die Mühe, etwas von einem Wiedersehen zu faseln.

Anna Bell

Als er sich in Richtung U-Bahn entfernt, winke ich ihm nach und gehe dann langsam zur Bushaltestelle. Der Gedanke, was wohl passiert wäre, wenn wir den Irrtum nicht korrigiert hätten, stimmt mich traurig. Ich hätte diejenige gewesen sein können, die James heute Abend mit nach Hause nimmt.

Ich gehe zum Wartehäuschen und hoffe, dass es einen freien Platz gibt, wo ich in Ruhe lesen kann. Aber als ich die Sitzreihe entlangblicke, stockt mir der Atem. Da sitzt James. Er ist allein.

»Was machst du denn hier?«, frage ich und versuche, das breite Grinsen aus meinem Gesicht zu vertreiben.

»Ich hörte, die Linie 19 sei *der* Bus, den man unbedingt nehmen muss.«

»Ist das so?«

»Allerdings, und wenn ich sehe, wie viele Leute da jedes Mal ein- und aussteigen, dann scheinst du richtigzuliegen. Und du hast dich auch nicht damit vertan, dass er alle acht Minuten fährt.«

Ich lache. Innerlich strahle ich angesichts der Tatsache, dass er offenbar die letzte halbe Stunde hier verbracht und auf mich gewartet hat.

»Was ist denn aus deinem Date geworden?«, frage ich und scheitere kläglich mit meinem Bemühen, lässig zu klingen.

»Sie hat sich vor einer halben Stunde ein Taxi genommen. Wie sich herausstellte, war das Verrückteste, was sie je getan hat, ihre Brille zu tragen, weil ihre Kontaktlinsen zu spät geliefert wurden.«

»Oh.« Ich nicke und ziehe ein filmreifes Gesicht.

»Und wie lief es bei dir?«

»Er war mir ein bisschen zu Indiana-Jones-mäßig.«

»Wie furchtbar!«

»Allerdings«, erwidere ich lachend. »Und er wusste nicht, was Geocaching ist.«

»Oh.« Jetzt macht er ein filmreifes Gesicht.

»Eben. Und auch wenn er mir nicht seine unsterbliche Liebe zu einer anderen Frau gestanden hätte, würden wir uns nicht wiedersehen.«

»Wie schade.« Er grinst.

»Wie aufrichtig du klingst.«

»Immer.«

Vor uns hält ein Bus der Linie 19.

»Nimmst du den, oder wartest du auf jemanden?«

»Nein«, antwortet er und klingt zum ersten Mal ernst, seit ich ihm begegnet bin. »Du bist es, auf die ich gewartet habe, und das meine ich nicht nur in Bezug auf heute Abend.«

Ausnahmsweise klingen diese Worte alles andere als kitschig. Er sieht mir in die Augen und küsst mich, so als könne er gar nicht anders. Wie von selbst erwidere ich seinen Kuss und bekomme so weiche Knie, dass ich mich an James festhalten muss.

Wow, sein Kuss hat es in sich.

Als wir uns voneinander lösen, ist der Bus verschwunden.

»Na gut«, sage ich lachend. »In acht Minuten kommt ja der nächste.«

»Acht Minuten … wie können wir uns denn bis dahin die Zeit vertreiben?«, fragt er und beugt sich zu mir für einen weiteren Kuss.

Was ist wahrscheinlicher: Meinen Seelenverwandten zu finden, weil ich aus Versehen zum falschen Blind Date gehe, oder dass wir den nächsten Bus erwischen? Als James mir über den Rücken streichelt und ich mich in seinem Kuss verliere, kenne ich die Antwort.

Anna Bell

*Vor dem Happy End kommen die Lachtränen –
die neue romantische Komödie der Erfolgsautorin*

ANNA BELL

Perfekt ist nur halb so schön

Roman

Seit sieben Jahren sind Lexi und Will nun schon zusammen, und
alles könnte perfekt sein, würden nur endlich die Hochzeitsglo-
cken läuten. Dummerweise ist Will aber praktisch schon mit seinem Lieblings-Fußballverein verheiratet. Lexi tröstet sich damit,
dass seine Sportbegeisterung ihr immerhin genügend Zeit für ihr
eigenes Hobby, das Schreiben, lässt. Doch dann findet sie heraus,
dass Will gelogen hat, um sie nicht zur Hochzeit ihrer besten
Freundin begleiten zu müssen: Statt, wie behauptet, krank im Bett
zu liegen, war er bei einem Fußballspiel! Lexi sinnt auf Rache und
sabotiert heimlich Wills Sportleidenschaft – mit ganz und gar unerwarteten Nebeneffekten für ihre Beziehung …

Nicole Walter

Eine Nacht in Barcelona

Mit der Taube fängt das Glück an

Über die Autorin

Nicole Walter hat Sprachen in München studiert und dann als Werbetexterin und freie Journalistin gearbeitet. Seit 1994 schreibt sie überaus erfolgreich Drehbücher für Fernsehserien und -filme und zählt heute zu den erfolgreichsten und gefragtesten Drehbuchautorinnen Deutschlands. Ihr erster Roman »Das Leben drehen« war ein Bestseller.

m Leben jeder Frau gibt es diesen einen Augenblick, in dem sie sich entscheiden muss. Nimmt sie das Geschenk an, das ihr das Schicksal so verführerisch vor die Nase hält? Nur diese eine süße Nacht. Sich lebendig fühlen. Endlich. Wieder. Bis im Schein der Morgensonne das Denken erneut beginnt, weil nun einmal nach jedem Traum das Erwachen kommt. Schlechtes Gewissen. Scham, aber auch die Angst davor, mit diesem einen Mal alles verloren zu haben, was ihr bisher wichtig gewesen war. Sehnsüchte, Hoffnungen und Pläne.

Sie kann aber auch treu bleiben, dem Mann, dem sie die Ewigkeit versprochen hat. Die Augen fest vor der Versuchung verschließen, selbst wenn die Liebe ganz langsam im Alltag erstickt und sie nicht mehr atmen kann. Die Gewohnheit zu verlassen ist schwieriger als den Ehemann.

Nur – sie will sich wieder weiblich fühlen.

Begehrt, durch und durch Frau sein.

So wie sie es sich an ihrem Hochzeitstag erträumt hat.

Zumindest in den starken Armen ihres Ehemannes.

Wieder einmal blieb Lena die Luft weg. In letzter Zeit geschah es immer häufiger, dass sie einfach das Atmen vergaß und es erst bemerkte, wenn sich ihr Überlebenstrieb meldete. Ebenso wie der Kiefer zunehmend schmerzte, vom ständigen Zähneaufeinanderbeißen. Durchhalten. Funktionieren. War das wirklich ihr Leben? Was war nur aus ihren Träumen geworden?

»Passagier Frau Lena Sommer gebucht mit Lufthansa 356 nach

Barcelona, bitte begeben Sie sich sofort zum Flugsteig A13. Attention please. Final boarding call for flight ...«

Es sollte Passagiere geben, die sich gern ausrufen ließen. Lena gehörte nicht dazu. Ihr war es unangenehm, und sie verfluchte heimlich ihre Familie, die sich wieder die allerletzte Sekunde aufgespart hatte, um so zu tun, als ginge sie für immer und sei nicht nur für einen Tag und eine Nacht geschäftlich unterwegs.

»Mama, wo ist mein Fußballtrikot?«, hatte Lenas Sohn entnervt gefragt. Gerade in dem Augenblick, als sie die Wohnung verlassen wollte.

»In der Wäsche.«

»Aber ich brauch es heute noch. Unbedingt!«

»Dann soll sich Papa drum kümmern!«

»Ich? Und was ist mit meiner Übersetzung? Ich hab Abgabetermin.«

»Den hattest du schon vor fünf Tagen, Liebling.«

»Wirfst du mir jetzt noch vor, dass ich gründlich bin und nicht solchen sprachlichen Mist verzapfe wie andere, die weder Englisch noch Deutsch beherrschen?«

»Ich werfe dir gar nichts vor, mein Schatz! Außer, dass du mich davon abhältst, pünktlich zum Flughafen zu kommen. Das Taxi wartet schon. Ich muss los!« Sie hatte ihren Ehemann Paul geküsst, war ihrem dreizehnjährigen Sohn Liam durch den Rotschopf gefahren, wollte schon ihre vierjährige Tochter Marian küssen, als die Sirene losging. »Maaaaaaama!« In der nächsten Sekunde hatte Marian schon am Zipfel von Lenas hautengem Kostümrock gehangen. »Nicht weggehen!«

»Papa ist da!« Lena hatte ihre Jüngste auf den Arm genommen und beruhigend hin- und hergewiegt.

»Papa ist blöd!«

»Wie redest du von deinem Vater?« Jetzt hatte sich Paul nicht nur unverstanden gefühlt, sondern war auch gekränkt. Sie konnte

Nicole Walter

in seinem Gesicht lesen wie in seinen Romanen, denen er sehr einfühlsam die deutsche Sprache schenkte. Das erkannte sie an, trotz seines Hungerlohns. Sie war weich geworden.

»Mein kleiner Liebling, sprich nicht so von deinem Papa. Er hat dich lieb.«

»Hat er nicht!«

»Da siehst du's ...«, Paul hatte sie vorwurfsvoll angesehen, als hätte sie den häuslichen Frieden zum reinsten Kriegsschauplatz gemacht. »Kannst du die Geschäftsreisen nicht endlich lassen? Wir haben kaum noch Zeit füreinander.«

»Weil du uns mit deinen Übersetzungen ernähren kannst?« Verdammt. Sie hatte es nicht sagen, nicht schon wieder aussprechen wollen, dass sie diejenige war, die die Familie über Wasser hielt. Also hatte sie sich versöhnlich gegeben. »Ich ruf dich an, wenn ich gelandet bin!«

Er ging auf ihren Versöhnungsversuch nicht ein: »Sag doch gleich, dass du mich für einen Versager hältst.«

»Maaamma, nicht weggehen!« Die Sirene war diesmal noch intensiver gewesen, hatte Lena fast das Herz gebrochen.

»Ich brauch aber das Trikot!« Der pubertäre Ausnahmezustand hatte sich ebenfalls wieder zu Wort gemeldet. Ehe auch noch Paul anfing, sie mit Forderungen und Hilfegesuchen zu überschütten, war Lena geflohen – noch zwei, drei Luftküsse verteilend –, hinaus, mittenhinein in den Platzregen und in die Arme des Taxifahrers, der aus dem Taxi ausgestiegen war, um sie zu holen.

Der Taxifahrer hatte ihre Reisetasche genommen, sie hatte noch gedacht, dass eine Taxifahrt durchaus einen Wellnessnachmittag ersetzen konnte, da man mit ihr dem ganz alltäglichen Familienwahnsinn entkam, und hatte schon bald erkennen müssen, wie sehr sie sich getäuscht hatte. Denn der Taxifahrer hatte nicht nur mit Aquaplaning gekämpft, sondern auch mit der maßlosen Wut auf seine Frau, die ihn betrogen und dann verlassen hatte. »Am liebsten würde ich sie umbringen!«

»Wenn Sie weiter so aufs Gaspedal drücken, werden Sie nicht mehr dazu kommen, denn dann sind wir schon vorher tot.« Lena hatte versucht, ihn zu besänftigen und damit ihr Leben zu retten. »Und ich bin definitiv das falsche Opfer.«

»Tut mir leid.«

Worte wie Schall und Rauch. Das Gaspedal hatte weiterhin Hochkonjunktur gehabt. In dem Moment, in dem das Taxi ins Schleudern geraten war, hatte Lena begriffen, wie schnell alles vorbei sein konnte, und dass es noch mehr gab als Pflichterfüllung und zu funktionieren. Aber noch war die Erkenntnis nicht vollständig bei ihr angekommen. Und als sie den Flughafen wie durch ein Wunder ohne Unfall erreicht hatte, hatte sie ihre Einsicht bereits vergessen.

»Passagier Frau Lena Sommer gebucht mit Lufthansa 356 nach Barcelona, bitte begeben Sie sich sofort zum Flugsteig A13. Attention please. Final boarding call for flight …«

Atemnot. Erhöhter Puls. Schmerzender Kiefer und schmerzende Knöchel, weil es sich auf hohen Absätzen nicht sonderlich gut zum Check-in, durch die Personenkontrolle und anschließend zum Gate lief. Und hatte Lena gedacht, es würde besser, sobald sie im Flugzeug saß, so hatte sie sich auch in dieser Hinsicht getäuscht.

Der Mann links von ihr quasselte sie zu. Die Frau rechts von ihr breitete sich aus. Lena verschüttete ihren vollen Becher mit Orangensaft, und die gelbe Brühe floss über ihre weiße Bluse und ihren Seidenrock, schlüpfte in ihr schwarzes Spitzenhöschen, dem Paul am Morgen keinen Blick geschenkt hatte. Ihr blieb nichts anderes übrig, als die restlichen zwei Stunden Flug in einem Feuchtgebiet der ganz anderen Art zu verbringen.

Lena lehnte Barcelona schon jetzt ab, obwohl sie noch keinen Fuß auf die Les Rambles, die berühmte Flaniermeile, in die Tapaslokale oder in die Rooftopbar gegenüber der Sagrada Familia gesetzt hatte. Sie würde Barcelona ebenso wenig kennenlernen wie

Nicole Walter

London, Stockholm, Paris, Rom und all die anderen europäischen Städte, die sie besucht hatte, um für ihren Arbeitgeber, die Stemmberger Kühltechnik GmbH, die neuesten kühltechnischen Entwicklungen anzupreisen. Lena war Expertin für Industriekälte und Gewerbekälte, für Elektrotechnik und Schaltanlagen ebenso wie für Wärmepumpen und Wärmerückgewinnungsanlagen, wobei Barcelona wohl eher Kälte als Wärme benötigte. Als sie den Aeropuerto El Prat verließ, war es nicht das Luftanhalten, sondern die Hitze, die ihr den Atem nahm. Kein Taxi, daher die Metro, mit ihren regelmäßigen Lautsprecherdurchsagen, überlappt vom Gedöns eines Ghettoblasters – irgendein spanischer Gutelaunesummerschrott. Lena hatte keine gute Laune. Sie war genervt, als sie endlich an der Plaça Catalunya wieder aus dem schwarzen U-Bahn-Loch an die Oberfläche steigen durfte. Das Hotel Nouvel in der Carrer de Santa Anna, in dem man sie untergebracht hatte, lag nur fünf Minuten von der Plaça entfernt. Seine Fassade nahm Lena ebenso für sich ein wie das historisch atemberaubende Foyer. Doch gerade als sie es betreten wollte, platzte etwas unangenehm Feuchtes exakt auf ihren Scheitel, und eine Männerstimme sagte dicht hinter ihr: »Mit der Taube fängt das Glück an.« Es war weniger die Stimme, die Lena aufhorchen ließ, es war vielmehr ihre Melodie. Verführerisch. Sehnsüchtig wie *Carless Whisper* von George Michel, ausdrucksstark wie Ravels *Bolero*. Was sie jedoch am meisten anzog, war das Lächeln, das in der Stimme lag. Es gibt Augenblicke, die vergisst man, andere bleiben für immer. Noch ehe sie sich zu der Stimme umdrehte, wusste sie, dass dieser Moment bleiben würde.

Der Mann, der vor ihr stand, war groß, trug Jeans und ein weißes T-Shirt, das seine gebräunte Haut noch dunkler erscheinen ließ. Die Hände kräftig, die Oberarme muskulös, der linke Unterarm, der Herzarm wie Paul immer sagte, trug das tätowierte Portrait einer schönen Frau. Es war lächerlich, aber Lena fühlte einen eifersüchtigen Stich. Vielleicht auch nur, weil es Männer wie ihn gab.

Ohne Angst vor Schmerz. Mit derselben Sehnsucht, die sie in sich spürte, die Sehnsucht, sich ganz und gar auf einen anderen einzulassen. Die sie bekämpfte. Verdrängte. Damit es nicht so wehtat. Liebe bis unter die Haut. Ihr wurde bewusst, wie oberflächlich ihre und Pauls Gefühle geworden waren. Paul trug nicht einmal seinen Ehering. Romantik war nicht sein Ding. Deshalb hatte sie irgendwann auch ihren Ring abgelegt. Paul war ein Kopfmensch. Der Mann vor ihr war durch und durch körperlich. Seine fast schwarzen Augen unergründlich wie die aufgewühlte See. Der Wasserspiegel musste glatt sein, um bis auf den Grund sehen zu können.

Was für Gedanken.

War sie verrückt geworden?

Vermutlich. Wie sollte sie sonst das plötzliche Verlangen erklären, das dichte schwarze Haar des Fremden zu packen, seinen Kopf bis tief in den Nacken zu ziehen, damit er die Kehle freigab, diese empfindliche Stelle, wo Atmung und Puls fließen. Nur für sie. Gefahr, Vertrauen, Hingabe.

Lena schüttelte sich. Schüttelte den Mann jedoch nicht ab, und vor allem nicht den Blick, mit dem er sie jetzt streichelte, wie ein leiser Wind an einem heißen Sommertag. Ohne Worte. Nur ein Blick und seine Hand, die sich ihrem Kopf näherte. Schöne, starke, warme, raue, zärtliche Hand. Lena zuckte zurück, fauchte ihn an. »Finger weg, was fällt Ihnen ein.«

»Ich wollte Sie nur von dem Taubendreck befreien.« Er lächelte, und sie wurde verlegen.

»Danke, das kann ich schon selbst.« Sie nahm ein Papiertaschentuch aus der Handtasche, fuhrwerkte auf ihrem Kopf herum, machte vermutlich alles nur viel schlimmer. Nachsichtig sah er ihr zu.

»Darf ich wenigstens Ihren Koffer tragen?«

Sie zögerte. Gab nach. Der Koffer war schwer. »Ja, okay.« Der Mann nickte, trug den Koffer zur Rezeption. Lena wandte sich an die auffallend hübsche Rezeptionistin, die ihr irgendwie bekannt vorkam. Sophia, so hieß die junge Frau, schob ihr den Zimmer-

Nicole Walter

schlüssel und den Meldeschein zu, Lena drehte sich um, um sich bei ihrem Kofferträger zu bedanken, doch der Mann war verschwunden. Sie bedauerte es und – auch wieder nicht.

»Miguel ist ein Aufreißer.« Es war die Rezeptionistin, die sie aus ihren Gedanken riss. »Passen Sie auf sich auf.«

»Er hat mir nur den Koffer getragen«, antwortete Lena verwundert über die unterdrückte Wut, die in Sophias Stimme lag und die darauf schließen ließ, dass Miguel sie tief verletzt haben musste. Lena füllte den Meldeschein aus, ohne ihr Geburtsdatum anzugeben, zeigte dem Pagen, einem hübschen Jungen um die zwanzig, wo ihr Koffer stand, und in diesem Moment wusste sie es. Die Frau auf Miguels Unterarm war Sophia.

Schlagartig war Lena ernüchtert, und sie hatte das Gefühl, sich vor sich selbst lächerlich gemacht zu haben. Sie und der Page kamen in ihrem Zimmer an. Es war einfach, aber hübsch, mit großem Doppelbett und einer Terrasse, die zum Sangria im Abendlicht einlud. Doch auch dafür hatte Lena keine Zeit. Sie gab dem Pagen ein Trinkgeld, wobei sie seine traurigen Augen bemerkte. »Alles in Ordnung?«

»El amor de mi vida«, sagte er nur und zog die Zimmertür hinter sich zu.

Ja, die Liebe ihres Lebens. In seinem Alter hatte sie auch noch daran geglaubt. Lena ließ sich auf das Bett fallen. So viele Emotionen. Dabei war sie überzeugt gewesen, dass ihre Familie, die sie neben Hausfrau und Mutter vor allem als Gefühlstankstelle wahrnahm, längst alles aus ihr herausgezapft hatte. Gefühlsarmut, jetzt wusste sie, was sie in der letzten Zeit immer empfunden hatte. Ob sie überhaupt noch etwas spürte. Gefühlsleere. Leere Gefühle. Die Sehnsucht nach Paul oder das, was sie einmal gewesen waren, überwältigte sie. Sie rief ihn an. Ließ es läuten. Ließ es lange läuten. Er nahm nicht ab. Erst viel später erinnerte sie sich, dass sie das Klingelzeichen ebenso vergessen hatte wie den Taubendreck in ihrem Haar.

Mit der Taube fängt das Glück an.

Lena duschte, wusch sich das Haar und wickelte sich in den weißen, flauschigen Bademantel, den Paul ihr zum Geburtstag geschenkt hatte. Bis zum Geschäftstermin blieben ihr noch zwei Stunden. Sie ließ sich rücklings auf das weiche Bett fallen, schlief ein und wachte erst eineinhalb Stunden später wieder auf. Verdammt. Sie hatte verschlafen. In Windeseile schminkte sie sich und wollte gerade in ihr Businessoutfit schlüpfen, als ihr Handy läutete. Paul. »Ich war so in meine Arbeit vertieft. Ich schaffe den Abgabetermin vielleicht doch noch ….«

»Paul, sorry, aber ich kann jetzt nicht, mein Termin.«

»Ja klar, ist ja auch viel wichtiger als meine Arbeit.«

»Das hab ich nicht gesagt.«

»Aber gemeint.«

»Paul, ich kann jetzt wirklich nicht. Ich muss …«

»Tut mir leid, dass ich wissen wollte, ob du gut angekommen bist.«

»Das bin ich.« Ihr tat es schon wieder leid, dass sie ihn so angegangen war, sie wollte sich entschuldigen, doch da hatte er schon aufgelegt. Sie fühlte sich auf einmal müde. So müde. Was war nur aus ihnen geworden? Sie erinnerte sich, wie er bei ihrer ersten Verabredung vor ihr gestanden war. Mit einer Sonnenblume in der Hand. Unsicher. Verlegen. Etwas zu groß. Etwas zu dünn. Sehr jungenhaft. Auch heute noch sah er aus wie ein zu groß geratener Junge mit etwas zu langen Armen, die an seinem Körper vorbeischlenkerten, als wüssten sie nicht genau, wohin. Paul war vor allem Kopf. »Wenn du mich nicht lieben kannst«, hatte er gesagt und sein scheues Lächeln hinter der Sonnenblume verborgen, »dann lass mich wenigstens dein Freund sein. Da du jetzt in meinem Leben bist, möchte ich dich nicht mehr verlieren!«

Sie waren verliebt gewesen. Hormonrauschen, hatte Paul es genannt und gemeint, das Verliebtsein habe etwas von einer Geisteskrankheit. Irgendwann hatten die Hormone nicht mehr gerauscht, denn sie hatten das Heilmittel »Alltag« gegen die Krankheit eingenommen, und es hatte gewirkt. Vielleicht sogar zu gut. Liam war noch ein Kind der Liebe. Marian. Marian war der Versuch gewesen, die Liebe zurückzuholen. Lena hätte heulen können, in diesem Moment, als sie so dastand mit dem Handy in der Hand, mit noch offener Bluse und dem Rock, den sie beim Läuten des Telefons losgelassen hatte und der bis zu den Knöcheln heruntergerutscht war. Paul und sie waren wie Bruder und Schwester. Leidenschaft? Erotik? Gone with the kids! Tränen brannten irgendwo hinter den Augäpfeln, doch sie ließ nicht zu, dass ihre Flut das Make-up zerstörte. Sie war erwachsen und beherrscht. Liebeskummer war etwas für junge Menschen wie den Pagen. Er hatte noch Zeit dafür. Sie nicht.

Sophia bestellte ihr ein Taxi. Eine Stunde später stand Lena in irgendeinem hässlichen Außenbezirk von Barcelona vor der Sekretärin, die ihr ohne jede Spur von schlechtem Gewissen mitteilte, dass der Termin aus privaten Gründen verschoben worden war und sie vergessen hatte, ihn abzusagen. Lena war vergeblich gekommen. Oder auch nicht. Die Sekretärin strahlte Lena an, als käme sie ihr auf ganz besondere Art und Weise entgegen. »Bleiben Sie einfach bis zum Fest der Mercè, und dann wird auch mein Chef Zeit für Sie haben.«

»Ich kenne keine Mercè.«

»Sie ist Barcelonas Schutzpatronin.«

»Ich bin auch nicht zum Feiern gekommen.«

»Oh, das sollten sie einmal erlebt haben. Jeder sollte das einmal erleben. Unzählige Feuer in den Straßen, fauchende Drachen, an jeder Ecke werden Theaterspiele aufgeführt, die ganze Stadt ist Musik. Ganze fünf Tage lang. Die Krönung aber ist unsere großartige, weltberühmte Pyramide nur aus Menschen. Jedes Jahr wird sie höher und höher …«

»Nein.«

»Leidenschaft«, warb die Sekretärin weiter, und die nächsten Worte klangen fast wie ein Versprechen. »Es ist alles so fröhlich, so aufregend.«

»Sehe ich so aus, als ob ich es nötig hätte«, fragte Lena kühl.

»Ja«, sagte die Sekretärin nur und schenkte Lena einen mitfühlenden Blick.

Lena war selten wütend. Sie wollte nur noch zurück nach Hause. Rief Paul an, sagte ihm, dass sie unverrichteter Geschäftstermine wieder nach Hause käme, erzählte ihm, mit welcher Idee die Sekretärin sie hatte beschwichtigen wollen.

»Ich soll zu diesem Fest der Mercè bleiben, hat die dumme Kuh gemeint, dann sei auch ihr Chef wieder da, und er würde mich einschieben, obwohl das Fest fünf Tage dauert.«

»Und warum bleibst du nicht?

»Drei Tage länger in Barcelona?«

»Drei Tage ist nicht die Welt. Wir kommen klar.«

Lena dachte nach und traf eine Entscheidung.

»Ich möchte mein Zimmer noch ein paar Tage behalten.« Mit festem Blick sah sie Sophia wenig später an.

»Tut mir leid«, Sophia machte sich nicht einmal die Mühe, einen Blick in ihren Computer zu werfen. »Wir sind ausgebucht.«

»Wie, ausgebucht?« Konnte oder wollte sie nicht?

»Das Fest der Mercè.«

»Ja, und?«

»Zum Fest der Mercè gibt es in ganz Barcelona keine freien Hotelzimmer.«

»Das werden wir noch sehen!«

»Viel Glück.« Sophia lächelte. Lena auch.

Wenig später lächelte Lena nicht mehr. Keine Chance. In ganz Barcelona und auch darüber hinaus gab es tatsächlich kein einziges freies Zimmer mehr. Sie wollte schon aufgeben, als der Page, Ramon, vor ihr stand. Er habe gehört, dass sie ein Zimmer suche, seine Großmutter, Maria, vermiete Zimmer. Das Nein lag schon

auf Lenas Zunge, da sah sie, wie Sophias Lächeln schwand und –
sie stimmte nun wiederum lächelnd zu.

Am nächsten Tag fand sich Lena in dem wohl buntesten Teil
von Barcelona wieder. Die Gràcia war nicht nur ein Stadtviertel.
Sie war eine Bühne. Hier schlenderte keiner durch die Straßen.
Hier hatte man seinen Auftritt. Ob der alte kleine Mann in seinem
etwas zu großen Anzug, mit Fliege, Einstecktuch und Hut. Die
schönen jungen Mädchen, die lässigen Studenten, die älteren
Frauen, die auf einer Bank saßen und palaverten. Ein Gitarrenspie-
ler saß am Straßenrand, machte Musik, und Lena ertappte sich dabei, wie sie anfing, sich im Rhythmus der Melodie zu bewegen.
Schnell nahm sie sich wieder zusammen, Ramon lachte, trug weiter ihren Koffer, gemeinsam tauchten sie immer tiefer ein in das
Gassenlabyrinth, bis Ramon vor einem zweistöckigen ockerfarbe-
nen Haus stehen blieb, mit schmalen, von schmiedeeisernen Ge-
ländern umrahmten Balkons. Er stemmte die schwere Holztür auf,
und Lena war überrascht, wie gepflegt der Eingangsbereich war.
Weißer Marmorboden, über der Tür ein buntes Glasmosaik. Die
ebenfalls weißen Wände waren mit Reliefs verziert. Die Familie
Fernandez wohnte im dritten Stock. Da war nicht nur Ramons
Großmutter Maria, sondern auch noch ihre Tochter mit Mann und
zwei Söhnen, Ramon und sein Vater, der vor einem Jahr von seiner
Frau verlassen worden war, und dieser Mann, Ramons Vater – war
Miguel.

Miguel schmunzelte, und Lena wollte nur noch weg oder auch
nicht, wollte bleiben, wollte gehen und fand sich gleich darauf in
dem kleinen Gästezimmer mit Blick auf die Gràcia wieder.

Am frühen Morgen, Lena hatte vor Aufregung kaum ein Auge
zugemacht, holte Miguel sie mit einer Tasse starken Kaffees aus
dem Bett und meinte: »Wer nicht den Sonnenaufgang am Meer
erlebt, hat Barcelona nicht verstanden.«

Kurz darauf fand sich Lena zusammen mit Miguel am noch men-
schenleeren Stadtstrand wieder. Miguel zog sich bis auf die Badeho-

se aus, forderte sie auf, sich ebenfalls auszuziehen, und sie war froh, dass Höschen und BH fast einem Bikini glichen, die in der Morgensonne hoffentlich schnell trocknen würden. Miguel nahm sie an die Hand und zog sie ins Wasser. Gemeinsam schwammen sie in den Sonnenaufgang hinein, auf den schmalen Streifen zu, an dem sich das Meer mit dem endlosen Horizont *in alle Ewigkeit* verbündete. Doch Lena spürte, dass Miguel kein Mann für die Ewigkeit war. Er war ein Mann, der die Geschenke annahm, die ihm das Leben bot. Das gab er auch ohne Weiteres zu, als er Lena am Strand küssen wollte und sie ihn vor allem mit Worten weit von sich schob.

»Ich bin verheiratet, ich habe zwei Kinder, Liam und Marian. Ich liebe sie über alles.« Ihre Stimme überschlug sich fast, als sie ihm schilderte, wie wundervoll die Ehe war, die sie führte. Sie redete und redete, bis – Miguel sie unterbrach und ihr eine Frage stellte: »Wenn deine Ehe so wundervoll ist, weshalb sitzen wir beide hier bis zum Rand voll Gefühl?«

»Ein Fehler.« Lena stand auf. »Ich hätte nie mitkommen dürfen.« Sie wollte weg, nur weg. Doch Miguel hielt sie am Arm fest.

»Warum sich nicht so viele Glücksmomente nehmen wie möglich? Was ist daran verkehrt?«

»Dass du, Ramon und Sophia keine Familie mehr seid.« Sie schüttelte den Kopf. »Nein, das tue ich meinen Kindern nicht an.«

»Und was tust du dir an? Immer nur Rücksicht nehmen. Verzichten.«

Sie ging.

Er ließ sie gehen.

Maria schien schon auf sie gewartet zu haben. »Setz dich«, sagte sie nur, deutete auf einen Stuhl. Sie schälte eine Orange, reichte Lena ein Stück und fragte. »Hast du Kinder?«

»Zwei.« Sie kramte in ihrer Handtasche nach Fotos und zeigte sie Maria.

Maria nickte. »Und einen Mann hast du auch.«

Lena verstand. »Ich will nichts von Miguel.«

Nicole Walter

Maria nickte erneut. »Das ist gut. Denn es gibt noch Hoffnung für ihn und Sophia.«

»Sie ist sehr wütend auf ihn.«

»Deswegen gibt es ja noch die Hoffnung, dass sie zu ihm zurückkommt. Und was ist mit dir und deinem Mann?«, fuhr sie fort.

Es dauerte einen Augenblick, bis Lena antwortete: »Der Zauber fehlt. Eines Tages war er einfach fort.«

»Das ist die größte Herausforderung«, Maria glitt in ihren Gedanken ab. »Den Zauber zu erhalten. Vincente, mein verstorbener Mann, und ich haben es nie einfach gehabt. Viel Arbeit, wenig Geld, fünf Kinder. Aber eins, Lena, haben wir uns nie nehmen lassen, den Zauber.«

»Und wie habt ihr ihn erhalten?«

»Wir haben ihn uns nicht erhalten. Wir haben ihn uns zurückgeholt, einmal im Monat. Bei einem Glas Wein, einem Ausflug oder einfach nur am Meer sitzend und den Sonnenuntergang betrachtend. Einmal im Monat haben wir nicht die abgearbeiteten Hände des anderen gesehen, unsere füllig gewordenen, faltigen Körper, die grauen Haare oder die müde gewordenen Augen. Wir haben uns gesehen, so, wie wir waren – an unserem ersten Tag. Denn gleichgültig, was das Leben mit uns macht, Lena, der erste Tag«, Maria legte die Hand auf ihr Herz, »der erste Tag bleibt für immer hier drin. Er ist da, man muss sich ihn nur immer wieder anschauen. So, wie man ein Foto in einem Fotoalbum immer wieder anschaut. Egal, wie vergilbt es irgendwann ist.«

Marias Worte klangen nach. Noch am selben Tag versuchte Lena Paul zu erreichen. Sie wollte seine Stimme hören. Etwas in seinen Worten entdecken, das sie an ihren ersten Tag erinnerte. An die Sonnenblume, die er ihr geschenkt hatte, weil Sonnenblumen immer lächeln und er ihr damit ein Leben voller Lächeln versprechen wollte.

Sie lächelte schon lange nicht mehr. Vielleicht noch ihr Mund, aber nicht ihre Augen. Und Paul hatte es nicht einmal bemerkt.

Auch jetzt am Telefon berichtete er nur, dass er großen Ärger mit dem Verlag hatte. Und sie daran schuld sei. Weil er nach ihrem letzten Streit irgendwas am PC falsch gemacht hatte, der Computer abgestürzt sei und er jetzt nie und nimmer den Termin rechtzeitig schaffen würde. Lena legte wortlos auf, verstaute das Handy in einer Schublade und – überließ sich Miguel. Nachdem er ihr versprochen hatte, nie wieder zu versuchen, sie zu küssen.

Miguel zeigte ihr sein Barcelona. Er, der jede Ecke kannte. Wusste, wo es das beste Eis und die besten katalanischen Spezialitäten gab. Am Ende ihrer ausgedehnten Streifzüge saß sie mit der Familie Fernandez am Tisch. Sie genoss dieses Miteinander. Dieses wirkliche Einanderzuhören, sich fast täglich auch aneinander zu reiben und sich dadurch immer und immer besser und aufs Neue kennenzulernen. Dennoch war es nie ein Gegen-, es war immer ein Füreinander.

Kopf über Herz riet Lena so schnell wie möglich nach Hause zurückzukehren. Herz über Kopf sehnte sich danach, zumindest eine Nacht mit Miguel erleben zu dürfen. Eine Nacht voller Leidenschaft. Ohne an ihre Familie zu denken. Einmal nur. Und vor allem ohne schlechtes Gewissen.

Der 24. September kam und mit ihm das Fest der Mercè. So sehr sich Lena danach sehnte. Miguel hielt sein Versprechen. Kein einziger Versuch, sie zu küssen. Und den Anfang zu machen, dafür fehlte ihr der Mut. Miguel nahm Lena mit zum Correfoc, den Feuern, dem Menschenturm, an dem ein Kind bis zur Spitze des Turms kletterte. In den vergangenen Tagen war in der Gràcia unentwegt dafür geprobt worden. Gemeinsam erlebten sie den Sonnenuntergang, und für Lena war es, als würde mit der Sonne auch in ihr etwas untergehen. Am nächsten Tag, gleich nach ihrem Termin, würde sie ins Flugzeug steigen.

Die Sonne tauchte ab, überall blitzten Lichter auf, und dann war sie da, die Nacht mit ihren Drachen, den Theatern, dem Tango, dem Salsa und der Musik an jeder Ecke. Sie trafen auf Ramon mit dem Mädchen, das ihm das Herz gebrochen und es jetzt offenbar

Nicole Walter

wieder geheilt hatte. Lena entdeckte Sophia in der Menschenmenge, sagte jedoch nichts zu Miguel, zog ihn weiter, einmal nur egoistisch sein und mit Miguel tanzen. Nicht jeder für sich, sondern so, wie man in Barcelona tanzte. Sich an die Hand nehmend im Kreis. Junge Hand in junger Hand, alte Hand in alter Hand. Junge Hand in alter Hand. Alte Hand in junger Hand. Es war so wunderbar, so lebendig, so menschlich bis – die Teufel auftauchten. Sie rannten wie wild durch die Straßen, warfen Knall- und Feuerwerkskörper unter die Leute. Lena bekam Angst, und Miguel nahm sie an die Hand, zog sie weiter, zog sie ans Meer.

Schäumende Sehnsucht. Prickelnder Unverstand. Salz auf Lippen und Salz auf der Haut. Sich lebendig fühlen. Endlich. Wieder. Sie packte sein dichtes schwarzes Haar, zog seinen Kopf bis tief in den Nacken, suchte seine Kehle, küsste ihn da, wo Atmung und Puls fließen. Gefahr, Vertrauen, Hingabe. Miguel packte sie, sie wollte sich ihm schon hingeben, doch irgendetwas hinderte sie daran. Kein schlechtes Gewissen. Auch nicht ihr Treueschwur. Es war etwas anderes, etwas, das ihr zuflüsterte: *Du liebst Paul noch immer. Du bist nur so schrecklich wütend auf ihn. Doch solange du wütend auf ihn bist, gibt es noch eine Chance.* Unmöglicher Paul. Paul, mit den zu langen dünnen Armen. Der Mann, der ihr für immer das Lächeln der Sonnenblume versprochen und kaum etwas davon gehalten hatte. Meister der Sprache. Unpünktlicher Chaot. Guter Vater. Mittelmäßiger Ehemann. Über alles geliebter Mistkerl.

Es hatte nicht nur an Paul gelegen.

Auch sie hatte ihren Teil dazu beigetragen. Sie hatte nicht mit ihm gesprochen. Sie hatte sich einfach wütend und gekränkt tief in sich zurückgezogen.

»Du kannst nicht«, flüsterte Miguel in ihr Ohr.

»Ich will nicht«, antwortete sie ebenso leise.

»En tus ojos bonitos leo mi suerte, porque si tú me olvidas será mi muerte«, er lächelte wehmütig. In deinen schönen Auge lese ich mein Glück. Wenn du mich vergisst, werde ich sterben.

Sie küsste ihn zart. »Du stirbst nicht. Du hast noch deine Sophia.«

Wieder kehrte sie ohne Miguel in Marias Wohnung zurück. Wieder wartete Maria auf sie. Sie sah Lena an. Lena schüttelte den Kopf. Maria nickte, ging ins Zimmer und zog die Tür leise hinter sich zu.

Am nächsten Morgen brachte Lena den Termin erfolgreich hinter sich. Nicht Miguel, sondern Ramon begleitete sie zum Flughafen. Miguel ließ ihr ausrichten, dass er keine Abschiede mochte, und war schon gegangen, ehe sie aufgestanden war.

Hatte Lena gehofft, von Paul abgeholt zu werden, so wurde sie enttäuscht. Kein Paul. Keine Kinder. Sie nahm ein Taxi. Schaute zum ersten Mal seit langer Zeit auf ihr Handy, doch der Akku war leer. Sie hatte vergessen, es zu laden. Wenig später schloss sie die Haustür auf, betrat das Wohnzimmer und ... rang nach Luft. *Atme, Lena, atme.* Es war nicht nur eine Sonnenblume. Es war auch nicht nur eine Vase mit Sonnenblumen, es war eine ganze Landschaft aus Sonnenblumen. Ein lächelnder Sonnenblumenwald, aus dem jetzt Paul hervortrat. Kein Lächeln. Die Augen ängstlich.

»Oder ist es zu spät ... für uns?«

Lena sah ihn nur an, und er fuhr zögernd fort: »Auf deinem Handy sind dreiundvierzig Anrufe von mir, du hast keinen von ihnen beantwortet.«

»Der Akku war leer.«

»Du warst sonst immer erreichbar.«

»Und darüber habe ich irgendwann nicht einmal mehr mich selbst erreicht.«

»Und jetzt?«

»Ich bin da.«

»Bleibst du?«

Sie sah sich um, sah die Sonnenblumen, sah ihr Lächeln, nickte und lächelte auch.

Nicole Walter

Ein zauberhafter Roman
über die Einzigartigkeit des Augenblicks!

NICOLE WALTER

Das Glück umarmen

Ein Achtsamkeits-Roman

Leon lebt sein Leben nicht – er hetzt hindurch. Für ihn zählt nur eines: Erfolg und Geld – und das innerhalb kürzester Zeit. Diese Geschwindigkeit wird ihm zum Verhängnis, als er sich eines Tages auf der Fahrt durchs Chiemgau mit dem Auto überschlägt.

Johanna, die gerade auf ihrem Achtsamkeitsspaziergang unterwegs ist, entdeckt den in seinem Sportwagen eingeklemmten Leon, leistet Erste Hilfe und verständigt den Notarztwagen. Sofort ist Johanna klar: Das ist er, der eine, den sie nie wieder loslassen darf. Sie bringt ihn ins Haus ihrer geliebten Großmutter Marceline, einer ganz besonderen Frau mit nur einem Wunsch: so viele besondere Momente wie möglich zu sammeln, bevor sie ganz im Vergessen versinkt.

Isabel Morland

Schottisch für Liebhaber

Über die Autorin

Isabel Morland wurde 1963 in Bamberg geboren und wuchs in einer literaturbegeisterten Familie auf. Nach verschiedenen selbstständigen Tätigkeiten und Auslandsaufenthalten studierte sie Kommunikationswissenschaften. Sie arbeitet freiberuflich als Trainerin und Coach. Sie brachte zunächst ihre vier leiblichen Kinder zur Welt, bevor sie sich ihren geistigen Kindern widmete und, angeregt durch die vielen Reisen, zu ihrer ursprünglichen Leidenschaft, dem Schreiben, zurückkehrte.

Zugegeben. Es war ein Fehler. Ein ziemlich ärgerlicher sogar. Ich meine, ich bin ja nicht dumm. Selbstverständlich war mir bewusst, dass man bei einer Wandertour möglichst wenig Gepäck mit sich herumschleppen sollte, weil man es irgendwann bereut. Und irgendwann, das ist jetzt. Ich wische mir die Regentropfen aus dem Gesicht und versuche, nicht zu heulen. Und nicht daran zu denken, dass Ralph mich nach nur sechs Wochen Beziehung einfach abserviert hat. Weil wir angeblich doch nicht so gut zueinanderpassen. Dabei habe ich mir wirklich Mühe gegeben. Ehrlich. Ich habe mir ihm zuliebe sogar ein Fitnessarmband gekauft und mich für einen Spinning-Kurs angemeldet, obwohl ich nun wirklich alles andere als eine Sportskanone bin. Und nun diese Wandertour. Wem will ich damit eigentlich etwas beweisen?

Kalter Wind bläst mir ins Gesicht, unter meinen Füßen vibriert der Motor der Fähre, die mich zu den Inseln hoch oben im Nordwesten Schottlands bringt, zu den Äußeren Hebriden. Ich schaue über meine Schulter, nur um sicherzugehen, dass mir niemand zuhört. Wie es aussieht, bin ich der einzige Passagier, der die Bänke im Freien nutzt. Alle anderen sitzen in der Cafeteria oder drängeln sich im Bordshop. Nur wegen dem bisschen Regen. Weicheier, also ehrlich. Aber umso besser. Weil ich irgendwo mal gehört habe, dass man schonungslos ehrlich zu sich sein muss, um seine Persönlichkeit zu entwickeln, stehe ich auf, trete an die Reling und sage laut und deutlich zu mir selbst: »Sandra Giesinger, es war eine total bescheuerte Idee, diese Fotoausrüstung auf eine Wanderreise durch Schottland mitzunehmen.« Besonders, wenn schon das Teleobjektiv allein eineinhalb Kilo wiegt. Aber das sage ich nicht laut. Man sieht es mir nicht unbedingt an, aber ich habe eine empfindliche Seele. Auch für Selbstkritik gibt es Grenzen. Ich drehe mich um, gehe zurück zu meinem Rucksack, der zusammen mit der Isomatte, dem Schlafsack, dem Zelt und dem Fotostativ in etwa so wirkt, als hätte ein Offizier bei den Gebirgsjägern mich zur Strafe zu einem Gepäckmarsch auf die Zugspitze verdonnert. Plötzlich tue ich mir selbst schrecklich leid. Kläglich lasse ich mich auf die nasse Bank fallen. Ich greife in meine Jackentasche und blicke bedauernd auf den kümmerlichen Rest meines Schokoriegels. Das ist alles, was ich an Proviant habe. Sobald ich auf Harris ankomme, muss ich einen Geldautomaten finden. In meinem Portemonnaie befinden sich nur vierundsiebzig Pence. Das reicht nicht einmal für einen Tee. Gierig stopfe ich mir den Riegel in den Mund. Mein Blutzuckerspiegel reagiert mit Entzücken. In diesem Moment erklingt das vertraute »Pling!« von Whats-App. Ich streiche über das Display. Eine Nachricht von Maria und Anna, meinen besten Freundinnen. Oder »angeblich« besten Freundinnen, wie es richtig heißen müsste. Denn wenn sie *wirklich* meine besten Freundinnen wären, würden sie jetzt nicht in einem schicken Club auf Malle rumhängen, während ich zu Fuß quer durch Schottland latsche. Echte Freundinnen lassen einen nicht im Stich. Schon gar nicht heute. Heute ist der siebte Juli. Ich wette, über den ganzen Cocktails und Flirts mit braungebrannten Surferboys an der Hotelbar haben sie komplett vergessen, dass ich Geburtstag habe. Aber diese Wette verliere ich. »Herzlichsten Glückwunsch zum Sechsundzwanzigsten. Wir hoffen, du amüsierst dich genauso prächtig wie wir. Küsschen«, lese ich. Mit angespannter Miene starre ich auf das Selfie, das sie zum Beweis, dass sie echt Spaß haben, freundlicherweise mitgeschickt haben. Wütend lösche ich die Nachricht. Ich will das gar nicht sehen. Nichts gegen Schottland, wirklich, da wollte ich schon immer hin. Aber wenn man bedenkt, dass ich es mir jetzt in einem Vier-Sterne-Club auf Malle mit Wellness-Spa, gigantischem Außenpool und Gratis-Cocktails unter der spanischen

Sonne so richtig gut gehen lassen könnte, komme ich mir echt wie ein Loser vor.

Leider stand ein Urlaub auf Malle für mich völlig außer Frage. Mit Malle bin ich durch. Malle war *unsere* Insel, Ralphs und meine. Manche Pärchen haben einen Song, der sie verbindet. Ralph und ich hatten Malle. *Sozusagen.* Nicht, dass wir es je nach Malle geschafft hätten und ich die Insel wegen der romantischen Erinnerungen meiden wollte, das nicht. Aber Ralph und ich hatten geplant, unsere Flitterwochen auf Malle zu verbringen. Ausnahmsweise ist die Idee nicht auf meinem Mist gewachsen, echt nicht. Der Vorschlag kam von Ralph. Er hat es mir ganz zärtlich ins Ohr geflüstert, als wir zusammen im Kino waren. In irgend so einem Actiondings mit James McAvoy. Leider war der Film ziemlich laut. Aber Ralph hat von Flitterwochen gesprochen und von Malle, das schwöre ich. Jedenfalls, ich bin so was von durch mit Malle *und* mit Ralph und fest entschlossen, das Beste aus meiner Wandertour durch das verregnete Schottland zu machen. Zumindest muss ich bei Temperaturen um die zwölf Grad schon mal nicht schwitzen. Alles eine Sache der Betrachtungsweise. So leicht lasse ich mir den Humor nicht verhageln.

Die Fähre legt in Leverburgh an. Ich drängle mich geschickt an den Autos vorbei und gehe als Erste von Bord. Freudestrahlend betrete ich festen Boden und muss mich fast kneifen. Himmel, das hier sind die Äußeren Hebriden. Davon habe ich schon immer geträumt. Die endlosen, goldenen Sandstrände müssen der Hammer sein. Sogar im Vergleich zu Malle, wenn man mal von den Temperaturen absieht, die ich in meiner positiv gestimmten Betrachtungsweise gerne als nicht-Kreislauf-belastendes, stabiles Wanderwetter bezeichnen möchte. Stabil insofern, dass es seit vier Tagen nieselt. Erwartungsvoll lasse ich meinen Blick schweifen und sehe: einen Hafen. Nun ja. Was soll man dazu sagen? Lagerhallen, massenweise Plastikfässer und all so ein Zeugs eben, aber ich wette, bei Sonnenuntergang wirken selbst die Reusen, die hier zuhauf rumstehen und aussehen, als hätte jemand einen Sonderposten Transportkäfige für Katzen eingekauft, unglaublich romantisch. Wie gesagt, alles eine Sache der Betrachtungsweise. Ich lasse die Katzenkäfige und die Plastikfässer hinter mir und gehe geradewegs auf eine grüne Imbissbude zu. Einen *Imbissbus* besser gesagt. Und so unglaublich es klingt, in diesem Moment bricht die Sonne durch. Direkt über dem Imbiss erscheint ein Regenbogen. Ich seufze vor Glück bei dem Anblick. Es ist wunderschön. Die regennassen Bänke vor dem Bus glitzern wie mit Pailletten bestreut. Bunte Wimpel wehen im Wind, und kurz darauf hört auch der Nieselregen auf. Ich streife meine Kapuze ab und blinzle in die Sonne. Mein Magen knurrt, und ich beschließe, die Tiefen meines Rucksacks noch einmal zu durchforschen. Manchmal findet man Kleingeld ja an den unmöglichsten Stellen. Zwischen den Mikrofasertüchern für die Linse beispielsweise. Ich setze meinen Rucksack ab. Gerade, als ich überlege, ob ich mich in der Regenhose auf die Bank setzen soll, stürzt ein Mann aus dem Bus. Er eilt auf mich zu. Dabei schwenkt er demonstrativ ein kariertes Geschirrtuch. *Aha, der Besitzer des Imbissbusses,* schlussfolgere ich messerscharf und lächle ihm anerkennend zu. Sehr serviceorientiert und kundenfreundlich. Ich verfasse gedanklich eine Notiz für Tripadvisor. Fünf Punkte. Wenn das Essen hält, was der Service verspricht. *Mist. Dazu müsste ich mir erst einmal etwas zu essen kaufen können,* fällt mir siedend heiß ein. Ich beschließe, das Problem beim Schopf zu packen und mich nach dem nächstgelegenen Geldautomaten zu erkundigen, aber der Typ mit dem Geschirrtuch kommt mir zuvor.

»Sekunde.« Mit Schwung wischt er die Bank für mich trocken. »So. Bitte. Setzen Sie sich. Sie müssen erschöpft sein.«

Wie höflich, denke ich mir und erwäge, seine zuvorkommende Art in meiner Bewertung lobend zu erwähnen.

»Meine Güte, Sie sind ja schnell hergekommen!«, sagt er.

Verwundert blicke ich zum Fähranleger hinunter. Dann begreife ich, was er meint. Das letzte Auto rollt gerade von Bord, ich habe die Strecke zu Fuß tatsächlich in Rekordzeit hinter mich gebracht.

Isabel Morland

Wow, sogar meinen außergewöhnlich hohen Fitnessgrad hat er bemerkt. Respekt.

»Ach, das war doch ein Klacks«, winke ich bescheiden ab. Ich setze mich, nehme meine Kamera von der Schulter und lege sie vor mich auf den Tisch, dann hebe ich den Kopf. Unsere Blicke begegnen sich. Er lächelt, und in seinen Augen blitzt etwas auf, das mich für einen Moment gefangen nimmt. Aber eben nur für einen Moment. Leider ist der freundliche Schotte so gar nicht mein Typ. Kurzgeschorene Haare, die darüber hinwegtäuschen sollen, dass er mal vorzeitig eine Glatze bekommen wird. Ha, alter Trick, den kenne ich. Obwohl er sicher nicht viel älter ist als ich, sieht der Haaransatz über seiner Stirn jetzt schon aus, als hätten die Mäuse daran geknabbert. Dazu Segelohren und Bartschatten. Kein Mann, in den man sich auf den ersten Blick verlieben würde. Abgesehen von den strahlenden Augen. Die sind blau und wirklich toll. Dann wendet er sich ab, das nasse Geschirrtuch in der Hand.

»Ich bin gleich wieder da, muss mich nur schnell umziehen«, ruft er mir über die Schulter hinweg zu. »So geht das nicht, das finden Sie doch auch, oder? Was sollen da die Leute denken?«

Verblüfft sehe ich ihm hinterher und überlege, was an seinem Outfit (Jeans und grünes T-Shirt) verkehrt sein soll. Aber das hier sind die Hebriden. Da ist ja angeblich alles anders. Ich habe schon so einiges über die schrulligen Inselbewohner und ihre sonderbaren Gepflogenheiten gehört. Also denke ich mir nichts dabei, sondern mache es mir auf der Bank bequem und warte. Es dauert ungewöhnlich lange. Gerade als ich aufstehen will, um nachzusehen, wo er denn bleibt, tritt er aus dem Bus. Mein Mund wird trocken, und ich bekomme Stielaugen. *Oh, mein Gott!*

»Was ist?«, fragt er argwöhnisch. »Gefällt es Ihnen so nicht besser?«

»Doch, doch«, versichere ich rasch und bemühe mich, ihn nicht anzustarren. Die Verwandlung ist unglaublich. Er trägt ein dunkelgraues Hemd, einen blau und grün karierten Kilt mit einem fellbesetzten *Sporran* darüber. Das ist so etwas wie die schottische Version einer Männerhandtasche. Dazu knapp kniehohe Wollstrümpfe. Im Rechten steckt ein *Sgian dubh*, das traditionelle Messer. Es ist unfassbar. Ich schlucke. Wie um alles in der Welt hat er das jetzt geschafft? Auf einmal sieht er gar nicht mehr aus wie ein Durchschnittstyp, sondern atemberaubend sexy. Sein Aussehen passt perfekt in die Landschaft und lässt ihn wild und verwegen erscheinen. Auf fatale Weise erinnert er mich an Jamie Fraser aus der *Outlander*-Saga. Den fand ich schon immer anbetungswürdig. Ich ziehe scharf die Luft ein, meine Hormone schnellen ins Uferlose. Mein Leben zwinkert mir zu und flüstert mir ins Ohr: *Hier bitte, dein Geburtstagsgeschenk.* Ich seufze vor Glück. Wenn er jetzt noch anfängt, Gälisch zu reden, kann ich für nichts mehr garantieren.

Er lächelt mir zu. »*Ciamar a tha sibh?*«

Moment mal, habe ich richtig gehört? Das war Gälisch! Kann dieser Bilderbuchschotte etwa Gedanken lesen? Ich räuspere mich und werde rot. »Wie bitte?«, krächze ich.

»Das heißt: Wie geht es Ihnen?« Er sieht mich durchdringend an. Seine Augen funkeln, und auf einmal liegt Spannung in der Luft. Da ist etwas zwischen uns. Ich spüre es ganz deutlich. Er scheint es auch zu spüren, denn plötzlich ist da dieses eigenartige Schweigen. Schließlich gibt er sich einen Ruck. »Die richtige Antwort darauf lautet: *Tha gu math, tapadh leat.*«

Ich wiederhole seine Worte und versuche, den singenden Tonfall zu imitieren, was mir mit meinem Münchner Dialekt nicht recht gelingen will. Wir müssen beide lachen.

»Eins-a-Fotoausrüstung«, meint er anerkennend und deutet auf meine Canon.

»Ja, sicher«, erkläre ich lässig. »Wenn man etwas macht, sollte man es auch richtig machen.«

»Das ist wohl wahr«, sagt er mit Nachdruck. »Wie ich sehe, haben Sie vor zu zelten.« Er kratzt sich den Kopf. »Komisch. Ich hätte Sie eher für jemanden gehalten, der ein Bett in einer Pension vorzieht. Zumindest bei dem Wetter.«

»Da haben Sie sich aber getäuscht.« Pikiert schüttle ich den Kopf. Sehe ich etwa aus, als wäre ich dem schottischen Regen nicht gewachsen? Hält der mich trotz meiner Kurven für eine zarte, blonde Fee? So viel zum Thema erster Eindruck. Wie gut, dass ich Menschen nicht so schnell in Schubladen stecke.

»Oh«, meint er verdutzt. »Sorry. Das sollte keine Beleidigung sein.«

»Schon okay«, erkläre ich großzügig und vergebe ihm. »Dafür könnten Sie mir den Gefallen tun und mir sagen, wo der nächste Zeltplatz ist.«

»Der liegt ungefähr dreißig Kilometer nördlich«, sagt er und klingt irritiert. »Aber wäre es denn nicht viel praktischer, wenn Sie hierbleiben? In meiner Nähe?«

Praktischer? Praktischer in Bezug auf was?, quietsche ich in Gedanken. Wenn das eine Anmache sein soll, ist ihm der Überraschungsangriff gelungen. Für einen Moment bin ich sprachlos. Dann aber fange ich mich wieder. Dass Schotten so direkt sein können, hätte ich nicht gedacht. »Ich finde, das sollten wir entscheiden, wenn wir uns etwas besser kennengelernt haben«, erwidere ich hoheitsvoll.

»Wie Sie meinen«, er zuckt mit den Schultern. »Aber sehen Sie einmal da drüben«, er beugt sich zu mir herunter, so nahe, dass ich den Duft seines Aftershaves rieche, und streckt den Arm. Die andere Hand lässt er wie zufällig auf meiner Schulter ruhen. »Sehen Sie den Streifen Grasland da?« Er deutet über den Sund.

Seine Nähe macht mich ganz kribbelig. Ich kneife die Augen zusammen und folge seinem Blick. »Sie meinen den *Machair?*«, frage ich betont unschuldig und lasse dabei durchblicken, dass ich mich vor meiner Reise selbstverständlich entsprechend eingelesen habe und über Fachwissen verfüge.

»Wenn Sie zelten wollen, da drüben wäre ein guter Platz. Mit Blick auf den Sonnenuntergang über dem Hafen. Den wollen Sie doch sicher auch fotografieren?« Sein Kopf ist so dicht neben meinem, dass ich seinen Atem an meiner Wange spüre.

»Prima Idee«, ich hebe den Blick. Wieder dieses verschmitzte Lächeln. Ich könnte schwören, er spürt dieses elektrische Kribbeln zwischen uns auch.

»Also gut«, viel zu schnell richtet er sich auf, seine blauen Augen mustern mich intensiv. »Kommen wir zum Geschäftlichen. Was soll ich bringen? Möchten Sie einen Blick auf die Speisekarte werfen, oder vertrauen Sie meiner Auswahl?«

»Selbstverständlich vertraue ich Ihrer Auswahl«, entgegne ich und versuche, möglichst unbeteiligt zu wirken. Himmel, ich würde ihm sogar vertrauen, wenn er mich bitten würde, bei Vollmond einen magischen Steinkreis zu durchschreiten! Erschrocken über meine Gedanken halte ich inne.

»Wunderbar«, nickt mein Bilderbuchschotte. »Bin gleich zurück.«

»Moment«, rufe ich ihm hinterher. »Mir fällt gerade ein, dass ich kein Geld habe. Ich muss erst zum Geldautomaten.«

»Unsinn.« Kopfschüttelnd blickt er mich an. »Das geht aufs Haus. Das ist doch selbstverständlich.«

Staunend bleibe ich zurück. Über die Gastfreundlichkeit auf den Inseln habe ich ja schon einiges gehört, aber das hier übertrifft alle meine Vorstellungen. Aus den Augenwinkeln bemerke ich, wie sich ein weiterer Gast dem Imbiss nähert. Ein struppiger, schwarzer Hund springt auf mich zu. Sein Besitzer, ein knorriger Opa mit Nickelbrille und weißen Haaren, lässt sich auf die Bank neben mir fallen. *Ein richtiges schottisches Original*, freue ich mich.

»Hey, Tormod«, ruft er.

Tormod also. Mir schießt durch den Kopf, dass wir ganz vergessen haben, uns vorzustellen. Na egal.

»Aye, Donald, was gibt es?« Tormods Kopf erscheint in der Tür.

»Für mich das Gleiche wie für die Lady hier.«

Tormod kneift die Lippen zusammen und murmelt etwas auf Gälisch, das ich leider nicht verstehe. Dann verschwindet er wieder.

»Komm her, Moses.« Donald klopft neben sich auf die Bank, und der nasse Hund springt hoch. »Hat sich unser Tormod wieder

Isabel Morland

in die volle Montur geschmissen, was Moses?«, meint er und krault den begeistert sabbernden Hund zwischen den Ohren. »Er kann es einfach nicht lassen. Immer wenn er hübsche Mädels beeindrucken will, holt er das Schottenkaro raus. Und weißt du, was das Unglaubliche dabei ist, Moses?« Donald wirft einen wissenden Blick in meine Richtung. »Die Frauen fahren reihenweise darauf ab. Ist das denn die Möglichkeit?«

Autsch, das tut weh. Wütend schiele ich zum Bus hinüber. So ist das also. Dieser Tormod ist ein berufsmäßiger Aufreißer. So etwas wie ein Serienkiller quasi. *Oh Mann. Wie dämlich von mir.* Ich habe meinen Gedanken noch gar nicht zu Ende gebracht, da steht mein schottischer Don Juan bereits wieder vor mir und serviert mir lächelnd ein getoastetes Speckbrötchen und einen Latte macchiato. Donald neben mir bekommt das Gleiche.

»Danke«, sage ich knapp.

Tormod strahlt mich an. »Der Rest kommt gleich«, sagt er und verschwindet. Welcher Rest? So hungrig bin ich auch wieder nicht. Achselzuckend greife ich nach dem Brötchen. Es sieht himmlisch aus. Die Kruste ist goldbraun und knackig und glänzt mit dem Speck um die Wette. Übrigens der knusprigste Speck, den ich je gesehen habe. Ich muss Tormod unbedingt fragen, was das Geheimnis dabei ist. Vielleicht verrät er es mir. Sogar den Latte macchiato hat er toll hinbekommen, stelle ich anerkennend fest. Der Milchschaum hat die perfekte Konsistenz, locker, aber dennoch standfest. Sicher handgeschlagen und nicht aus der Maschine. Bioqualität von einheimischen Kühen, das sieht man gleich. Der Kaffee ist fair trade, stelle ich mit Kennerblick fest. Nur Fair-Trade-Produkte haben diesen unvergleichlich warmen, appetitlichen Braunton. Mir läuft das Wasser im Mund zusammen, ich hebe das Speckbrötchen an meine Lippen. Großzügig sehe ich darüber hinweg, dass der gute Tormod ein Macho ist, und beschließe, ihm nichtsdestotrotz fünf Punkte bei Tripadvisor zu geben. Für das Essen, versteht sich, nicht für seine große Klappe. Ich schließe die Augen, seufze genüsslich und beiße zu.

Angewidert reiße ich einen Sekundenbruchteil später die Augen wieder auf. Der Geschmack verteilt sich wie eine Explosion in meinem Mund, und es ist einfach nur unglaublich widerlich. Ich vergesse meine guten Manieren, würge den angekauten Bissen wieder hervor und spucke ihn auf den Teller. Mir völlig egal, was Donald von mir denkt. Es ist ekelhaft! Wenn ich es nicht besser wüsste, würde ich sagen, ich hätte in Haarspray und Schuhcreme gebissen. Mein Mund brennt wie Feuer, und plötzlich habe ich Angst, ich könnte mir die Schleimhäute verätzt haben. In wilder Panik greife ich zu dem Glas und stürze einen großen Schluck Latte macchiato hinunter. Mein Kopf wird glühend heiß, meine Atmung setzt kurz aus. Im nächsten Moment wird mir schwarz vor Augen, und ich fühle mich, als hätte man mir einen Schierlingsbecher gereicht. *Gift!*, denke ich und rapple mich mit letzter Kraft hoch. Ich lehne mich neben den Tisch und übergebe mich augenblicklich. Keuchend lasse ich mich zurück auf die Bank fallen. Meine Augen tränen.

Durch den Tränenschleier hindurch sehe ich Tormod auf mich zustürzen.

»Ach du lieber Himmel«, erschrocken legt er mir die Hand um die Schulter. »Aber was tun Sie denn da?« Er schüttelt den Kopf und sieht mich mit seinen unschuldig blauen Augen an.

Zornig schlage ich seine Hand weg. Er braucht jetzt gar nicht den Besorgten zu spielen.

»Das war Absicht!«, keuche ich wütend und deute mit dem Finger auf Donald. »Da. *Sein* Essen ist vollkommen in Ordnung.«

»Aber natürlich …«, stammelt Tormod.

Ich schneide ihm das Wort ab. »Ach, Sie geben es auch noch zu?« Mit blitzenden Augen funkle ich ihn an. »Sie servieren mir absichtlich *verdorbenes* Essen?«

»Nein, natürlich nicht«, Tormod windet sich förmlich vor mir, was mich nur noch mehr in Rage bringt.

»Was denn nun?«, brülle ich ihn an. »Eben haben Sie es doch noch zugegeben! Sogar vor Zeugen.« Ich drehe mich um und zeige demons-

Isabel Morland

trativ auf Donald. Aber der ist wie vom Erdboden verschwunden. Samt seinem sicher tadellosen Brötchen und dem Hund. Egal. Ich recke das Kinn und hole zum Vernichtungsschlag aus. Das ist effektiver.

»Sie werden von mir hören«, erkläre ich und bemühe mich zu klingen wie Arnolds Schwarzenegger bei seinem berühmten »*I'll be back, Baby*«. Ich spanne den Kiefer an. »Oder besser gesagt, lesen. Bei Tripadvisor. Ach, was sage ich, auf *sämtlichen* Internetportalen.«

Das hat gesessen. Mit Genugtuung sehe ich, wie Tormod auf einmal ganz grau im Gesicht wird. Seine Schultern sacken herab, ich habe ihm einen Schlag mitten in die Magengrube verpasst. *Fast* könnte er einem leidtun. Aber eben nur fast. Als mein Blick wieder auf das Brötchen fällt, versiegt mein Mitgefühl augenblicklich.

»Das können Sie nicht machen!«, keucht er. »Immerhin war es *Ihre* Schuld.«

»Wie bitte?« Mehr bekomme ich nicht heraus. Dafür bin ich viel zu perplex. Fassungslos stemme ich die Hände in die Hüften.

»Sie sollten das Brötchen und den Kaffe doch nur fotografieren, nicht essen«, sagt Tormod und knetet seine Hände.

Ich verstehe nur Bahnhof und starre ihn an. Doch bei Tormod scheint plötzlich der Groschen zu fallen. Seine Kinnlade klappt nach unten, er wischt sich mit dem Geschirrtuch über die Stirn. »Ähm, sind Sie vielleicht gar nicht Monika?«

»Monika?«, quietsche ich.

»Die Foodfotografin aus Deutschland. Sie hatte mir angeboten, auf ihrem Blog über den Imbissbus zu berichten und Bilder zu machen«, verständnislos blickt Tormod mich an. »Was meinen Sie, weshalb ich das Zeugs hier anhabe?« Er blickt zweifelnd an sich hinunter, als wüsste er auf einmal nicht mehr, weshalb er im Schottenrock vor mir steht.

»Keine Ahnung«, ich fühle mich überfordert und schüttle den Kopf. Ich unterdrücke den Impuls, Donalds Erklärung mit der Aufreißernummer hinterherzuschieben, da ich das Gefühl habe, dass uns das im Moment nicht so recht weiterbringt.

»Warten Sie hier«, Tormod wirft mir einen beschwörenden Blick zu, dann rennt er in den Bus und kommt kurz darauf mit einer Flasche Irn Bru zurück. »Hier. Trinken Sie. Das hilft.«

Skeptisch starre ich die orangefarbene Flüssigkeit mit dem blauen Etikett auf der Flasche an. Tormod überlegt. Dann hebt er die rechte Hand. »Das Getränk ist in Ordnung. Ich schwöre, dass ich es nicht präpariert habe.«

Weil ich entsetzlichen Durst habe, glaube ich ihm. Und wirklich. Die Limonade ist tadellos. Ganz langsam beruhige ich mich wieder. »Was um alles in der Welt haben Sie mit dem Essen angestellt?«, bringe ich schließlich hervor.

Tormod kratzt sich den Nacken. »Das Brötchen habe ich mit Haarspray bearbeitet, damit es schön glänzt, und den Speck mit brauner Schuhcreme. Das habe ich in einem Fachmagazin gelesen.«

Ha! Wusste ich es doch! Triumphierend funkle ich ihn an, sage aber nichts. »Und der Latte macchiato?«, frage ich steif.

»Ähm, also, wenn Sie es wirklich wissen wollen …«

Ich hebe nur eine Augenbraue. Das genügt.

»Na ja. Die Milch unten im Glas ist Leim. Der Kaffee ist eigentlich Sojasoße und der Schaum obendrauf Rasiercreme.«

Rasiercreme? Ich starre ihn vernichtend an. Der tickt ja wohl nicht ganz richtig. Wer kommt denn auf so etwas? »Bitte glauben Sie mir«, er macht einen halbherzigen Schritt auf mich zu. »Das Ganze war eine Verwechslung. Aber als ich Ihre Kamera gesehen habe, bin ich einfach davon ausgegangen, dass Sie Monika sind. Wie dumm von mir. Es tut mir fürchterlich leid, ganz ehrlich.«

Hm. Ich bin fast bereit, ihm zu verzeihen, aber eben nur fast. Er scheint mein Zögern zu bemerken. »Wenn Sie mir nicht glauben, zeige ich Ihnen das Fotomagazin. Da steht Schritt für Schritt beschrieben, wie man Essen professionell in Szene setzt. Soll ich es holen? Ich habe es hinter der Theke.«

»Nein, schon gut«, winke ich ab.

»Darf ich Ihnen vielleicht etwas anderes anbieten? Als Entschuldigung?«, meint er schüchtern und sieht jetzt richtig zerknirscht aus. »*Echtes* Essen meine ich.«

Bevor ich antworten kann, erklingt der WhatsApp-Ton, und ich winke ab. Hunger habe ich ohnehin nicht mehr. Ich nehme mein Handy aus der Tasche und rechne insgeheim schon mit dem nächsten Selfie aus Malle. Aber die Nachricht ist nicht von Anna und Maria. Sie ist von den beiden holländischen Mädchen, die gestern neben mir auf dem Campingplatz gezeltet haben. »Gehört das dir?«, lese ich. Darunter ist ein Bild mit einem kleinen orangefarbenen Nylonbeutel, der mir nur allzu bekannt vorkommt. Verdammt. Ich Idiotin. Das sind meine Heringe. Die brauche ich, um mein Zelt aufzustellen.

»Gibt es ein Problem?«, erkundigt sich Tormod mitfühlend. Ich blicke auf und bekomme mit, dass er mich wohl schon die ganze Zeit teilnahmsvoll ansieht.

»Ja, schon«, ich nicke. Seufzend beschließe ich, ihm von meinem Fehler zu berichten. Spielt nach dem Drama von eben auch schon keine Rolle mehr. »Ich habe die Heringe liegen lassen«, gestehe ich kleinlaut. »Die brauche ich dringend zum Zelten. Gibt es in der Nähe einen Supermarkt, der am Sonntag geöffnet hat und der EC-Karten akzeptiert?«

»Heute ist Sonntag«, erklärt Tormod und sieht mich an, als wäre damit alles gesagt. Und ich meine mich zu erinnern, dass man am Sonntag auf den Hebriden buchstäblich verrecken kann, weil alles geschlossen hat. Scheint wohl tatsächlich so zu sein. Jetzt ist mir aber echt zum Heulen. Das ist der bescheuertste Geburtstag aller Zeiten. »Mist«, schniefe ich vor mich hin. Und dann noch mal. »Mist, Mist, Mist.«

»Nicht so schlimm«, ich spüre, wie sich Tormods Arm um meine Schulter legt, und diesmal schubse ich ihn nicht weg. »Ich kümmere mich darum. Versprochen. Ich habe ohnehin noch etwas gutzumachen, nicht wahr?«, er zwinkert mir zu. »Wie viele brauchen Sie denn?«

»Sechs, wie immer im Normalfall«, erwidere ich und schließe daraus, dass Tormod nicht sonderlich auf Zelten steht. Sonst wüsste er das.

»So viele?«, wundert sich Tormod. Okay, er hat *echt* keine Ahnung von Zelten. »Kein Problem. Die besorg ich.«

Ich glaube ihm das mal. Was bleibt mir auch anderes übrig?

Aber dann, als ich drei Stunden später neben meinem bedrohlich windschiefen Zelt stehe und der seltsame Schimmer der Mittsommernacht lange Schatten wirft, kommen mir doch Zweifel. Wer weiß, ob auf diesen Schotten wirklich Verlass ist? Vielleicht wollte er mich einfach nur loswerden und ist heilfroh, wenn er mich nie wieder sieht? Ehrlich, ich könnte es ihm nicht verdenken. Bekümmert lasse ich mich auf einem Felsbrocken neben meinem Zelt nieder und versuche, meinen Zweckoptimismus wieder hervorzukramen. *Im Schlafsack ist es unter freiem Himmel gar nicht so schlecht. Bestimmt sehe ich sogar die Milchstraße.* Mitten in meine fast glücklichen Gedanken hinein merke ich, wie der Wind sich legt. Mein Zelt steht beinahe gerade, und ein zuversichtliches Lächeln huscht über mein Gesicht. Das Leben hat doch noch ein Einsehen mit mir, und alles wird gut. Doch im nächsten Moment werde ich Opfer eines Angriffs aus dem Hinterhalt. Eine undefinierbare, wabernde Wolke wälzt sich auf mich zu. Bevor ich michs versehe, bin ich von Millionen schwarzer Punkte umhüllt. Midges. Schottische Mücken. Winzig klein. Kreischend wedle ich mit den Armen durch die Luft. Sie sind überall. In meinen Ohren. In meinen Haaren. In meiner Nase. In meinem Mund. Hilfe! Ich werde bei lebendigem Leib aufgefressen. Keuchend rolle ich die Ärmel meines Sweatshirts herunter. Auf die Idee, in meine Jacke zu schlüpfen und mir die Kapuze über den Kopf zu ziehen, komme ich vor lauter Panik gar nicht. Die Viecher machen mich irre! Was soll ich nur tun? Meine Gedanken überschlagen sich. Das Mückenspray, das ich aus Deutschland mitgebracht habe, ist aufgebraucht. Zum ersten Mal in meinem Leben bedauere ich, Nichtraucher zu sein. Hektisch blicke ich mich um. Da! Das

Isabel Morland

Gebüsch da drüben. Das muss Moorheide sein. Plötzlich kommt mir der rettende Einfall. Ich mache mir erst gar nicht die Mühe, meine lädierten Füße in die Wanderstiefel zu zwängen, sondern renne in Crocs los. Dabei raufe ich mir die Haare und kratze mit den Fingernägeln über meine Kopfhaut. Da ist es am schlimmsten. Die Mückenstiche brennen wie Hölle! Die Zweige der Moorheide halten die Biester fern, das habe ich in einem Reiseführer gelesen. Leider übersehe ich dabei, dass die Moorheide zufällig im Moor wächst. Ich werde prompt daran erinnert, als meine Crocs sich mit einem schmatzenden Geräusch von mir verabschieden. Bedauernd sehe ich sie im Matsch versinken, aber für Trennungsschmerz ist jetzt nicht der richtige Moment. Egal, die Schuhe kann ich auch später holen, beschließe ich tapfer und renne in Socken weiter. Verdammt, das piekst vielleicht! Behände schlüpfe ich mitten zwischen die Büsche und rupfe mit beiden Händen Zweige ab. Die stecke ich mir ins Haar. Damit komme ich mir zwar vor wie ein dekorierter Weihnachtstruthahn, aber egal. Hauptsache, es hilft. Rasch klettere ich wieder aus dem Gebüsch. Die Mücken verschonen mich. Just in diesem Augenblick taucht oben am Hang eine Gestalt auf und winkt mir fröhlich zu. Tormod. »Na, du hast aber eine schöne Frisur.« Tormod deutet auf die Zweige in meinem Haar. »Ärgern dich die Mücken?«

»Geht schon«, behaupte ich heldenhaft, und die Weihnachtsbraten-Deko hilft ja auch wirklich.

Tormod setzt eine wichtigtuerische Miene auf und hält mir ein Fläschchen mit einer durchsichtigen Flüssigkeit vor die Nase. »Skin so Soft«, lese ich. Es ist ein Körperöl zum Aufsprühen. Aha. Was will er denn damit? Er reibt sich die nackten Unterarme damit ein, als wäre er auf einem Bodybuilding-Wettbewerb, und auf einmal begreife ich. Wie schon gesagt, ich bin ja nicht blöd. Tormod ist tatsächlich ein elender Angeber. Okay, man muss ihm zugutehalten, dass er ausgesprochen durchtrainierte Arme besitzt. Durch das Öl wirken die Muskelansätze unter der gebräunten Haut wie gemeißelt.

»Hier. Nimm. Das hilft«, er wirft mir die Flasche zu.

Geschickt fange ich sie mit einer Hand auf. »Wozu?«, frage ich skeptisch.

»Geheimwaffe. Gegen die Mücken«, er zwinkert verschwörerisch.

Ach so. Probeweise verteile ich ein wenig Öl auf meiner Haut und schnuppere. Es riecht wunderbar. Meine Güte, ich meine *Skin so Soft*. Allein der Name ist so herrlich retro, dass ich kichern muss. Die Mücken finden Skin so Soft weniger toll. Sie machen einen Bogen um mich. Na bitte. Ich beschließe, mir eine Großpackung von dem Zeugs zu besorgen, bevor ich wieder nach Hause fahre. Tormod strahlt. Er ist ganz stolz, dass er mich vor den bösen Mücken gerettet hat. Na, wie er selbst gesagt hat, er hat ja auch einiges gutzumachen. Schlagartig fallen mir die Heringe wieder ein.

»Und?« Ich ziehe die Stirn in Falten. »Hat es geklappt? Hast du die Heringe?«

»Klar doch«, nickt er. »Hat zwar ein bisschen gedauert, aber kein Problem, wirklich nicht. Ich bin extra für dich mit dem Boot rausgefahren.«

Mit dem Boot? Ich stutze. Etwas in meiner Magengegend zieht sich empfindlich zusammen, mich beschleicht ein mulmiges Gefühl. Er wird doch nicht …?

»Hier bitte, deine Heringe«, triumphierend hält mir Tormod einen Eimer entgegen, in dem sechs tote Fische liegen und mich mit traurigen Augen anstarren.

»Was soll das? Bist du völlig verrückt?«, schimpfe ich. »Willst du mich verarschen? Soll ich vielleicht die beschissenen Zeltschnüre hier mit toten Fischen befestigen?«

Tormod starrt mich an, als wäre ich übergeschnappt. »Du hast Heringe gesagt«, erklärt er langsam, und seine Stimme klingt gepresst. »Von *Zeltpflöcken* war nicht die Rede.«

Jetzt werde ich aber wirklich sauer. Heringe oder Zeltpflöcke – das ist angesichts des Dramas doch nun scheißegal. »Na und?«, schnauze ich ihn an. »Was soll die Wortklauberei? *Herrings* eben«, schiebe ich trotzig hinterher.

»*Herrings* sind die hier«, verbessert Tormod mich und deutet auf die toten Fische. Ach du lieber Himmel. Das Wort hätte ich wohl besser vorher mal nachschlagen sollen. Ich bekomme einen puterroten Kopf. Und dann passiert es. Ich werfe einen Blick auf mein eingefallenes Zelt und muss auf einmal losheulen. Die Tränen kullern mir über die Wangen, und Tormod nimmt mich tröstend in seine eingeölten, starken Arme. Einfach so. »Na komm schon«, sagt er leise. »Wenn das alles ist. Das kriegen wir schon wieder hin.«

»Nein«, begehre ich schniefend auf. »Das ist nicht alles. Das ist der schrecklichste Geburtstag meines Lebens.«

»Du hast Geburtstag?«, Tormod löst den Arm von mir und sieht mich mit seinen unglaublich blauen Augen an.

Ich nicke. Mir fällt auf, dass er keinen Schottenrock mehr trägt. Macht aber nichts. Auch in Jeans und T-Shirt finde ich ihn auf seine spezielle Art irgendwie immer noch sehr attraktiv. Und sexy. Schottisch verwegen sexy sozusagen. Tormod hebt den Arm und zupft einen Zweig Moorheide aus meinen zerrauften Locken. Vorsichtig streicht er mir das Haar hinter das Ohr. Sein Blick wird ernst. »Okay«, sagt er. »Gib mir eine halbe Stunde Zeit. Ich bin sofort zurück. Mit deinen Zeltpflöcken.«

Und beinahe genau dreißig Minuten später steht er auch tatsächlich wieder vor mir. Er hat Zeltpflöcke mitgebracht und einen kleinen Grill und Bratwürste und Bier und Gott-weiß-was-alles. Seine Freunde hat er auch mitgebracht. Inzwischen sitzt das halbe Dorf hier um das improvisierte Lagerfeuer. Es ist ein richtiges kleines *Cèilidh*, ein traditionelles gälisches Fest mit Musik und Tanz, das sie extra für mich aus dem Boden gestampft haben. Ich blicke mich um und könnte schon wieder heulen. Diesmal vor Rührung. Tormod hat sein Akkordeon mitgebracht. Der Typ mit der Gitarre neben ihm heißt glaub ich Seamus. Der mit der Mandoline ist der Pfarrer, wenn ich das richtig verstanden habe. Wir lachen und klatschen und tanzen. Ich finde es nur ein bisschen schade, dass ich die einzige bin, die die gälischen Liedtexte nicht mitsingen kann. Auf einmal dreht sich Tormod zu mir um. Er lächelt mir zu, seine Augen funkeln im Schein des Feuers. »Fühlt sich vermutlich komisch an, wenn man die Lieder nicht kennt«, meint er und sieht mich an, als könne er meine Gedanken schon wieder lesen. Ich nicke. Da legt Tormod das Akkordeon beiseite, steht auf, geht zu seinen Kumpels hinüber und flüstert ihnen etwas ins Ohr. Als er zurückkommt und sich neben mich setzt, spielt ein geheimnisvolles Lächeln um seine Lippen. »Pass auf, das kennst du aber jetzt«, sagt er.

Dann fangen die Jungs wieder an zu spielen. Das gibt es doch gar nicht! Als die ersten Takte von *Take me home, countryroads* erklingen, glucke ich vor Freude. Das ist Lagerfeuerromantik pur. Das sind Jugenderinnerungen. An Klassenfahrten. An den Geruch von gegrillten Marshmellows. An den ersten Rausch. Den ersten Liebeskummer. Strahlend lächle ich zu Tormod hinüber. Irgendwie ist das doch unglaublich süß von ihm, dass er meinen kleinen Anflug von Heimweh bemerkt hat, nicht wahr? Wir feiern bis tief in die Nacht. Über uns strahlt ein unendlich weiter Sternenhimmel, die Milchstraße glitzert, als ob sie dafür bezahlt wird. »Knock, knock, knockin' on heaven's door«, wird aus vollen Kehlen gesungen. Na ja, ehrlicherweise muss man sagen, dass es inzwischen eher ein Gejohle ist. Tut der Stimmung aber keinen Abbruch. Selig lehne ich mit dem Rücken an Tormods breite Brust. Inzwischen sind wir richtig vertraut miteinander. So viel Chaos an einem Tag schweißt eben zusammen. Er legt den Arm um mich und fährt mit der Hand sanft durch meine wirren Locken.

Jetzt ist es doch noch ein richtig schöner Geburtstag geworden. Und meinen Bilderbuchschotten habe ich auch gefunden. Spontan beschließe ich, meinen Rucksack für den Rest meines Urlaubs hier stehen zu lassen. Am liebsten für immer. Und als sich Tormod in diesem Moment zu mir herunterbeugt, um mich zu küssen, glaube ich fast, dass tatsächlich ein »für immer« daraus werden könnte.

Ein geheimnisvoller Fremder, eine große Liebe,
eine sturmumtoste schottische Insel

ISABEL MORLAND

Die Rückkehr der Wale

Roman

Magisches Licht, die unendliche Weite des Meeres und schroffe
Küsten – hier auf der kleinen, abgeschiedenen Hebriden-Insel
wollte Kayla einst an der Seite ihres Mannes Dalziel ihr Glück finden. Doch immer öfter geraten die beiden in Streit, und Dalziel
wird so wütend, dass sie Angst vor ihm bekommt.
Da taucht eines Tages ein Fremder auf, über den bald einiges geredet wird, was Kayla bei ihrer ersten Begegnung mit ihm bestätigt
findet: Er ist nicht nur sehr attraktiv und teilt mit ihr die Liebe zur
Musik, er scheint auch eine besondere Gabe für alles zu haben, was
mit dem Meer zu tun hat.
Ihre eigenen, immer stärker werdenden Gefühle für ihn, aber auch
das Gerede der Inselbewohner treiben Kayla mehr und mehr in
einen inneren Zwiespalt, aus dem es kaum einen Ausweg zu geben
scheint …

Valérie Perrin

Oben an der Leiter

Aus dem Französischen
von Elsbeth Ranke

Über die Autorin

Valérie Perrin ist Fotografin und Drehbuchautorin. Sie lebt und arbeitet mit Regisseur Claude Lelouch. »Die Dame mit dem blauen Koffer« ist ihr erster Roman. Die Geschichte ihrer eigenen Großeltern diente in mancherlei Hinsicht als Inspiration für diesen Roman.

Geboren wurde Elisabeth in der Rue Froide in Caen. Ihre Mutter, Marie Després, gebar sie im Stehen, presste sie heraus, durchtrennte die Nabelschnur mit dem Messer, das sie immer in einem ihrer Schuhe stecken hatte, wickelte sie in ein altes Bettlaken und legte sie vor dem Kloster zur Heimsuchung Mariä ab. Es war der 9. Februar 1925 um vier Uhr morgens.

Innerhalb von fünf Jahren war es das dritte Kind, das Marie an dieser Adresse abgab. Sie hätte sich die kleinen bläulich schmierigen Bündelchen auch mit einem Wurf in die Orne vom Leib schaffen können, da wären sie geradewegs untergegangen, lautloser noch als ein geflitschter Kieselstein, aber Marie war in dem Glauben erzogen worden, dass Gott über all ihre Taten wachte und sie womöglich wegen Kindsmords in die Hölle verdammte.

Marie Després fand, sie lebte die Hölle schon auf Erden, wenn sie unter dem Körper besoffener Männer, die nach Bier, Knoblauch und Schweiß stanken, ächzend die Fäuste zusammenballte.

Sie konnte sich einfach nicht vorstellen, dass es noch schlimmer werden sollte, wenn sie ihren letzten Atemzug getan, ihr elendes Leben hinter sich gebracht hatte. Wenn sie also ihre Sprösslinge auf Gottes Fußabstreifer ablegte, meinte sie, müsste er ihr im Jenseits mit ein klein wenig Milde begegnen.

Der erste Säugling, ein blonder Junge mit weißer Haut, wurde von einer Familie aus Rouen adoptiert, das zweite Baby, ein braunhaariges Mädchen mit dunklem Teint, starb im Alter von zwei Monaten in den Armen von Schwester Lucie, die ihr die Augen schloss und ein paar Gebete murmelte.

Elisabeth schließlich wurde mit drei Jahren einer Bauernfamilie in der Nähe von Pont-l'Evêque anvertraut.

Elisabeth konnte scheuern, waschen, bügeln, stopfen, melken, kalben, Äpfel für den Cidre sammeln und Wasser zum Kochen bringen, als sie gerade fünf Jahre alt war.

Der Vater in ihrer Pflegefamilie war ein schweigsamer Mann.

Adrien Occo hatte in zweiter Ehe ein Mädchen aus Yvetot geheiratet, Jeanne Durrieu. Seine erste Frau war zwei Jahre nach ihrer Hochzeit dahingegangen, ohne ihm Nachkommen zu hinterlassen.

Jeanne Durrieu, eine tapfere, aber hässliche Frau, nur Haut und Knochen, hatte ihm Zwillinge geschenkt, zwei kräftige Jungen, Louis und Pierre, beide sechs Jahre vor Elisabeth geboren. Die beiden Jungen ähnelten ihrem Vater Adrien. Schwarze Haare, nussbraune Augen, feine Gesichtszüge, aber nie auch nur ein Lächeln.

Nach der Geburt der Zwillinge, die sie fast das Leben gekostet hätte, verbot der Arzt Jeanne aufs Strengste, noch einmal Kinder zu bekommen.

»Das nächste Mal«, hatte er gebrummt, »wäre das letzte Mal für Sie und das Kind.«

So wurde beschlossen, dass Adrien und Jeanne Occo fortan in getrennten Zimmern schlafen sollten.

Jeanne war nicht gerade mütterlich, dazu fehlte ihr die Zeit. Sie arbeitete vom Morgengrauen an, und abends sank sie todmüde an den Küchentisch, die Stopfarbeit auf den Knien.

Das Ehepaar Occo hatte Elisabeth in dem Gedanken aufgenommen, dass ein Mädchen für Jeanne eine gute Hilfe wäre.

Elisabeth hatte ein Zimmer neben der Küche. Eine winzige Kammer mit feuchtem Lehmboden, in die ein winziges Fenster in der Strohlehmwand an hellen Sommertagen einen Streifen Licht hereinließ.

In diesen ehemaligen Abstellraum hatten sie eine Sprungfeder-

Valérie Perrin

matratze auf einem Feldbett gestellt, dazu ein Federbett, einen emaillierten Wasserkrug mit zerbrochenem Henkel, einen wackeligen Stuhl, einen Nachttopf und ein Kreuz an der Wand.

Elisabeth wuchs bei den Occos auf, ohne je Hunger zu leiden. Sie fror nicht, wurde nie geschlagen. Sie wuchs auf wie ein Hund, der nie gequält wurde, aber auch nie gelobt und nie gestreichelt.

Elisabeth wurde in ihren verdreckten Holzschuhen groß, ohne dass je irgendwer sie irgendwie anfasste.

Bis sie vierzehn war, ging sie viermal pro Woche nach der Vesper zum Herrn Pfarrer in die Schule. Er unterrichtete Schreiben, Lesen und Rechnen, was sehr nützlich war, um auf dem Viehmarkt das Geld zu zählen, oder Eier, Cidrefässer, um den Eltern laut die Urkunden vom Notar vorzulesen oder das Mehl abzuwiegen.

Elisabeth war eine begabte Schülerin. Sie hatte hemmungslose Freude am Lesen, doch sie ging ihr nicht nach. Bücher schienen ihr für ihren Alltag als Bauernmädchen so sinnlos wie Parfümflakons. Ein Luxus, den man sich schon mangels Zeit gar nicht erlauben konnte.

Auf dem Stuhl in ihrem Zimmer lag immer ein Buch von Victor Hugo, das sie hütete wie ein Souvenir aus einem Urlaub.

Die Mitschüler suchten keine Freundschaft zu Elisabeth, die häufig stank, vor allem gegen Ende der Woche.

Sie war von Natur aus schüchtern, fürchtete sich vor dem Grinsen der anderen, sah ihnen nicht ins Gesicht. Elisabeth schlug ständig die Augen nieder und hob sie erst, wenn sie den Bauernhof betrat.

Elisabeth nannte Adrien »Vater«, Jeanne »Mutter« und Pierre und Louis »Bruderkes«.

Sie riefen sie immer »Lütte«.

Ihre Bruderkes erledigten die schwere Hofarbeit. Sie zogen um sechs Uhr mit dem Vater hinaus, kamen um zehn zum Kaffee mit Milch und Brot zum Stippen, dann gingen sie wieder bis fünf, einen Imbiss und einen Liter unterm Arm.

Sie interessierten sich nie für die Lütte, zu mager war sie, zu bleich, zu schweigsam, ein Schatten fast, und Tag und Nacht diese vergilbte Haube auf dem Kopf wie die alten Bäuerinnen.

Nie aber war sie ihnen eine Last. Im Gegenteil. Mit ihrer Zurückhaltung und ihrer Sanftheit brachte sie einen Hauch Wärme auf den ausgetretenen Erdboden des Hauses. Aufmerksam schenkte sie Suppe und Kaffee in die Schüsseln, wenn es kalt war, oder kühlen Cidre im drückenden Sommer.

Elisabeth war da, ohne da zu sein. Immer beschäftigt, immer hinter Jeanne wie ihr eigener Schatten.

Abends beim Essen hörte man die Fliegen summen, alle beugten sich über ihre Suppenlöffel, in Gedanken verloren. Schmerzende Muskeln, weher Rücken, Erde an den Händen, die Fingernägel schwarz, Hornhaut an den rot angelaufenen Füßen in den Ledertretern.

Im Winter saßen sie am Kamin, die Mauern wurden warm, sie sahen den Flammen beim Tanzen zu, bevor es ins Bett ging. Die Gesichter röteten sich.

Im Sommer blieben sie länger auf. Die Brüder angelten Frösche, während die Lütte im Hühnerhof blieb, mit spitzen Lippen die flaumigen Küken küsste, ihre hübschen schwarzen Augen musterte, die glänzten wie die winzigen Steinchen, die sie vom Flussgrund heraufholte.

Im Dunkel der Nacht, wenn alles schlief, hörte man außer den Ratten, die über den Heuboden trippelten, nur den rauen Atem derer, die nichts aus der Ruhe bringen kann.

Da war weder Trauer noch Zorn, niemals wurde geklagt unter den schweren Deckenbalken, die geschwärzt waren vom Vergehen der Zeit.

Freude gab es nur wenig.

Außerhalb von Taufen und Hochzeiten in der Nachbarschaft wurde nur selten gelacht. Geredet wurde über einen Alten, der gestorben war, einen Bauern, der seinen Hof vererbt hatte, ein Mäd-

Valérie Perrin

chen, das verlobt worden war, ein Zugpferd, das seine Zeit hinter sich gebracht hatte. Die einzigen Zukunftspläne waren die Kartoffelernte und das Ziehen der Ackerfurchen.

Niemals gab es Küsse. Ein beliebiges Stück Vieh war zärtlicher als ein Mitglied der Familie Occo.

Ein oder zwei Mal kam es vor, dass man Jeanne auf ihre Decke weinen hörte, wenn Adrien nach dem Essen loszog, um in der Nachbarschaft Butter zu stampfen. Doch nie beklagte sie sich bei irgendwem. Schließlich hatte der Doktor gesagt: Jeanne darf erst wieder bei ihrem Mann schlafen, wenn ihr Blut für immer versiegt ist.

Elisabeth mochte die einfachen Freuden. Die Holzschuhe ausziehen, mit angehobenem Rock die Füße in den Fluss stecken, noch warme Eier aufsammeln, sie in den Händen halten, Korn ausstreuen, die Finger in den Morgentau legen, Kirschen essen und Kerne weitspucken, Mistgeruch, Stroh im Stall, das Fell der warmen, duftenden Kühe, den Pelz der Kaninchen, ihr wild rasendes Herz in ihrer hohlen Hand.

Am liebsten war ihr die Gesellschaft der Tiere, die wiesen sie nie zurück.

Sonntagmorgens zog Elisabeth ihre Holzschuhe aus, schlüpfte in die Stiefel, bürstete sich die Fingernägel und begleitete Jeanne zur Messe.

Wenn sie zurückkam, füllte Jeanne eine Wanne mit warmem Seifenwasser, im Winter neben dem Kamin, im Sommer hinter dem Stall.

Die drei Männer hatten sich fernzuhalten, solange die Lütte im Bad war. Danach rieb sie sich mit Kölnisch Wasser ein und ging zurück an ihre Arbeit.

Ihre gesamte Kindheit über kam es Elisabeth so vor, als würde die Zeit nicht vergehen. Als bliebe der Winter starr wie ein totes Tier, als ginge er nie zu Ende.

Wie im Dezember die Nebelschwaden.

Die Sommer dagegen sah sie vorbeiziehen wie Sternschnuppen: Kaum war es warm und die Knospen erblüht, da machten sie sich schon davon wie Besucher, die es eilig haben, den großen Hof zu verlassen mit den pickenden Hühnern und den Putern auf dem Mist.

Dann fiel wieder der schwere, kalte Regen unendlich auf die müden Gesichter.

Pierre wurde als Erster verheiratet, mit einem Mädchen von einem Nachbarhof, einer Marthe, die wie Elisabeth beim Herrn Pfarrer lesen gelernt hatte. Ein großes, kantiges Mädchen mit flachsblonden Haaren. Ihre fleischigen Lippen entblößten beim Lachen lange gelbe Zähne. Marthe sah aus wie eine gutgelaunte Stute.

Wie schon sein Vater, heiratete Pierre ganz ohne Leidenschaft. Er ging in die Ehe mit Marthe, wie man ein gutes Geschäft abschließt, gesunder Menschenverstand, zwei Familien, die sich zusammentun, um die nahende Ernte zu meistern. Wie man den Stier mit der Färse vereint, weil das Kalb dann kräftig wird und einen guten Preis abgibt.

Zu Pierres und Marthes Hochzeit wurde im Hof ein langer Tisch aufgestellt. Den Misthaufen trugen sie ab. Jeanne ließ Spanferkel vom Markt in Pont-l'Evêque braten. Fässerweise floss der Cidre. Die Bauern aus der Region wurden eingeladen, und sie tanzten. Sogar Jeanne und Adrien legten einen linkischen Walzer hin. Elisabeth hatte sie noch nie Hand in Hand gesehen.

Im Oktober 1937 hielt die weite Welt Einzug auf dem Hof:

Adrien brachte ein Radiogerät.

Abends nach dem Abwasch sahen Jeanne und Elisabeth den Flammen beim Tanzen zu und hörten die Nachrichten.

Lange faszinierte es Elisabeth, dass Menschen es in einer so kleinen Kiste aushielten, ohne dass man ihnen je zu essen und zu trinken bringen musste.

Pierre lebte nicht mehr auf dem Hof, aber jeden Morgen traf er seinen Bruder und seinen Vater und ging mit ihnen auf die Felder.

Valérie Perrin

Ab dem Winter 1938 veränderte sich Adrien. Sein Gesicht wurde zerfurchter, er magerte ab und trank bei Tisch ein Glas Wein mehr. Viel geredet hatte er noch nie, aber jetzt verstummte er. Die Stimme der Menschen im Radio hatte sich überall breitgemacht. Stundenlang hörte Adrien ihnen zu. Und je aufmerksamer er ihnen zuhörte, desto ernster wurde er. Es drohte Krieg. Und wenn es Krieg gab, würde Adrien mit seinen Söhnen eingezogen. Was sollte dann aus dem Hof werden? Weder Jeanne noch die Lütte konnten die Felder bewirtschaften.

Was Adrien befürchtete, wurde wahr. Ab September 1939 wurden die Männer eingezogen, nach und nach verließen sie die Gegend. Jeanne weinte viel, weil ihre Söhne und ihr Mann weggingen. Aber selbst beim Abschied gab es keine Küsse. Unbeholfen fassten sie einander am Ellbogen, und nacheinander kniffen die Bruderkes der Lütten in die Wange.

Elisabeth weinte viel, weil das Vieh verkauft werden musste. Die Kühe wurden in Viehwagen verladen. Nur eine behielten sie, für die tägliche Milch, eine junge, die gerade gekalbt hatte.

Die Weiden leerten sich.

Es blieben nur das Federvieh und die Kaninchen. Die Felder lagen brach.

Sie pflanzten Kartoffeln, Topinambur, Karotten und Lauch hinter dem Stall. Ein Gemüsegarten, frauengerecht, damit sie ihre Suppe kochen konnten, bis die Männer zurück waren.

Der Heuboden über dem Stall wurde mit Säcken voller Mehl und Korn beladen, so konnten sie selbst Brot backen.

Viel wurde geredet, von Hitler, seinem Wahn, seiner Macht.

Adrien Occo kehrte 1941 endgültig heim. Louis war in Gefangenschaft, kam 1942 frei. Pierre kehrte nie zurück. Im Einvernehmen mit dem Vater heiratete Marthe Louis, den anderen Sohn, ohne langen Tisch und Walzer. Sie leisteten sich den Treueschwur, dann gingen sie heim an die Arbeit.

1943 wurde beschlossen, dass Elisabeth einen Bauernjungen aus

Beuzeville heiraten sollte. Entsetzt schrie Elisabeth auf, schwor, wenn sie nicht mehr alleine schlafen dürfe, werde sie sich in den Brunnen werfen.

Sie nahmen sie sehr ernst. Wenn die Lütte mit ihrem sanften, ruhigen Gemüt, das reglos war wie die Oberfläche eines Sees, derart die Nerven verlor, wurde sie sehr ernst genommen. Sie hatte Pierre und Marthe zusammen schlafen hören, stöhnen, Qualen leiden. Allzu oft hatte sie gesehen, wie der Stier die Färse bestieg und der Rammler die Zibbe begattete, mit hervortretenden Augen und roher Gewalt.

Elisabeth wollte sich nicht wehtun lassen. So verständigten sich der Vater und die Mutter darauf, dass die Lütte bei ihnen bleiben sollte.

1944 erhielten Adrien und Jeanne Occo einen Brief vom französischen Staat mit der Mitteilung, dass Pierre in Epinal begraben worden war.

Elisabeth begleitete sie zum Grab. Zum ersten Mal im Leben fuhr sie mit dem Zug.

In Paris mussten sie umsteigen.

Auf dieser Reise schlug Elisabeth nicht die Augen nieder. Sie beobachtete das Leben der Leute in den Bahnhöfen, durch die sie kamen. Die Zivilisten und die Soldaten. Es war Krieg, und trotzdem war da das Leben. Sie staunte, wenn sie sah, wie Grüppchen von Männern und Frauen redeten, lächelten, rannten, sich küssten. Die Eleganz der Damen verblüffte sie. Ihr einziges Vorbild war immer Jeanne gewesen. Und die hatte auf ihr Äußeres nie achtgegeben.

»Da hab ich Bess'res zu tun.«

Die Damen trugen taillierte Kleider, schöne Mäntel, hübsche Lackschuhe, schwarze Strümpfe, Lippenstift und Hut, ein Täschchen unter dem Arm. In einem Café an der Gare de l'Est sah Elisabeth sogar eine die Zeitung lesen.

In ihrem Bauernhof lebte Elisabeth in einem anderen Jahrhun-

Valérie Perrin

dert. Sie erlebte diese Fahrt wie eine Reise durch die Zeit. Bisher hatten ihr lediglich Bücher neue Horizonte eröffnet.

Als sie in Epinal am Grab ihres Bruderkes standen, Pierre Occo, Gefallen für Frankreich, vergoss Jeanne viele Tränen, und Adrien verkniff den Mund und ballte die Fäuste.

Zu Anfang verspürte Elisabeth denselben Kummer wie an den Tagen, wenn ein Tier geschlachtet wurde. Sie hatte Bauchweh und schlug mit geschlossenen Augen auf Strohballen ein. Doch dieser Kummer saß tiefer, wie eine Wunde, die nicht zuwächst, die nie verheilt.

Diese Nacht verbrachten sie alle drei in einem Gasthof, eng aneinander in einem Bett. Seit der Geburt von Pierre und Louis, dachte Jeanne, hatte sie nicht mehr neben ihrem Mann geschlafen.

Am nächsten Morgen fuhren sie zurück nach Pont-l'Evêque und kamen nie wieder nach Epinal.

Ein paar Monate vergingen. Zweimal zogen deutsche Truppen durch und beschlagnahmten Nahrung. Obst, Gemüse, Hühner und Kaninchen.

Beim zweiten Mal nahmen sie die Kuh mit, die Elisabeth *Blanchote* getauft hatte.

Adrien musste Elisabeth in ihrer Kammer einsperren, damit sie die Männer nicht schlug, als sie das Tier an einem Strick davonführten.

* * *

Er sagte drei Worte, die Elisabeth nicht verstand.

War er ein englischer, russischer, deutscher Deserteur? Der Bruderke hatte von der Landung der Amerikaner gesprochen, nicht weit von hier am Meer. Und von den Juden hatte er gesprochen, den Kommunisten, den Résistance-Kämpfern auch, die sich immer noch verstecken mussten.

War er Jude, Kommunist, Amerikaner?

Er konnte siebzehn, höchstens achtzehn Jahre alt sein. Sein Blick war der eines Tieres auf dem Weg zur Schlachtbank. Verstört, verängstigt, als spiegele sich schon die Finsternis im Blau seiner Augen. Ein Geruch nach Blut. Sein ganzes Wesen ein lautloser Schrei. Wie die Kaninchen in der Falle, wenn Adriens Hand auf sie niederfuhr.

Er trug ein fleckiges Unterhemd, und seine Augen beschworen sie, flehten sie an, nicht aufzuschreien, ihn nicht zu verraten. Elisabeth blieb lange so, stocksteif, oben an ihrer Leiter, die sie hinaufgeklettert war, um Jeanne einen Sack Mehl zu bringen. Seit jeher ließ sie unten ihre Holzschuhe stehen und kletterte barfuß hinauf. Er hatte sie nicht gehört, hatte keine Zeit gehabt, sich hinten auf den Boden zu ducken, wo das Licht nicht hinfiel. Er schlürfte gerade Eier aus, die er in der vergangenen Nacht stibitzt hatte. Wie sie einander so gegenüber waren, sie oben an der Leiter, er auf einem alten Butterfass sitzend, konnten weder Elisabeth noch er sich rühren. Sie waren wie aneinandergekettet.

Er war sehr bleich, knöchern fast, die Haut überzogen mit Dreck und Schweiß. Seit wann versteckte er sich? Zwei Tage? Eine Woche? Einen Monat? Länger vielleicht.

Niemand kam mehr hierher. Vor dem Krieg lagerten sie hier das Heu, aber seit es kein Vieh mehr gab, war dieser Teil des Stalls praktisch unbenutzt.

Was würden der Vater und die Mutter sagen, wenn sie es wüssten?

Erst jetzt schlug Elisabeth die Augen nieder, nahm sich einen Sack Mehl und kletterte eiligst nach unten.

Die Mutter fand, sie sehe merkwürdig aus, als wäre sie dem Teufel leibhaftig begegnet, aber sie achtete nicht weiter darauf. Seit die Lütte bei ihnen lebte, war sie immer mal launisch und sonderbar gewesen.

Valérie Perrin

Einen ganzen Tag lang ging Elisabeth nicht wieder in den Stall. Sie erzählte niemandem etwas.

Die ganze Nacht lag sie wach. Und wenn er gefährlich war? Und wenn ihr Schweigen sie und ihre Familie das Leben kostete?

Der Bruderke und Marthe hatten ihr erzählt, die Nachbarn Louise und Marcel Martin, die zwei Résistance-Kämpfer versteckt hatten, seien in ihrem Garten wegen Hochverrats hingerichtet worden.

»Abgeknallt wie Hunde, die Nase in ihren Rosenstöcken«, hatte Marthe geflüstert.

Seit Kriegsbeginn sprach man nicht mehr, man hauchte gerade noch die wenigen Worte, die zu sagen waren.

»Es könnte uns ja wer hören.«

Wer, fragte sich Elisabeth immer, *wer* könnte uns hören? Bis auf die Menschen im Radio, das Adrien versteckte, sobald er das Knallen der deutschen Stiefel hörte, sprach kaum einmal jemand unter ihrem Dach.

Am nächsten Morgen stieg sie wieder die Leiter hinauf, mit klopfendem Herzen.

Sie ließ den Blick schweifen, er war fort.

Dass er weg war, machte sie traurig und erleichtert zugleich.

Hinten an der Rückwand erahnte sie das Lager, das er sich aus einer Uniformjacke gerichtet hatte. Er hatte sie umgedreht und mit Stroh ausgestopft, ein halb offener Mehlsack hatte ihm als Kopfkissen gedient. Allmählich gewöhnten sich ihre Augen an die Dunkelheit. Sie sah Essensreste auf dem blanken Fußboden, Apfelkerne, leere Eierschalen, Karottengrün. In einem Napf stand etwas Wasser. Er hatte Erdbeeren gesammelt und vergessen, bestimmt welche von unten am Bach. Wahrscheinlich war er nachts dort gewesen. Ein paar Meter weiter hatte er in einem alten Fass eine notdürftige Latrine gebaut, den offenen Boden mit einem Holzbrett bedeckt. Ärgerlich surrten Fliegen herum.

Dann war er also lange geblieben, so nah bei ihnen, ohne dass jemand etwas ahnte.

Als sie sich umdrehte, um hinunterzusteigen zu Jeanne in den Hühnerhof, stand der junge Mann aufrecht hinter ihr. Sie öffnete den Mund zu einem Schrei, aber kein Laut kam heraus. Er war viel größer als sie. Gestern hatte sie ihn im Sitzen gesehen. Stehend überragte er sie mindestens um zwei oder drei Köpfe. In der rechten Hand hielt er ein Messer, dessen Spitze auf sie gerichtet war. Er hatte sie beim Spionieren beobachtet. Er war nicht fort. Er war da, in eine Ecke verzogen, versteckt hinter einem der schweren Balken wie ein lauerndes Tier.

Er warf ihr das Messer vor die Füße. Er hatte seine klobigen Militärstiefel aufgeschnürt. Wieder sagte er ein paar unverständliche Wörter, wie um sie zu beruhigen. Im Klang seiner Stimme hörte sie eine Mischung aus Angst und Schmerz. Der junge Mann war noch blasser als gestern, seine blauen Augen schwarz umringt. Er sah krank aus, fiebrig. Ohne nachzudenken, berührte Elisabeth seine glühende Stirn. Der junge Mann ließ sie gewähren, plumpste dann erschöpft auf seine Jacke. Sie blieb stehen, erahnte ihn da im Halbdunkel, wie ihn lautloses Schluchzen schüttelte.

Eilig stieg sie in den Hof zurück, vergewisserte sich, dass keiner sie sah, und stibitzte ein Stück Brot vom Tisch, dazu Weintrauben und einen alten Rest Steckrüben. Aus dem Keller holte sie eine Flasche Cidre, die der Vater zu Hunderten hinter Holzlatten versteckte.

Als sie zu dem jungen Mann zurückkam, schien er zu schlafen. Oder vielleicht war er ja tot. Sie kauerte sich neben ihn hin, er roch nach altem Schweiß. Nicht wie der Vater oder die Bruderkes, wenn sie vom Feld heimkamen. Sondern wie die kranken oder verschreckten Tiere, wenn sie den Tod schon erahnten.

Er hatte lange Hände. Nicht wie die Bauern, zerfressen von Jahren der Feldarbeit. Seine Finger waren weiß wie winterlicher Schnee. Reichenfinger, hätte Marthe gesagt.

Valérie Perrin

Sie berührte ihn am Arm, er fuhr hoch. Vor Schreck fiel sie rückwärts auf den Po. Sie musste lachen, ein nervöses Lachen, das sie an sich im Leben nicht kannte. Verdutzt musterte sie der junge Mann. Sie reichte ihm das Essen, er schlang es hinunter. Die Flasche Cidre trank er fast in einem Zug. Dann schlief er ein. Elisabeth blieb bei ihm, lauschte auf seinen Atem. Sie beobachtete ihn, wie sie als Kind die Küken beobachtete. Sie dachte an ihren Bruderke in seinem Grab in Epinal, der nie wieder atmen würde.

Sie hörte Jeanne vom Gemüsegarten her nach ihr rufen. Eilig stieg sie hinunter.

Sie kam jeden Tag wieder.

Anfangs pflegte Elisabeth den jungen Soldaten. Er hatte sich eine zähe Grippe geholt. Sie ließ ihn Aufgüsse aus Thymian und Pfefferminz trinken und legte ihm Krautwickel auf die Brust. Zweimal setzte sie ihm Schröpfköpfe auf den Rücken.

Außer Tiere hatte Elisabeth noch nie Kranke gepflegt.

Noch nie hatte sie ihre Hände auf die Haut eines Mannes gelegt.

Ein oder zwei Mal am Tag stieg sie die Leiter hinauf, um ihm zu essen zu bringen, was sie finden konnte. Manchmal verzichtete sie auf ihre eigene Mahlzeit. Sie stibitzte ihr eigenes Essen, hauptsächlich Kohl und Kartoffeln, um ihm etwas zu bringen. Fleisch gab es nur einmal im Monat, wenn die Mutter ein Kaninchen oder ein Huhn erlegte.

Wenn der junge Mann sie oben an der Leiter sah, trat er heran, den Blick voller Dankbarkeit, die Augen feucht. Es erinnerte Elisabeth an den Morgentau.

Sie brachte ihm auch ein Stück Seife und saubere Hemden, die sie im Zimmer des toten Bruderkes klaute. Nicht die beiden ganz oben vom Stapel. Sondern die abgetragenen von ganz unten, damit Jeanne nichts merkte.

Der junge Soldat war viel größer als Pierre, seine Unterarme sahen aus den Ärmeln, aber so konnte Elisabeth seine schmutzigen

Sachen waschen. Zum ersten Mal machte sie gerne die Wäsche. Draußen in der Sonne konnte sie das Unterhemd und die Hose nicht trocknen. Sie rollte sie unter ihrem Rock zusammen und breitete sie auf dem Stuhl und dem Bett in ihrer Kammer aus. Die Kleider belegten den ganzen Platz. Sie schlief auf einer Seite des Bettes, als hätte der junge Mann neben ihr gelegen. Diese Nähe gefiel ihr.

Sie musste sich schlau anstellen, damit der Vater und die Mutter nichts merkten. Sie musste die Stunden abwarten, in denen sie allein auf dem Hof war. Lieber sah sie ihn einen Tag nicht, als dass sie das geringste Risiko einging.

Vor dem Krieg hatte sie das schon mit einem Lieblingsschaf gemacht, das geschlachtet werden sollte. Mehrere Monate lang hatte sie es versteckt, während der Vater schimpfte:

»Wo ist nur dieses verteufelte Tier hin.«

Mehrmals ging Jeanne nicht aus dem Haus. Dann stieg Elisabeth nicht die Leiter hinauf. Aber sie hatte Mühe, ihre Tränen und ihre Wut in Zaum zu halten.

Das Schwierigste war, sich nicht zu verändern. Sich nicht die Haare zurechtzumachen, sich nicht in die Wangen zu kneifen, um gesund auszusehen, sich nicht unter der Woche die Nägel zu schrubben, nicht Marthe den Lippenstift zu klauen. Nicht den Damen an den Pariser Bahnhöfen ähneln zu wollen, die so elegant über die Bahnsteige flanierten.

Nicht ihr Buch von Victor Hugo außerhalb ihrer Kammer herumliegen zu lassen. Der junge Mann hatte wieder ihre Lust geweckt, sich Zeit zum Lesen zu nehmen.

Eines Morgens, als sie mit Jeanne in Pont-l'Evêque war, sah sie ein hübsches weißes Kleid in der Auslage einer Schneiderei. Wie hypnotisiert blieb sie stehen.

Erstaunt über so viel Interesse fragte Jeanne: »Willste das Kleid wohl haben?«

Elisabeth spürte, wie eine unsägliche Freude in ihr aufstieg, doch

Valérie Perrin

dann witterte sie die Gefahr und nahm sich zusammen. Sie zuckte die Schultern und erwiderte, was sie auch immer von Jeanne zu hören bekam: »Da hab ich Bess'res zu tun.«

Indem sie ihren jungen Mann beschützte, setzte sie ihr Leben aufs Spiel, aber wenigstens war endlich etwas los. Als sie ihn zum ersten Mal sah, war ihr, als würde sie neu geboren. Als erblickte sie das Licht der Welt. Und ob es nun warm war oder kalt, ob es regnete oder die Sonne schien, war ihr jetzt ganz egal. Denn die Zeit begann zu laufen.

Tag für Tag machte der Vater jetzt den Mund auf und wiederholte den immer selben Satz: »Bald is' Schluss mit diesem verfluchten Krieg.«

Nachts, das wusste Elisabeth, ging der junge Soldat zum Fluss, um sich zu waschen. Nie begleitete sie ihn. Aber sie hatte Angst um ihn. Angst, er könnte dem Feind begegnen.

Wer war sein Feind? Sie wusste es nicht. Sie wusste nicht, woher er kam, aus welchem Land er stammte. Aus welcher Armee er desertiert war.

Abend für Abend betete sie, er möge am Leben bleiben und morgen noch da sein.

Eines Morgens im Oktober 1944 brachte sie ihm eine Weltkarte hinauf, die sie aus einem Schulbuch gerissen hatte.

Sie wollte wissen, woher der junge Mann kam.

Sie zeigte mit dem Finger auf verschiedene Länder, die er mit seinen verschreckten blauen Augen musterte. Dann schüttelte er unmerklich den Kopf. Er wollte es ihr nicht zeigen. Sie hakte nicht nach. Er hatte Angst. Vor wem? Hatte er getötet? Alle Männer töteten im Krieg. Wurde er gesucht?

Elisabeth fragte ihn Tag für Tag, er sah sie an, verstand nicht das winzigste Wort von dem, was sie erzählte.

Manchmal sprach er mit ihr, sagte lange Sätze in seiner Sprache, als würde er Gedichte vortragen.

Seit dem jungen Mann war es wie bei einem Geburtsmal, das nach und nach verblasst: Elisabeth schlug nicht mehr die Augen nieder.

Eines Tages hatte Elisabeth eine Idee. Sie ging zum Herrn Pfarrer und bat ihn um Papier. Sie erinnerte sich, dass er Unmengen von Schreibheften besaß. Der Pfarrer fragte nicht nach, schenkte ihr zehn weiße Bögen und fünf Bleistiftstummel. Als er sie die Bücher im Regal bestaunen sah wie ein Kind die Auslage beim Konditor, lieh er ihr zwei. Sie schaffte ihre Beute heim, und vor Ungeduld riskierte sie es, die Leiter hinaufzusteigen, obwohl der Vater und die Mutter zurück waren. Der junge Soldat wunderte sich, sie mitten am Nachmittag auftauchen zu sehen.

Als Elisabeth ihm die Stifte und das Papier reichte, lächelte er wie ein Kind. Sie hatte erahnt, dass seine schönen Hände die eines Künstlers waren. In wenigen Strichen zeichnete er sich selbst und schrieb darunter: Lucas.

Sie stieg wieder hinunter, als Besitzerin eines unermesslichen Schatzes, seines Vornamens.

Dann zeichnete Lucas ein Porträt von seinen Eltern und seinem kleinen Bruder, einem blonden Zehnjährigen. Ihre Namen schrieb er nicht. Unter die Porträts kritzelte er die drei Wörter, die sie ihm wieder und wieder vorgesagt hatte: »Fata«, »Mutta«, »Brudake«.

Das Gesicht seiner Mutter war schön, ihre Züge anmutig. Das seines Vaters war strenger, aber nicht weniger fein. Doch Lucas und sein Bruder ähnelten ihrer Mutter. Elisabeth fand, Lucas' Eltern waren wie die schönen Menschen, die sie auf dem Weg nach Epinal durchs Zugfenster gesehen hatte.

Lucas zeichnete das Haus, in dem er vor dem Krieg gewohnt hatte, die Bäume und die Blumen rundherum. Ein großes Haus mit steinernen Mauern, überall Fenster, ein riesiges Dach. Eines dieser Häuser, die sich hinter schweren Geheimtüren verbargen, wie es in den Straßen von Pont-l'Evêque nur ganz wenige gab. Elisabeth

Valérie Perrin

hatte richtig vermutet, Lucas schien aus einer Adelsfamilie zu stammen. Er hatte das Gesicht dieser Knaben aus gutem Hause, die sie in Trouville am Strand gesehen hatte, das eine Mal, als sie zum Baden dort war.

Am 8. Mai 1945 wurde das Kriegsende verkündet.

In den Straßen von Pont-l'Evêque feierten sie die Befreiung.

Elisabeth blieb lieber auf dem Hof. Sie hatte keine Lust, das Ende eines Krieges zu betanzen, der den verfrühten Tod ihres Bruderkes und ihrer Tiere verschuldet hatte. Obwohl er ihr auch ein Leben geschenkt hatte, Lucas.

Das also war der Krieg, er nahm, und er gab.

Elisabeth schürzte Kopfschmerzen vor und kletterte zu Lucas die Leiter hinauf.

Mit gebrochenem Herzen erklärte sie ihm, der Krieg sei zu Ende. Sie zeichnete ein durchgestrichenes Gewehr.

Der junge Mann weinte vor Freude und Kummer zugleich.

Doch er ging nicht fort. Morgen für Morgen erwartete sie sein Lächeln.

Elisabeth brachte ihm weiter sein Essen aus den stibitzten Kleinigkeiten.

Sie ging wieder zum Herrn Pfarrer, der ihr weißes Papier gab und neue Bücher.

Lucas verbrachte lange Wochen mit dem Zeichnen neuer Gesichter und neuer Landschaften.

Im Juli 1945 waren Vater und Mutter zwei Tage fort, um Vieh zu kaufen. Der Vater wollte wieder Milchkühe, einen schönen Stier und zwei Zugpferde. Die Viehhändler gaben Kredit. Alles war herzurichten und einzusäen.

Der Bruderke und Marthe sollten sie begleiten. Elisabeth blieb da, um sich um den Hühnerhof zu kümmern.

Zum ersten Mal lud Elisabeth Lucas ein, das Haus zu betreten. Sie wärmte ihm einen Rest Huhn auf, das Jeanne in Karotten gedünstet hatte.

Er genoss es, ein Lächeln im Gesicht. Nach dem Essen schenkte Elisabeth ihm zwei Zeichnungen, die sie ungeschickt gekritzelt hatte. Sie erschütterten ihn.

* * *

In ihrem Gepäck am nächsten Morgen hatte Elisabeth die Zeichnungen des jungen Soldaten und ihre Taufkette. Der Vater hatte ihr ein wenig Geld gegeben, das sie in eine Börse legte.

In Pont-l'Evêque nahm sie einen Zug nach Paris.

Dort ließ sie sich ein paar Monate lang als Zimmermädchen anstellen, bis sie sich orientiert hatte: sich regelmäßig Haut und Haare waschen, die Unterröcke ablegen, eng geschnittene Kleider tragen, gut die Zähne putzen, mit Metro und Bus durch die Hauptstadt fahren.

Dann arbeitete sie, wie sie es sich ausgedacht hatte, für einen Tierarzt, dessen Assistentin sie wurde: Grundbehandlung, Reinigung und Pflege der Käfige – und des ärztlichen Materials. Keine Geburt, keine tierischen Ausflüsse widerten sie an.

Ab 1955 beaufsichtigte sie allein die Operationen, die Genesung der Tiere und den Medikamentenschrank.

Neben ihrer Arbeit und ihrer Lektüre nahm Elisabeth zweimal pro Woche an Abendkursen teil, weil sie möglichst viel über Literatur lernen wollte.

Oft nahm sie den Zug nach Pont-l'Evêque. Von der Gare Saint-Lazare aus ging das ohne Umsteigen. Sie übernachtete nicht auf dem Hof. Sie kam sonntagmittags, um mit Vater und Mutter zu Mittag zu essen. Der Bruderke, Marthe und ihre beiden Jungen kamen häufig dazu. In den ersten Jahren musterten sie sie von der Seite, als hätte die Stadt ihre Lütte verschluckt und eine Dame wieder ausgespuckt.

Noch immer wurde bei Tisch wenig geredet, nur dass die Feldarbeit immer stärker mechanisiert wurde.

Valérie Perrin

Bei jedem Besuch zog Elisabeth die Schuhe aus und stieg oben an die Leiter, als würde der junge Soldat dort auf sie warten.

Sie küsste Vater und Mutter nicht, wenn sie abreiste, dabei hätten sie sich zu sehr geniert.

Auf dem Bahnsteig fassten sie sich am Ellbogen und flüsterten: »Wann kommst du wieder?«

1960 verließ Elisabeth den Tierarzt und arbeitete in der Nähe ihrer Wohnung in einer Buchhandlung in der Rue des Abbesses. Eines Tages, als sie dort ein Buch kaufte, hatte der Buchhändler sie gefragt, ob sie nicht Arbeit suchte. Sie war in seinen Augen die ideale Angestellte: diskret, beredt und literaturbegeistert. Außerdem war sie seine beste Kundin, aber *sei's drum*.

Die Jahre vergingen, Elisabeth heiratete nicht. Ein paar Männer umwarben sie, aber vergeblich.

Von Montag bis Samstag arbeitete sie in der Buchhandlung. Sonntags, wenn sie nicht zu ihren Eltern nach Pont-l'Evêque fuhr, ging sie an den Champs-Elysées ins Kino. Besonders mochte sie Filme, die im Krieg spielten. Wenn sie aus dem dunklen Saal trat, leistete sie sich manchmal ein Kleid oder ein Paar Schuhe, um sich weiterhin wie die Frauen zu verkleiden, die sie aus dem Zug gesehen hatte.

Hin und wieder holte sie Lucas' Zeichnungen hervor. Dann schloss sie die Augen und roch den Geruch seiner Haut, den Geruch seiner Hemden gegen Ende des Krieges, als er fast keine Angst mehr hatte.

Im März 1972 brachte der Lieferant einen Karton mit den Neuheiten des Monats. Mechanisch schnitt sie mit einem Cutter das Klebeband auf. Sie besah die Titel, las zerstreut die Umschlagtexte, ordnete sie nach Autoren. Beim letzten Buch vom Boden des Kartons erschrak sie, als sie die Zeichnung auf dem Umschlag erkannte. Das Buch hieß *Oben an der Leiter*, der Autor Lucas Schneider.

Diese Zeichnung hatte sie siebenundzwanzig Jahre zuvor gekritzelt, an dem Tag im Juli 1945, als Lucas zum ersten und letzten Mal das Haus betreten hatte.

Noch lange kniete sie hinten im Laden vor dem großen Karton, als würde sie beten.

Am Tag vor ihrer Abreise nach Paris hatte sie sich von hinten gemalt, wie sie, einen Koffer in der Hand, den Bauernhof verließ. Vor sich hatte sie Bahngleise gezeichnet und an ihr Ende geschrieben: Paris.

Lucas hatte diese Zeichnung verwendet, um seinen Roman zu illustrieren, und genannt hatte er ihn *Oben an der Leiter*. Es konnte nichts anderes sein als ihre Geschichte.

Elisabeth erinnerte sich, dass sie am selben Tag auf einem anderen Blatt Lucas von hinten gemalt hatte, wie er, einen Koffer in der Hand, den Bauernhof verließ. Vor ihn hatte sie Bahngleise gezeichnet und an ihr Ende geschrieben: Deutschland.

Lucas hatte die beiden Zeichnungen lange reglos betrachtet. Er hatte verstanden, dass Elisabeth, indem sie den Hof verließ, ihn zurück in sein Land schickte.

Dann hatte sie ihm ein paar Sachen des Vaters gegeben. Er war größer und kräftiger als die Bruderkes, die schwarze Cordhose und der graue Pullover passten Lucas.

Elisabeth hatte gedacht, dass in diesen Kleidern der Vater der Vater war, Lucas dagegen ein Mann. Der einzige Mann, den sie geliebt hatte, der einzige Mann, den sie je lieben würde.

Elisabeth drückte das Buch an die Brust, stand auf, schlüpfte in ihren Mantel und verließ die Buchhandlung. Während sie vor sich auf den Bürgersteig sah, fiel ihr ein, dass sie bis Lucas immer die Augen niedergeschlagen hatte.

Sie betrat ein Café und bestellte ein Glas Cidre. Als sie las »Für Elisabeth, die Bauerntochter«, tropften dicke Tränen auf die Seite.

* * *

Valérie Perrin

Lucas Schneider war nach der amerikanischen Landung an der normannischen Küste in Ouistreham gefangen genommen worden. Ein paar Wochen hatte er in einem Kriegsgefangenenlager verbracht, dann hatte er eines Nachts gesehen, dass hinter einer Baracke der Stacheldraht aufgeschnitten war. Er war durch das klaffende Loch geklettert und losgelaufen, so schnell er konnte, und dabei hoffte er von ganzem Herzen, sie würden ihm in den Rücken schießen. Doch keine Kugel hatte gepfiffen. Da war er weitergelaufen, hatte ein paar Kilometer weiter ein Fahrrad geklaut und war bis zum frühen Morgen am Meer entlanggefahren. In Villers-sur-Mer hatte er sich in den Straßengraben gelegt und war auf dem feuchten Boden eingeschlafen. Geweckt vom Schrei der Möwen, hatte er bis zum nächsten Abend gewartet, um wieder auf sein Fahrrad zu steigen. Er hatte sich von Beeren ernährt, hatte die Küste verlassen, war ins Landesinnere gefahren. Ein Platten mitten in der Nacht, weiter zu Fuß, quer durch die Felder, bis er im Morgengrauen auf einem Bauernhof stand. Dort hatte er Eier gestohlen, zwei Karotten ausgegraben, alles hinuntergeschlungen und sich in einen Stall geflüchtet. Am nächsten Tag hatte er die Stimme einer jungen Frau gehört. Stunden waren vergangen. Niemand war auf den Heuboden gestiegen, auf dem er sich versteckte. Nachts, vom Hunger getrieben, schlich er sich hinaus, um ein bisschen Gemüse zu stibitzen und ein Ei. Von Tag zu Tag spürte er, wie er weniger wurde, seine zitternden Glieder versteiften vom Fieber. Immer tiefer versank er im Fieberwahn, erlebte neu die Gräuel seines Krieges. Seine Rekrutierung für die Hitlerjugend, die körperliche Ertüchtigung, die allzu kräftigen Muskeln unter den Sportanzügen, die Abhärtung, der Abschied von seinen Eltern, die diese Entscheidung nicht nachvollziehen konnten, sein Bruder, der in blankem Schrecken aus dem Haus geflohen war, um ihn nicht umarmen zu müssen. Er hatte auf seine Familie herabgesehen mit der Verachtung für die Verräter, weil sie nie an den Führer geglaubt hatten. Uniform, Waffen, der

Schreck im Blick der Passanten, wenn er vorbeikam. Der Wahn der Worte und des Glaubens, sie bauten die beste der Welten, wo doch die schlimmste sich schon abzeichnete. Der Gestank der Haufen von Toten, die verschissenen Hosen, die Pisse unter den Mädchenröcken, Leben zum Abschlachten, Lachen in den Stimmen der Soldaten, wo er nur noch Tränen hörte. Falschen Lebensraum erobern, der einzige Gewinn ein Nichts, kein Sieg im Staub, nur Sand in den Augen, Menschenfleisch als einziger Ausblick. Desillusion, Verzweiflung, Einsamkeit. Ein kümmerliches Mäntelchen auf den ermatteten Schultern des arischen Helden. Zu spät, die Seinen um Verzeihung zu bitten. Zu spät, um zuzugeben, dass er sich im Ideal getäuscht hatte. Nie wieder würde er nach Hause gehen nach diesen Jahren, die alles niedergemetzelt hatten. Er war aus seiner Truppe desertiert, nachdem er in einem Küchenschrank zwei erstickte Kinder gefunden hatte, als sein Regiment in einem Dorf nahe Cherbourg Lebensmittel beschlagnahmte.

Zwei Tote zu viel den Fliegen zum Fraß. Als er sie sah, entfuhr ihm das Wort: *Mama*.

Er hatte seine Waffe auf ein Waschbecken gelegt und die anderen Soldaten wortlos stehen lassen. Ein paar Wochen danach war er von den Marines verhaftet worden, während er abgemagert durch einen Wald irrte. Als er hinter der Baracke des Kriegsgefangenenlagers den aufgeschnittenen Stacheldraht gesehen hatte, hatte er an eine Falle der »Alliierten« gedacht, um Deutsche zu killen. Darin hatte er seine einzige Chance gesehen. Eine Kugel in den Rücken. Gefallen für Deutschland. Seine Eltern würden ein offizielles Schreiben erhalten. Sie würden ihren ältesten Sohn beweinen, zum Glück blieb ihnen ein Kind zum Beschützen, sein Bruder, der zu klein war für den Krieg, welch ein Glück, in dieser verfluchten Geschichte spät genug geboren zu sein.

Er war zwanzig und hatte keine Zukunft mehr. Kein bisschen Zukunft. Er hatte beschlossen, Schluss zu machen, zu sterben inmitten der Ratten und der Mehlsäcke im Arsch der Welt, die er erträumt hatte.

Die Augen des Mädchens hatten sich an seine geheftet. Blaue Augen mit einem Stich ins Grüne. Die Farbe der Hoffnung. Das erste Mal, dass jemand keine Angst vor ihm hatte, seit seiner Zeit bei der HJ … der Jugend. Ranziges Alter eher, das unter der Pomade ihrer Haare nach Verwesung stank.

Das erste Mal, dass er sich als Mensch betrachtet fühlte. Oben an der Leiter stand das Mädchen, rührte sich nicht, schaute ihn an. In seiner Muttersprache hatte er geflüstert: »Ich flehe Sie an, sagen Sie nichts«, da war sie verschwunden. Im Fieber hatte er sich gefragt, ob es sie wirklich gegeben hatte. Ob er nicht jemanden erfunden hatte, der ihn wie einen Menschen betrachtete und nicht wie ein Ungeheuer. Eine Stunde nur, kurz vor dem Verrecken, ein Junge werden, der das Herz eines Mädchens kapert.

Eine letzte künstliche Erinnerung erfinden.

Sie war wieder gekommen. Sie hatte vor ihm gelacht. Noch nie hatte er ein Mädchen lachen sehen. Oder er hatte es vergessen.

Sie hatte ihn versorgt, mit ihm Französisch geredet. Er hatte so getan, als verstünde er nicht. ›Halten Sie still; nur keine Angst; drehen Sie sich um; da, für Sie; essen Sie; trinken Sie.‹

Die Leute, die anderen nie etwas vergeben, verlangen, dass man ihnen alles vergibt.

Dieser Satz von Jean-Jacques Rousseau, den seine Mutter auf Französisch zitierte, kam ihm wieder und wieder in den Kopf, wenn das Mädchen mit den rauen Händen ihm Tag für Tag ein bisschen Menschlichkeit oben an die Leiter brachte.

Er hatte vorgegeben, ein anderer zu sein. Einer, der nicht sich selbst umgebracht hatte und dann Unschuldige. Einer, der an niemanden geglaubt hatte außer an sich selbst.

Sie hatte ihm die Hemden des Bruders geliehen. In den Hemden dieses Toten hatte er wieder gelernt, was Behaglichkeit war, dieses vergessene Etwas in all der Grausamkeit, das Behagen, hin und wieder zu lächeln.

Manchmal stellte sie ihm auf Französisch Fragen.

»Woher kommen Sie? Vor wem haben Sie Angst? Werden Sie gesucht?«

Eines Tage hatte sie eine Weltkarte mitgebracht, er sollte ihr zeigen, woher er kam. Sie wollte sein Heimatland kennen. Also wusste sie nicht, dass er die Verkörperung des Bösen war, der Feind.

Das Mädchen hatte sich seiner panischen Verweigerung gefügt.

Bestimmt wäre sie böse auf ihn, würde nie mehr heraufkommen.

Doch am nächsten Tag stand sie wieder oben an der Leiter, mit Stiften und Papier. Er hatte für Elisabeth seinen Vater gezeichnet, seine Mutter, seinen Bruder. So nämlich hieß sie, Elisabeth. In Wirklichkeit hatte er ihre Gesichter völlig vergessen. Er musste sie erfinden, um ihr eine Freude zu machen. Die Gesichtszüge seiner eigenen Mutter erfinden. Elend hatte er sich gefühlt. Die Indoktrinierung hatte die Erinnerung an seine Familie völlig ausgelöscht. Sein Gedächtnis, verbrannt wie die Bücher, die seine Partei 1933 in Flammen hatte aufgehen lassen.

Als sie heraufgekommen war, um ihm zu sagen, dass der Krieg zu Ende war, hatte er so getan, als verstünde er nicht. Gelächelt hatte er, um nicht zu weinen. Er wollte einfach nicht hören. Er wollte seine Tage hier oben an der Leiter beenden. Sich von Resten ernähren, falsche Erinnerungen zeichnen, sie zweimal am Tag sehen. Sie war weder hübsch noch kokett. Sie stand jenseits der Zeit. Aber sie zu sehen war seine einzige Sonne geworden. Sobald sie oben an der Leiter stand, wurde es hell. Sobald sie wieder hinunterstieg, kehrte die Dunkelheit wieder.

Elisabeth war die Gegenwart, während weder die Vergangenheit noch die Zukunft ihn interessierten.

Damit er verstand, dass der Krieg zu Ende war, hatte sie ihm schließlich ein durchgestrichenes Gewehr gemalt. Da hatte er sei-

Valérie Perrin

ne Tränen nicht länger zurückhalten können. Wortlos hatte sie seine Hand genommen. Als wartete sie, dass sein Kummer verging.

Vom Kriegsende an war es jedes Mal, wenn Elisabeth ihn oben an der Leiter brav auf sie warten sah, als wunderte sie sich, dass er nicht fort war, dass er noch da war und wartete.

Eines Tages im Juli 1945 war sie heraufgestiegen und hatte ihn geholt. Sie hatte ihn bei der Hand genommen und hatte ihn ins Haus hineingeführt. Ihre Familie war für zwei Tage fort.

Sie hatten gemeinsam gegessen, eine richtige warme Mahlzeit auf Tellern. Sie hatte ihm ihre Kammer gezeigt, ihr kleines Bett, wie das eines Kindes. Sie hatte ihm erzählt, dass sie mit drei Jahren hier aufgenommen worden war. Wie gewöhnlich hatte Lucas so getan, als verstünde er nicht.

Elisabeth hatte eine Tasche mit ihren Sachen auf das Bett gestellt. Dann hatte sie sich gezeichnet, wie sie den Hof verließ, um nach Paris zu gehen, und er nach Deutschland.

Also kannte sie sein Geheimnis und hatte ihn nicht verraten, als alles nach Vergeltung schrie. In der Stunde, als es ans Bezahlen ging.

Sie hatte ihm ihr Fahrrad gegeben, ein paar Francs, eine Hose und einen Pullover vom Vater.

Er war im Morgengrauen gegangen. Ganz kurz vor ihr. Er hatte sie in den Arm geschlossen und ihr auf Französisch gesagt:

»Danke, Elisabeth, ich werde dich nie vergessen.«

In Nachtzügen war er bis Straßburg gefahren. Dann zu Fuß bis Stuttgart, den Grenzposten war er ausgewichen. Bis 1953 hatte er in einer Druckerei gearbeitet.

Ab 1954 wurde er Bauer. Vielleicht im Gedächtnis an Elisabeth. Er züchtete Hühner für die Eier, pflanzte Gemüse und Obstbäume. Seine Eltern sah er nie wieder, auch nicht seinen Bruder.

Im Roman hatte Lucas ihre Vornamen beibehalten.

Seit Februar 1945 hatte sie gewusst, dass er Deutscher war, nämlich seit sie unten am Fluss seine Armbinde gefunden hatte, das zerfetzte Hakenkreuz. Sie hatte begriffen, dass es seine war. Genau an der Stelle, wo er sich nachts wusch, nahe den dicken, moosbewachsenen Steinen.

Eine Zeit lang hatte sie daran gedacht, sein Essen zu vergiften, wegen dem Bruderke und der Kuh *Blanchote*. Aber man denunziert und ermordet nicht den, der einem die Augen hebt, egal, woher er kommt.

Lucas war der Mann, den sie liebte, sie musste ihm bis ans Ende helfen. Sie hatte beschlossen, den Hof zu verlassen, damit er nach Hause ging. Er konnte nicht länger hierbleiben.

Sie hatte Lucas gesagt, dass sie sich durch ihn verändert hatte, dass sie sich nicht mehr erlaubte zu wollen, was sie nicht wollte.

Schließlich hatte sie ihn gebeten, ihr beizubringen, wie man miteinander schlief. Sie musste das wissen, bevor sie nach Paris ging. Sie hatte immer Angst davor gehabt, aber mit ihm, spürte sie, würde es nicht wehtun.

Lucas erzählte die Liebe mit ihr. Und dass er niemals Elisabeths Haut vergessen werde, ihren Geruch, ihre Unbeholfenheit, ihre Lust, ihre Gutmütigkeit und ihre Sanftheit. Nie wieder, schrieb er, habe er so viel Leidenschaft in den Armen gehalten. Schließlich waren es Kriegszeiten, da hatte man nichts zu verlieren und alles zu lieben.

* * *

Elisabeth erinnerte sich an Lucas' Körper wie an ein auswendig gelerntes Gedicht. Seine Hände auf ihrer Haut. Seit ihrer Geburt hatte außer Wasser, Wind und Kleidern niemand sie berührt. Ein einziges Mal, als sie zehn Jahre alt war, waren Vater und Mutter mit ihr und ihren Bruderkes nach Trouville ans Meer gefahren. Es war sehr heiß, der glühende Sand hatte ihr an den nackten Sohlen gebrannt. Mit allen Kleidern war sie ins Wasser gestiegen. Nie hatte

Valérie Perrin

sie das Gefühl der kühlen Wellen auf dem Stoff ihres Kleides vergessen. Sie hatte die Augen geschlossen und war untergetaucht. Sie hatte das dumpfe Grollen vom Bauch des Meeres gehört. Als Lucas in sie eindrang, hatte sie an ihr einziges Bad im Meer gedacht. Mit ihm hatte sie den Geschmack von Salz und Sonne wiederentdeckt, als würde ihr eigener unermesslicher Körper ganz allein das weite Meer umschließen. Während der Liebe mit einem anderen. Sie hatte eine neue Reise entdeckt, die nicht in den Büchern steckte und nicht in den Zügen. Sie hatte sich von den Wellen forttragen lassen, als würden ihre Körper vom Meer in den Himmel aufsteigen, ein Ball aus Licht, mit dem die beiden Elemente Haschen spielten.

Elisabeth schloss *Oben an der Leiter* und lief eilig nach Hause. Sie legte das Buch in die Schublade ihres Nachttisches und nahm drei Zeichnungen von Lucas heraus – die von seinem Vater, seiner Mutter und seinem Bruder. Sie schob sie in einen großen Umschlag mit dem Aufdruck der Buchhandlung Abbesses. Dann rannte sie zu dem Pariser Verlagshaus, bei dem der kostbare Titel erschienen war. Vor Ort schrieb sie mit schwarzem Filzstift Lucas Schneider darauf, achtete gut darauf, keinen Fehler zu machen, und gab den Umschlag am Schalter ab mit der Bitte, ihn dem Autor nach Deutschland zu überstellen.

Nach kurzem Schweigen ließ eine Rezeptionistin Elisabeth wissen, Lucas Schneider sei ein Pseudonym. Der Autor des Romans *Oben an der Leiter* sei Franzose.

Am 2. Januar 1973 betrat Olivier Dupontel, Architekt, geboren 1927 in den Vogesen, die Buchhandlung Abbesses in Paris. Hinter der Kasse stand ein junger Mann, der ihm höflich zulächelte. Er grüßte zurück. Olivier schlenderte durch den Mittelgang, als suchte er ein Buch bei der US-Literatur, und ließ den Blick über ein paar Umschlagtexte schweifen.

Er dachte zurück an seinen Roman *Oben an der Leiter*. Er hatte ihn für Elisabeth geschrieben, hatte gehofft, dass sie in einem Schaufenster ihre Zeichnung wiedererkennen würde. Er hatte die Lüge fortgeführt, damit sie ihre Geschichte wiederfand. Die Memoiren dessen erfunden, der er nie gewesen war, Lucas Schneider. Der Gedanke, seinen eigenen Krieg niederzuschreiben, war ihm nie gekommen. Das Grauen, das er mit Lucas gemeinsam hatte, war das Wort *Mama* angesichts der Leichname zweier Kinder.

Als Olivier in dem Umschlag für Lucas die drei Zeichnungen gefunden hatte, hatte er geweint. Elisabeth hatte die erfundenen Porträts eines erfundenen Soldaten ausgegraben.

Vorzugeben, er sei Ausländer, war 1944 vor Elisabeth sein einziger Ausweg gewesen. Er hatte das Deutsche benutzt, die einzige Sprache, die er in der Schule gelernt hatte, wie alle Schüler im Ostteil Frankreichs.

Vom ersten Blick an hatte er gewusst, er musste ein anderer sein, um oben an der Leiter bleiben zu können.

Was würde sie sagen, wenn sie erfuhr, dass es Lucas nie gegeben hatte? Dass er Olivier hieß, in Rouen Kunst studiert hatte und von der Résistance desertiert war, nachdem er seinen Vorgesetzten geohrfeigt hatte?

Im Grunde war er kein Stück mehr oder weniger ruhmreich als Lucas. Feige Scheinsoldaten.

Zuerst sah er ihre Schuhe, die einsam zwischen den Regalen auf dem Boden standen. Damals machte sie das, bevor sie auf die Leiter stieg, als sie noch Stiefel oder Holzschuhe trug.

Er hob den Kopf und erkannte sie. Seine Hände, merkte er, zitterten.

Sie hatte die Haare zu einem lockeren Knoten gebunden, der ihren Nacken freilegte. Ihre kleine Gestalt, ihre kantigen Schultern, die kräftigen Arme, die Hände mit den kurz geschnittenen Nägeln, ihre milchweiße Haut. Ihr Körper, umrahmt von Büchern. Wie eine Romangestalt. Diesmal stand sie oben an der

Valérie Perrin

Leiter. Sie sortierte Bücher auf den Regalen, zwei Meter über dem Boden.

An die zwanzig Sprossen trennten sie.

Während er auf sie zustieg, dachte Olivier, dass Lucas und er auch ihre Liebe zu Elisabeth gemeinsam hatten.

Er besah ihre Beine. Sie trug schwarze Strümpfe. Das gefiel ihm nicht. Er hatte sie geliebt, als sie nackt waren, mit Erde befleckt, unter einem Unterrock. Unter der Naht erahnte er ihre kleinen Füße.

Bei der ersten Sprosse erinnerte er sich an das erste Mal, als er sie gesehen hatte. Bei der zweiten Sprosse erinnerte er sich an die deutschen Wörter, die er im Schüttelfrost vor sich hin geflüstert hatte. Bei der dritten Sprosse erinnerte er sich an den bitteren Cidre, den sie ihm zu trinken gab. Bei der vierten erinnerte er sich, dass er es niemals ein Jahr oben an der Leiter ausgehalten hätte, wenn sie beide dieselbe Sprache gesprochen hätten. Bei der fünften erinnerte er sich, wie heilsam ihr Schweigen gewesen war. Bei der sechsten erinnerte er sich, dass er ihr bei Kriegsende beinahe die Wahrheit gesagt hätte und den Gedanken aus Scham und Stolz aufgegeben hatte. Bei der siebten erinnerte er sich, dass Lucas Schneider in ihm gewohnt hatte, ihm Kraft gegeben hatte, weiterzuleben. Bei der achten erinnerte er sich an ihre einzige Liebesnacht. Gerade wollte er die neunte Sprosse nehmen, als sie sich umwandte. Er erstarrte. Sie musterte ihn aufmerksam. Ihre blauen Augen hatten immer noch einen Stich ins Grüne. Ganz sachte legte sie die Bücher ab, die sie noch in der Hand hielt, und umklammerte mit aller Kraft das braune Holzgeländer. Es war wie am ersten Tag, vor neunundzwanzig Jahren, sie waren aneinandergekettet. Wussten nicht, was sie sagen sollten. Olivier brach das Schweigen mit drei Wörtern.

»Guten Tag, Elisabeth.«

Elisabeth antwortete nicht sofort. Seit sechsundzwanzig Jahren hielt sie einen Satz für Lucas Schneider bereit. Einen einzigen deutschen Satz. Obwohl ihr junger Soldat nie so geheißen hatte, sprach sie ihn schließlich aus:

»*Ich möchte Ihnen gerne Ihren Sohn vorstellen, Lucas.*«

Olivier verstand.

Er wandte sich zu Lucas um, der sie von der Kasse aus beobachtete, wie sie da auf der Leiter standen, seine Mutter und er, sein Vater.

Valérie Perrin

Très charmant: ein tragisches Familiengeheimnis,
eine große Liebe und eine bezaubernde Heldin

VALÉRIE PERRIN

Die Dame
mit dem blauen Koffer

Roman

Die quirlige Justine arbeitet als Altenpflegerin im Haus Hortensie.
Besonders fasziniert ist sie von der 90-jährigen Hélène, die die
meiste Zeit glaubt, mit ihrem blauen Koffer am Strand auf ihren
Geliebten zu warten. Nach und nach erzählt sie der 21-jährigen
Justine die bewegende Geschichte ihrer großen Liebe, die während
des Zweiten Weltkriegs durch Verzweiflung und Verrat gefährdet
war. Dadurch inspiriert, begibt sich Justine schließlich auf Spurensuche in ihrer eigenen Familie und kommt einem tragischen Geheimnis auf die Spur.

»Ein wunderschönes Buch über Familiengeheimnisse. Warmherzig
und berührend erzählt von einer originellen Heldin. Was für eine
talentierte neue Autorenstimme!« *ELLE*

Monika Maifeld

Ein Parkplatz für Amor

Über die Autorin

Monika Maifeld ist in der Pfalz geboren, im Rheinland aufgewachsen und hat in Bonn und Mainz studiert. Später hat die promovierte Naturwissenschaftlerin viele Jahre mit ihrem Mann in München gewohnt. Nach einem fast zehnjährigen Aufenthalt in Luxemburg ist die Mutter einer erwachsenen Tochter vor Kurzem mit ihrem Mann wieder nach München zurückgekehrt, in die Stadt, die sie als ihre eigentliche Heimat ansieht. Sie verbringt ihre Ferien gern sowohl im Norden (Sylt) als auch im Süden (Provence).
monika-maifeld@outlook.com

Noch schnell einen Blick in den Spiegel geworfen; schließlich hatte sich Pia für dieses erste Treffen seit Jahren mit ihren beiden besten Freundinnen, die es nach dem gemeinsamen Germanistik-Studium nach Hongkong verschlagen hatte, sogar geschminkt. Sie wollte die Ermahnungen vermeiden: »Immer noch keinen Freund? Du musst auch mehr aus dir machen!«

Die anderen Ratschläge würde sie allerdings nicht verhindern können. »Willst du deine Mutter nicht endlich in ein Heim geben? Es ist doch auch dein Leben!«

Denn natürlich lag es nicht an ihrem Äußeren, dass sie Single war. Groß und schlank, mit den graugrünen Augen, die so wach und aufmerksam schauten, und den kastanienbraunen, gelockten Haaren war sie eine echte Schönheit. Auch ungeschminkt. Aber um jemanden kennenzulernen, um eine Beziehung aufzubauen, brauchte man Zeit. Und wie sollte das gehen? Mit Mama ...

Pia schaute auf die Uhr. Sie musste los. Wo blieb Frau Gerber? Die hatte doch für halb zehn zugesagt. Ausgerechnet heute kam sie zu spät, wenn Pia sowieso auch Zeit für die Parkplatzsuche einkalkulieren musste.

Das war das Blödeste an diesem verstauchten Knöchel: Sie konnte immer noch nicht Rad fahren. Sie hatte es probiert, den Knöchel extra dick bandagiert, aber es ging einfach nicht. Dabei konnte sie inzwischen völlig schmerzfrei laufen. Die geliehene Krücke würde sie am Montag zurückgeben, die lag bereits im Auto auf dem Rücksitz.

Schon zehn Minuten über der Zeit. Sie würde zu spät kommen – und sie hatten doch nur zwei Stunden. Die zwei Freundinnen hatte es beruflich zufälligerweise fast gleichzeitig hier nach München geführt, und so ergaben sich ganze zwei Stunden, in denen das Wiedersehen bei einem gemeinsamen Frühstück gefeiert werden konnte.

Pia rief Frau Gerber an. »Was ist passiert?«

»Ich bin in fünf Minuten da.«

Pias Mutter blätterte im Wohnzimmer in einem alten Fotoalbum.

»Mama, ich fahr los. Frau Gerber kommt gleich. Okay?«

»Ja, natürlich, mein Kind, mach nur.«

Pia drückte ihrer Mutter einen Kuss auf die Stirn und ging zur Haustür.

»Ich habe ja zu trinken?«, bangte ihre Mutter plötzlich.

Pia drehte den Kopf. »Ja, Mama, es steht neben dir.«

»Ah ja, gut. Danke, mein Kind, jetzt geh.«

Pia war genau drei Schritte weiter, als sie hörte: »Wenn ich Hunger kriege, kann ich mir was aus der Küche holen?«

Pia blieb stehen. »Mama, wir haben gerade gefrühstückt.«

»Jaja, mein Kind, ich weiß. Geh ruhig.«

Pia zögerte mit dem nächsten Schritt. Sie ahnte schon …

»Wenn ich gleich zur Toilette muss? Was mache ich dann?«

»Mama, ich war gerade mit dir!«

»Ach so, ja dann. Ich komme bestimmt zurecht.« Pia hörte die Angst in der Stimme ihrer Mutter.

Sie wandte sich um, ging zurück und ließ sich neben ihrer Mutter auf das Sofa sinken. »Ich warte mit dir.«

»Wie lieb!«, ihre Mutter tätschelte ihr das Knie. »Schau mal, das Foto: das ist doch Frau Burg. Die war auch schon lange nicht mehr hier, oder?«

Das Foto der kleinen Pia mit der Schultüte neben einer älteren Frau war über dreißig Jahre alt.

Monika Maifeld

»Tatsächlich!«, sagte Pia und legte liebevoll ihren Arm um die Schulter ihrer Mutter.

In diesem Moment klingelte Frau Gerber. Pia sprang auf.

»Bis nachher, Mama!« Sie öffnete Frau Gerber die Tür, die nun mit ihrer Mutter das von dieser so geliebte Halma spielen würde – und genau vierzig Sekunden später startete Pia den Motor ihres dunkelgrünen Mini.

Moritz' Magen knurrte. Wer hätte geahnt, dass die Parkplatzsuche derart lange dauern würde? Zu dumm, dass er den Schlüssel zu der gemieteten Garage erst morgen bekam. Er hatte geplant, in dem kleinen Café in der Querstraße hinter seiner Kanzlei zu frühstücken, bevor er die restlichen Umzugskartons in Ruhe ausräumen würde. Aber er fand einfach keinen Parkplatz.

Vorgestern hatte er das Kanzleischild höchstpersönlich an die Hauswand geschraubt. »Dr. Moritz Frieden – Rechtsanwalt – Mediationen«.

»Frieden«, hatten die Kollegen oft gelacht. »Wer schon so heißt …«

Mein Vater hieß auch so, und trotzdem war zu Hause Krieg, hätte er entgegnen können.

Die hasserfüllten Scheidungsstreitereien seiner Eltern ohne Rücksicht auf den damals Zehnjährigen waren sicher hauptverantwortlich für seine Berufswahl und für sein Bedürfnis, zu vermitteln. So war Mediation sein Spezialgebiet geworden.

Und vorgestern hatte er *seine* Kanzlei bezogen. Die erste eigene. Endlich als selbstständiger Rechtsanwalt tätig. Nach zehn Jahren als Angestellter, als einer von fünfundzwanzig. Zuständig für Scheidungen und Mediationen.

Aber leider hatten die Seniorpartner etwas gegen seine hohe Erfolgsquote bei den Mediationen. Denn ein ausgewachsener Rosenkrieg brachte deutlich mehr Gebühren als eine einvernehmliche Einigung der streitenden Parteien. Und so hatte Moritz an seinem vierzigsten Geburtstag sein Leben Revue passieren lassen, sich nach seinen Zielen gefragt und kurz entschlossen gekündigt.

Nun war er sein eigener Herr! Und als Krönung des Ganzen würde er auch – endlich wieder einmal! – in zehn Tagen nach Wacken zu dem von ihm so geliebten Heavy-Metal-Festival fahren! Kein Seniorpartner würde ihm in letzter Minute irgendeine eilige Prozessakte in die Hand drücken können. Voller Vorfreude hatte er heute Morgen schon das verwaschene schwarze T-Shirt von seinem letzten Besuch vor zwölf Jahren angezogen.

Das Einzige, was zu seinem Glück nun fehlte, war ein Parkplatz. Mit einem leichten, resignierten Aufstöhnen fuhr er rechts eng an die geparkten Autos heran. Hier würde er warten. Irgendwann *musste* ja jemand wegfahren.

Und endlich, nach zehn Minuten, wurde seine Geduld belohnt: Ein Mann mit zwei Luftmatratzen unter dem Arm und einer Schwimmente in der Hand trat aus einer Haustür, die Frau dahinter schleppte eine dick gefüllte Basttasche, und zwei Kinder schleiften gemeinsam eine klobige Kühltasche über das Pflaster. Der weiße Kombi der Familie stand auf der Gegenseite – nur zwei Parkbuchten weiter. Moritz rollte nach vorne und wartete geduldig.

Pia umklammerte angespannt das Steuer, sie war inzwischen fast zwanzig Minuten zu spät; die wertvolle Zeit verstrich, und sie bog jetzt schon das dritte Mal in die Hauptstraße mit den vielen Parkbuchten rechts und links ein. Aber alle Plätze waren besetzt. Fuhr wirklich niemand weg? Leise fluchend rollte sie im Schritttempo die Straße entlang, den Blick weit nach vorne gerichtet, um es ja nicht zu verpassen, wenn irgendwo ein Rücklicht aufleuchtete.

Es dauerte, bis in dem weißen Kombi alle Luftmatratzen, Schwimmtiere, Basttaschen und Kinder verladen waren, aber endlich wischte sich der Vater den Schweiß von der Stirn, stieg ein,

Monika Maifeld

ließ den Motor an und rollte langsam rückwärts aus der schrägen Parklücke. Moritz atmete erleichtert aus und drehte die Lenkung nach links.

Pia sah – weit vorne, jenseits der Kreuzung – Rücklichter aufleuchten. Ein schneller Blick nach rechts und links – alles frei. Ob sie das schaffte?

Moritz wollte gerade Gas geben, als er den grünen Mini auf der Gegenfahrbahn angebraust kommen sah. Den würde er noch vorbeilassen. Sein Handy auf dem Beifahrersitz brummte. Er warf einen kurzer Blick auf das Display: eine Werbemail.

Pia schoss in dem Moment über die Kreuzung, als an dem weißen Wagen die Rückfahrlichter verloschen. Und während sie auf die jetzt freie Lücke zuraste, realisierte sie den BMW, der auf der Gegenseite wartete. Auf den Parkplatz. Und darauf, dass sie vorbeifuhr.

Und jetzt? Pia ging vom Gas. Das konnte sie nicht machen. Aber es war schon so spät! Ihre Freundinnen warteten. Die Zeit verrann. Und sie hatten doch nur diese zwei Stunden! Es würde Jahre dauern, bis sie sich wiedersehen konnten. Verdammt! Den Kopf demonstrativ nach rechts gewendet, sodass sie das wartende Auto gar nicht sehen *konnte*, rangierte sie in einer einzigen flüssigen Bewegung ruck, zuck in die freie Parkbucht hinein.

Moritz schnappte nach Luft. Das war ja ... also eine solche Unverschämtheit war ihm noch nicht untergekommen!

Er neigte nicht zur Tobsucht, ganz im Gegenteil. Aber das war zu viel! Moritz stürmte förmlich über die Straße zu dem Mini und klopfte an die Scheibe. Die Frau schaute konzentriert in die Handtasche auf ihrem Schoß. Er klopfte energischer und beugte seinen Kopf zur Scheibe hinunter.

»Fahren Sie da wieder raus!« Der Fahrer des BMW schrie so laut, dass Pia auch durch die geschlossene Scheibe jedes Wort verstand. Zögernd drehte sie den Kopf. Beim Anblick seines T-Shirts erstarrte sie allerdings vor Schreck: Über dicken gelben Buchstaben, die das Wort BIER bildeten, grinste sie neben einem skelettierten Stierschädel eine Furcht einflößende Teufelsmaske an. *Hilfe!*, dachte sie. *Ein aggressiver Säufer! Und kein Mensch auf der Straße!*

Mit Mühe wandte sie den Blick von dem T-Shirt ab und seinem Gesicht zu. Seine braunen Augen blitzten derart wütend, dass sie unwillkürlich tiefer in ihren Sitz sackte. Sie ließ die Scheibe einige Zentimeter herunter, gerade so weit, dass er ins Auto sprechen konnte.

»Ja, bitte?«, fragte sie und setzte ein betont freundliches Lächeln auf. Eigentlich wollte sie noch ein »Was kann ich für sie tun?« hinterherschieben, aber das wäre vielleicht doch zu provozierend.

»Haben Sie mich nicht gesehen?«, schäumte der Mann.

»Was hätte ich sehen sollen?«

»Wie ich gewartet habe? Gegenüber? Auf diesen Parkplatz?«

»Ich habe nichts gesehen«, sagte sie und streckte die Nase in die Luft.

»Ich warte da seit zehn Minuten!«

Pia dachte an die kostbaren Sekunden, die verflogen. Sie konnte nicht nachgeben. Sie hatte einfach keine Zeit. »Das kann ja jeder sagen. Gehen Sie von meiner Autotür weg! Ich kann nicht aussteigen, solange Sie da stehen!«

»Sie sollen auch nicht aussteigen, Sie sollen wegfahren!«

Das Gebrüll ließ sie noch tiefer in den Sitz rutschen.

Aber gerade jetzt trat ein Paar aus der Haustür genau vor Pia. Ihr fiel ein Stein vom Herzen. Sie war nicht mehr alleine.

»Wenn Sie nicht weggehen, schreie ich um Hilfe!«, sagte sie.

»Wie bitte?«, fragte der Mann verblüfft.

Monika Maifeld

»Ich drehe das Beifahrerfenster herunter und schreie laut um Hilfe!«

Der Mann schaute zunächst verständnislos, dann nickte er.

»Respekt!«, sagte er. »Zu einer solchen Dreistigkeit gehört schon ein ganz besonderer Charakter!« Er zuckte mit den Schultern. »Aber wie heißt es so treffend: ›Dem fehlte nie, der freche Laster übte, die Unverschämtheit, seine Tat zu leugnen!‹«

Shakespeare. Dieser Prolet kam ihr mit Shakespeare! Pia liebte Shakespeare. Sie spürte Scham in sich aufsteigen. Aber bevor sie etwas entgegnen konnte, hatte der Mann sich abgewendet, ging zu seinem Auto zurück, ließ den Motor an und fuhr davon. Pia traute sich erst auszusteigen, als der BMW außer Sichtweite war. Wenn der bloß nicht noch einmal zurückkam. Kurz entschlossen ergriff sie die Krücke vom Rücksitz. So hätte sie etwas, womit sie sich würde verteidigen können.

»Was hast du denn gemacht?«, begrüßten ihre Freundinnen Pia erschrocken, als diese mit der Krücke in der Hand durch die Gartenpforte auf die Terrasse des kleinen Cafés kam, wo die beiden schon im Schatten eines großen Kastanienbaums auf sie warteten.

»Ach, die Krücke habe ich nur für den Fall, dass mich der Irre abpasst«, sagte Pia und lehnte diese an einen freien Stuhl. »Ich erzähle euch gleich alles, jetzt will ich euch erst mal umarmen!«

Überschwänglich begrüßten sich die Freundinnen, und nachdem die Bestellung aufgegeben war, erzählte Pia ihr Erlebnis.

»Also, das war ja schon unverschämt von dir!«, sagte Maria.

»Ja, ich weiß. Aber er hat doch eh grad nach unten geschaut. Bestimmt auf sein Handy. Das ist doch sowieso verboten! Eigentlich ist er selbst schuld«, verteidigte sich Pia.

Karin kicherte. »Ach, das geschieht so einem Kerl mal ganz recht! Schade, da wär ich gerne dabei gewesen.«

»Der Blick! Wenn Ihr den Blick gesehen hättet! Ich dachte, mich zerreißt's!« Pia lachte schallend auf, und die anderen lachten mit. »Und erst das T-Shirt! Das war das Fürchterlichste, was ich jemals ... «

Pia hörte, wie hinter ihr der Kies unter schweren Schritten knirschte. Ein Schatten fiel über ihre Tischplatte. Pia schaute hoch. Und sah wieder dieses unmögliche T-Shirt – mit dem Mann darin! In seinen Augen las sie kalte Wut.

»Kennen Sie eigentlich Paragraf 12 Absatz 5 Satz 1 der Straßenverkehrsordnung?«, fragte der Mann. »Und Absatz 1 des Paragrafen 49? Keine Sorge, Sie werden beides kennenlernen!«

Moritz war, nachdem er endlich einen Parkplatz gefunden hatte, ebenfalls ins Café gekommen und hatte zufälligerweise genau am Tisch hinter den drei Frauen gesessen. Während er mit Genuss sein Croissant verzehrte, hörte er auf einmal die Gesprächsfetzen vom Tisch vor ihm – und die Wut stieg erneut in ihm auf. Jetzt machte diese Frau sich auch noch lustig über ihn!

»Wunderbar, dass Sie selbst so gut für Zeuginnen gesorgt haben. Ich hätte sonst Schwierigkeiten gehabt, Ihren Verstoß zu beweisen«, sagte Moritz nun mit einem süffisanten Lächeln. »Die Richter gehen übrigens, was die Höhe des Bußgelds betrifft, solches Verkehrsrowdytum inzwischen entsprechend hart an und haben dabei auch durchaus den Abschreckungseffekt im Auge.« Er schaute die beiden anderen Frauen an. »Und Sie, die das alles vor Gericht bezeugen dürfen, was Ihnen Ihre Freundin gerade erzählt hat, weise ich nur vorsorglich darauf hin, dass auf Falschaussage bis zu fünf Jahre Gefängnis stehen.«

Die drei Freundinnen wurden blass. Moritz sah es mit Genugtuung. Er deutete ironisch eine Verbeugung an. »Ich wünsche den Damen noch einen angenehmen Tag!«

Als er sich abwandte, wäre er beinah über die am Tisch lehnende Krücke gestolpert, die nun klappernd zu Boden fiel.

»Entschuldigung«, sagte er verblüfft, hob sie auf und blickte sich suchend um.

Monika Maifeld

»Geben Sie schon her!« Die Fahrerin des Mini streckte unwirsch die Hand aus. Was wollte die mit der Krücke? Unwillkürlich blickte Moritz unter den Tisch. Die Frau trug eine lange, an den Knöcheln geraffte Hose, und rechts blitzte zwischen Hosenbund und Schuh zarte gebräunte Haut hervor. Aber links: da leuchtete es irgendwie so hell, in einer völlig anderen Farbe, mit einer unnatürlichen, merkwürdig glatten Textur. Er konnte es zwar in dem Schatten des Tisches nicht gut erkennen, aber das sah ja fast aus wie bei seinem Vater, das sah ja aus wie …

»Sie tragen eine Prothese?«, stieß Moritz hervor. »Das … das habe ich doch nicht gewusst! Warum haben Sie denn nichts gesagt?«

Skeptisch schaute die Frau ihn an, sie öffnete den Mund, schloss ihn wieder, bevor sie schließlich antwortete: »Was hätte ich denn Ihrer Meinung nach sagen sollen?«

»Dass Sie …, dass …« Moritz stotterte. Ja, was hätte sie sagen sollen? Wer erzählte schon gerne von einer Behinderung? Sein Vater, der bei einem Motorradunfall den Unterschenkel verloren hatte, mochte das auch nicht jedem auf die Nase binden.

»Es tut mir leid!«, sagte Moritz. »Ich … ich wollte Sie nicht …« Er sah die blassen Gesichter der Freundinnen, bei einer zuckten die Mundwinkel. Die würde sicher gleich in Tränen ausbrechen. Das Unglück war vielleicht noch nicht lange her.

»Ich entschuldige mich in aller Form«, sagte Moritz. »Ich werde Sie natürlich auch nicht anzeigen, ich …«

»Es ist schon in Ordnung«, sagte die Frau. »Aber wenn Sie uns jetzt …«

»Selbstverständlich!«, sagte Moritz und ging.

Die drei Freundinnen hielten sich mit Mühe unter Kontrolle, solange sie dem Mann nachschauen konnten. Doch als die Eingangstür hinter ihm ins Schloss fiel, prusteten sie los.

»Hast du das …?«

»Ich dachte, mir bleibt das Herz stehen!«

»Wie der die Krücke angeguckt hat!«

»Und dieses Shirt!«

»Wie geistesgegenwärtig du reagiert hast!«

Mit diesem Gesprächsstoff verflogen die Minuten noch schneller, und schon mussten Maria und Karin zum Flughafen aufbrechen.

In seiner Kanzlei faltete Moritz den ersten ausgeräumten Umzugskarton zusammen, aber er konnte sich nicht konzentrieren. Ständig dachte er an diese Frau. Mit diesen graugrünen Augen. Wie blass sie geworden war, als er mit der Anzeige gedroht hatte. Er ärgerte sich über sein Verhalten. Als wenn sie es nicht schon schwer genug hätte.

Während Moritz vier dicke schwarze Aktenordner auf das obere Regal liftete, hatte er plötzlich eine Idee. Er setzte sich an den Schreibtisch, zog ein paar Bögen Briefpapier aus der Schublade und kaute dann nachdenklich an seinem Kugelschreiber. Drei Entwürfe landeten zusammengeknüllt im Abfalleiner, die vierte Version steckte er in einen Umschlag und verließ das Büro.

Ihr Auto stand noch da. So ein Glück. Er schob den Brief unter den Scheibenwischer.

Als Pia später mit der Krücke zu ihrem Auto humpelte – wer wusste schon, ob dieser Verrückte sie nicht von irgendwoher noch beobachtete –, hielt sie von Weitem die Nachricht unter ihrem Scheibenwischer für ein Knöllchen. Kopfschüttelnd schaute sie dann abwechselnd auf den Text und auf den Briefkopf. Anwalt, dieser Typ war Anwalt! Wie furchtbar! Gegen einen Anwalt hätte sie vor Gericht ja überhaupt keine Chance.

Er wollte sie für Donnerstag zum Essen einladen? Auf gar keinen Fall würde sie mit diesem Proleten einen Abend verbringen. Und überhaupt: Wie sollte sie das machen? Der glaubte doch, sie trüge eine Beinprothese! Nur deshalb zeigte er sie nicht an.

Monika Maifeld

Andererseits konnte sie es sich auf keinen Fall leisten, ihn zu verärgern. Während der Heimfahrt grübelte sie hin und her.

Ihre Mutter zu Hause war bester Laune.

»Sie gewinnt einfach immer«, sagte Frau Gerber mürrisch. »Ich versteh nicht, wie sie das noch schafft.«

Am nächsten Morgen schickte Pia eine Nachricht mit ihrer Zusage an die angegebene Telefonnummer. Sie hatte beschlossen, ihre lange schwarze Winterhose mit ihren hohen Stiefeln anzuziehen; so würde er hoffentlich nichts bemerken.

Am Donnerstagabend schminkte Pia sich besonders sorgfältig. Die Hitze war bleiern, und sie schwitzte schon, als sie in die Stiefel schlüpfte, und die lange Wollhose klebte ihr bereits während der Hinfahrt im Auto an den Oberschenkeln.

Aber zwei Stunden wird es gehen, dachte sie.

Pia hätte in dem attraktiven, dezent und geschmackvoll gekleideten Mann mit dem markanten Gesicht und den leuchtenden Augen nicht den Mann vom Parkplatz erkannt, wenn Moritz Frieden nicht aufgestanden und ihr die Hand entgegengestreckt hätte.

»Ich danke Ihnen, dass Sie gekommen sind.«

Schnell wischte sie sich die feuchte Hand an der Hose trocken, bevor sie ihm diese zur Begrüßung entgegenstreckte.

Sein Händedruck war fest und gleichzeitig behutsam. Pia spürte den nächsten Schweißausbruch kommen und zog panisch ihre Hand zurück.

Die von Pia befürchtete, nach Gesprächsthemen suchende peinliche Verlegenheit stellte sich nicht ein, denn Moritz hatte Pia sehr schnell zum Reden animiert, und innerhalb kürzester Zeit ertappte sich Pia dabei, wie sie mit diesem Anwalt in ein lebhaftes Gespräch über ihre Lieblingsautoren vertieft war.

»Sie haben Shakespeare zitiert«, fiel ihr plötzlich ein. »Wie kamen Sie darauf?«

Moritz grinste. »Ich liebe Shakespeare – und das *Wintermärchen* ganz besonders.«

»Interessieren Sie sich nicht auch für moderne Autoren?«

»Gibt es etwas Moderneres als Shakespeare?«, fragte Moritz in gespieltem Erstaunen, und Pia musste auflachen.

Pia erzählte mehr, als sie es normalerweise tat. Er hörte aufmerksam zu, stellte die richtigen Zwischenfragen – wenn ihr nur nicht so warm wäre. Vom Reden wurde ihr noch wärmer.

»Erzählen Sie doch auch mal über sich«, sagte sie. »Sie sind also Scheidungsanwalt?«

Moritz nickte. »Wobei ich mich hauptsächlich auf Mediation spezialisiert habe. Ich suche die einvernehmliche Lösung.«

Und auf Pias verwunderten Blick hin ergänzte Moritz: »Ich glaube, dass zwei Menschen, die sich geliebt haben, es schaffen können, ohne Hass auseinanderzugehen.«

»Das hört sich aber idealistisch an. Und wie machen Sie das?«, fragte Pia zweifelnd.

»Der Schlüssel ist zuhören. Und begreiflich machen, dass es weder um Schuldzuweisung noch um Bestrafung geht.«

Die Leidenschaft, mit der Moritz von seiner Arbeit erzählte, sein Verständnis für die Menschen und die unglaubliche Empathie, die er zum Ausdruck brachte, beeindruckten Pia. Seine Hände unterstrichen seine Ausführungen mit wenigen, ruhigen Gesten. Pia konnte den Blick nicht abwenden von diesen schmalen, sensiblen Händen. Und plötzlich ertappte sie sich bei dem Gedanken, wie es wohl wäre, von diesen Händen berührt zu werden.

Jetzt steigt mir aber die Hitze total zu Kopf, schalt sie sich.

Die von beiden bestellte Dorade wurde serviert, und Pia spürte, wie ihre Füße in den warmen Lederstiefeln anschwollen und es in ihren Schläfen zu pochen begann.

Der Kellner trat an den Tisch. »Darf ich Ihnen noch etwas Wein nachschenken?«

Obwohl die Fenster des Restaurants weit geöffnet waren, bewegte sich kein Lüftchen, und Pia liefen dicke Schweißtropfen über

Monika Maifeld

den Rücken. Sie schluckte. Vor ihren Augen tanzten kleine Sternchen.

»Was ist los? Geht es Ihnen nicht gut?«, fragte Moritz unvermittelt.

»Ich glaube, ich muss mal raus …«

Moritz erhob sich. »Ich begleite Sie«, sagte er erschrocken.

»Um Gottes willen, nein!« Pia schrie fast. Sie musste diese warmen Stiefel ausziehen.

Moritz' Augen weiteten sich überrascht.

»Es tut mir leid! Auf Wiedersehen«, brachte sie noch hervor. Im letzten Moment dachte sie an die Krücke. Moritz machte Anstalten, ihr zu folgen.

»Nein!«, schrie sie und hob die Hand wie zur Abwehr. Die Köpfe der anderen Restaurantbesucher ruckten hoch. Und während Pia, die Arme fest an den Körper gepresst, damit man die Schweißränder nicht sah, aus dem Lokal humpelte, stand Moritz wie erstarrt am Tisch, bedacht von den neugierigen Blicken der übrigen Gäste.

Am nächsten Morgen saß Moritz im Büro und strich grübelnd mit dem Finger über sein Handy. Die halbe Nacht hatte er sich im Bett von einer Seite auf die andere geworfen und es nicht ignorieren können. Er hatte sich verliebt! Beim Klang ihres Lachens hatte er es plötzlich gewusst.

Natürlich hatte Moritz schon mehrere Beziehungen gehabt: kürzere, längere, mehr oder weniger intensive. Aber immer hatte ihm etwas gefehlt. Immer hatte er gewusst: Das ist nicht das, was ich suche. Und als sie gestern gelacht hatte, war ihm klar geworden: Die ist es!

Aber diese Frau war vor ihm davongerannt. Diese Frau wollte nichts mit ihm zu tun haben.

Wahrscheinlich war sie sowieso bereits vergeben. Ganz sicher sogar. Eine so attraktive Frau, die hatte schließlich nicht auf ihn gewartet. Moritz holte tief Luft. Sollte er sie anrufen? Aber was sollte er sagen? Unschlüssig starrte er auf das Telefon.

Er zuckte zusammen, als es plötzlich vibrierte. Ein eingehender Anruf. Von ihr!

»Frieden.« Er umklammerte das Telefon.

»Ich muss mich für meinen überhasteten Aufbruch entschuldigen, aber mir ging es plötzlich nicht gut«, sagte Pia.

»Das tut mir so leid! Hoffentlich war es nicht der Fisch?«

»Nein, nein!«, sagte Pia.

Also lag es an ihm; sie wollte nichts mit ihm zu tun haben.

Verlegenes Schweigen, dann sprachen beide gleichzeitig.

»Ich will …«

»Ich wollte …«

»Entschuldigung, Sie zuerst bitte«, sagte Moritz.

»Ich muss Ihnen etwas sagen.«

»Ja?«

»Es ist zu kompliziert, um es am Telefon zu besprechen. Können wir uns treffen?«

»Ja, natürlich!« Moritz' Puls beschleunigte sich.

»Könnten Sie zu mir nach Hause kommen?«, fragte Pia.

»Aber gerne! Wann?«

»Vielleicht schon heute Nachmittag? So gegen zwei?«

Heute Nachmittag hatte er einen Zahnarzttermin. Er antwortete, ohne nachzudenken. »Heute geht es leider nicht.«

»Und morgen?«

Sie gab ihm ihre Adresse, und sie verabredeten sich für den nächsten Tag um vierzehn Uhr.

Als er aufgelegt hatte, erkannte er, wie idiotisch er sich verhalten hatte. Bis morgen warten? Der Zahnarzt würde warten müssen! Er wählte ihre Nummer.

»Jung«, meldete sich eine ihm unbekannte Stimme.

»Kann ich bitte Pia Jung sprechen?«

»Meine Tochter ist gerade raus.«

Monika Maifeld

»Würden Sie ihr ausrichten, dass ich doch schon heute komme? Wenn es nicht passt, soll sie bitte kurz anrufen. Sonst bin ich um zwei Uhr da.«

»Ja, gerne«, sagte Pias Mutter. »Wo habe ich denn …«, hörte er sie noch sagen, bevor sie den Hörer auflegte.

Moritz klingelte pünktlich um zwei. Pias Mutter öffnete.

»Grüß Gott, ich bin Moritz Frieden«, stellte er sich vor. »Ich glaube, wir haben telefoniert?«

»Das kann schon sein, kommen Sie doch herein!«, krähte die alte Dame vergnügt. »Können Sie Halma?«

Augenblicke später saß er grübelnd vor dem Spielbrett an dem großen Holztisch im Wohnzimmer.

»Pia kommt gleich«, hatte ihm die Frau erklärt und auffordernd auf den Stuhl gezeigt. Die bodentiefen Fenster ließen viel Licht in das gemütlich eingerichtete Wohnzimmer. Moritz bewunderte den Garten, der mit Geschmack an dem aufsteigenden Hang angelegt war. Plötzlich sah er auf der oberen Stufe der Steintreppe ein Paar Füße in Flip-Flops. Eine Frau, die Stufe um Stufe herunterkam, gelegentlich stehen blieb, sich bückte und irgendwelche Blätter aus den Blumentöpfen, die die Stufen säumten, zupfte.

»Sie sind dran!«

Moritz schaute kurz zu den Spielfiguren, aber die Beine da draußen lenkten ihn ab. Nackte, zart gebräunte Beine. Immer länger werdend, je weiter die Frau die Stufen hinabstieg. Jetzt sah er den Rand der Shorts – dunkelblau, ausgefranst, sehr sexy. Die Frau verharrte noch einmal, zog einen Fuß aus dem Flip-Flop und kratzte sich mit dem Zeh des linken Fußes an der Ferse des rechten. Dann schlüpfte der linke Fuß wieder in seinen Schuh.

»Sie sind dran!« Pias Mutter wurde energisch.

Moritz zwang seinen Blick auf die Spielfiguren. Wie hatte sie sich denn schon diese Sprungstraße gebaut? Die musste er blockieren, sonst hatte er keine Chance mehr.

Als die Terrassentür quietschte, hob er den Kopf. Er sah Pia, die bei seinem Anblick starr vor Schreck in der Tür stehen blieb. Auf zwei Beinen. Zwei schlanken, wohlgeformten, attraktiven Beinen! Moritz sprang auf.

Die grüne Plastikgießkanne in Pias Hand landete mit einem lauten Knall auf dem Marmorboden. »Wir waren doch erst morgen … nein! Hören Sie doch!«

Aber da knallte schon die Haustür hinter Moritz zu.

Pia versuchte unzählige Male, ihn zu erreichen. Aber er hob nicht ab und antwortete nicht auf ihre Nachrichten. In der Nacht konnte Pia nicht schlafen. Immer wieder sah sie diese braunen Augen vor sich, hörte die melodische Stimme, die sie so in ihren Bann gezogen hatte, sah diese Hände vor sich. Sie wollte ihn wiedersehen. Aber wie konnte sie ihn versöhnen? Um halb fünf Uhr morgens hatte sie eine Idee.

»Sie haben Glück, ein Mandant hat ganz kurzfristig abgesagt«, erklärte ihr Moritz Friedens Sekretärin, als sie am nächsten Morgen in der Kanzlei anrief.

Zwei Stunden später führte die Sekretärin Pia zu Moritz ins Büro. Moritz erstarrte. »Was soll das?«

Pia biss sich auf die Unterlippe. Sein wütender Gesichtsausdruck machte es ihr schwerer als erwartet.

»Ich habe Streit mit … mit einem Bekannten und wollte Sie für eine Mediation gewinnen«, sagte sie.

Moritz lachte kurz höhnisch auf. »Gehen Sie woandershin! Ich nehme keine neuen Mandanten mehr an.«

»Ich habe jemanden kennengelernt – und da hat es ein fürchterliches Missverständnis gegeben«, erläuterte Pia bestimmt.

»Wie gesagt, ich nehme keine neuen Mandanten mehr an«, wiederholte Moritz bockig.

»Ihre Reaktion erstaunt mich«, sagte Pia und ließ sich scheinbar ungerührt auf dem Besucherstuhl am Schreibtisch nieder. »Man hat mir erzählt, dass Sie gut zuhören würden und keine Schuldzuweisungen machten?«

Pia sah an Moritz' Mienenspiel, dass er seine Worte erkannte. Er drehte die Tischuhr, sodass auch Pia auf das Ziffernblatt schauen konnte. »Eine Stunde!«

Pia nickte und begann zu erzählen: »Meine zwei besten Freundinnen leben beide in Hongkong und …«

Moritz erhob sich, ging zum Fenster und wandte ihr den Rücken zu.

»… das mit dem Parkplatz war wirklich unentschuldbar …«, fuhr Pia fort.

Sie hörte, wie er mit seinem Zeigefinger immer wieder auf die Fensterbank tippte.

»… aber da stand dieser tobende Irre mit diesem absolut entsetzlichen T-Shirt …«

Moritz' Finger verharrte in der Luft.

»… und ich dachte, wer so etwas anzieht, dem ist alles zuzutrauen!«

Ein merkwürdiger Laut. Hatte Moritz gelacht? Er drehte sich zu ihr um. »Das ist von Wacken!«

»Von was?«, fragte Pia verständnislos.

»Das Heavy-Metal-Festival«, erklärte Moritz. »Ich war vor zwölf Jahren dort.« Er machte einige Schritte auf sie zu.

Pia erinnerte sich an einen Fernsehbericht. »Ist es das, wo es immer regnet?«

»Matschig war's«, gab Moritz mit leicht verlegenenem Lächeln zu. »Aber fantastisch! Nächste Woche fahre ich wieder hin.«

Ach nein! Pia stöhnte innerlich auf. Hätte er nicht für irgendetwas anderes schwärmen können? Opern zum Beispiel?

Er stand vor ihr, und in seinen Augen las sie etwas, was ihr Herz mit einer bisher nicht gekannten Wärme erfüllte; sie sah die Frage in seinem Blick, und sie kannte plötzlich die Antwort.

Aber ausgerechnet Heavy Metal!

Nun ja: was tat man nicht alles für den Mann, den man liebte …

Pia erhob sich und sagte: »Ich glaube, ich möchte unbedingt auch so ein Shirt! Würden Sie mich mitnehmen?«

Sie sah, wie das Glück in Moritz' Augen aufleuchtete – und endlich fanden sich ihre Lippen. Und als Moritz Pia plötzlich freigab, sie anlächelte und sagte: »Deiner Mutter bringen wir natürlich auch eins mit!«, da fühlte Pia, dass sie angekommen war.

Monika Maifeld

»Eine moderne Romanze, die mit sympathischen Charakteren und ihrer zauberhaften Stimmung berührt.« Petra

MONIKA MAIFELD

Morgen ist es Liebe

Roman

Es ist eine eiskalte Nacht kurz vor Weihnachten, in der die junge Ärztin Alexandra auf dem Heimweg mit dem Auto verunglückt. Sie wird bewusstlos und wäre dem Tode geweiht, würde ein Unbekannter sie nicht aus dem Wagen ziehen. Doch als Polizei und Sanitäter am Unglücksort eintreffen, ist der Retter nicht mehr da.

Martin Hallberg ist an jenem Abend in den winterlichen Weinberg gekommen, um sein Leben zu beenden. Diese Nacht sollte seine letzte sein – doch da ereignete sich genau vor seinen Augen der Unfall. Die Erinnerung an die junge Frau, die er aus dem Autowrack gezogen hat, lässt ihn einfach nicht mehr los – und die Sorge um den Abschiedsbrief in seinem Mantel, der zusammen mit der jungen Frau im Rettungswagen verschwunden ist …

Renee Milan

Das Lied der Glückseligkeit

Wenn Ihr Freund Jander diesmal den gleichen Zirkus macht wie vorgestern, schmeiße ich euch beide raus, und zwar für immer!«

Bei der Drohung ihres Chefs zuckte Michaela zusammen und sah nach draußen. Als sie Ferdinand Jander heranstiefeln sah, stöhnte sie leise auf. Der Kerl stellte ihr schon seit zwei Jahren nach, und seit dem Unfalltod ihrer Eltern war es so schlimm geworden, dass sie bereits überlegt hatte, ihn wegen Belästigung anzuzeigen. Er hatte sie schon einmal einen Job gekostet, und er legte es jetzt ganz offensichtlich darauf an, dass sie auch in diesem Schmuckladen entlassen wurde.

»Ich kann doch nichts dafür!«, sagte sie empört. »Ich habe ihm schon hundertmal gesagt, dass er mich in Ruhe lassen soll!«

Zu mehr kam sie nicht, denn da hatte Ferdinand die Tür des Schmuckgeschäfts erreicht und trat ein.

»Hallo Schatz!«, grüßte er.

»Ich bin nicht dein Schatz!«, antwortete Michaela eisig.

Der junge Mann, gerade einmal zwei Jahre älter als sie, grinste jedoch nur. Er war absoluter Durchschnitt, mittelgroß und mittel aussehend und besaß dazu äußerst wenig Charme.

»Ich freue mich, dich zu sehen!«, sagte er.

»Ich freue mich nicht! Lass mich endlich in Ruhe«, fauchte Michaela ihn an.

Er besaß jedoch die Haut eines Panzernashorns. »Das bildest du dir nur ein! Wenn du nur ein bisschen nachdenkst, merkst du selbst, wie gut wir zusammenpassen. Nach dem Tod deiner Eltern brauchst du jemanden, der für dich sorgt.«

»Ich kann sehr gut selbst für mich sorgen!« *Das stimmt auch,* dachte Michaela. In einer Woche würde sie achtzehn und damit volljährig sein. Dann konnte sie das betreute Jugendheim verlassen, in dem sie derzeit noch wohnte, und sich ein Appartement mieten. Allerdings musste sie dafür ihren Job behalten und dies hieß, Ferdinand auf eine Weise loszuwerden, ohne dass es hier zum Krach kam.

»Ich wäre dir dankbar, wenn du gehen würdest. Wir schließen bald«, sagte sie mühsam beherrscht.

Ferdinand grinste erneut. »Ich warte so lange! Wir können danach gemeinsam ins Kino gehen.«

»Mit dir nicht!« Michaela wandte ihm den Rücken zu und öffnete eine der Auslagen, um eine Brosche besser zurechtzurücken. Da fasste er sie an den Schultern und zog sie an sich.

»Ich liebe dich! Und du musst mich auch lieben!«

»Lass mich los!«, zischte Michaela ihn an.

Stattdessen versuchte er, sie zu küssen. Wütend versetzte sie ihm einen Stoß. Er taumelte, verlor das Gleichgewicht und fiel gegen einen der Schaukästen. Danach zog er eine so schmerzhafte Miene, dass selbst ein Stein Mitleid empfunden hätte.

»Du verstehst das nicht!«, sagte er stöhnend. »Der Kerl, dem der Laden gehört, hat dich doch nur eingestellt, um dich ins Bett zu bekommen!«

»So eine Frechheit!«, rief der Schmuckhändler.

Michaela fuhr auf. »Und was willst du denn anderes?«

»Ich liebe dich doch!«

»Aber ich dich nicht und damit Schluss!«

»Das sage ich auch! Raus jetzt! Und zwar alle beide. Ich mach das nicht mehr mit!« Der Ladenbesitzer wies zur Tür.

Sofort verschwand Ferdinands Leidensmiene, und er grinste. Er hatte das erreicht, was er wollte. Ohne Job und damit Einnahmen würde Michaela nichts anderes übrig bleiben, als endlich auf sein Werben einzugehen und seine Freundin zu werden.

Renee Milan

Diese dachte jedoch nicht daran. Ein Blick zu ihrem Chef verriet ihr, dass auch dieses Arbeitsverhältnis beendet war. *Jetzt zeige ich den Kerl wirklich an*, nahm sie sich vor. *Das werde ich mir nicht weiter gefallen lassen!* Kochend vor Zorn holte sie ihren Rucksack und verließ das Geschäft mit einer Laune, in der sie die ganze Welt hätte fressen können.

Ferdinand wartete draußen auf sie. »Jetzt komm, es wird alles gut!«, sagte er lockend und versuchte erneut, sie zu umarmen.

Michaela stemmte sich dagegen, sah seinen nackten Arm aus dem T-Shirt-Ärmel herausragen und biss im Reflex zu.

Diesmal tat es weh! Ferdinand stieß einen Schrei aus und ließ sie los. »Bist du verrückt geworden?«, fragte er.

Doch da rannte Michaela bereits los und verschwand in einer Lücke zwischen zwei Häusern. Ferdinand folgte ihr fluchend, doch als er zur anderen Hausseite kam, war Michaela nirgends zu sehen. Nachdem er ein paar Schritte nach rechts und dann nach links gelaufen war, entschloss er sich, zum Jugendheim zu gehen und dort auf sie zu warten. Lange, sagte er sich, würde sie nicht ausbleiben, und dann würde er vernünftig mit ihr reden. Sie musste endlich einsehen, dass sie beide füreinander bestimmt waren.

Michaela hatte in den letzten beiden Jahren gelernt, Ferdinand Jander so gut wie möglich aus dem Weg zu gehen. Sie lief daher nicht Hals über Kopf davon, sondern sauste zum Eingang eines Mietshauses, von dem sie wusste, dass die Tür tagsüber nicht verschlossen war, trat ein und wartete auf dem Flur, bis ihr Verfolger verschwunden war. Es dauerte auch nicht lange, da trollte er sich. Als sie sah, in welche Richtung er sich wandte, verzog sie das Gesicht. Jetzt würde er mit Sicherheit wieder das Jugendheim belagern, um sie dort abzupassen. Dabei würde er immer wieder Sturm läuten und die anderen, die außer ihr im Heim wohnten, auf die Palme bringen.

Sie bezeichnete Ferdinand in Gedanken mit einem äußerst unanständigen Ausdruck und fragte sich, wie sie die nächsten Stunden rumbringen könnte. Nach Hause wollte sie jedenfalls nicht gehen. Außer sich vor Zorn auf diesen aufdringlichen Menschen verließ sie den Hausflur, in den sie sich geflüchtet hatte, nahm ihren Rucksack auf den Rücken und ging, die Hände in die Hosentaschen versenkt, die Straße entlang. Vor Mitternacht würde Jander nicht aufgeben. Aber wenn sie sich bis dahin in eine Kneipe setzte, wurde sie sicher wieder von irgendeinem besoffenen Typen angequatscht und zuletzt, wenn sie seine Ansichten von der weiteren Gestaltung des Abends nicht teilte, als frigide Zicke beschimpft.

Ohne dass sie sich bewusst wurde, welche Richtung sie eingeschlagen hatte, fand sie sich auf dem Hauptmarkt wieder. Sie war instinktiv in die Gegenrichtung zum Jugendheim gegangen und damit fort von Jander. Michaela blieb stehen und schaute sich um. Hier gab es nichts, in dem sie sich ein paar Stunden aufhalten konnte. Die Cafés, in denen sie halbwegs unbehelligt hätte sitzen können, waren bereits geschlossen, und das galt ebenso für die Geschäfte. In der Stadt, in der sie aufgewachsen war, hätte sie bei Bekannten läuten können. Die Behörden hatten sie jedoch gezwungen, die letzten Monate vor ihrer Volljährigkeit in einem Heim in mehr als hundert Kilometern Entfernung zu verbringen, und hier kannte sie niemanden.

Missmutig schlenderte sie an dem schlichten Betonbau vorbei, der größenwahnsinnig Kulturzentrum genannt wurde, und schaute im Licht des vergehenden Tages auf die ausgehängten Plakate. Eine Veranstaltung fand sogar heute statt.

»Peer Varenthin singt Lieder von Mozart und Schubert«, las sie und wollte weitergehen.

Da kam ihr eine Idee. Wenn dieser Liederabend nicht ausverkauft war, konnte sie sich in den Saal setzen und den Abend angenehmer verbringen, als mit Wut im Bauch durch die Straßen zu laufen und dabei andauernd an Ferdinand Jander denken zu müssen.

Die Uhrzeit stimmte auch, denn der Vortrag sollte in einer halben Stunde beginnen. Kurz entschlossen trat Michaela ein, sah am Schalter eine gelangweilte Kartenverkäuferin und ging zu ihr hin.

»Guten Tag! Gibt es noch Karten für Herrn Valentins Konzert?«

»Er heißt Varenthin, und Karten gibt es noch genug. Ich glaube nicht, dass der Saal mehr als zur Hälfte voll wird«, antwortete die Frau mit einem Tonfall, als würde sie den Sänger für den schlechten Kartenvorverkauf verantwortlich machen.

»Dann hätte ich gerne eine Karte!« Michaela lächelte, denn auf diese Weise konnte sie ihren Stalker wieder einmal elegant austricksen.

»Vorne, Mitte, hinten?«, fragte die Kartenverkäuferin und nannte ihr die Preise.

Michaela überlegte kurz und wählte die teuerste Variante für fünfzehn Euro. Wenn sie schon hier war, wollte sie auch einen guten Platz haben, sagte sie sich. Nachdem sie bezahlt hatte, nahm sie ihre Karte entgegen und ging in den Saal. Dort war wirklich noch nicht viel los. Die meisten Leute saßen ganz hinten auf den billigen Plätzen, sodass vorne fast alles frei war. Als Michaela den auf ihrer Eintrittskarte aufgedruckten Platz erreichte, befand sich nur ein einziges, älteres Paar zwei Reihen hinter ihr. Sie bedauerte fast, die teure Karte genommen zu haben, weil sie hier wie auf dem Präsentierteller saß. Dann aber lachte sie über sich selbst. Wer sollte sie hier schon groß bemerken? Ferdinand Jander sicher nicht.

Nachdem sie sich gesetzt hatte, nahm sie das ausgelegte Programm zur Hand und las es durch. Die meisten Lieder kannte sie, denn ihr Vater hatte ein Faible für klassische Musik gehabt und sich in der Freizeit bei schlechtem Wetter oft ins Wohnzimmer gesetzt, um Pavarotti, Hoffmann oder die Netrebko zu hören. Auch sie hatte gerne zugehört und fand, dass sie es gut getroffen hatte. Als sie sich noch einmal prüfend umschaute, hatte sich die Zahl der Zuhörer um ein paar Dutzend erhöht. Das Paar schräg hinter ihr unterhielt sich gerade.

»… Cousine hat gesagt, Varenthin soll gut sein. Eine Kollegin von ihr hat ihn in Büdingen singen hören«, erklärte die Frau gerade ihrem Mann, dessen Begeisterung für den Liederabend, wie Michaela seiner Antwort entnahm, nicht gerade riesig zu sein schien.

»Jetzt sind wir schon mal hier! Wenigstens mussten wir nur dreißig Euro für die beiden Plätze bezahlen. Bei dem letzten Sängerknaben, zu dem du mich geschleppt hast, war es um einiges mehr.«

Michaela schüttelte den Kopf über den Mann, aber auch über die Frau. Wenn er schon nicht mitgehen wollte, hätte sie ihn auch zu Hause vor dem Fernseher sitzen lassen und selbst einen entspannten Abend erleben können. Da sie das Gefühl hatte, das Konzert müsste gleich losgehen, zog sie ihr Handy und wollte auf die Zeitanzeige schauen. Sie hatte das Ding jedoch ausgeschaltet, weil Jander über Tag versucht hatte, sie alle halbe Stunde anzurufen. Nun schwankte sie, ob sie das Handy wieder aktivieren sollte oder nicht. Da hörte sie auf der Bühne ein Geräusch und steckte es wieder weg. Jemand vom hiesigen Kulturkreis trat vor und begrüßte die Zuhörer. Er versprach ihnen einen besonderen Genuss und verschwand nach ein paar Sätzen wieder, so als wäre es der Sänger nicht wert, viele Worte über ihn zu verlieren.

Der Vorhang hob sich, und Michaela sah zunächst einen schon etwas älteren Mann neben einem Klavier. Wie es aussah, sollte er den Star des heutigen Abends darauf begleiten. Sekunden später erschien auch dieser. Bei seinem Anblick blieb Michaela die Luft weg. Von ihrem Vater hatte sie gelernt, Tenöre wären höchstens mittelgroß und untersetzt bis leicht pummelig. Peer Varenthin hingegen war hochgewachsen und schlank. Mit seinen breiten Schultern, dem angenehmen Gesicht, seinem bis zu den Schultern fallenden Blondhaar und seinen blauen Augen wirkte er auf sie wie der junge Siegfried persönlich.

Dies schien auch der Mann hinter ihr zu denken, denn er ranzte seine Frau leise an. »Deshalb wolltest du unbedingt hierher! Weil er wie ein Gigolo aussieht, und nicht, weil er so gut singen kann.«

Renee Milan

Michaela ärgerte sich über den Mann, vergaß ihn aber gleich wieder und starrte Peer Varenthin an, der ihr wie ein Prinz aus einem Märchen erschien. Er war der attraktivste Mann, dem sie bisher begegnet war. Wenn er auch nur halbwegs so gut sang, wie er aussah, hatte sich dieser Abend trotz allen Ärgers über Ferdinand Jander und den Verlust ihres Jobs gelohnt.

Peer Varenthin war im ersten Augenblick enttäuscht, da die vorderen, besser bezahlten Reihen bis auf drei Personen leer waren. Dann aber sah er, dass der hintere Teil des Konzertsaales gut gefüllt war, und atmete auf. Er hatte genug Erfahrung, um zu erkennen, dass die gut fünfhundert Plätze zu etwas mehr als der Hälfte besetzt waren. Mit ein wenig Glück bekam er damit mehr Gage als die achthundert Euro, die sein Agent Pahnke als Garantiehonorar vereinbart hatte. Damit konnte er in diesem Monat gut durchkommen und sich vielleicht sogar ein oder zwei neue Hemden für seine Auftritte kaufen.

Seine Gedanken hinderten ihn jedoch nicht daran, nach vorne zu treten und sich vor seinem Publikum zu verbeugen. Dabei streifte sein Blick die drei Leute, die die Plätze vorne gewählt hatten. Das ältere Paar tat er als uninteressant ab, doch beim Anblick der jungen Frau, die ganz allein in der vordersten Reihe saß, atmete er plötzlich schneller. Sie war einfach vollkommen! Obwohl sie saß, konnte er ihre schlanken Formen erkennen. Hellblondes Haar fiel in weichen Wellen über die Schultern, und ihr Gesicht erschien ihm so lieblich, dass er kurz die Augen schloss und wieder öffnete, um sicher zu sein, dass er nicht träumte.

Die junge Frau war noch immer da und sah noch besser aus, als er es im ersten Augenblick angenommen hatte. Obwohl sie ein paar Meter von ihm entfernt saß, hätte er geschworen, dass ihre Augen die Farbe des Sommerhimmels hatten. Ihr Mund war sanft geschwungen, und sie besaß das hübscheste Kinn, das man sich bei einer Frau wünschen konnte.

Peer wunderte sich selbst über die Begeisterung, die er bei ihrem Anblick verspürte. Allein sie hier zu sehen, war diesen Auftritt wert. Dabei fiel es ihm nicht immer leicht, diese Konzerttourneen durchzustehen. Eigentlich waren solche Konzerte etwas für große Opernstars, die dann auch weitaus größere Säle füllten und Gagen verlangen konnten, von denen er nicht einmal zu träumen wagte. Der Gedanke jedoch, dass auch ein Pavarotti, ein Carreras und wie sie alle hießen, einmal klein angefangen hatte, war der Ansporn für ihn, dieses Leben durchzustehen. Acht- bis zwölfmal im Monat trat er in kleinen Konzertsälen und Kulturzentren fern der großen Opernbühnen auf, übernachtete dabei in billigen Pensionen und war froh, dass ihm Rainer Pahnke, sein Agent, für den Rest der Zeit ein kleines Zimmer in seinem Haus in Frankfurt-Niederrad zur Verfügung gestellt hatte.

In nicht allzu ferner Zukunft, so schwor Peer sich, würde auch er vor mehreren Tausend Zuhörern singen, die allein schon wegen seines Namens in die großen Konzertsäle der Welt strömten. Vorher aber musste er die Opernwelt mit seiner Stimme begeistern. Sein Agent hatte ihm versprochen, ihn mit einer ausgezeichneten Gesangsausbilderin bekannt zu machen. Noch konnte er sich diese Frau nicht leisten, aber er hoffte, dass sie wenigstens ein paar Tage lang mit ihm arbeiten würde. Genau wie er war auch sein Agent davon überzeugt, dass einmal einer der Talentsucher der großen Bühnen bei einem seiner Konzerte auftauchen und ihn seinem Intendanten empfehlen würde.

An diesem Tag aber würde er nicht für diese Hoffnung singen, sondern für die schönste Frau der Welt. Ihr Erscheinen war für ihn wie ein Signal, dass sein Leben sich bald schon ändern würde. Während er sie noch einmal ansah, überkam ihn der Wunsch, mit ihr zu reden und mehr über sie zu erfahren.

Ein mahnendes Hüsteln des Pianisten erinnerte Peer daran, dass er nicht hierstand, um über seine Karriere und die junge Frau vor ihm nachzudenken, sondern um vor gut zweihundertfünfzig Landpomeranzen zu singen. Das Repertoire hatte er mit dem Klavierspieler bereits abgesprochen, doch nun beschloss er, es zu ändern und zuletzt die Liebesarie aus La Traviata zu singen. Sie würde ihm sein ganzes Können abverlangen, doch er war sicher, es zu schaffen. Für diese Frau würde er alles tun, dachte er noch, als er sich erneut verbeugte, dem Pianisten das Zeichen zum Beginn gab und die ersten Töne anstimmte.

Der Sänger besaß eine ausgezeichnete Stimme, fand Michaela. So manche der Aufnahmen, die ihr Vater abgespielt hatte, waren nicht so gut gewesen wie dieser Auftritt. Dazu sah der Mann toll aus und strahlte ein Selbstbewusstsein aus, das den meisten anderen Menschen fehlte. Er würde Jander nur ansehen müssen, dann bekam dieser Angst und würde sich trollen, dachte sie. Doch dazu würde es leider nicht kommen, denn nach der Vorstellung würde der Künstler sich zurückziehen und sie sich auf den Heimweg in ihr Jugendheim machen, um erneut von Ferdinand Jander belästigt zu werden.

Michaelas Ärger wallte nur kurz auf, verlor sich dann aber rasch wieder, und sie gab sich ganz dem Zauber dieser Stimme hin, die sie förmlich zu liebkosen schien. Auch die anderen Zuhörer gerieten in Peer Varenthins Bann. Selbst der knurrige Alte zwei Reihen hinter Michaela lauschte gespannt und applaudierte, wenn ein Lied zu Ende war, nicht weniger begeistert als seine Frau.

Peer Varenthin war mit seinem Vortrag fast fertig und hatte nur noch ein einziges Lied vor sich. Das aber musste etwas ganz Besonderes sein. Er trat zu dem Pianisten und beugte sich über ihn.

»Ich werde jetzt die Liebesarie aus La Traviata singen!«

Der andere sah ihn irritiert an. »Aber wir hatten uns doch auf dieses Lied von Schubert geeinigt! Die Noten für diese Arie habe ich nicht mit!«

»Dann singe ich eben ohne Musikbegleitung!« Es war Peer sogar recht, denn damit wurde der reine Klang seiner Stimme nicht durch das Klavier verfremdet. Er trat vor, verbeugte sich noch einmal und begann zu singen.

Das Lied der Glückseligkeit

Die skeptische Miene des Pianisten verlor sich schnell, als Peers Stimme den Saal erfüllte und sich zu Höhen aufschwang, die er so nicht erwartet hatte. *Der wird ein ganz Großer werden,* dachte er und war auf einmal stolz, weil er Varenthin am Klavier hatte begleiten dürfen.

Als Peer endete, war es einen Augenblick lang still, dann brandete ein Applaus auf, wie er in diesem Konzertsaal selbst bei ausverkauftem Haus nur selten zu vernehmen war.

»Bravo! Ausgezeichnet!«, rief der Meckerer von vorhin, während Michaela still dasaß und die letzten Klänge in ihren Gedanken widerhallen ließ.

Die Frau vom Kulturverein kam wieder auf die Bühne und ergriff Peers Hand.

»Das war wunderbar! Ganz herzlichen Dank dafür! Sie kommen doch sicher mit zu dem kleinen Empfang unserer Kulturfreunde, der gleich im kleinen Saal beginnt?«

»Sehr gerne!«, antwortete Peer, sah dabei aber nicht die Kulturbeauftragte, sondern Michaela an. Diese saß noch immer mit verzückter Miene auf ihrem Stuhl, während sich die übrigen Zuhörer allmählich erhoben und nach Hause gingen oder sich, wenn sie zum Kulturverein gehörten, in den Nebensaal begaben, um dort den gelungenen Abend zu feiern.

Kurz entschlossen schwang Peer sich von der Bühne und trat auf Michaela zu. »Entschuldigen Sie bitte, aber ich würde Sie gerne fragen, ob Sie mich zum Empfang der Kulturfreunde dieser Stadt begleiten würden?«

Michaela zuckte leicht zusammen, nickte dann aber wie unter einem geheimen Zwang. »Sehr gerne, Herr Varenthin!«

Sie stand auf, trat zu ihm hin und lächelte auf eine Weise, die tief in Peers Herz drang.

»Sie erlauben doch?«, fragte er die Kulturfrau.

Diese wirkte ein wenig irritiert, nickte dann aber. »Aber selbstverständlich, Herr Varenthin!«

Renee Milan

Peer reichte Michaela den Arm und fühlte sich dabei von der jungen Frau so angezogen, dass er sie am liebsten nie mehr hätte gehen lassen.

Im kleinen Saal war ein kleines Büfett aufgebaut. Bei dem Anblick fiel Michaela ein, dass sie an diesem Tag noch nicht zu Abend gegessen hatte. Sie hatte plötzlich Hunger, nahm sich aber zusammen und wählte nur ein paar Kleinigkeiten. Auch Peer suchte seine Speisen mit Bedacht aus und begnügte sich bei den Getränken mit stillem Mineralwasser. Es gab zwar auch Wein, doch Michaela gab sich ebenfalls mit Wasser zufrieden.

Sie setzten sich zusammen an einen Tisch. Während sie aßen, kamen immer wieder Mitglieder des hiesigen Kulturvereins, um Peers Vortrag zu loben und zu erklären, wie sehr sie sich freuen würden, dass er in ihrer Stadt aufgetreten war. Erst nach einer gewissen Zeit fanden Michaela und Peer die Gelegenheit, in Ruhe miteinander sprechen zu können.

»Sie haben ausgezeichnet gesungen!«, erklärte Michaela mit leuchtenden Augen.

»Das freut mich, denn eigentlich habe ich heute nur für Sie gesungen«, antwortete Peer lächelnd.

»Für mich?« Obwohl es im Grunde nur eine Floskel war, freute Michaela sich drüber.

»Ich finde es schade, dass nur so wenige Leute zu Ihrem Liederabend gekommen sind«, sagte sie leise.

Peer winkte lächelnd ab. »Es waren sogar mehr Zuhörer, als ich erwartet habe. Ich habe in diesem Monat schon dreimal vor einer geringeren Zahl gesungen. Aber so ist es nun einmal. Wer nicht das Glück hat, rasch einem der großen Opernhäuser aufzufallen und ein Engagement als Zweitbesetzung zu erhalten, muss die Ochsentour über die Dörfer antreten und hoffen, dass er einem Talentsucher auffällt, der gerade seine Tante besucht hat und von dieser zu einem Konzertabend geschleppt wird.«

Es lag keine Bitterkeit in Peers Worten, sondern nur die Tatsache, dass es eben so war und es keinen Sinn machte, sich darüber aufzuregen.

»Es ist sicher nicht leicht, von Ort zu Ort zu reisen und in kleinen Städten zu singen«, antwortete Michaela.

»Man gewöhnt sich daran«, antwortete Peer. »Schließlich trage ich den Traum in mir, irgendwann den Durchbruch zu schaffen und auf den großen Opernbühnen der Welt singen zu können. Aber reden wir nicht länger über mich. So interessant bin ich wirklich nicht. Ich würde viel lieber etwas über Sie erfahren!«

»Über mich gibt es nicht viel zu erzählen«, sagte Michaela. »Ich werde nächste Woche achtzehn, bin Waise, seit meine Eltern vor einem knappen Jahr durch einen Unfall ums Leben gekommen sind, und wohne derzeit noch in einem Jugendheim. Ich würde liebend gern dort ausziehen und mir ein Appartement mieten. Aber das schaffe ich wahrscheinlich nicht, weil ein blöder Kerl dafür sorgt, dass ich die Arbeitsstellen, die ich nach dem Abschluss meines Abiturs angenommen habe, immer wieder verliere. Der Kerl ist mir bereits in meiner Heimatstadt nachgelaufen und mir später bis hierher gefolgt. Jetzt baggert er mich ständig an, doch bevor er nicht gewalttätig wird, kann die Polizei nichts gegen ihn unternehmen. Ich habe ihn kurz vor dem Konzert abgehängt, bin mir aber sicher, dass er, wenn ich nach Hause komme, noch immer vor dem Jugendheim herumlungern wird.«

Der Gedanke brachte Michaela wieder ihre Probleme zu Bewusstsein, und ihre Miene verdüsterte sich leicht.

Peer fasste nach ihrer Hand. »Das mit Ihren Eltern tut mir leid. Es muss ein entsetzlicher Schlag für Sie gewesen sein!«

Michaela nickte mit einem leisen Seufzer. »Es war wirklich schlimm! Sie waren so liebe Menschen, und dann musste so ein Idiot von Fernfahrer mit seinem schweren Lkw auf der Autobahn ins Stauende rasen. Meine Eltern hatten nicht die geringste Chance.«

Eine Träne stahl sich aus Michaelas rechtem Auge und rollte wie eine Perle die Wange herab.

Renee Milan

»Es muss für Sie selbst schrecklich gewesen sein«, fuhr Peer fort.

Michaela antwortete mit einem Achselzucken. »Bis auf Jander ist alles zu ertragen. Aber um den Kerl loszuwerden, muss ich wahrscheinlich ans andere Ende der Welt auswandern. Aber dafür habe ich weder das Geld noch die Lust.«

»Aber Sie müssen doch sicher etwas geerbt oder zumindest Geld von einer Lebensversicherung erhalten haben?«

»Ich bekam von der Versicherung das Geld für den kaputten Wagen. Das habe ich für die Beerdigung ausgegeben, denn ich wollte keinen Cent davon haben. Es hätte mich in jedem Augenblick daran erinnert, dass meine Eltern totgefahren worden sind!« Michaela weinte weitere Tränen, lautlos und voller Trauer.

»Das verstehe ich«, antwortete Peer. »Für einen gefühlvollen Menschen wie Sie wäre das entsetzlich gewesen. Ich hätte nicht anders gehandelt.«

Auf diese Weise unterhielten sie sich, bis sie mitbekamen, dass die ersten Mitglieder des Kulturvereins aufbrachen. Seufzend sah Peer sie daraufhin an.

»Wenn Sie es wünschen, bringe ich Sie nach Hause – nur für den Fall, dass der Kerl Ihnen auflauern sollte«, bot er ihr an.

Michaela atmete erleichtert auf. »Ich würde mich sehr freuen!«

Sie freute sich nicht nur über den Schutz, den er ihr bot, sondern auch über die Möglichkeit, noch ein wenig länger mit diesem faszinierenden Mann zusammen sein zu können.

»Dann nehmen wir es in Angriff!« Peer stand auf und reichte ihr den Arm. Er vergaß jedoch nicht, mit Michaela zusammen auf die Vorsitzende des Kulturvereins zuzutreten.

»Herzlichen Dank für die Einladung! Es war ein sehr angenehmer Auftritt bei Ihnen, der mir viel Freude bereitet hat.«

»Uns nicht weniger!«, antwortete die Frau zuckersüß.

Sie hatte gehofft, mit ihrem begrenzten Budget einen halbwegs brauchbaren Opernsänger engagieren zu können, und war mit einem prachtvollen Rohdiamanten belohnt worden, der sicher den besten Auftritt dieses Jahres hingelegt hatte. Ihre Cousine im Nachbarort, die dort die Kulturfreunde anführte, würde vor Neid vergehen, dachte sie süffisant. Diese hatte vor zwei Wochen einen schon etwas abgehalfterten Schlagersänger auf die Bühne gebracht, doch der Kerl war schon betrunken erschienen und hatte sich vor dem Auftritt noch ein paar weitere Schnäpse gegönnt. Sein Vortrag war entsprechend schlecht gewesen und er war zuletzt auch noch von der Bühne gestürzt und hatte sich das Bein gebrochen. Jetzt hatte der dortige Kulturverein eine Schadensersatzklage am Hals, deren Höhe sich nach der Glanzzeit des Sängers richtete.

Peer Varenthin hatte beim Singen weder genuschelt, noch war er in Gefahr geraten, von der Bühne zu fallen. Er war im Gegenteil ein reizender junger Mann, der nicht aus Lust und Laune Frauen in den Hintern kniff und sich buchstäblich für unwiderstehlich hielt wie jener Sänger. Die Kulturvorsitzende griff sich unwillkürlich an den Po, so als würde sie die Pfoten jenes Sängers noch immer dort spüren.

Da sah sie von der anderen Seite ihre Cousine kommen und verabschiedete sich von Varenthin und dessen Begleiterin. Als die beiden das Kulturzentrum verließen, beneidete sie die blonde Schönheit an seiner Seite, denn sie wäre liebend gerne an deren Stelle gewesen, auch wenn die ganze Sache später im Bett enden würde. Mit einem Mann wie Peer Varenthin hatte sie noch niemals geschlafen und würde es, wenn nicht ein Wunder geschah, auch niemals tun.

Bis zum Jugendheim war es etwas mehr als ein Kilometer zu gehen. Für Michaela hätte der Weg jedoch niemals enden müssen. Sie ging Hand in Hand mit Peer, und bereits auf halber Strecke waren sie so weit, vom steifen Sie ins persönliche Du umzuwechseln.

»Ich würde dich so gerne noch einmal singen hören«, sagte Michaela, als das Jugendheim vor ihnen auftauchte.

»Ich werde in drei Tagen vierzig Kilometer von hier entfernt auftreten«, antwortete Peer und blickte Michaela bei diesen Worten hoffnungsvoll an. Würde sie bereit sein, diese Strecke zurückzulegen, nur um ihn wiedersehen zu können?

»Wo?«, fragte sie da bereits.

Peer griff in die Tasche und holte einen Flyer hervor, auf dem neben anderen Veranstaltungen auch sein Konzert aufgeführt war.

»Hier steht alles drauf!«, sagte er, als er Michaela den Flyer reichte.

»Danke schön!« Ihre Augen leuchteten dabei so freudig auf, dass Peer es selbst im trüben Schein der Straßenlaternen erkennen konnte.

Im nächsten Augenblick entdeckte er einen Schatten und begriff, dass es sich dabei nur um den Kerl handeln konnte, der dieses wunderbare Mädchen belästigte.

Es war tatsächlich Jander. Dieser kam auf Michaela zu, bemerkte dann erst, dass sie nicht allein war, und blieb stehen.

»Wer ist der Kerl?«, fragte er voller Eifersucht.

»Derjenige, der Ihnen gleich zu einer Zahnprothese verhelfen wird!« Peers Stimme war klar, deutlich und laut genug, sodass Jander ihn sofort verstand. Dieser starrte den hochgewachsenen und breitschultrigen Sänger an, der ein gewisses Maß an Theatralik in seine Stimme und seine Bewegungen legte und dadurch einschüchternd wirkte.

Ferdinand Jander war nicht der Mutigste, und der Gedanke, von dem Fremden verprügelt zu werden, brachte ihn dazu, rückwärts zu gehen.

»Verschwinde von hier! Du siehst doch, dass du hier überflüssig bist!« Die Ausbildung auf dem Konservatorium machte sich bezahlt, denn jedes von Peers Worten traf wie ein Schlag.

Jander schüttelte sich wie ein nasser Hund, während die Angst immer mehr von ihm Besitz ergriff. Schließlich drehte er sich um und lief fluchend davon.

»Danke!«, sagte Michaela mit einem tiefen Aufatmen. »Ich glaube nicht, dass ich allein den Kerl so schnell losgeworden wäre.«

»Es war mir ein Vergnügen!« Peer verbeugte sich schwungvoll vor ihr und wünschte sich plötzlich, sie küssen zu können.

Michaela fragte sich, wie sie sich bei Peer am besten bedanken könnte. Ohne groß nachzudenken, stellte sie sich auf die Zehenspitzen und berührte seinen Mund kurz mit dem ihren. Es war wie ein leichter elektrischer Schlag, gleichzeitig zuckersüß und voller Hoffnung auf eine Wiederholung.

»Ich muss jetzt reingehen!«, sagte sie verwirrt über die eigenen Gefühle.

»Schlaf gut!«, antwortete Peer und wagte es nun doch, sie in die Arme zu nehmen. Diesmal dauerte der Kuss länger, und als sie sich ein wenig später trennten, presste Michaela den Flyer, den Peer ihr gegeben hatte, wie etwas ganz Kostbares an ihre Brust.

Sie würde in drei Tagen zu Peers Konzert fahren und ihn wiedersehen. Ihr Herz flatterte dabei wie ein Vögelchen, das sein Nest verlassen wollte, und sie spürte, dass sie es an ihn verloren hatte.

Wenn Schicksale sich kreuzen …

RENEE MILAN

Die Leihmutter

Roman

Nie hätte Daniela geglaubt, zu so etwas fähig zu sein! Als sie nach einer Gefängnisstrafe buchstäblich vor dem Nichts steht, erscheint ihr das Angebot der Industriellenwitwe Lisbeth Siebert als einziger Ausweg: Lisbeth sucht eine Leihmutter, die das Kind ihres im Sterben liegenden Sohnes austrägt. Daniela ahnt nicht, dass sie mitten in die erbitterten Erbstreitigkeiten um ein Firmenimperium gerät, die sie selbst in Gefahr bringen. Auch gelingt es ihr bald nicht mehr, das kleine Wesen in ihrem Bauch als das Kind einer anderen anzusehen. Doch auch Lisbeth begreift im Lauf der Zeit, dass Daniela mehr ist als ein nützliches Werkzeug.

Stephanie Butland

Luftschlösser

Aus dem Englischen
von Maria Hochsieder

Über die Autorin

Wenn Stephanie Butland nicht gerade schreibt, arbeitet sie als Coach und Motivationstrainerin. Zusammen mit ihrer Familie lebt sie im Nordosten Englands.

V ielleicht sollten wir uns ein Hotelzimmer nehmen«, sagte ich. Ed hatte sich auf dem Weg in unser Mansardenschlafzimmer den Zeh angestoßen – an einem der Eimer oder Fliesenstapel oder Rohre oder was auch immer sonst die Handwerker auf den Fluren abgestellt hatten. Das gehörte zu den zahlreichen Demütigungen, unter denen wir litten, um einer neuen Küche willen, die wir eigentlich nie gewollt hatten. Ich begann mich nach den einfachsten Dingen zu sehnen wie einem Essen, das aus dem Ofen kam statt aus der Mikrowelle, oder danach, dass ich aus der Dusche steigen könnte, ohne dass sich sofort eine feine Staubschicht auf meine Haut legte.

»Ich weiß nicht, ob wir uns das leisten können«, erwiderte Ed.

Mir war klar, worauf er anspielte. Er meinte, wenn ich meine Festanstellung nicht aufgegeben hätte, könnten wir es uns leisten, was ungerecht war, denn es war ja nicht so, dass ich eine Woche nachdem ich mich in die Selbstständigkeit begeben hatte, absichtlich einen Sabotageakt auf unsere Wasserleitung verübt hatte. Ich seufzte und drehte mich um, als Ed sich neben mich ins Bett legte. Vielleicht wäre morgen ein besserer Tag.

Am nächsten Morgen – es handelte sich um Woche vier mit Handwerkern im Haus – achtete ich darauf, mit Ed beim Weckerklingeln aufzuwachen und mit ihm zu plaudern, während er sich für die Arbeit fertigmachte. Es schien, als redeten wir nicht mehr viel miteinander, wenn es nicht gerade um das Fassungsvermögen von Geschirrspülern oder Schubladengriffe ging. Als er fort war, döste ich noch zwanzig Minuten und ging dann hinunter, um mir in der provisorischen Küche – genau genommen also unserem Esstisch, auf dem Minikühlschrank, Wasserkocher und Mikrowelle standen und unter dem sich eine Menge Kisten und Plastiktüten stapelten – einen Tee zu kochen. Ich trug ein altes T-Shirt von Ed. Er hat breite Schultern und ist groß, für mich sind sie also schlabberig und wunderbar bequem zum Schlafen, wenngleich man sie nicht unbedingt schick nennen kann.

Und in diesem Augenblick kamen Simon und Steve, die Handwerker. Es war acht Uhr. Nie waren sie vor neun aufgetaucht, kein einziges Mal, also hatte ich mich sicher gefühlt. Offenbar hatte ich mich getäuscht.

Sie klopften und sperrten die Tür auf und stockten, als sie mich erblickten, in nichts als einem T-Shirt, das gerade so bis zu den Hüften reichte, mit verschlafenem Blick, in der Hand eine Tasse, auf der stand: »Ich bin entweder munter oder früh dran – du hast die Wahl.«

Sie waren um acht gekommen, um mich noch zu »erwischen«, weil sie Neuigkeiten hatten. Normalerweise verlasse ich das Haus, sobald sie eintreffen, weil es so laut ist, zumal sich mein Arbeitszimmer über der Küche befindet. Ich gehe in die Bücherei, lese meine E-Mails und versuche herauszufinden, wie man sich eine Gefolgschaft in den sozialen Medien aufbaut. Wenn die Handwerker für den Tag fertig sind, gegen vier Uhr, kehre ich nach Hause zurück, und falls es irgendwelche Telefonate gibt, die ich erledigen muss, mache ich sie dann, wobei ich nicht gerade von Arbeit überschwemmt werde.

Es waren keine guten Neuigkeiten. Simon blickte auf seine Stiefelspitzen (ich denke, er wollte mich nicht in Verlegenheit bringen) und sagte, dass die Arbeit an der Küche eine Woche länger dauern würde als ursprünglich erwartet, denn der Installateur wäre bei einem anderen Auftrag aufgehalten worden. Ich sagte, es sei okay – es hatte keinen Sinn, einen Aufstand deshalb zu machen, und grundsätzlich machten sie ihre Arbeit ganz gut, also wollte ich ihren Unmut nicht erregen.

Ich rannte die Treppen hinauf. (Mir war nicht klar, wie viel meines »Allerwertesten«, wie Ed ihn gern nannte, zu sehen war, also beschloss ich, es so schnell wie möglich hinter mich zu bringen.) Dann atmete ich tief durch und rief Ed an, um ihm die Neuigkeit mitzuteilen.

Ed ist immer recht kurz angebunden, wenn ich ihn bei der Arbeit anrufe – es ist ein Großraumbüro –, also überraschte es mich nicht, dass er nur sagte: »Danke fürs Bescheidgeben, Laura«, und auflegte. Ich fragte mich, ob auch er am Schreibtisch saß und seinen Kopf einen kurzen Augenblick in die Hände stützte, so wie ich es tat, als ich den Anruf beendet hatte.

Mein Handy gab ein Klingeln von sich, um eine neue Nachricht anzuzeigen, und ich hoffte, dass Ed mir etwas Aufmunterndes sagen wollte. Doch es war meine Schwiegermutter Dee, die anbot, »vorbeizukommen und mich zum Mittagessen auszuführen«. Normalerweise lehne ich ganz bewusst, wenngleich höflich ab, weil es mich ärgert, dass Dee davon ausgeht, dass »von zu Hause arbeiten« automatisch bedeutet, immer und jederzeit verfügbar zu sein. Diesmal allerdings brachte ich es nicht übers Herz, zumal die Aussicht auf ein Mittagessen, das mehr war als ein Sandwich mit einem dünnen Belag aus Bauschutt, durchaus seinen Reiz hatte. Ich simste ein Danke zurück und nannte eine Uhrzeit.

Daraufhin rollte ich mich auf dem Bett zusammen und weinte. Ich verhielt mich leise, damit die Handwerker mich nicht hören konnten, wobei ich ziemlich laut hätte heulen müssen, um die Sägearbeiten und das Radio zu übertönen. Während ich vor mich hin schluchzte, fragte sich ein Teil von mir, worüber ich genau so unglücklich war. Die Frage war nicht leicht zu beantworten. Ich hatte das Gefühl, dass es um mehr ging als einen Wasserrohrbuch, einen Monat voller Unannehmlichkeiten und einen weiteren in Aussicht, sowie den unvermittelten Verlust all meiner Ersparnisse. Ich hatte das Gefühl, über mein gebrochenes Herz zu weinen.

Ed und ich erlebten eine recht stürmische Romanze. Wir lernten uns auf einer Hochzeit kennen – ich war eine Freundin der Braut, er war mit dem Bräutigam zur Schule gegangen –, und wir schafften es innerhalb von sechs Monaten vom ersten Date bis zum Heiratsantrag und feierten unsere kleine, fröhliche Hochzeit weitere sechs Monate später. Bei einigen Leuten sorgte das für Stirnrunzeln, aber wir kümmerten uns nicht darum. Ed war fast vierzig, ich war dreiunddreißig, wir hatten beide also genügend Fehlstarts hinter uns gebracht, um die wahre Liebe zu erkennen, als sie auftauchte.

Unser erstes Ehejahr war voller Glückseligkeit. In den Monaten davor hatten wir unsere beiden Wohnungen verkauft und das wunderschöne kleine Haus in einer ruhigen Straße am Rande von Oxford bezogen, und wir hatten unendlich viele Pläne geschmiedet, die begonnen hatten, Form anzunehmen. Ed wurde befördert, und ich konnte meinen Brotberuf im Callcenter aufgeben und anfangen, das zu tun, was ich wirklich wollte: Ich gründete einen Verleihservice, der antikes Geschirr und Gläser für Hochzeiten und Partys bereitstellte. Wir bauten Regale in das freie Zimmer und begannen, meine Funde aus Secondhandläden und die eBay-Schnäppchen sorgfältig geordnet hineinzustapeln.

Unseren zweiten Hochzeitstag feierten wir mit einem Picknick zu zweit im Garten; ich hängte Lichterketten an den Zaun, und wir tranken Sekt aus Zwanzigerjahre-Kelchen, die ich bei Oxfam aufgestöbert hatte. Ich hatte meinen ersten Auftrag, eine kleine Hochzeit mit Geschirr zu beliefern, und wir waren beide aufgeregt deswegen. Tatsächlich hätte der Abend nicht schöner sein können. Wir legten uns auf den Rücken und betrachteten die Lichterketten, und Ed sagte: »Lass uns immer mindestens so glücklich sein. Das soll das Minimum sein.«

Es war, als hätte er uns damit verflucht. Zwei Tage später kam ich nach unten, und Ed fragte, ob ich das Wasser hätte laufen lassen. Ich ging zurück nach oben und sah nach. Der Hahn war ab-

Stephanie Butland

gedreht, aber wir konnten deutlich hören, dass irgendwo das Wasser lief. Tagelang prüften wir sämtliche Wasserhähne, Rohre, den Wassertank, den Boiler, die Spülmaschine, die Waschmaschine. Wir konnten kein Leck entdecken, aber wir hörten etwas.

Also riefen wir einen Klempner, der einen Wasserrohrbruch unter dem schönen Originaleichenparkett unserer Küche ausmachte. Das Rohr wurde ausgetauscht, die Versicherung übernahm die Kosten für den kompletten neuen Boden, weil es unmöglich war, nur die beschädigte Stelle zu ersetzen. Also musste die ganze Küche herausgerissen werden. Die Küchenschränke fielen auseinander, als die Handwerker sie ausbauten, für deren Ersatz aber wollte die Versicherung nicht zahlen. Deshalb mussten wir das Geld benutzen, das ich seit Jahren angespart hatte – das Geld, das mir Zeit verschaffen sollte, um mein Geschäft aufzubauen. Als wir uns um das Darlehen für unser Haus bemüht hatten, hatte Ed darauf bestanden, dass ich es zurückhielt, was mich auf zweierlei Weise glücklich machte: weil ich meine Ersparnisse behielt und weil Ed verstand, wie wichtig es mir war.

Als wir jedoch urplötzlich eine neue Küche brauchten, hatten wir keine Wahl, als dieses Geld dafür herzunehmen. Wir waren uns einig, dass wir mit einer »billigen« Küche am falschen Ende sparen würden, denn eine »billige« Küche kostete immer noch ein kleines Vermögen. Wir verbrachten einen Samstag in Küchenstudios und einen Sonntag damit, zu entscheiden, was wir wollten – nichts Ausgefallenes, aber doch gut genug, um auf lange Sicht zufrieden zu sein –, dann holten wir tief Luft und setzten eine fünfstellige Summe ein.

Es machte mir nichts aus, plötzlich aber hatte ich kein Jahr mehr zur Verfügung, um ordentliches Geld zu verdienen. Ed fing an, in aller Früh zur Arbeit zu stürmen, und kam erst spät wieder nach Hause gepoltert. Es war, als hätten wir das, was uns besonders gemacht hatte, von einem Augenblick auf den anderen verloren. In

Sekundenschnelle waren wir von einem glückseligen Paar zu zwei Menschen geworden, die die Gegenwart des anderen kaum ertrugen.

Ich gab mir wirklich alle Mühe. Ich beklagte mich nicht, auch wenn es eine vergebliche Sisyphusarbeit ist, Geschirr und Gläser in einem Haus sauber zu halten, in dem zunächst ein Boden und dann eine Küche eingebaut werden. Alles lag unter einer drei Zentimeter dicken Staubschicht. Ich machte ein paar halbherzige Versuche zu putzen, doch der Dreck schien sich schneller zu erneuern, als ich ihn beseitigen konnte. Abends sahen wir fern, sprachen kaum miteinander, und obwohl ich es mir nur ungern eingestand, begann ich mich einsam zu fühlen. Ich sagte es Ed, und er legte den Arm um meine Schulter, küsste mich auf die Stirn und sagte: »Es könnte schlimmer sein, Schatz. Stell dir vor, du steckst jeden Tag in einem Büro fest.«

All das schoss mir durch den Kopf, während ich weinend auf dem Bett lag. Doch da war niemand, der mich hören, mir helfen oder die Dinge für mich wieder in Ordnung bringen konnte, und ich hatte keine Ahnung, wie ich es selbst anstellen sollte, also hielt ich mir eine kleine Standpauke und duschte. Ich raffte mich immerhin so weit auf, dass ich ein paar Zeitschriften anmailte, um nach Anzeigenpreisen zu fragen, und fügte meiner Website einen netten Kommentar hinzu, den mir eine Kundin geschickt hatte. Sie war meine vierte Kundin und die vierte zufriedene Kundin – bislang. Um ehrlich zu sein, lief es schwerfälliger an, als ich erwartet hatte, und nun, da ich kein finanzielles Polster mehr zu meinem Schutz hatte, fühlte ich mich unter Druck.

Als Dee an die Tür klopfte, hatte ich mich etwas beruhigt. Die Handwerker waren weggefahren, um irgendetwas zu besorgen, und obwohl wir nur den Rohbau einer Küche besaßen, konnte ich mir schon beinahe ausmalen, wie sie einmal aussehen würde. Ich hatte ein Kleid angezogen, weil ich die Wäsche nicht gewaschen

Stephanie Butland

hatte und mir die Jeans und T-Shirts ausgegangen waren, und tatsächlich war es ein gutes Gefühl, sich ein bisschen hübsch zu machen.

Dee fuhr ins Stadtzentrum und parkte vor ihrem Lieblingsrestaurant – auf eine Weise, die man bestenfalls als lax bezeichnen konnte. Sie erkundigte sich nicht, wo ich essen wollte. Es störte mich nicht weiter. Ed war ein lange ersehntes Einzelkind: Dee ist fast siebzig, und ich habe den Eindruck, sie hat ihre Überzeugungen mit der Muttermilch aufgesogen und es nie für nötig befunden, sie zu aktualisieren. Sie hat nie gearbeitet und sagt Dinge wie: »Männer verstehen nicht, dass es eine niemals endende Aufgabe ist, einen Haushalt zu führen.« Dabei klingt sie, als sei sie die Herzoginwitwe von Devonshire, während sie tatsächlich mit Eds Vater in einer makellos aufgeräumten Doppelhaushälfte mit drei Schlafzimmern lebt und meistens Fertiggerichte von Waitrose isst. Sie behandelt mich, als müsse sie mir erst beibringen, wie man sich richtig um Ed kümmert. Doch sie hat ein gutes Herz, und auf ihre Weise hat sie sich immer darum bemüht, dass ich mich als Teil der Familie fühle. Mir ist bewusst, dass außer Ed niemand da ist, um den sie sich Gedanken machen kann, und ich manchmal gereizt auf sie reagiere, weil ich seit meinem fünften Lebensjahr selbst keine Mum mehr habe.

Wir bestellten beide Risotto, und ich fragte nach ihrem Garten. Ich wollte nicht über mich reden, denn das würde unweigerlich zu den Handwerkern, meiner Selbstständigkeit oder Ed führen, und mir stand nicht der Sinn danach, diese Dinge zu vertiefen. Doch sie sah mich an, legte ihre Hand auf meine und sagte: »Lassen wir meinen Garten gut sein, Laura. Was ist los?«

Wie ein Schwall aus dem Wasserhahn schossen die Tränen hervor, und mein ganzer Frust ergoss sich. Sie reichte mir ein Taschentuch und hörte mir zu, ohne mich zu unterbrechen, bis mir schließlich die Tränen ausgingen oder die Luft oder auch beides.

»Ich wünschte nur, ich hätte niemals Ja gesagt. Ich habe das Gefühl, alles ist schiefgegangen und ich stecke fest«, meinte ich und zwirbelte das Taschentuch in meinen Händen.

Als ich aufsah, standen Dee die Tränen in den Augen. »So kann das nicht weitergehen«, sagte sie sanft und fügte dann pragmatischer, mehr wie die Frau, die ich kannte, hinzu: »Jetzt geh erst mal und wasch dir das Gesicht. Dann geht es dir bestimmt schon ein bisschen besser.«

Als ich von der Toilette wiederkam, war unser Essen gekommen, und ich sah, wie Dee ihr Handy ein wenig verstohlen wegsteckte. Sie bemerkte, dass ich sie dabei beobachtet hatte, und sagte: »Ich hoffe, es stört dich nicht, dass ich gerade mit Jenny telefoniert habe. Ihre Tochter hat eben die Verlobung bekannt gegeben, also dachte ich, ich sollte ihr von dir erzählen.«

Ich sah ihren nervösen Blick und lächelte. Drei Monate zuvor hätte es mich allerdings gestört, und wie. Damals hatte ich Geld auf der Bank und war voller Zuversicht, dass ich ganz allein ein Geschäft aufziehen könnte. Nichts davon hatte ich nun noch. »Danke«, erwiderte ich, und wir nahmen unsere Gabeln, aßen das Risotto und unterhielten uns über Dees Rosen.

Ed schrieb mir eine SMS, dass er spät nach Hause käme, und als er eintraf, schlief ich bereits. Am Morgen führten wir eines jener pragmatischen, rein informativen Gespräche über die Küche und unsere Pläne für den Rest der Woche. Ich wollte abends zu einer Veranstaltung über mediale Vernetzung, er war am folgenden Abend mit Freunden verabredet, und am Abend darauf traf sich mein Lesekreis. Ich dachte daran, dass es eine Zeit gegeben hatte, in der ich mich ein wenig verloren gefühlt hätte, vier Abende hintereinander meinen Mann so gut wie nicht zu sehen. Jetzt war ich erleichtert, und auch Ed schien es nicht zu kümmern. Wenn wir zusammen waren, sah er mich kaum an, und wann immer ich über etwas Weitreichenderes sprechen wollte als die kommende Woche, schüttelte er sacht den Kopf und sagte: »Lass uns jetzt nicht darüber reden, Laura.« Nachts aber, wenn er dachte, dass ich schlief, spürte ich, wie er mir über das Haar strich.

Der Klempner kam und ging. Dann kam der Fliesenleger, atmete scharf ein und begann mit der Arbeit. Ed schien immer länger im Büro zu bleiben. Ich erhielt kurzfristig den Auftrag, eine goldene Hochzeit mit Geschirr, Besteck, Gläsern und Tischwäsche zu versorgen, weil der ursprüngliche Partyservice die Familie eine Woche vor dem Termin im Stich gelassen hatte. Nachdem mir dafür noch ein paar Gläser fehlten, verbrachte ich einige Tage damit, die Wohlfahrtsläden abzuklappern und abends meine Fundstücke in einer Plastikschüssel auf dem Esstisch zu spülen. Wenn Ed nach Hause kam, lag ich fast immer schlafend im Bett.

Die goldene Hochzeit wurde mit einem Mittagessen gefeiert, und alles sollte um elf Uhr bereit sein. Da es eine zweistündige Anreise war, beschloss ich, zur Sicherheit die Nacht zuvor in einem Bed and Breakfast in der Nähe zu verbringen. Die Familie, die die Feier organisierte, hatte mir den Preis genannt, den die ursprünglich beauftragte Firma berechnet hätte, und sie wollten mir das Gleiche zahlen – weit mehr, als ich zu verlangen gewagt hätte. Also schienen mir die siebzig Pfund für das Bed and Breakfast schon in Ordnung. Zwar konnte ich erst ab acht in den Festsaal, aber ich wäre immerhin erholt und könnte pünktlich loslegen.

Zumindest war das der Plan. Schlaflos wälzte ich mich in dem fremden Bett herum und dachte an Ed, der mich am Morgen vor der Arbeit auf die Wange geküsst und gesagt hatte: »Viel Spaß heute Nacht in der Fremde.« Um drei Uhr morgens gestand ich mir ein, dass unsere Ehe ein Fehler war: Ganz offensichtlich bereute Ed seine Entscheidung. Als ich um sieben Uhr nach gefühlten zwei Minuten Schlaf hochschreckte, versuchte ich mir einzureden, dass ich mich täuschte. Doch ich war nicht vollkommen überzeugt. Stattdessen musste ich an all die Leute denken, die mich gewarnt hatten, dass ich womöglich vor lauter Verliebtheit blind sei und in ein oder zwei Jahren in Schwierigkeiten stecken könnte. Ich liebte ihn immer noch – andernfalls ginge es mir nicht so elend –, doch vielleicht war ja er derjenige, der vor Verliebtheit blind gewesen war.

Das erklärte Eds Schweigen, seine Überstunden und dass er auf Abstand ging.

Am liebsten hätte ich mich hingelegt und wäre nie mehr aufgestanden. Aber ich hatte keine Wahl. Also setzte ich ein Lächeln auf und verbrachte die nächsten drei Stunden damit, durch einen hübschen Gemeindesaal zu schwirren, Tischdecken nachzubügeln, Tassenhenkel und Kuchengabeln exakt auszurichten und während der Arbeit mit den Caterern und Floristen zu plaudern. Dees Credo in allen Lebenslagen ist, immer auf Trab zu bleiben, und als ich innehielt und mir ansah, was ich geschafft hatte – und wie die Zeit dabei verflogen war –, leuchtete es mir durchaus ein.

Ich machte ein paar Fotos, und während der Feier setzte ich mich in ein Café im Nachbardorf, aß zu Mittag und stellte die Bilder auf meine Website. Außerdem justierte ich meine Preise ein wenig nach oben. Ich stellte fest, dass ich drei neue Anfragen hatte – offenbar hatte Dee für mich ihre Verbindungen spielen lassen. Als ich die E-Mails beantwortet hatte, war es schon Zeit, in den Gemeindesaal zurückzukehren und aufzuräumen. Die Familie war begeistert von meinem Werk und fragte wegen einer Hochzeit im nächsten Jahr an. Auf der Heimfahrt überkam mich ein Gefühl, das ich nicht sofort einordnen konnte.

Was die Arbeit anging, war ich glücklich. Ich fühlte mich erfüllt. Es war lange her, dass ich eines von beiden empfunden hatte.

Vielleicht hatte mein Drei-Uhr-nachts-Ich recht gehabt. Vielleicht war das mit Ed und mir ein Fehler.

Als er nach Hause kam, trocknete ich gerade die letzten Teller ab und war noch immer damit beschäftigt, herauszufinden, was ich tun sollte. Klar, ich sollte ihn einfach fragen, ob er der Meinung war, unsere Beziehung sei am Ende. Doch schon der Gedanke daran, diese Frage zu stellen, brach mir das Herz. Ich war in keinster Weise für die falsche Antwort gewappnet.

Die Tür schlug zu, und Ed kam direkt zu mir – ohne die halbfertige Küche zu inspizieren, wie er es sonst tat. Er trat auf mich zu, nahm meine Hände in seine, sah mir ins Gesicht und sagte: »Laura? Letzte Nacht, als du weg warst, habe ich viel nachgedacht.«

»Okay.« Ich spürte, wie ich zu zittern anfing, und ich klammerte mich an seine Hände, um Halt zu finden.

Er holte Luft. Ich nahm alle Kraft zusammen. »Ich liebe dich, und ich will nicht, dass du fortgehst. Es tut mir schrecklich leid, dass ich dich so unglücklich gemacht habe. Sag bitte, was ich machen kann, damit es wieder gut wird. Ich tu alles, was du willst.«

»Was?«, war alles, was ich herausbrachte.

Er schüttelte den Kopf. »Seit ich dir begegnet bin, treibt mich die Angst um, dass mein Glück versiegt. Vermutlich ist es jetzt so weit.« Er blickte zu Boden; ich wusste, es lag daran, dass er es nicht leiden konnte, wenn jemand ihn weinen sah. Ich spürte, wie mir selbst die Tränen kamen.

»Ich weiß überhaupt nicht, wovon du sprichst«, erwiderte ich. »Ich dachte, du bereust, dass du mich geheiratet hast.«

Er sah auf. »Meine Mutter hat erzählt, dass du bedauerst, mich geheiratet zu haben. Ich weiß schon, in letzter Zeit ist alles schiefgelaufen. Es tut mir so leid, dass es dir schlecht geht und du das Gefühl hast, hier festzusitzen. Wenn du meinst, dass es dir ohne mich besser geht …«

»Was?«, sagte ich noch einmal. Irgendetwas klingelte in meinem Unterbewusstsein, und als mir klar wurde, was, hätte ich beinahe laut aufgelacht. »Ich habe deiner Mutter gesagt, dass … na ja, ich weiß nicht, was genau, aber es ging darum, dass ich wünschte, ich hätte das alles nie angefangen, und dass ich das Gefühl habe, festzustecken.«

»Eben«, sagte Ed bitter. »Genau so ist es. Sie hat mich an dem Nachmittag angerufen und gebeten, auf dem Heimweg vorbeizukommen. Seitdem habe ich versucht, dir ein bisschen Freiraum zu lassen, weil ich dachte, du wirst schon mit mir reden, wenn du so weit bist. Letzte Nacht aber, als ich allein war, ist mir klar geworden, dass wir reden müssen. Ich kann nicht länger zur Arbeit fahren und mich fragen, ob du noch da bist, wenn ich nach Hause komme.«

Ich nahm sein Gesicht zwischen die Hände und küsste ihn zärtlich auf den Mund. Mir schien, als stellten wir seit Wochen das erste Mal wieder eine echte Verbindung her. »Ich habe von der Küche geredet«, sagte ich. »Es war der Tag, als sie verkündet haben, dass es noch länger dauern wird, mir war elend zumute, und ich war einsam, und deine Mutter hat mich einfach im falschen Augenblick erwischt. Ich sprach davon, dass ich wünschte, wir hätten die Sache mit der Küche niemals angefangen. Zu dem Zeitpunkt hätte ich lieber für immer ein Loch im Fußboden gehabt, wenn wir dafür nur unser Zuhause zurückbekämen.«

»Ehrlich?«, fragte Ed. »Es ging nur um die Küche?« Er lächelte – auch das kam mir vor wie ein erstes Mal seit Wochen.

»Ja«, antwortete ich. »Wenn ich den ganzen Tag hier herumhänge, zieht mich das wirklich runter, und ich fühle mich von dir allein gelassen.«

»Und es ist nicht, weil ich dich dazu gebracht habe, deine Ersparnisse auszugeben?«

»Du hast mich nicht dazu gebracht, Ed. Wir waren uns einig. Wir haben das zusammen entschieden. Ich weiß doch, dass wir das Geld nicht verwendet hätten, wenn wir eine Wahl gehabt hätten.«

»Ich dachte, vielleicht hast du deshalb das Gefühl, hier festzustecken.«

»Das habe ich nicht«, sagte ich, »aber ich mache mir Sorgen, dass du denkst, dass ich mir nicht genug Mühe gebe, meinen Teil zu tun. Hätte ich mein festes Gehalt noch, dann wäre alles nur

Stephanie Butland

halb so stressig gewesen.« Wann hatte ich nur vergessen, wie einfach es war, mit Ed zu reden?

Ed lächelte, ein richtiges, ordentliches, hundertprozentiges Ed-Lächeln, das mich vor lauter Glück mit den Zehen wackeln ließ, und sagte: »Ich finde, wir sollten uns am Wochenende ein Hotelzimmer nehmen. Pfeif doch aufs Geld. Wir müssen uns entspannen, und wir müssen das Ganze gründlich bereden, damit es uns nicht noch mal passiert.«

Ich nickte. Er hatte recht. Genau das brauchten wir.

Zwei Tage später fuhren wir in das Hotel auf dem Land, wo Ed mir den Antrag gemacht hatte. Uns beiden war klar geworden, dass wir an uns arbeiten mussten: Das Leben würde uns noch üblere Stolpersteine in den Weg legen als einen Wasserrohrbruch. Doch es war schon besser geworden. Wir hatten, eingewickelt in Decken gegen die kühle frühherbstliche Luft, im Garten ein Abendessen vom Lieferservice gegessen. Wir waren im Kino gewesen und hatten uns einen Horrorfilm angeschaut, wobei ich das meiste davon hinter vorgehaltenen Händen verfolgt hatte und Ed mich den ganzen Heimweg über ausgelacht hatte. Die Handwerker hatten zugesagt, dass alles in vierzehn Tagen erledigt wäre. Es war, als käme die Sonne wieder heraus.

»Herr und Frau Alcott«, sagte Ed zur Rezeptionistin, sie tippte unseren Namen in den Computer und blickte dann auf.

»Sie bekommen von uns die Hochzeitssuite«, erklärte sie lächelnd.

»Das ist ja toll«, meinte ich, und Ed zwinkerte mir zu. »Gibt es dafür einen besonderen Grund?«

»Na ja«, erwiderte die Rezeptionistin. »Das Zimmer, das wir für Sie reserviert hatten, steht wegen eines Wasserrohrbruchs nicht zur Verfügung.«

Wir sahen einander an. Ed fing als Erster an zu lachen, und innerhalb weniger Augenblicke waren wir beide nicht mehr zu halten, lehnten am Tresen und japsten nach Luft. Wann immer wir uns ein wenig beruhigt hatten, wechselten wir wieder einen Blick, und ein neuer Lachanfall überrollte uns. Der Klempnergott hatte es ganz offensichtlich auf uns abgesehen – doch es schien, als sei der Gott der Liebe auf unserer Seite.

Stephanie Butland

*Manchmal kann ein Buch
dein Leben für immer verändern.*

STEPHANIE BUTLAND

Ich treffe dich
zwischen den Zeilen

Roman

Mit ihren Piercings und tiefschwarz gefärbten Haaren versucht
Loveday, die Welt von sich fernzuhalten. Sie umgibt sich lieber mit
Büchern als mit Menschen und trägt die Anfangssätze ihrer Lieb-
lingsromane als Tattoos auf dem Körper. Als sie Nathan kennen-
lernt, bekommt die Mauer, die sie um ihr Herz errichtet hat, Risse:
Er nimmt Loveday mit zu einem Poetry-Slam, und die Gedichte
öffnen beiden einen Weg, sich die Dinge mitzuteilen, für die ihnen
sonst die Worte fehlen. Ihr dunkelstes Geheimnis behält Loveday
aber weiterhin für sich. Doch als ein Buch sie zurück in ihre Vergangenheit führt, muss sie sich entscheiden: Will sie sich weiter
verstecken und Nathan verlieren, oder findet sie mit seiner Hilfe
endlich den Mut, über das zu sprechen, was sie einst so sehr verletzt
hat?

Elisabeth Kabatek

Der Zauberer und das Mädchen

Über die Autorin

Elisabeth Kabatek, gebürtige Schwäbin, lebt als Autorin, Kolumnistin und Übersetzerin in Stuttgart. Ihre Romane wurden auf Anhieb zu Bestsellern. www.e-kabatek.de

D u bist verrückt!«

»Nein. Ich weiß, was ich tue«, entgegnete ich mit der Andeutung eines Lächelns und fuhr fort, mein langes Haar zu bürsten. »Außerdem ist er nicht gerade hässlich.«

»Du spielst mit dem Feuer!«

»Und wenn schon!«, sagte ich leichthin. »Ich schätze, ich kann die Situation besser kontrollieren als irgendein einfaches Küchenmädchen, das sich so tollpatschig anstellt, dass es sich zu allem Unglück auch noch schwängern lässt.« Innerlich war mir nicht so leicht. Ich zitterte, ließ mir aber nichts anmerken. Dies war meine Nacht. Meine Sommernacht. Wie lange hatte ich auf diese Gelegenheit gewartet? Wie viele Nächte hatte ich in meinem Zelt wach gelegen, voller Hitze, und keinen Schlaf gefunden, seinetwegen? Und nun war sie gekommen. Meine Vollmondnacht.

Ein Käuzchen rief. Ich stand auf der Lichtung und hörte ihn nicht kommen, aber ich spürte, als er sich mir von hinten näherte. Ich hatte ein langes, eng anliegendes Samtkleid mit einem tiefen Rückenausschnitt gewählt, der beinahe bis zu meinem Po reichte. Mein langes, dunkles Haar trug ich gescheitelt, sodass es nach vorne über meine Schultern und meine Brust floss. Ich wusste, dass die Haut auf meinem Rücken makellos weiß war, im Gegensatz zu meinem tief gebräunten Nacken, weil ich nie einen Hut trug wie die anderen Frauen. Es würde ihm gefallen, dieser Kontrast im Licht des Vollmonds, dieses nicht ganz Makellose. Er beschleunigte seine Schritte, dann stand er plötzlich vor mir. Seine Augen waren weit aufgerissen und schleuderten Blitze, die das Gras zu meinen Füßen verbrannten.

»Du!«, stieß er hervor. »Von allen Frauen im Lager… ausgerechnet du!«

»Na und?«, sagte ich spöttisch, warf meine Haare nach hinten und drehte mich langsam vor ihm im Kreis. »Gefalle ich dir nicht? Wäre dir ein zerlumptes Küchenmädchen lieber gewesen, um deine Lust zu befriedigen? Jemand, der vor dir erzittert?«

Er packte mich am Handgelenk. »Du bist wunderschön. Das weißt du selbst, ich brauche es dir nicht zu sagen.«

Ich riss mich los. »Aber?«

»Aber …«Seine Stimme war nur noch ein Flüstern. »Du bist gefährlich. Und ich bin gefährlich für dich. Weil wir uns auf Augenhöhe begegnen.«

»Und davor hat der große böse Zauberer Angst?«, gab ich spöttisch zurück. »Dass ihm jemand ebenbürtig ist?«

»Du bist meiner Zauberkraft nicht ebenbürtig, niemals«, herrschte er mich an. »Du weißt, dass ich dich mit einer einzigen Handbewegung vernichten könnte.«

»Ich habe keine Angst vor dir«, entgegnete ich kühl. »Im Gegensatz zu den anderen Frauen im Lager. Jedes Jahr zittern sie, dass es sie treffen könnte, die Nacht mit dir zu verbringen.«

»Das ist es ja gerade«, sagte er, und für einen, einen winzigen Augenblick nur wirkte er geradezu verletzlich. »Also: warum du?«

»Ich habe schon lange keinen Mann mehr gehabt«, antwortete ich herausfordernd. »Vielleicht bin ich deshalb nicht wählerisch. Und nun genug geredet, lass uns etwas trinken, um uns in Stimmung zu bringen.« Ich goss den Met ein und reichte ihm einen der beiden Becher. Wir stießen an. Er beobachtete mich wie ein wildes Tier, das auf der Lauer liegt.

»Du könntest etwas in den Trank tun, um das Liebesfeuer zu schüren«, sagte ich herausfordernd.

»Meinst du, das habe ich nötig?« Seine Stimme war rau. Und endlich, endlich berührte er mich. Seine freie Hand ruhte plötzlich auf meinem Hals. Einen Augenblick lang fürchtete ich, seine Finger würden sich darum schließen und zudrücken. Stattdessen fuhr er mit seinem Zeigefinger unendlich langsam meinen Hals hinauf, dann über mein Kinn bis zu meinem Mundwinkel, den er ganz zart zu reiben begann. Wie war ein so brutaler Mann, vor dem ganze Königreiche zitterten, zu solch einer zärtlichen Geste fähig? Meine Knie gaben nach. Warum

Elisabeth Kabatek

küsste er mich nicht endlich? Er ließ die Hand sinken und umschloss
damit meine Brust. Wollte er mich bewusst quälen? Seine Stimme war
jetzt ganz nah an meinem Ohr. »Die große, starke Frau wird aber
schnell weich«, raunte er. Dann beugte er sich unendlich langsam vor
und küsste den Mundwinkel ganz sacht. Das war zu viel. Ich schlang die
Arme um seinen Hals und küsste ihn leidenschaftlich. Ein Blitz fuhr in
den Himmel. Die Elektrizität zwischen uns entlud sich nach oben.

»Stopp, stopp, stopp! Verdammt, Anette! Weißt du, was so ein Flu-
ter kostet?«

»Anette, würde es dir was ausmachen, deinen f... Hintern von
mir runterzubewegen? Ich krieg keine Luft!«

F... Hintern. Hatte ich richtig gehört? Hatte er wirklich »fetter
Hintern« sagen wollen? Oder hatte er nur nach Luft gerungen? Was
konnte ich dafür, dass das Scheiß-Samtkleid viel zu lang für mich war?
Ich war in dem Gras, das man schon vor Monaten auf der Freilichtbühne für das Stück gepflanzt hatte, über den Saum gestolpert, hatte
mich intuitiv an irgendetwas festhalten wollen, mich blöderweise für
den Ständer des Scheinwerfers entschieden, diesen mit einem lauten,
dramatischen Schrei umgerissen, was dazu geführt hatte, dass sich der
Scheinwerfer mit zuckenden Blitzen ins Scheinwerfer-Jenseits verabschiedete, und jetzt lag ich bäuchlings auf Finn, wogegen ich theore-
tisch nichts hatte, auch nicht, dass er stöhnte, aber Finn zappelte so
heftig unter mir, als sei ich eine lästige Riesenschmeißfliege. Mühsam
rollte ich mich von ihm herunter aufs Gras und schnappte nach Luft.
Dann ging ich auf die Knie, griff nach der Langhaarperücke, die mir
vom Kopf gefallen war, und kam langsam auf die Beine. Finn setzte
sich unter dramatischem Stöhnen auf. Sein Gesichtsausdruck war ex-
trem leidend. Ich reichte ihm seinen Zaubererhut. Kommentarlos
und ohne mich anzusehen, riss er ihn mir aus der Hand.

Kai lief wie ein Tier im Zoo vor der Bühne auf und ab. Die Komparsen und die Schauspieler, die die Nebenrollen im Lager verkör-
perten, waren zusammengelaufen und tuschelten. Der Beleuchter

machte sich fluchend an der umgestürzten Lampe zu schaffen. Kai fuhr sich mit der Hand durch die Haare, sodass sich Strähnen aus seinem grau melierten Zopf lösten. Finn hockte noch immer beleidigt auf der Wiese. Die Stimmung war, gelinde gesagt, gereizt.

»Mist, Mist! Anette. Wir haben am Freitag Premiere! Heute ist Dienstag! Du hast gesagt, du packst das! Und jetzt haust du mir hier das teure Equipment zusammen! Fünfhundert Euro kostet so ein Strahler!«

Ich kämpfte mit den Tränen, ließ mir aber nichts anmerken. »Ich kann doch nichts dafür, Kai! Ich hab dir gesagt, dass das Kleid viel zu lang für mich ist. Es ist doch nicht meine Schuld, dass Charlotte zwanzig Zentimeter größer ist als ich!« Und zwanzig Kilo leichter.

»Ich hab dir geantwortet, dass sich die Schneiderin erst morgen um die Änderung kümmern kann«, gab Kai gereizt zurück.

»Und ich hab dich gewarnt«, knurrte Finn, kam endlich auf die Beine und sortierte penibel die Falten seines langen Umhangs. »Ich hab dich gewarnt, Kai, dass es besser gewesen wäre, die Premiere zu verschieben, bis Charlotte wieder fit ist!«

»Das können wir uns nicht leisten! Wir sind eine Freilichtbühne. Wir spielen sowieso nur sechs Wochen im Jahr. Davon können wir doch nicht einfach zwei Wochen streichen, nur weil Charlotte ausfällt! Vor allem, wenn unser Stück das kulturelle Highlight des Jahres ist, sämtliche Vorstellungen ausverkauft sind und die regionale Presse und die lokale Prominenz und Wirtschaft, die uns sponsert, für den Freitag zugesagt hat!«

»Genau deshalb«, zischte Finn. »Genau deshalb hättest du die Premiere verschieben sollen.« Er warf mir einen bitterbösen Blick zu. *Wie blöd bist du eigentlich, Anette?*, dachte ich. Wenn dir noch irgendein Beweis dafür gefehlt hat, dass Finn dich völlig bescheuert findet, dann hast du ihn jetzt! Wie blöd bist du, dass du auf die Anzeige im »Achterfinger Boten« geantwortet hast, in der händeringend jemand gesucht wurde, der für Charlotte einspringt, »Theatererfahrung von Vorteil, aber nicht zwingend erforderlich«? Nur, weil

Elisabeth Kabatek

du gehofft hast, Finn würde auf dich aufmerksam und sich unsterblich in dich verlieben? Seit der neunten Klasse hoffst du vergeblich
darauf. Weshalb also jetzt? Nein, wirklich. *Wie* blöd kann man sein?

Am nächsten Morgen saß ich mit schweren Lidern in der Sparkasse von Achterfingen und versuchte, mich auf das Gespräch mit
dem Ehepaar Engelhardt aus Stuttgart zu konzentrieren. Ich hatte
meinem Chef hoch und heilig versprechen müssen, dass die Theaterproben und die Aufführungen meine Arbeit als Kundenberate-
rin bei der Bank nicht beeinträchtigen würden. Es waren ja nur
zwei Wochen Vertretung, bis Charlotte wieder fit war. Zum Glück
gehörte die Sparkasse zu den Sponsoren der Freilichtbühne. Nach
dem Desaster mit der Lampe hatte Kai darauf bestanden, die Probe
wiederaufzunehmen, und ich war erst weit nach Mitternacht nach
Hause gekommen. Jetzt war ich viel zu müde, um mich für das Ehepaar Engelhardt zu interessieren. Die hatten ein Grundstück im
Neubaugebiet von Achterfingen gekauft und wollten dort für sich
und ihre zwei verzogenen Großstadtgören ein Häusle bauen. Während wir über den Kredit sprachen, warfen die verzogenen Kids in
meinem ganzen Büro Flyer herum, ohne dass die Eltern eingriffen.
Wie so viele Stuttgarter meinte das Ehepaar Engelhardt, man könne mal so eben aufs Land ziehen. In der Hauptstadt war es ja mittlerweile unbezahlbar. In Achterfingen war es dagegen soo romantisch! Da gab es sogar frische Eier! Und Milch von echten Kühen!
Endlich würden die Kinder begreifen, dass die nicht lila auf die
Welt kamen! Waren das nicht genügend Gründe, die für ein Leben
auf dem Land sprachen? Billige Grundstückspreise, Eier, Milch und
Romantik? So romantisch, wie ich mir die Theaterproben mit Finn
ausgemalt hatte. Ich hatte mir vorgestellt, ich bräuchte nur die
erotische Kussszene in *Der Zauberer und das Mädchen* mit ihm zu
proben, und dann wäre es um ihn geschehen. Dabei hätte ich es
wissen müssen. Wir waren auf dasselbe Gymnasium gegangen, und
schon da hatte mich Finn ignoriert. Seine kleine Schwester war

zwar bei mir in der Klasse gewesen, aber das hatte mir nicht im Mindesten geholfen, an Finn heranzukommen, weil sie mich auf den Tod nicht ausstehen konnte. Finn war zwei Klassen über mir und der umschwärmteste Junge auf der ganzen Schule. Er wechselte seine Freundinnen im Zwei-bis-vier-Wochen-Rhythmus und glänzte jedes Jahr kurz vor den Sommerferien in den Aufführungen der Theater-AG. Mich kannte er nicht, oder zumindest tat er so. Mir blieb nur, ihn aus der Ferne anzuhimmeln. Nach der Schule hatte er eine Schauspielausbildung gemacht, und nun, mit Mitte zwanzig, war er ein gefragter Fernsehdarsteller, der vor allem jugendliche Liebhaber spielte. Kein Wunder, so wie er aussah! Noch immer himmelte ich ihn aus der Ferne an – wenn er im Fernsehen kam. Einmal im Jahr erwies Finn, der Promi von Achterfingen, seiner Heimatgemeinde als Star der Freilichtspiele die Ehre.

»Frau Wackernagel?«

»Mmja?«

»Könnten Sie uns bitte die Frage beantworten?«

»Aber natürlich!« Frage, welche Frage? Statt mich auf Herrn Engelhardt nebst Gattin zu konzentrieren, hatte ich mich in Tagträumen über Finn verloren!

»Äh – vielleicht könnten Sie die Frage noch einmal wiederholen, der Traktor, der draußen vorbeigefahren ist, war so laut.« Natürlich war kein Traktor vorbeigefahren, und das wusste auch das Ehepaar Engelhardt. Frau Engelhardt warf mir einen leicht gekränkten Blick zu.

»Es ging um die Laufzeit des Kredits.«

»Die Laufzeit! Aber natürlich!« Die Laufzeit des Theaterstücks …

»Übrigens, vielleicht interessiert es Sie ja, nachdem Sie nun bald nach Achterfingen ziehen, am Freitag beginnt die Saison der Freilichtbühne, und ich spiele die weibliche Hauptrolle!«, platzte ich heraus. Super. Total professionell, Anette. Hoffentlich haben die Engelhardts jetzt kapiert, dass du gedanklich ungefähr hundert Kilometer von ihrem Kredit entfernt bist!

»Ach, das ist ja ein toller Tipp, vielen Dank!«, rief Frau Engelhardt entzückt. »Gunter, da müssen wir unbedingt hingehen! Vielleicht lernen wir da gleich ein paar nette Leute kennen und die Kinder ihre zukünftigen Schulkameraden!«

»Äh – ich fürchte, das Stück ist für Kinder nicht geeignet. Für die kleinen Gäste wird nachmittags extra der *Räuber Hotzenplotz* gespielt.« Außerdem waren die kauzigen Einwohner von Achterfingen nicht gerade dafür bekannt, dass sie Neubürger aus Stuttgart herzlich in die Arme schlossen, dafür sorgte schon das unterschiedliche Idiom, aber das sollten die Engelhardts selber herausfinden.

»Aber unsere Kinder sind ungewöhnlich reif für ihr Alter!«, protestierte Frau Engelhardt, während die beiden, um die es ging, mittlerweile aus den Flyern Papierflieger gebastelt hatten, die sie kichernd und quietschend quer durchs Büro flattern ließen. »Mit so Kinderkram wie *Räuber Hotzenplotz* fangen die schon lange nichts mehr an, nicht wahr, Scarlett und Achilles?«

»Das … das bezweifle ich nicht. Es handelt sich bei dem Stück aber um ein erotisches Fantasy-Abenteuer, *Der Zauberer und das Mädchen*. Das empfohlene Mindestalter ist sechzehn.«

»Erotisch? Frau Wackernagel, das hätten wir Ihnen aber nicht zugetraut! Sie sehen mir doch eher brav und so gar nicht erotisch aus!« Herr Engelhardt drohte mir scherzhaft mit dem Finger. *Vielen Dank für die Blumen*, dachte ich zähneknirschend.

»Hier auf dem Land spielt man ein erotisches Stück?«, fragte Frau Engelhardt ungläubig. »Ist das nicht etwas – nun ja, gewagt?«

»Ich gebe zu, das ist ungewöhnlich. Aber wissen Sie, die meisten Freilichtbühnen spielen Komödien. Unser Regisseur hat immer schwäbische Mundartschwänke gemacht, die kamen auch immer sehr gut an, aber er war es leid und wollte dieses Jahr einfach mal etwas Neues ausprobieren. Er ist der Meinung, dass Erotik seit *Shades of Grey* salonfähig geworden ist. Und der Vorverkauf gibt ihm recht, das Stück ist für die sechs Wochen nahezu ausverkauft. Wenn Sie also noch Karten wollen …«

Der Morgen graute.

»Ich gehe«, erklärte er und drehte sich um. Ich hielt ihn am Ärmel fest.

»Findest du, das ist die richtige Art, sich von seiner Liebhaberin zu verabschieden?«, fragte ich ruhig.

»Du bist keine Liebhaberin«, entgegnete er. Seine Stimme war so kalt, als hätte es die Nacht zwischen uns nie gegeben. »Du warst eine Frau für eine Nacht, nicht mehr als ein zerlumptes Küchenmädchen. Und ich schwöre dir: Wenn du auch nur einer Menschenseele erzählst, was zwischen uns vorgefallen ist, dann wird dich ein grausamer Fluch treffen.«

»Hat der große Zauberer Angst, ich könnte verbreiten, dass er ein guter Liebhaber ist? Würde das seinem Ruf schaden?«, spottete ich, um meinen Schmerz zu verbergen.

Er sah mich erstaunt an, als ob er nicht glauben könne, dass ich ihn für einen guten Liebhaber hielt. Dann riss er mich in seine Arme und küsste mich leidenschaftlich. Wieder stiegen Blitze in den Himmel, doch schon nach dem zweiten Blitz war es vorbei. Er ließ mich abrupt los, dann verschwand er im Morgennebel. Diese Nacht war nicht so verlaufen, wie ich mir das vorgestellt hatte. Ich hatte, buchstäblich, mit dem Feuer gespielt. Und ich wusste, dass ich mich in dieser Nacht unsterblich verliebt hatte. Verliebt in einen Mann, der mich zerstören würde.

»Stopp! Danke, fünf Minuten Pause. Anette, kommst du mal eben?«, fragte Kai. »Und du bitte auch, Finn.«

»Natürlich. Ich hol mir nur kurz was zu essen.« Ich hastete zum Verpflegungszelt und schnappte mir schnell ein belegtes Brötchen. Und für alle Fälle noch ein zweites. Wahrscheinlich war ich die verfressenste Hauptdarstellerin, die die Freilichtbühne je gesehen hatte. Deswegen war ich ja auch deutlich rundlicher als Charlotte, die die Rolle eigentlich hätte spielen sollen. An Charlotte war kein Gramm Fett. An mir war kiloweise Fett. Deswegen war mein Busen auch viel üppiger. Das hatte doch was! Selbst wenn Herr Engelhardt mich nicht erotisch fand.

Elisabeth Kabatek

»Bin schon da«, rief ich betont fröhlich und schlug die Zähne in das Schinkenbrötchen. Finn, der natürlich auf den Imbiss verzichtete, weil er wegen seiner Rolle als Stuttgarter Tatort-Kommissar auf seine schlanke Linie achtete, warf einen angewiderten Blick auf die zwei Brötchen in meinen Händen.

»Okay, das läuft ja heute schon viel besser«, sagte Kai. »Aber dein Text, Anette...«

»Ich kann den ganzen Text«, warf ich zwischen zwei Bissen eifrig ein, um die Kritik, die unweigerlich folgen würde, gleich ein wenig abzumildern. »Ist dir überhaupt aufgefallen, dass ich an nur einem Wochenende den ganzen Text gelernt habe? Und es ist ziemlich viel Text!«

»Ja, Anette, das ist mir aufgefallen, aber das war ja auch die Bedingung dafür, dass du für Charlotte einspringst. Sehr schön. Es geht nicht darum, dass du den Text beherrschst, sondern wie du ihn sprichst.«

»Ja?« Ich würde nicht heulen. Egal, was er zu kritisieren hatte, ich würde nicht heulen!

»Du bist viel zu theatralisch.«

»Ich dachte, darum geht es!«

»Nein, darum geht es nicht! Theater ist doch nicht dasselbe wie theatralisch! Du spielst viel zu übertrieben. Du himmelst Finn viel zu sehr an.« Er räusperte sich. »Ich meine natürlich, Finn in seiner Rolle als Zauberer. Deine schmachtenden Augenaufschläge, die Art, wie du dramatisch mit den Armen ruderst, wie deine Stimme sich hebt ...«

Okay. Mittlerweile hatte also der letzte Depp kapiert, dass ich in Finn verknallt war.

»Sie quiekt!«, warf Finn hitzig ein. »Sie hebt nicht die Stimme, sie quiekt! Das klingt total hysterisch! Dabei soll sie cool wirken. Cool und distanziert, mit unterdrückter Leidenschaft. Heute ist Mittwoch. Das kriegt sie nicht hin bis Freitag, das ist völlig unmöglich! Du hättest niemals jemanden nehmen dürfen, dessen Schauspielerfahrung sich auf die Rolle der Maria im Krippenspiel von Achterfingen beschränkt!«

»Jetzt reiß dich aber mal zusammen, Finn!«, rief Kai streng, zog den Gummi aus seinem Zopf und schüttelte sein langes Haar. »Du bist der eigentliche Grund unserer kleinen Zusammenkunft. Hör endlich auf, Anette zu boykottieren! Charlotte fällt aus. Akzeptier das endlich! Anette ist jetzt deine Bühnenpartnerin, ob dir das passt oder nicht! Und während Anette viel zu dick aufträgt, spür ich bei dir viel zu wenig Emotion! Verdammt, Finn. Du bist Profi, du hast eine Schauspielausbildung im Gegensatz zu Anette! Sie ist Angestellte bei der Sparkasse! Also, unterstütz sie gefälligst! Sie bemüht sich schließlich redlich! Haben wir uns verstanden?«

»Anette trägt nicht nur viel zu dick auf, sie ist …«, zischte Finn.

»Finn! Es reicht!«, polterte Kai.

Ich würde nicht heulen. Kai fand, dass ich mich bemühte, aber der Erfolg war überschaubar, und Finn fand, dass ich zu fett war und quiekte. Es gab nur einen Lichtblick, nämlich dass Kai sich nicht alles von Finn, dem großen Fernsehschauspieler, gefallen ließ.

»Na schön«, knurrte der. »Du hast ja recht, das war nicht besonders professionell. Wir müssen eben mit dem vorliebnehmen, was wir haben.«

Sehr nett formuliert, dachte ich und kochte innerlich vor Wut. Ich war dabei, mich mit wahnsinniger Geschwindigkeit von Finn zu entlieben. Der Kerl war einfach unmöglich!

»Okay. Dann hätten wir das ja geklärt. Wir proben jetzt noch mal den Kuss. Ich will einfach, dass das überzeugend rüberkommt. Ihr zwei entbrennt in totaler Leidenschaft füreinander, obwohl eure Liebe ein Ding der Unmöglichkeit ist! Bisher nimmt man euch das kein bisschen ab, dabei ist es eine der Schlüsselszenen des Stücks. Also, Finn, ein bisschen mehr Gefühl!« Kai drehte sich zu mir. »Lass dich nicht rausbringen. Du schaffst das schon!« Er wandte sich um. »Wir machen weiter!«, brüllte er. »Alle auf ihre Plätze! Wir wiederholen die Kussszene!«

Ich schluckte den Rest des zweiten Brötchens hinunter. Irgend-

Elisabeth Kabatek

wie war mir meine Wasserflasche abhandengekommen, sodass ich die Brotkrümel nicht hinunterspülen konnte. Pech gehabt, Finn. Küssen mit Schinken- und Brötchenkrümeln. Viel Spaß!

»Hat der große Zauberer Angst, ich könnte verbreiten, dass er ein guter Liebhaber ist? Würde das seinem Ruf schaden?«, spottete ich, um meinen Schmerz zu verbergen.

Er sah mich erstaunt an, als ob er nicht glauben könne, dass er ihn für einen guten Liebhaber hielt. Dann riss er mich in seine Arme und küsste mich leidenschaftlich.

Au weia. Und wie er mich küsste! Mit dem gelangweilten Schluffikuss von vor zehn Minuten hatte das nichts zu tun. Dieser Kuss war Feuer und Erde, er war Verlangen und Sehnsucht, und ich verlor all meine Kontrolle und Selbstbeherrschung und verströmte mich wie glühende Lava. Der Kuss dauerte endlos und doch nur eine Sekunde, und dann ließ mich Finn abrupt los, und ich schnappte nach Luft, und meine Beine fühlten sich plötzlich ganz weich an, und ich schwankte.

»Genau so!«, rief Kai begeistert, und die Nebendarsteller, Komparsen, Beleuchter, Techniker und die Frauen vom Catering riefen »Hurra!« und brachen in spontanen Applaus aus. Und Finn sah mich an. Zum allerersten Mal sah er mich richtig an, und in seinem Blick lag etwas, was ich nicht einordnen konnte, so etwas wie Ungläubigkeit, und zum allerersten Mal so etwas wie Interesse.

Auf dem Weg zurück ließ ich mir Zeit. Ich war aufgewühlt und musste mich erst beruhigen. Die Frauen warteten am Rande des Lagers bei den Wachen auf mich. Als sie mich sahen, sprangen sie auf und umringten mich aufgeregt.

»Nun red schon!«

»Wieso warst du so lange weg?«

»War es sehr schlimm? Hat er dich geschlagen?«

»Es ist mir verboten, darüber zu reden«, entgegnete ich schroff. »Er hat mir einen Fluch angedroht, wenn ich sein Verbot breche.«

Den Rest des Tages behandelten mich die anderen mit einer Mischung aus Respekt und Furcht und versuchten nicht mehr, in mich zu dringen. Sie blieben auf Distanz. So, als hätte ich ein großes Opfer gebracht für die Gemeinschaft. Ach, wenn sie wüssten!

»Er hat dich also richtig geküsst? Nicht nur so theatermäßig?«, raunte Sabine und stellte eine Tasse Kaffee und eine Butterbrezel auf den Tresen. Weil wir uns wegen der Theaterproben in den letzten Tagen kaum gesehen hatten, war ich für eine kurze Mittagspause aus der Sparkasse herübergekommen. Sabine verkaufte in der Bäckerei von Achterfingen jene Backwaren, die der Grund dafür waren, dass ihre Eltern seit vierzig Jahren jeden Tag um zwei Uhr morgens aus den Federn krochen. Sie sah ebenso schmuck aus wie die Weckle, Brezeln, süßen Stückle und Obstkuchen in der Auslage. Die Leute kamen ihretwegen von weit her, wobei sich das »ihretwegen« sowohl auf die Backwaren als auch auf die ausgesprochen adrette Sabine bezog. Sie war seit Jahren Single, genau wie ich. In meinem Fall verstand das jeder, in Sabines Fall keiner. Seit Jahren sprach sie davon, dass sie nach Stuttgart ziehen wollte, weil sie das Landleben satthatte. Zu wenig Ausgeh- und Shoppingmöglichkeiten und immer die gleichen Gesichter, Sabine war es leid. Trotzdem war sie immer noch in Achterfingen.

»Was weiß denn ich! Ich weiß nicht, wie er es gemeint hat und ob das nun ein Theaterkuss oder ein echter Kuss war. Es hat sich zumindest angefühlt wie ein echter Kuss. Aber vielleicht ist das bei einem Profi normal? Danach war er jedenfalls wie verwandelt, die Probe lief super, und ich war plötzlich total entspannt und hab viel besser gespielt als vorher, das bilde ich mir nicht ein, Kai und die anderen haben es auch gesagt.«

»Aber das ist doch toll!«, rief Sabine voller Enthusiasmus, nachdem sich die Tür endlich hinter Frau Maisch geschlossen hatte, die eine arge Klatschbase war und sich scheinbar interessiert über die *Bäckerblume* gebeugt hatte, um unser Gespräch zu belauschen.

»Ich weiß nicht«, antwortete ich bedrückt. »Finn hat sich mir gegenüber bisher wirklich wie ein Kotzbrocken verhalten. Ich hatte das Gefühl, es ist zwar eine brutale Therapie, aber endlich sehe ich sein wahres Gesicht, und wenn er so weitermacht, dann bin ich nach der letzten Theatervorstellung über ihn hinweg. Und nun, nach diesem Kuss, bin ich wieder total aufgewühlt und weiß gar nicht mehr, was ich von ihm halten soll!«

»Warte einfach ab, wie er sich dir gegenüber verhält«, schlug Sabine vor.

»Das sagt sich so einfach!«, stöhnte ich. »Ich bin doch schon wegen der Premiere ein Nervenbündel. Und dazu noch die emotionale Achterbahnfahrt mit Finn?« Sabine schob mit einer Zange einen Kirschstreusel in eine Papiertüte.

»Nervennahrung fürs Nervenbündel«, meinte sie.

»Nicht noch mehr Kalorien!«, flehte ich und steckte die Tüte ein.

Die Generalprobe ging in die Hose, aber das war laut Kai ein gutes Omen. Finn bemühte sich zwar sichtlich, etwas freundlicher zu mir zu sein, aber der Kuss fiel wieder ziemlich unterkühlt aus, was meine Verwirrung noch mehr steigerte. Und ehe ich michs versah, war der Tag der Premiere gekommen…

Nervös lief ich in meiner Garderobe auf und ab. Ich war geschminkt und trug mein Kostüm und meine Perücke. Sabine hatte mich vor ein paar Minuten vorsichtig umarmt, um mein Make-up nicht zu ruinieren. Das Naturtheater wies achthundert Plätze auf, achthundert Plätze würden heute Abend belegt sein. Es klopfte, und Kai streckte den Kopf herein.

»Noch fünf Minuten! Wie fühlst du dich?«

»Entsetzlich«, flüsterte ich. »Kai, ich packe das nicht. Meine Nerven …«

»Das ist ganz normal. Du wirst sehen, sobald du vorm Publikum stehst, ist alle Nervosität vergessen!«

Es war aber nicht so. Ich trat vor das Publikum, und all diese Blicke ruhten auf mir. Ich spürte die Enttäuschung, weil ich nicht aussah wie Charlotte, sondern wie Anette Wackernagel. Ich spürte die Erwartungen, die ich niemals würde erfüllen können, ich fühlte mich einfach nur hundeelend und wollte am liebsten davonlaufen, und dann trat Finn zum ersten Mal auf. Der Zauberer.

Er packte mich am Handgelenk. »Du bist wunderschön. Du weißt es selbst, das brauche ich dir nicht zu sagen.«

Ich riss mich los. »Aber?«

»Aber …« Seine Stimme war nur noch ein Flüstern. »Du bist gefährlich. Und ich bin gefährlich für dich. Weil wir uns auf Augenhöhe begegnen.«

»Und davor hat der große böse Zauberer Angst?«, gab ich spöttisch zurück. »Dass ihm jemand ebenbürtig ist?«

»Du bist meiner Zauberkraft nicht ebenbürtig, niemals«, herrschte er mich an. »Du weißt, dass ich dich mit einer einzigen Handbewegung vernichten könnte.«

»Ich habe keine Angst vor dir«, entgegnete ich kühl. »Im Gegensatz zu den anderen Frauen im Lager. Jedes Jahr zittern sie, dass es sie treffen könnte, die Nacht mit dir zu verbringen.«

»Das ist es ja gerade«, sagte er, und für einen, einen winzigen Augenblick nur wirkte er geradezu verletzlich. »Also: warum du?«

»Ich habe schon lange keinen Mann mehr gehabt«, antwortete ich herausfordernd.

Ich starrte in Finns Augen. Ich war so schrecklich, schrecklich nervös. Ich starrte, so hartnäckig ich konnte, in seine Augen, um der Dramatik dieses Moments genügend Raum zu geben, und Finn starrte ebenso hartnäckig zurück. Der Augenblick zog sich viel länger hin als bei den Proben. Ich wurde immer nervöser. Wie lange starrten wir denn noch? Im Publikum war es totenstill, offensicht-

Elisabeth Kabatek

lich war die Szene in ihrer Dramatik überzeugend. Und plötzlich fing jemand an zu glucksen. Aus dem Glucksen wurde ein Kichern, und aus dem Kichern ein Lachen. Ein ansteckendes Lachen. Es war nicht mehr diese Frau allein, die lauthals lachte, sondern immer mehr Leute stimmten in das Gelächter ein. Und während Finn und ich uns anstarrten, ohne ein Ende zu finden, lachten uns achthundert Zuschauer, Kritiker und Sponsoren einfach aus, und ich konnte nur noch einen Gedanken fassen: *Ich will sterben vor Scham.*

Das Telefon klingelte, ich ließ es klingeln. Der Anrufbeantworter zeigte elf Nachrichten an, ich hörte sie nicht ab. Mein Handy piepste pausenlos, ich reagierte nicht. Wollte man mich etwa noch mehr demütigen? Reichte es nicht, dass ich gestern Abend vor achthundert Zuschauern zum Gespött geworden war? War es nicht genug, dass ich Kai, Finn und die Sparkasse blamiert hatte bis auf die Knochen? Ich saß im Halbdunkel in meiner Wohnung, ohne mich zu rühren, die Rollläden hatte ich trotz des strahlenden Sommertags nicht hochgezogen. Meine Augen waren rotgeweint. Aus der Traum! Die zweite Vorstellung heute am Samstagabend würde ohne mich stattfinden. Sollte Kai machen, was er wollte, das war nicht mehr mein Problem. Auch mit Finn wollte ich nie wieder etwas zu tun haben! Nach dem ersten Gelächter hatte es kein Halten mehr gegeben. Die Leute lachten, als sähen sie die lustigste Komödie der Welt, sie schlugen sich auf die Schenkel und johlten. Ich hatte sterben wollen. Als Finn und ich unseren leidenschaftlichen Kuss austauschen sollten, war ich so nervös und schweißgebadet gewesen, dass aus dem Kuss nicht mehr wurde als zwei Münder, die hart aufeinanderprallten. Es gab Szenenapplaus. Ich spielte wie in Trance weiter. Finn ließ sich nichts anmerken. Dann war es endlich vorbei, und die Zuschauer klatschten sich ungefähr fünfzehn Minuten die Finger wund! Ich verstand überhaupt nichts mehr. Man überreichte mir Blumen, die Zuschauer tobten, und ich bekam mehr Applaus als Finn? Und der sah mich nicht ein einziges Mal an, als sei ich an allem schuld! Es tat weh. Wieso klatschten die Leute überhaupt, nach einer so erbärmlichen Vorstellung? Erotische Fantasy, von wegen! Der Zauberer und die Lachnummer! Wie sollte ich mich jemals wieder in Achterfingen vor die Tür wagen? Kaum verebbte der Applaus, raffte ich mein Kleid, rannte zum Bühnenausgang und stürmte hinaus. Weg, nur weg, vorbei an den Imbissständen, wo mir die Ehrenamtlichen, die auf die Premierengäste warteten, fassungslose Blicke zuwarfen, und weiter zum Parkplatz. Ich sprang in mein Auto und fuhr los. Aus dem Nichts tauchte plötzlich Kai auf.

»So warte doch!«, brüllte er. Ich schlug mit dem Auto einen halsbrecherischen Haken um ihn herum, wobei ich mit dem rechten Kotflügel einen Baum streifte. Es war mir egal.

Es klingelte wieder, aber diesmal war es die Wohnungsklingel. Vielleicht Sabine? Sie war der einzige Mensch auf der ganzen Welt, dem ich öffnen würde. Ich schlich zur Tür.

»Wer ist da?«

»Anette. Ich muss dich sprechen, dringend!« Kais Stimme drang dumpf durch das Holz.

»Tut mir leid, Kai, aber ich will niemanden sehen.« Und dich schon gar nicht.

»Anette. Hast du die Kritiken gesehen?«

»Nein, natürlich nicht! Ich brauche keine Kritiken, um zu wissen, dass der Abend eine einzige Blamage war!«

»Blamage? Wieso Blamage? Die Kritiken sind überragend! Das Medieninteresse ist überwältigend! Die FAZ und DIE ZEIT haben sich für die heutige Vorstellung angesagt! Wir haben Zusatzvorstellungen angesetzt! Machst du mir jetzt endlich die Tür auf, damit ich dir die Kritiken zeigen kann?«

War das ein Trick? Vorsichtig öffnete ich die Tür einen Spalt. Kai drückte sie von außen auf, polterte mit einem Stapel Zeitungen unter dem Arm in die Wohnung und sah sich um.

»Hübsch hier. Bisschen spießig.« Er strahlte immer noch. »Du hast doch nicht etwa geweint?«

Elisabeth Kabatek

»Ich bin spießig. Wusstest du das nicht?«, antwortete ich spitz.

»Anette. Spießerin. Ich liebe dich! Wenn ich nicht schwul wäre … alle lieben dich!« Kai warf plötzlich seine Arme um mich und küsste mich mitten auf den Mund. Ich strampelte mich frei und schubste ihn weg.

»Kai! Bist du verrückt geworden!« Kai grinste weiter, dann hielt er mir die Zeitungen unter die Nase.

»Sparkassen-Angestellte spielt Tatort-Kommissar an die Wand«, stand da, »Anette Wackernagel, die Charme-Offensive von Achterfingen«, und schließlich, »Was für ein Coup! Erotische Fantasy entpuppt sich als hinreißende Komödie«.

Ich starrte ungläubig auf die Schlagzeilen.

»Aber … das bedeutet doch, dass die Leute das Stück überhaupt nicht verstanden haben! Sie dachten, es sei eine Komödie?«

»Genau. Und sie haben recht! Das Publikum war viel schlauer als wir! Sie haben kapiert, dass das Stück als Romanze nicht funktioniert. Jedenfalls nicht mit dir in der Hauptrolle.«

»Vielen Dank. Das hast du wirklich nett gesagt.«

»Du hast mich falsch verstanden. Das war ein Kompliment! Anette, du bist die geborene Komödiantin! Du warst einfach hinreißend. Die Leute sind dir zu Füßen gelegen! Alle dachten, wir hätten sie bewusst getäuscht. Als Mediencoup! Sie glauben, wir hätten das Stück als erotische Fantasy angekündigt, aber heimlich immer eine Komödie geplant!«

»Aber das ist doch ein einziges entsetzliches Missverständnis!«

»Natürlich ist es das, aber das braucht doch keiner zu wissen! Wir spielen das Stück einfach als Komödie zu Ende, und du spielst weiter die Hauptrolle. Ab jetzt kannst du so dick auftragen und theatralisch sein, wie du nur willst.«

»Einen Teufel werd ich tun!« Ich nahm die Zeitungen und donnerte sie Kai wütend vor die Füße.

»Anette. Wenn du mich jetzt hängen lässt, dann ist es vorbei mit meiner Karriere als Regisseur! Willst du mir das antun, nachdem ich an dich geglaubt habe? Und was ist mit den anderen? Niemand kann heute Abend für dich einspringen. Soll ich dich auf Knien anflehen? Ich bezahl dir sogar die Reparatur der Beule, die du deinem unschuldigen Auto gestern Abend verpasst hast!« Kai warf sich vor mir auf die Knie und reckte die Arme flehend zum Himmel. Gegen meinen Willen musste ich lachen.

»Und was ist mit Charlotte?«

»Charlotte, Charlotte! Charlotte kann Komödie nicht. Charlotte kann nur Sex. So war das Stück ja auch ursprünglich gedacht. Sie soll sich ordentlich auskurieren und ist im nächsten Jahr wieder dran!«

Ich schwieg. Ich war völlig durcheinander.

»Und … was ist mit Finn?«, fragte ich leise.

»Finn.« Kai räusperte sich und kam auf die Beine. »Da haben wir in der Tat noch ein kleines Problem.«

»Wenn es so ist, wie du sagst … dann habe ich Finn die Schau gestohlen, nicht wahr?«

»Richtig erkannt.«

»Damit kann sein Ego bestimmt nicht umgehen.«

»Und wieder richtig erkannt.«

Ich stöhnte. »Du willst mich zum Weitermachen bewegen, aber Finn macht nicht mit?«

»Ich fürchte, so sieht's aus. Finn macht sich nicht gerne lächerlich. Und deshalb hatte ich die großartige Idee, ob du, nachdem ich dich jetzt überzeugt habe, deinen zugegebenermaßen nicht ganz kleinen Hintern in Bewegung setzt, um wiederum Finn zu überzeugen?«

Ich schnappte nach Luft. »Ausgerechnet ich?«

»Ausgerechnet und nur du!«

»Aber du weißt doch …«

»Ich weiß, dass du in Finn verknallt bist. Jeder weiß das. Es steht auf deiner Stirn geschrieben: ›Ich, Anette Wackernagel, bin unsterblich in Finn verliebt, auch wenn er sich mir gegenüber wie ein riesiges Arschloch verhält.‹«

»Super!«, stöhnte ich.

Elisabeth Kabatek

»Aber genau deshalb, weil er dich so mies behandelt hat, schuldet er dir etwas. Sprich mit ihm. Bitte! Denk an all die Ehrenamtlichen, all die anderen Schauspieler, denk an Achterfingen. Wenn die Aufführungen jetzt platzen, dann ist das der eigentliche Skandal! Willst du uns das antun?«

Ich seufzte. »Nein. Natürlich nicht.«

Zehn Minuten später stand ich vor Finns Elternhaus, genauso nervös wie bei der Premiere am Abend zuvor. Jedes Jahr zur Festspielzeit wohnte Finn in der Einliegerwohnung seiner Eltern. Im ersten Stock bewegte sich ein Vorhang, mein Auftauchen war nicht unbemerkt geblieben. Meine Finger zitterten, als ich auf die Klingel drückte. Sekunden später stand Finn in der Tür. Er trug Jeans und T-Shirt und war barfuß, und trotz allem, was passiert war, begann mein Herz wieder zu flattern. Warum sah er nur so verdammt gut aus?

»Anette!«, rief er. »Bitte komm doch herein.«

Ich trat ins Haus und dann in die Wohnung. Sie wirkte wie eine Ferienwohnung, freundlich, aber unpersönlich; nirgends lagen irgendwelche Sachen von Finn herum.

»Setz dich doch.« Finn war ernst. Ich setzte mich an den Esszimmertisch, das Sofa erschien mir zu intim. Finn nahm auf der anderen Tischseite Platz. Nervös knetete ich meine Hände.

»Finn, ich … ich weiß nicht, wo ich anfangen soll.«

»Dann fange ich einfach an.« Finn schnappte eine meiner Hände, dann ließ er sie sofort wieder los. »Anette, bitte verzeih mir!«

»Dir … verzeihen? Ich … ich verstehe nicht …« Mein Herz raste jetzt.

»Verzeih mir, dass ich dich so schlecht behandelt habe. Es tut mir unendlich leid, wirklich! Es ist nur … das klingt jetzt vielleicht brutal, aber ich wusste, dass du in mich verliebt bist.«

»Du hast es gewusst?«

»Natürlich habe ich es gewusst. Ehrlich gesagt, weiß es ganz Achterfingen.«

Ich stöhnte.

Finn seufzte. »Es war so offensichtlich. Du kannst deine Gefühle nicht besonders gut verbergen. Ich wusste es schon in der Schule.«

»Na großartig«, flüsterte ich. »Ich habe mich also jahrelang zur Idiotin gemacht.«

»Ich beneide dich sogar ein wenig um deine Beständigkeit, Anette. Ich verliebe mich ständig, aber es ist nie von Dauer. Als ich dann hörte, dass du für Charlotte einspringst ... da wollte ich dich endgültig von mir heilen, indem ich dich schlecht behandelte. Aber es fiel mir immer schwerer. Du warst so begeistert, so engagiert, und ich fing an, dich wirklich zu mögen. Und dann kam jener Kuss bei der Probe ... ich mag dich, Anette, ich mag dich sehr, auch wenn es nicht so ausgesehen hat. Ich könnte eine Liaison mit dir haben, für ein paar Wochen vielleicht. Aber zu mehr tauge ich nicht, und du verdienst etwas Besseres. Einen echten, treuen Freund, nicht so einen unsteten Kerl wie mich. Glaub mir, ich bin nicht der Richtige für dich.«

Ich schluckte, und ohne Finn anzusehen, murmelte ich: »Das ist mir bereits aufgefallen.«

Finn lachte, und es klang erleichtert. »Da bin ich froh. Aber weißt du, trotz allem, was geschehen ist ... wir können Kai und die anderen jetzt nicht hängen lassen.«

»Heißt das, du bist bereit, weiterzumachen?«

»Natürlich bin ich das! Gestern Abend war ich geschockt, das stimmt, aber mittlerweile habe ich mich darauf eingestellt, dass wir ab sofort Komödie spielen. Ich war mir nur nicht sicher, ob du noch willst, nachdem ich dich so mies behandelt habe.«

»Ja, Finn, ich will«, flüsterte ich. »Ja, ich will deine Bühnenpartnerin sein, und danach werden sich unsere Wege trennen, und ich werde nicht mehr in dich verliebt sein.«

Finn lächelte beinahe zärtlich. »Anette Wackernagel. Wir werden vielleicht kein Paar, aber das komischste Paar in der Geschichte der Freilichtspiele von Achterfingen!«

Pipeline Praetorius – die schwäbische Bridget Jones

ELISABETH KABATEK

Spätzleblues

Roman

Noch immer zieht Pipeline Katastrophen vollautomatisch an. Mit
ihrem Freund Leon aus Hamburg hat sie sich versöhnt, doch der
schafft jetzt bei Bosch in China. Und auch ihr neuer, vielverspre-
chender Job in einer Werbeagentur entpuppt sich als Desaster. Da
hilft nur noch Tante Dorles unübertroffener Käsekuchen.

»Sprühend, witzig und mit einer genauen Beobachtungsgabe.«
Schwäbische Post

Lily Oliver

Sommererwachen

Über die Autorin

Als Kind wollte Lily Oliver Tierärztin werden und wurde dafür von ihrer Künstlerfamilie misstrauisch beäugt. Nach dem Studium stellte sie fest, dass sie zwar die Medizin liebte, nicht aber den Alltag in der Praxis. Also suchte sie etwas, bei dem sie ihre chronische Neugier und ihr Bedürfnis, alles auszuprobieren, besser ausleben konnte. So kam sie zum Schreiben, dem perfekten Beruf, weil er genauso gefühlvoll und vielseitig ist, wie sie es mag. Ihr Studium verbucht sie als bereichernde Erfahrung, und ihre Familie weiß nun endlich, woran sie ist.

Du musst nicht mitkommen.« Ich lege meinen Rucksack mit den Uni-Sachen auf den Rücksitz meines klapprigen Chevys.

»Ich weiß.« Ganz selbstverständlich wirft Will seine Tasche mitsamt seinem Quantenphysikbuch daneben und lässt sich auf den Beifahrersitz fallen. »Das sagst du jeden Tag.«

Und jeden Tag kommt er mit. Er streicht sich die braunen Haare aus der Stirn und setzt sich die Sonnenbrille auf. Die Sonne spiegelt sich darin, sodass ich seine Augen nicht sehen kann. Aber sein Mund lächelt dieses Lächeln, das mich vergessen lässt, dass ich lieber alleine bin. Allein sein ist sicherer. Aber bei Will zu sein ist schön. Gefährlich schön.

Heute ist Tag sechsunddreißig.

Der Sommer fühlt sich immer noch nach Frühling an. Will und ich treffen uns immer noch jeden Tag auf der gleichen Wiese vor der Uni-Bibliothek. Und er ist immer noch nur ein Freund für mich. Nichts ändert sich. Und doch ist heute etwas anders. Schon den ganzen Tag fühlt es sich an, als ob ein Schatten auf mir liegt. Ich versuche, ihn zu ignorieren, konzentriere mich lieber auf Will und den Chevy. Ich steige ins Auto. Der Chevy dröhnt, als ich ihn anlasse, Will grinst. Beim ersten Mal hat er sich halb totgelacht und gemeint, das Auto klingt wie ein röhrender Elch.

Ich werfe ihm einen gespielt bösen Blick zu. »Ich mag es eben, wenn unter mir der Sitz vibriert und das Lenkrad ordentlich in meinen Händen bebt.«

Er hebt beschwichtigend die Hände. »Klar, es ist ja auch viel spannender, wenn man nicht weiß, ob man wirklich dort ankommt, wo man hinwill.«

Die Wahrheit ist, ich liebe dieses Auto. Jeden Cent habe ich zusammengekratzt, um es mir leisten zu können, und jeder einzelne war es wert, um so weit wie möglich von allem wegzukommen. Von der High School an die Uni. Von Arizona nach Ontario. Von Amerika nach Kanada. So viele Meilen wie möglich zwischen der Vergangenheit und mir.

Ich lenke den Chevy über die gewundene Straße rauf in die Berge, vorbei an weitläufigen blauen Bergseen und endlosem dunkelgrünem Wald, bis zu einem einsamen Parkplatz. Dort halte ich an. Will macht keine Anstalten auszusteigen. Er weiß, was jetzt kommt.

Ich sitze nur da, meine Hände immer noch am Lenkrad, und starre in den Wald. Der Pfad sieht so unschuldig aus. Die Sonne spielt zwischen den Baumstämmen und bringt das Moos auf den Felsen zum Leuchten. Kaum zu glauben, dass dieser Pfad tagtäglich mein ganz privates Waterloo ist.

»Es wird sowieso wieder nicht klappen«, flüstere ich. Trotzdem verharre ich. Lasse den Motor nicht wieder an.

»Warum kommst du immer wieder hierher, wenn du nicht glaubst, dass du es schaffen kannst?« Es ist kein Vorwurf, kein als Frage getarnter, genervter Kommentar. Es interessiert ihn wirklich. Er fragt es jedes Mal, wenn wir hier sind. Und ich habe noch nie geantwortet, denn die Wahrheit ist, ich weiß es nicht. Warum ist es gerade dieser Ort? Warum zieht er mich so an, warum quäle ich mich schon den ganzen Sommer damit?

Ich schließe die Hände noch fester um das Lenkrad. Dann lasse ich es plötzlich los und greife nach dem Türgriff. »Ich komme her, weil ich es schön finde«, sage ich zu Will.

»Ist es auch«, sagt er leise und schaut mich dabei fest an.

Warum muss er mich so ansehen? Mit diesem Leuchten in den Augen, das mein Herz zum Flattern bringt? Von Anfang an war es da, zuerst nur ganz leicht in den verstohlenen Blicken, die er mir über den Hörsaal hinweg zugeworfen hat. Dann etwas stärker, wenn wir im Flur aneinander vorbeigegangen sind und uns zugenickt haben. Und schließlich, bei unserer ersten richtigen Begegnung, war es so deutlich zu sehen, dass es mir für einen Moment die Sprache verschlagen hat. Vor der Physik-Bibliothek hat er mich abgefangen, mit seinen Büchern im Arm. Er trug das Gleiche wie heute, kurze Outdoorhosen, ein enges T-Shirt, unter dem sich seine Muskeln abzeichnen, und Bergschuhe. Dreckige Bergschuhe. In der Uni. Weil man nie weiß, wann die Berge einen hinterrücks überfallen, hat er damals gesagt.

Die Erinnerung bringt mich zum Lächeln. Das war im Frühling, an dem Tag, an dem er mich gefragt hat, ob ich ihm Nachhilfe gebe. Inzwischen blühen keine Frühlingsblumen mehr, aber Will ist immer noch da. Er steht vor mir, seinen Rucksack locker über eine Schulter geschwungen, und wartet auf mich. »Gehen wir los?«, fragt er.

Ich zögere.

»Wir können natürlich auch hierbleiben, dann versuchst du noch mal, mir die Quantenfeldtheorie zu erklären, und ich versuche noch mal, dich zu überzeugen, dass sie ganz großer Blödsinn ist.«

»Hier?«

Er grinst. »Das ist ja das Tolle an der Quantenphysik. Man kann sie überall hassen.«

Meine Mundwinkel zucken, während ich langsam neben ihm her über den Parkplatz gehe. »Wenn du sie so sehr hasst, warum gibst du sie dann nicht einfach auf? Du brauchst sie doch gar nicht für deinen Abschluss, und sie könnte dir den Notendurchschnitt ruinieren.«

Er sieht mich merkwürdig an, und ich verfluche mich schon für die Frage, weil ich ahne, wie die Antwort lauten könnte. Aber dann zuckt er beiläufig mit den Schultern. »Ich will es eben können.«

»Das ist doch dumm«, platze ich heraus.

Er hebt eine Augenbraue. »Ach? Sag mir noch mal, warum du jeden Tag auf den gleichen Berg steigst, obwohl du nie ans Ziel kommst?«

Ich bleibe stehen und starre Will an. »Ich … weil …«

»Dachte ich mir.« Er lacht. Ein wunderschönes Geräusch, das in meinem ganzen Körper vibriert. Ich möchte auch gerne wieder so lachen können. So unbeschwert.

Stattdessen ist da wieder das Gefühl, dass heute etwas nicht stimmt. Ich schlinge die Arme um mich und sehe fröstelnd in die Baumwipfel über dem Parkplatz hinauf, als könnte ich dort die Antwort finden. Aber die alten Kiefern verraten mir nichts, und die Sonne scheint wärmer als sonst zwischen ihren Zweigen hindurch. Die Kälte, die ich spüre, kommt von innen.

»Alles in Ordnung?«, fragt Will. Die Sorge lässt seine Stimme besonders weich klingen, so warm, als könnte man sich hineinkuscheln. Ich schließe die Augen.

»Jamie?«, flüstert Will. Er klingt jetzt merkwürdig heiser.

Ich öffne die Augen. Mein Herz setzt einen Schlag aus. Will ist mir so nah, dass unsere Nasen sich fast berühren. Und unsere Lippen. Ich habe mich zu ihm gelehnt! Als ob ich wollte, dass er den Arm um mich legt. Erschrocken mache ich einen Schritt von ihm weg. »Ja, ja, alles in Ordnung.«

Hastig betrete ich den Pfad in den Wald, Will folgt mir. Die ersten Schritte sind einfach, wir gehen durch den dunklen Wald, langsam, aber stetig bergauf. Bald erreichen wir eine Abzweigung, an der wir den Weg zum Gipfel verlassen, und betreten stattdessen einen kleinen Trampelpfad, der ins Unterholz führt. Nichts an dem zahmen Pfad lässt erahnen, was einen an seinem Ende erwartet.

»Weißt du«, sagt Will irgendwann, »vielleicht sollte ich die Quantenphysik doch aufgeben.« Es klingt beiläufig. »Dann könnten wir auch mit dieser lästigen Nachhilfe aufhören.«

»Was?« Ich bleibe so plötzlich stehen, dass er fast in mich hineinläuft, und drehe mich zu ihm um.

»Hm.« Er mustert mich prüfend, dann breitet sich langsam ein Grinsen auf seinem Gesicht aus. »Könnte es vielleicht sein, dass es dir gefällt, mir Nachhilfe zu geben?«

Mein Herz klopft wie verrückt. Ich weiß nicht, was ich antworten soll. Was ich antworten darf. Nur, was ich eigentlich sagen will, das weiß ich ganz genau. Und die Hitze, die mir heftig in die Wangen steigt, verrät es auch Will. Sein Grinsen wird breiter. Mein Herzklopfen panischer. Und mein Schweigen immer peinlicher.

»Du könntest antworten, dass ich mir nichts einbilden soll«, schlägt Will schließlich fröhlich vor. »Dass dich die ständigen Diskussionen mit mir nerven und du froh wärst, mich alten Sturschädel loszuwerden.« Obwohl unter seinen Worten eine ernst gemeinte Frage lauert, lächelt er. Es trifft mich mitten ins Herz.

»Ich könnte auch sagen«, platzt es aus mir heraus, »dass ich dir unheimlich gerne Nachhilfe gebe. Weil es mir Spaß macht, dir deinen Sturschädel zurechtzurücken.« *Verdammt, Jamie, was tust du da nur? So lange hast du ausgehalten, ihm so lange nicht gezeigt, dass du ihn auf diese Art magst. Warum gerade jetzt?*

»Es wäre ziemlich gut, wenn du das sagen würdest«, gibt Will mit einem schelmischen Funkeln in den Augen zurück. »Dann könnte ich antworten, dass ich gerne noch viel öfter meinen Sturschädel von dir zurechtgesetzt bekäme. Vielleicht«, er beugt sich zu mir, »auch mal abends?«

Wills Worte gehen in seiner Nähe unter. Noch nie war er mir so nah, noch nie habe ich es zugelassen. Sein Geruch steigt mir in die Nase – frech und frisch und merkwürdig wild. Ich schließe die Augen, atme ihn ganz tief ein und merke erst viel zu spät, dass Will auf eine Antwort wartet. Was hat er noch mal gesagt? Er will öfter Nachhilfe. Abends. Ich reiße die Augen auf. »Warte, meinst du etwa ein Date?«

»Äh ... ja, war das nicht klar?« Er lacht. »Mist. Ich bin wohl echt nicht gut darin.«

Trotz allem muss ich grinsen, und für einen Moment steht nichts zwischen uns. Da ist nur Will mit diesem Funkeln in den Augen, das ich so liebe. Mit dieser Unbeschwertheit, die mich so anzieht. Und dieser Zärtlichkeit, die darunter hindurchschimmert, wenn er denkt, ich sehe es nicht. All das wartet auf mich, ich müsste es mir nur nehmen.

Ein Date. Ich sehe es vor mir. Wie wir einen gemeinsamen Abend verbringen, wie ich ihn küsse, wie wir ein Paar werden. Und plötzlich breitet sich die Kälte, die schon den ganzen Tag in mir lauert, schlagartig aus. Sie lässt mich von innen heraus erstarren. Weil ich endlich weiß, was heute mit mir los ist.

Tag sechsunddreißig. Warum kapiere ich es erst jetzt?

Ich schlinge die Arme um mich. Mir ist kalt. So kalt, als wäre ich nackt im Schnee. Nein.

Nackt auf dem eisigen Boden.

»Hey?« Wills Stimme dringt zu mir durch. »Was ist los?«

»Nichts«, bringe ich mühsam hervor. »Gar nichts.« Was für eine grandiose Lüge. Ich schließe die Augen, bleibe stumm. Spreche den Namen nicht aus, der alles in mir wieder aufreißt. Noch nie habe ich ihn erwähnt, nicht vor Will. Und doch hängt er wie ein leises Wispern zwischen uns in der Luft.

Logan.

Der Nachbarsjunge, der mich nie wie ein Kind behandelt hat, obwohl ich so viel jünger war. Mein bester Freund, der so lange nichts als ein Bruder für mich war. Wäre es doch nur dabei geblieben.

Ich sehe zu Will auf, möchte mich in seine Arme werfen, aber gleichzeitig habe ich vor nichts so große Angst. Ein Gefühl, als ob es einen innerlich zerreißt. »Ich weiß wirklich nicht, warum du das immer mitmachst. Du solltest zurückgehen«, stoße ich rau hervor und denke gleichzeitig: *Bitte bleib.* Wie dumm. Wie gemein von mir. Von Anfang an habe ich das mit ihm gemacht, ihn zurückzustoßen und gleichzeitig festgehalten, mit meinen Blicken, meinen heimlichen Wünschen, meinen doppeldeutigen Worten.

Aber Will geht nicht zurück, er sieht mich nur merkwürdig an. »Ich mache das«, sagt er ruhig, »weil ich mir seit unserer ersten Begegnung wünsche, dass wir uns gemeinsam von den Bergen überfallen lassen. Oder von einem See. Weil ich den Sommer mit dir verbringen will ... und vielleicht mehr.«

Ein leichter Wind weht durch die Baumwipfel und spielt mit Wills Haaren. Er sagt nichts mehr. Wartet nur ab. Sein Blick fällt auf meine Lippen. Ich weiß, dass er mich küssen will. Schon so lange. Viel schlimmer ist, dass ich es mir auch wünsche. Jetzt. Ich lege die Finger an meine Lippen.

Spüre Logans Kuss noch dort. Er ist für immer eingebrannt. Plötzlich fange ich an zu reiben, immer schneller, immer heftiger, bis es wehtut.

»Nicht.« Ein einziges Wort aus Wills Mund, das so vieles sagt. Ich lasse den Arm sinken. Will hebt eine Hand, als wollte er mit dem Daumen über meine Lippen streichen, um die schmerzende Haut zu beruhigen. Aber kurz vor meinem Mund hält er inne. Seine Fingerspitzen sind so unglaublich nah, dass mir der Atem stockt. Was, wenn er mich wirklich berührt? Was, wenn ich dann alle Vorsicht in den Wind schlage?

Hastig wende ich mich ab, schüttle den Kopf, und sofort frage ich mich, ob er jetzt immer noch den Sommer mit mir verbringen will. Mit jemandem, der ihn immer wieder zurückstößt. Aber als ich weitergehe, folgt er mir, und meine Knie werden kurz weich vor Erleichterung. Wie dumm. Ich sollte besorgt sein, Angst haben. Sollte darauf bestehen, dass er verschwindet.

Der Weg wird steiler, ich schwitze, und die Anstrengung fegt meinen Kopf leer.

Logan.

Mist. In einem leeren Kopf ist sein Name umso präsenter. Er hallt darin wider, bis ich nur noch ihn sehe. Wie er mich in sein

Haus gelassen hat, damals, als ich zum ersten Mal mit zerrissenem Pyjama vor seiner Tür stand. Wie er mir heiße Milch in die zitternden Hände gedrückt hat. Wie er mich zum Lachen gebracht hat, obwohl ich dachte, ich könnte nie vergessen, wie unerträglich es bei mir zu Hause ist.

Ich gehe schneller, renne fast, aber es hilft nicht. Die Leere in meinem Kopf ist zwar weg, aber nicht die Erinnerung an jenen ersten Abend mit Logan. Damals habe ich mich zum ersten Mal wirklich geborgen gefühlt.

Ich stolpere über einen Stein, falle auf die Knie. Will streckt mir eine Hand hin. Ich senke den Kopf. »Warum bist du noch da? Wenn ich selbst nicht verstehe, was ich hier soll!«

»Ich werde auch morgen wieder mitkommen«, antwortet er.

Ich schließe die Augen. Lasse seine Stimme wie Balsam auf meine zerrissene Seele sinken.

»Und übermorgen. Und am Tag danach. Solange du mich lässt. Weil … weil dieser Sommer trotz allem der schönste meines Lebens ist.« Seine Stimme schwankt nur ganz leicht, als er mir noch einmal die Hand hinhält. *Komm schon. Nimm sie, Jamie. Ändere etwas. Aber ich kann nicht.*

»Das ist verrückt«, hauche ich, während ich mich aufrapple. »Total verrückt.« Aber so war er von Anfang an. Gerade das mag ich so an ihm. Er ist in allem so anders als Logan. Mit diesen unfassbar blauen Augen, in denen sich die dunklen Wälder von Ontario spiegeln, und diesem offenen Lächeln, in dem die ganze Weite des kanadischen Himmels liegt. Logans Lächeln war nur ein verhaltenes Glimmen in seinen schwarzen Augen. Logan. Dessen dunkle Stimme mich leise umfängt. Logan. Logan. »Verdammt«, zische ich. Nach allem, was passiert ist, will ich ihn am liebsten aus meiner Erinnerung löschen. Aber wie kann mein Herz ihn jemals vergessen, wenn mein Verstand ihn festhalten will?

»Wer ist das?«, fragt Will.

Ich zucke zusammen. »Was? Wer?«

Lily Oliver

»Dieser Logan.«

Ich halte mir die Hand vor den Mund. Etwas hat sich heute doch geändert. Ich habe seinen Namen laut ausgesprochen. Zum ersten Mal vor Will. Gerade heute. Natürlich.

»Liebst du ihn noch?«, fragt er leise, und zum ersten Mal sehe ich Zweifel in seinen Augen. Er wirkt, als würde er mich doch aufgeben, wenn ich jetzt mit Ja antworte.

Ich liebe dich, will ich sagen. Aber ich habe mir geschworen, das nie wieder zu tun. Liebe klingt nach Versprechen und Hoffnung und nach einer gemeinsamen Zukunft. All diese Dinge sind so verdammt zerbrechlich. Und ich will nie wieder so zerbrechen.

»Nein, ich liebe ihn nicht mehr«, antworte ich und bin selbst überrascht, wie wenig es sich nach einer Lüge anfühlt.

»Aber?«, fragt Will, immer noch zweifelnd.

Abgehackt atme ich ein. Ich lege mir eine Hand auf die Brust. »Er ist immer noch so tief hier drin.« Meine Stimme ist rau von den Worten, die ich so lange gedacht und noch nie ausgesprochen habe. »Damals war er … alles für mich.« Vor dem Zorn. Und dem Blut. Und der Angst. Der alles verzehrenden Angst, es könnte wieder passieren. Wenn ich zulasse, dass ein Mann mir so nahe kommt. Wenn mir gefällt, dass er mich berührt. Wenn der Wunsch nach seiner Nähe alles andere in mir verstummen lässt. Ein Mann wie Will. »Es … es ist unmöglich, ihn zu vergessen.«

Will runzelt die Stirn. »Warum musst du das denn?«

»Ich …«, beginne ich, aber die Erinnerung steigt in mir auf und schwillt in meiner Kehle an, sodass ich kein Wort mehr herauskriege. Ich sehe wieder das Blut. Es läuft über meinen Arm. Ich liege auf dem Boden. Angst schnürt mir die Luft ab. Logan steht über mir, mit blitzenden Augen. Ich wusste nicht, dass er so schauen kann. So verdammt wütend. Sein Gesicht ist nicht für Zorn gemacht. Das dachte ich jedenfalls immer.

Ich darf ihn nicht vergessen. Damit mir so etwas nie wieder passiert. Und ich muss dafür sorgen, dass auch Will es versteht. Ich sehe Will an, halte seinen Blick fest. »Solange Logan in meinem Herzen ist«, antworte ich, »ist kein Platz für jemand anderen.«

»Blödsinn«, sagt Will. »So was ist doch keine kalte Rechnung ...«

Ich lasse ihn stehen, flüchte weiter den Berg hinauf, zwischen hohen Bäumen hindurch. Den Blick auf den Boden gesenkt. Und mit jedem meiner Schritte hämmere ich es mir ein: Nichts darf sich ändern. Nichts darf sich ändern. Nichts darf sich je ändern.

Ich bleibe erst stehen, als es nicht mehr weitergeht. Obwohl ich inzwischen weiß, dass sie da ist, überrascht es mich jedes Mal aufs Neue, wie abrupt der Weg hier endet, und wie wild und scheinbar unbezwingbar die Felswand vor uns aufragt. Es ist wirklich, als würde sie einen hinterrücks überfallen. Ich lege die Hände auf den kühlen Stein und lehne meine heiße Stirn dagegen. Für einen Moment ist alles gut. Der Stein trägt alles – meine Erinnerungen, meine Angst. Mich.

Ich spüre Will neben mir, fühle seinen besorgten Blick auf mir. »Bist du sicher, dass du das tun willst?«, fragt er. Die Zärtlichkeit in seiner Stimme bringt mich fast um den Verstand. »Du musst das nicht machen, nur weil ich es vorgeschlagen habe.«

»Bilde dir bloß nichts ein«, gebe ich wackelig zurück und versuche mich an einem Lächeln, das furchtbar misslingt. Er soll nicht so mit mir reden. So, dass ich fast meine Angst vergesse.

»Jamie«, sagt Will leise und sieht mich ernst an. »Sag mir doch, was heute los ist. Ich habe dich noch nie so gesehen.«

Nein, natürlich nicht. Denn es war auch noch nie Tag sechsunddreißig.

Ich werfe meinen Rucksack neben der Felswand auf den Boden und ziehe meine Schuhe aus. In Wanderschuhen kann man nicht klettern. Mit nackten Füßen gehe ich zur Felswand. Ich klettere die ersten Meter. Lasse alles unter mir. Genau die zwei Millimeter zu finden, die meinen Fuß tragen, braucht meine ganze Aufmerksamkeit. Es ist unmöglich, an irgendetwas anderes zu denken. Will

Lily Oliver

ist neben mir. Er klettert mühelos, so als wäre er am Fels aufgewachsen. Sein Blick fällt auf mich. Meiner auf ihn. Ich verenge die Augen. Er verengt die Augen. Unsere Mundwinkel zucken. Dann plötzlich wenden wir uns beide dem Felsen zu und fangen wie wild an zu klettern. Will lacht, und ich grinse. So ist es jeden Tag. Vielleicht komme ich deswegen immer wieder her. Wegen diesem Moment zwischen uns.

Wir ziehen uns über die Kante. Fallen auf den Vorsprung. Er grinst mich an. »Unentschieden?«

»Wie immer«, gebe ich zurück. Nichts ändert sich. Aber ausnahmsweise ist das etwas Gutes. Unsere Finger liegen ganz nah beieinander auf dem warmen Felsen. Fast könnte ich seine berühren. Ich stelle es mir vor. Wie ich erst ganz zaghaft seine Finger stupse, er dann meine streichelt und meine Fingerspitzen küsst. Irgendwann würde er meinen Mund mit seinem streifen, so zart, dass es nur ein sanftes Kribbeln auf meiner Haut wäre.

Hastig ziehe ich meine Hand weg und springe auf.

Der Gipfel ist ein Stück neben uns, von hier aus nicht zu erreichen. Unser Ziel ist ein Felsplateau, das aus der Bergflanke ragt. Es türmt sich vor uns auf und versperrt die Sicht auf alles, was dahinter liegt. Alles, was ich endlich so gerne sehen möchte. Der einzige Weg hinauf ist ein schmaler, felsiger Grat, der zu beiden Seiten in bodenlose, dunkle Tiefe abfällt. Nichts darf einen aus dem Gleichgewicht bringen. Kein Rucksack, keine Jacke, die dem Wind Widerstand bietet.

Neben dem Grat liegen die Steine. Fünfunddreißig sind es jetzt. So oft war ich schon hier und genauso oft ist alles gleich geblieben. Und wenn ich es wieder nicht schaffe, über den Grat zu gehen, kommt heute ein sechsunddreißigster Stein dazu. Dann sind es genauso viele wie Striche hinter einem abgelösten Stück Tapete in meinem Kinderzimmer.

Damals habe ich die Tage bis zu Logans Rückkehr aus dem College gezählt. Jeder einzelne Strich hinter der Tapete war hart erkämpft. Mit Extrakursen in der Schule, mit dem Kletterverein. Mit einem Nebenjob. Alles, um so wenig wie möglich zu Hause zu sein. Und gleichzeitig war jeder einzelne Strich meine Rettung. Das Wissen, dass Logan zu mir zurückkommen würde, wenn ich sechsunddreißig Striche gemalt hätte, war das Einzige, was mich meinen Vater ertragen ließ.

Das und die Erinnerung an unseren Kuss, bevor Logan ins College gefahren ist. Zuerst war er zögerlich, aber dann wurde er fordernd und wild. Und schmeckte verboten. Es war der perfekte Kuss.

Wind kommt auf und reißt mir brutal die Erinnerung von den Lippen. Ich bin wieder auf dem Felsvorsprung. Ich sehe Will an, und Angst packt mich. Schreckliche, alles verzehrende Angst. Ich kann Will nicht küssen. Niemals. Denn wenn ich ihn küsse, wird die Welt stillstehen, und es wird mir den Boden unter den Füßen wegziehen. Mein Herz wird flattern, und seine Nähe wird mir den Atem rauben. Es wird so viel besser sein als mit Logan. Und noch viel gefährlicher.

»Niemals«, flüstere ich. »Nein.«

Will sieht mich fragend an. »Was meinst du?«

Hilflos erwidere ich seinen Blick. Dann hebe ich langsam einen Stein auf, um ihn zu den anderen zu legen. Dabei sehe ich Will so fest an, wie ich kann. »Ich kann nicht mehr herkommen«, sage ich mit schwankender Stimme. »Nie wieder.« Nicht mit dir. Es muss aufhören.

»Du willst also endgültig aufgeben?«, fragt Will ungläubig. »Gerade du? Und dabei dachte ich, nichts könnte dich aufhalten.«

»Was redest du da?«

»Weißt du nicht mehr? In der ersten Woche an der Uni hat der Prof uns in Quantenphysik eine Aufgabe an die Tafel geschrieben. Niemand konnte sie lösen. Auch du nicht. Aber nach jeder Vorlesung hast du es versucht. Ich bin geblieben und habe zugesehen.«

»Du warst da?«

Er lächelt schief. »Du warst wohl zu versunken, um es zu bemerken. Ich fand es spannend, wie du immer wieder einen neuen Weg versucht hast, immer eine neue Methode. Und irgendwann hast du es geschafft.« Er wirkt, als wollte er noch etwas sagen, schweigt aber.

»Was ist? Los, raus damit.«

Will fixiert meinen Blick. »Du kannst alles schaffen. Auch den Grat. Aber ich glaube, du willst gar nicht.«

Wie gelähmt starre ich ihn an. Wenn er doch nur recht hätte. Aber er liegt falsch. Schrecklich, ekelhaft falsch. Ich will auf das Plateau. Auch wenn der einzige Weg dorthin über einen Grat führt, der so zerklüftet und zerfetzt ist wie der Riss, den Logan in meinem Herzen hinterlassen hat. Und endlich verstehe ich, warum ich jeden Tag hierherkommen muss. Warum ich mehr als alles andere diesen Grat bezwingen will.

»Sag mir noch mal«, bitte ich Will heiser, »warum du mich damals hierhergebracht hast. Vor sechsunddreißig Tagen.«

Will fragt nicht, was ich meine, hält nur meinen Blick fest. »Ich habe dich hierhergebracht, weil ich dir zeigen wollte, wie es ist, dort oben zu stehen. Denn dort fühle ich nur noch das, was ich mir wirklich wünsche, und nichts kann mich mehr daran hindern, es mir zu nehmen.«

»Ja«, flüstere ich und sehe zum Felsplateau hinüber. Nichts könnte mich dort mehr daran hindern, mir zu nehmen, was ich will. Aber ich darf mir nicht nehmen, was ich will. Niemals.

Plötzlich kocht Wut in mir hoch, und gegen jede Vernunft mache ich einen Schritt auf den Grat, der Stein rutscht mir aus der Hand und fällt in den Abgrund. Sofort steigen Erinnerungen aus der Tiefe zu mir herauf.

Logan. Wie er mich beruhigt. Wie er mich festhält. Wie er mich ermutigt, die Behandlung meines Vaters nicht mehr stumm zu ertragen. Der Grat verschwimmt vor meinen Augen. Ich mache ein paar weitere Schritte. Kann kaum noch etwas erkennen, sehe lieber auf. Vor mir ist weiter Himmel, unglaublich blau. Berauschend, wie jener eine, einzige Kuss, der meine Welt zum Stillstand brachte. Bevor sie in unendlich viele Einzelteile zerbrach. Ich zittere am ganzen Körper, sehe jetzt gar nichts mehr. Stolpere. Schwanke. Logans Augen blitzen. Überall ist Blut. Logan schreit etwas, packt mich grob am Arm, zerrt mich auf die Füße.

Nein, es ist Will, der mich festgehalten hat. Er steht hinter mir auf dem schmalen Grat und presst mich an seine Brust. Mein Herz rast wie verrückt. Angst. Ja, ich habe Angst. Aber nicht davor, zu fallen. Sondern davor, etwas zu ändern. Und davor, dass dann alles nur schlimmer wird.

Unendlich vorsichtig löse ich mich von Will und drehe mich zu ihm um. Es ist Zeit, der Wahrheit ins Auge zu sehen. »Ich kann das nicht«, flüstere ich.

»Ja«, erwidert er. »Vielleicht sollten wir lieber zurückgehen.« Er schaut beunruhigt nach unten.

Mit Tränen in den Augen schüttle ich den Kopf, aber Will zieht mich trotzdem sanft zurück auf den Vorsprung, weg vom Grat. »Ich meine, das mit uns. Ich will es, aber ich kann nicht. Und es ist nicht fair, dass ich dir Hoffnungen mache.«

»Jamie …«

»Nein. Du hast recht. Ich will nichts ändern. Ich will nichts wagen. Denn einmal habe ich es getan. Ich habe es gewagt, Logan zu küssen, habe etwas zwischen uns geändert. Und das hat alles so unglaublich viel schlimmer gemacht.« Ich sehe, dass Will es nicht versteht. Wie könnte er auch? Aber er muss es wissen. Damit er endlich einsieht, dass es für uns keine Zukunft geben kann.

»Allein mit meinem Vater zu sein war die Hölle«, stoße ich rau hervor. »Nur Logan hat es erträglich gemacht. Und dann kam der Kuss, der alles verändert hat«, ich versuche, meine Gedanken in den Griff zu bekommen, aber alles fließt ungeordnet aus mir heraus. »Die Briefe. Die Anrufe. Ich habe ihn so vermisst, ich habe ihn gebraucht. Und er …« Ich beiße mir auf die Lippe. »Er war so wütend, Will. Ich wusste gar nicht, dass er so sein konnte.«

Lily Oliver

Wills Arme schließen sich fester um mich. »Jamie, es tut mir so leid, dass du so etwas erleben musstest.«

Ich höre es kaum, sehe nur vor mir, was damals passiert ist. »Da war so viel Blut, Will. Mir war so kalt auf dem eisigen Boden. Und Logan stand über mir … er war so wütend …« Ich zittere jetzt fast unkontrollierbar. »Ich wollte doch nicht, dass er so wütend ist. Und es war meine Schuld.«

»Deine Schuld?«, fragt Will zögerlich. »Es klingt für mich eher, als hätte er dir etwas angetan.«

»Nein. Du … du musst das verstehen«, langsam löse ich mich aus Wills Umarmung. »Logan … hat sich nach dem Kuss über die Lippen gewischt, als wäre mein Kuss etwas, das er da nicht haben wollte«, sage ich tonlos. Die Erinnerung daran schmerzt schrecklich in meiner Brust. »Du bist fünfzehn, hat er gesagt, als würde das alles erklären. Dann hat er mir über die Wange gestreichelt wie ein älterer Bruder es tut. So als würde ich für ihn immer fünfzehn bleiben.« Ich stocke. Die alte Verzweiflung steigt wieder in mir auf. »Ich versicherte ihm, dass ich auf ihn warten würde, bis ich alt genug war, aber er … er ging einfach aufs College, und mir blieb nur die schreckliche Sehnsucht nach ihm.«

»Ich weiß nicht, was dein Vater getan hat«, sagt Will leise. »Aber es klingt, als hätte dieser Logan dich damit nicht einfach alleine lassen sollen.«

Ich senke den Kopf. »Logan hat versucht, mir zu helfen. Er hat meinem Vater mehrfach gesagt, dass er mich gefälligst in Ruhe lassen soll, und solange er da war, hat mein Vater sich daran gehalten. Aber dann war Logan so weit weg … und ich konnte ihn nur noch anrufen«, flüstere ich. »Irgendwann … ist er nicht mehr rangegangen. Ich habe Nachrichten geschickt, Mails geschrieben und schließlich sogar Briefe. Aber er hat nicht geantwortet.«

»Ich verstehe trotzdem nicht, wie er dich einfach so im Stich lassen konnte.«

»Nicht einfach so«, antworte ich verzweifelt. »Er hat mich ja getröstet, mir gesagt, dass ich mir das nicht gefallen lassen soll, und mich ermutigt, mir Hilfe zu suchen. Er hat mir sogar Nummern gegeben, an die ich mich wenden sollte. Aber ich dachte immer, dass nur er mir helfen kann. Ich habe gewartet, bis zu dem Tag im Herbst, an dem er aus dem College zu Besuch nach Hause kommen sollte.«

Tag sechsunddreißig.

Ich hole tief Luft. »Aber Logan kam nicht. Stattdessen habe ich von seiner Mutter erfahren, dass er eine Freundin hat und nichts mehr mit mir zu tun haben will. Ich konnte es nicht glauben. Nein, ich … ich wollte es nicht glauben. Ich bin zurück in mein Zimmer gegangen. Habe Logan eine Nachricht geschrieben. Und dann saß ich einfach da. Mein Handy fest in der Hand, und wartete auf seine Antwort. Vergeblich. Statt Logan kam nur mein Vater. Ich schloss mich ein, schrie ihn an, dass er mich in Ruhe lassen sollte. Wusste, dass er stärker war. Erst als ich ihm mit Logan drohte und behauptete, dass er bald da sein würde, verschwand er. Aber ich wusste, er würde wiederkommen. Zitternd ließ ich mich gegen die Tür sinken. Wie sollte ich ohne Logan überleben? Wieder schrieb ich ihm. Wieder kam keine Antwort.« Ich schlucke schwer gegen die Enge in meiner Kehle an. »Ich holte ein Messer. Ging ins Bad. Schickte eine letzte Nachricht.«

Will wird leichenblass, aber ich zwinge mich, trotzdem weiterzureden.

»Plötzlich war überall Blut«, flüstere ich tonlos. »So viel Blut.« Unfassbar, wie viel Blut man verlieren kann, ohne zu sterben. »Und mir war so kalt. Bis Logan kam. Zuerst konnte ich kaum fassen, dass er wirklich gekommen war. Aber er redete auf mich ein, entschuldigte sich und sagte, dass er das nicht wollte. Und dann … dass er für immer bei mir bleiben würde.« Ich hebe den Kopf, sehe Will fest in die Augen. »Ich war glücklich. Für einen winzigen Moment hatte ich alles, was ich mir immer gewünscht hatte.«

Unendlich langsam erwacht Entsetzen in Wills Blick, und mein Magen krampft sich zusammen. Weil er endlich versteht.

»Ich habe ihn geliebt, Will, ich habe ihn gebraucht. Und ich wollte ihn nicht loslassen. Also habe ich einen Selbstmord vorgetäuscht, damit er bleibt.« Meine Stimme versagt. Logans Gesicht taucht vor mir auf. Die Ungläubigkeit, als ich ihm alles gestanden habe. Sie ähnelt der, die ich jetzt in Wills Gesicht sehe. »Er war so wütend«, flüstere ich. »Ich habe ihn noch nie so gesehen. Er dachte, ich wäre tot und er schuld daran. Aber es war nicht seine Schuld, sondern meine. Nicht er hat mir das Herz gebrochen, sondern ich. Gegen jede Vernunft wollte ich ihn zwingen, mich zu lieben. Und habe stattdessen das Wertvollste zerstört, was ich je hatte: seine Freundschaft.«

Ich schweige. Es gibt nichts mehr zu sagen. Ich stehe einfach nur da und warte darauf, dass Will mich verlässt. Jetzt, da er weiß, warum ich es niemals riskieren kann, wieder jemanden so sehr zu lieben. Warum ich niemandem erlauben kann, mich anzufassen. Nicht jemandem wie Will, der mir so viel bedeutet.

Aber er bleibt. Plötzlich steigt Wut in mir auf. Warum macht er es mir so schwer? »Hast du nicht verstanden, was ich gesagt habe?«, schreie ich. »Ich habe ihn Tag und Nacht angerufen, ihm geschrieben, ich habe … ihm das Leben zur Hölle gemacht. Und am Ende habe ich mir die Arme aufgeschnitten, um ihm Angst zu machen. Damit er bei mir bleibt!« Tränen ersticken die Hälfte meiner Worte, aber Will bleibt ruhig.

»Ich habe dich sehr genau verstanden«, antwortet er.

»Warum gehst du dann nicht endlich?«, stoße ich zitternd hervor, kaum verständlich durch meine Tränen.

»Willst du das denn?« Die Zärtlichkeit in seinen Worten trifft mich unvorbereitet. Sie lässt meine Wut versacken wie Wasser in Sand. Zurück bleibt nur Verzweiflung.

Natürlich will ich nicht, dass er geht. Ich liebe es, wenn er bei mir ist. Nur deswegen bin ich jeden Tag hierhergekommen. Nur deswegen habe ich zugestimmt, ihm Nachhilfe zu geben. Weil es die einzige Nähe zu ihm war, die ich mir erlauben konnte.

»Hast du denn keine Angst, dass es mit uns schiefgeht?«, frage ich leise. »Was, wenn ich wieder so durchdrehe?« *Ich will dir nicht so schrecklich wehtun.*

Will sieht mich lange an. »Warum hast du das damals getan?«, fragt er schließlich.

Ich beiße mir auf die Unterlippe. Sehe meinen Vater auf mich zukommen, sehe Logan, der sich vor mich stellt und meinem Vater sagt, dass er mich nie wieder anfassen darf. »Er war das Einzige, was mich hat weitermachen lassen. Nur dank ihm konnte ich es durchstehen.«

Will runzelt die Stirn. »Bin ich das Einzige, was dich weitermachen lässt?«

Ich starre ihn an. Dann schüttle ich langsam den Kopf. Als ich Logan nicht mehr hatte, habe ich endlich die Nummern angerufen, die er mir gegeben hatte. Ich habe mir Hilfe gesucht. Habe mir den Chevy gekauft und bin weggegangen von zu Hause. Ich bin nicht mehr hilflos, nicht mehr ausgeliefert, ich helfe mir jetzt selbst. Nur dank Logan habe ich das geschafft. Aber jetzt brauche ich ihn nicht mehr.

Und ich brauche auch Will nicht. Nein. Ich will ihn. Weil nur er mein Herz so wunderbar zum Flattern bringt.

Vorsichtig blicke ich über meine Schulter zum Felsplateau.

Du fühlst nur noch das, was du dir wirklich wünschst, und nichts kann dich mehr daran hindern, es dir zu nehmen.

Langsam drehe ich mich um. Atme tief durch. Dann mache ich einen Schritt auf den Grat. Unter meinen nackten Füßen spüre ich den uralten Stein, um meine Nase weht ein sanfter Wind. Will ist hinter mir, während ich mich hinübertaste. Und plötzlich geht es ganz leicht. Nach dem Grat sind es nur noch wenige Meter bis hinauf zum höchsten Punkt des Plateaus, nur noch wenige Meter, bis ich endlich sehe, was auf der anderen Seite liegt. Schwer atmend klettere ich hinauf.

Zuerst tauchen unzählige Bergspitzen im unendlichen Blau des Himmels vor mir auf, ganz langsam, als würden sie sich anschleichen. Aus den Gipfeln werden Berge und – als ich schließlich oben stehe – eine Bergkette. Davor liegt ein riesiger See, der bis zu uns herüberreicht. Ich kann den Blick nicht abwenden, um mich nach Will umzusehen, aber ich muss es auch nicht. Ich spüre auch so, dass er hinter mir ist.

Ich trete an die Kante des Felsplateaus. Unwillkürlich entkommt mir ein Keuchen. Zu meinen Füßen fällt der Felsen senkrecht ab, und ganz unten schimmert das türkisblaue Wasser des Sees.

»Ganz schön tief«, sage ich.

»Sollen wir lieber zurückgehen?«, fragt Will.

Kurz mustere ich den Weg, den wir gekommen sind. Ganz klein kann ich von hier aus die Steine sehen, die auf der anderen Seite des Grats liegen.

»Nein«, flüstere ich. »Ich will nicht zurück. Niemals.« Zaghaft sehe ich Will an. »Aber ich will auch nicht stehen bleiben.«

Langsam breitet sich ein Lächeln auf seinem Gesicht aus, und mein Herz flattert wie verrückt. Ich schaue in den Himmel. »Dahin will ich«, sage ich und strecke den Arm aus mitten in das Blau. Vor mir. Über mir. Unter mir.

Ich fange an, mich bis auf meine Unterwäsche auszuziehen.

»Bist du sicher?«, fragt Will, während auch er sich die Klamotten runterreißt.

Ich schaue nach unten und mustere den See. Er ist verdammt weit unter uns. Von hier aus hineinzuspringen wirkt dumm und gefährlich. So wie ich mich fühle, wenn ich nichts anderes spüre als den heftigen, alles verzehrenden Wunsch, mit Will zusammen zu sein.

»Du hast es doch schon mal gemacht, oder?« Die Frage kommt zittrig aus meinem Mund. Aber es ist Aufregung. Nicht Angst.

Er nickt. »Es ist so sicher, wie es sein kann.«

Abgehackt atme ich aus. Dann ganz tief wieder ein. Die Kälte in mir ist fort, und endlich merke ich, dass die Luft nicht mehr nach

Frühling schmeckt. Nicht nur die Berge haben sich hinterrücks an uns angeschlichen, sondern auch der Sommer. Er flirrt in der Luft über den Felsen, steigt mir als Geruch nach Kiefernnadeln in die Nase und brennt hell in der unendlichen Weite des Himmels über uns.

»Ich bin bereit.« Ich greife nach Wills Hand. Zum ersten Mal nehme ich seine Haut ganz bewusst auf meiner wahr. Es ist so viel schöner, als ich es mir vorgestellt hatte. Warm und aufregend. Mein Kopf wird leer.

»Los!«, schreie ich.

Will lacht auf, und endlich spüre ich das Lachen auch in mir.

Unbeschwert.

Springen wir.

Wenn Worte Herzen heilen

LILY OLIVER

Träume, die ich uns stehle

Roman

Lara weiß nach einem schweren Unfall nicht mehr, wer sie ist und woher sie kommt. Aber als sie im Krankenhaus auf den Studenten Thomas trifft, fühlt sie sich erstmals seit Langem geborgen. Thomas hört ihr zu, wenn sie versucht, ihre Erinnerungen zu sortieren. So beginnt sie, ihm eine Geschichte zu erzählen, aus der bald eine Liebesgeschichte zwischen ihr und ihm wird. Eine Liebe, die vielleicht für immer ein Traum bleiben muss, denn Thomas liegt im Koma …

»Eine berührende Geschichte zwischen Traum und Wirklichkeit!«
inside

Adriana Popescu

Taxi Driver

Über die Autorin

Adriana Popescu, 1980 in München geboren, arbeitete als Drehbuchautorin, bevor sie mit ihrem Buch »Versehentlich verliebt« einen Riesenerfolg landete. Unter dem Pseudonym Carrie Price veröffentlicht die Autorin im Knaur Verlag Romane. Mehr unter www.adriana-popescu.de.

Der Zug ist pünktlich.

Mein Herz ist es nicht. Das wird mit etwas Verzögerung ankommen, denn seit *seiner* kurzen WhatsApp-Nachricht schlägt es unregelmäßig und viel zu langsam. Irgendwo zwischen Köln und Frankfurt war ich mir nicht mal mehr sicher, ob es überhaupt noch schlägt.

Aber jetzt stehe ich am Stuttgarter Hauptbahnhof. Die Sonne ist schon untergegangen, was den Temperaturen des Sommers egal zu sein scheint, denn mich erschlägt eine Wand aus Hitze und Schwüle, während ich einen Fuß vor den anderen setze und mich auf den Weg vom Bahngleis zur großen Eingangshalle mache, in der die meisten Geschäfte bereits geschlossen haben. Nur die typischen Fast-Food-Ketten haben rund um die Uhr geöffnet und verlocken Partygänger zu einem Snack vor oder zwischen der Feier. Junge Leute stehen in kleinen Gruppen zusammen, trinken Bier, lachen und stimmen sich auf eine weitere Sommernacht mit guter Musik und unvergesslichen Erinnerungen ein.

Ich wünschte, dass ich auch behaupten könnte, mich hier in das Partygetümmel an einem Freitagabend zu stürzen, dass ich tanzen könnte, als hätte ich keinen anstrengenden Arbeitstag hinter mir und wäre nicht müde und verwirrt.

Stuttgart ist mir noch immer fremd, auch wenn ich bereits einige Male hier war.

Er war immer mein Stadtführer, brachte mich in seine Wohnung, in seinen liebsten Klub, zum besten Italiener der Stadt und zu seinen Freunden. In seinem Wagen zogen Straßen an uns vorbei, Gesichter verschwammen auf der Tanzfläche und im Getümmel an der Bar. Eigentlich war ich nie wegen der Stadt, sondern immer wegen ihm hier.

Heute bildet keine Ausnahme – und doch fühlt es sich anders an.

Ich werfe einen Blick auf mein Handy, aber wie schon in den letzten Stunden zeigt es auch jetzt weder einen Anruf in Abwesenheit noch eine eingehende Nachricht oder sonst ein Lebenszeichen.

Nichts.

Ich logge mich bei Instagram ein, suche sein Profil und finde ein neues Foto. Ich kenne ihn einfach zu gut. Er muss sein Leben für seine Social-Media-Anhänger genauestens dokumentieren, sie an seinem Lebensstil teilhaben lassen und ihnen den Neid ins Gesicht treiben. Und das alles auf sehr charmante und sehr unterhaltsame Weise. So bildet auch der heutige Abend keine Ausnahme.

Ich sehe ein kurzes, verschwommenes Video von der Tanzfläche eines Klubs, den er natürlich vertaggt hat. Dort kann ich ihn finden und zur Rede stellen. Ich habe keine Ahnung, wo dieser Klub ist und wie ich hinkommen kann. Das Risiko, mich in der schwäbischen Hauptstadt zu verirren, will ich ausgerechnet heute nicht eingehen, und so marschiere ich zum Taxistand. Der erste Fahrer winkt ab und deutet auf das Sandwich und den Kaffeebecher auf dem Beifahrersitz. Offensichtlich hat er gerade Pause. Also suche ich in der Schlange einen Fahrer, der gewillt ist, mich zu meinem Schicksal zu kutschieren.

Erst beim dritten Versuch habe ich Glück. Der junge Mann nickt lächelnd, faltet die Zeitung zusammen und lässt mich einsteigen.

Er sieht fast zu jung aus, um Taxifahrer zu sein, und auch sonst erfüllt er nicht so ganz die gängigen Klischees. Zur Sicherheit werfe ich einen Blick auf das Armaturenbrett, auf dem eine Art Ausweis mit seinem Gesicht und dem Namen klebt.

Justus Wolf.

Das Foto ist nicht besonders vorteilhaft, etwas überbelichtet, was ihn blasser als in natura erscheinen lässt. Die Haare, die für meinen Geschmack etwas zu lang sind, hängen ihm bis in die Stirn, seine klaren Augen mustern mich neugierig. Ich zweifele kurz daran, ob dieses Taxi die richtige Wahl ist.

»Wohin soll es denn gehen?«

Seine Stimme klingt tief, aber nicht unsympathisch. Er startet den Motor, und ich sehe wieder auf mein Handy, bevor ich es zu ihm drehe, sodass er einen guten Blick auf den Bildschirm werfen kann.

»Ich muss zu diesem Klub. Wissen Sie, wo der ist?«

»Klar. Da wollen Sie hin?«

Ich nicke etwas benommen, weil mir klar wird, dass ich dort fündig werden könnte. Ich könnte ihm wieder gegenüberstehen, ihn zur Rede stellen und fragen, was er sich dabei gedacht hat.

Im Taxi riecht es nach einer Mischung aus Aftershave und Pizza, die Musik aus dem Radio ist angenehm, und das gleichmäßige Klacken des Blinkers hilft mir beim Atmen.

»Auf dem Weg zu einer Party?«

»So was in der Art.«

»Sie sind nicht von hier, oder?«

Dabei sieht er mich nicht an, sondern hält den Blick auf die Straße vor uns gerichtet und lächelt vor sich hin, als wäre ich endlich mal ein angenehmer Fahrgast.

»Wie kommen Sie darauf?«

Er zuckt mit den Schultern.

»Sonst wüssten Sie, dass dieser Klub keine acht Minuten vom Bahnhof entfernt ist.«

Erst jetzt sieht er zu mir und grinst entschuldigend. Wäre ich in besserer Verfassung, würde ich vielleicht auch lächeln, aber ich fühle mich erschlagen, matt und verwirrt. So drehe ich meinen Kopf zur Seite, lehne meine Stirn kurz an die kühle Fensterscheibe und atme aus.

»Sorry, aber ich stand seit über drei Stunden am Bahnhof. Da wird jede Fahrt dankend angenommen.«

»Schon okay.«

Er bemerkt, dass mir nicht nach einem Gespräch ist, und belässt es dabei, sieht wieder auf die Straße und fädelt sich in den zähen Verkehr ein.

»Freitagabend ist hier immer sehr viel los. Zu Fuß wären Sie wirklich schneller gewesen.«

Ob alle Taxifahrer Meister des Small Talks sind?

»Ich kenne mich nicht aus und hätte mich nur verlaufen. Dabei muss ich unbedingt zu diesem Klub. Es ist wichtig.«

»Wer legt denn auf?«

Herrgott noch mal!

Ich drehe mich wieder zu ihm, betrachte sein Profil und stelle dabei wieder fest, dass er zu jung aussieht, um ein Taxifahrer zu sein. Ich überlege, ihn darauf anzusprechen.

»Keine Ahnung.«

»Ah. Okay.«

»Es geht nicht um die Party. Ich suche jemanden.«

»Verstehe.«

Dabei tut er genau das nicht. Ich verstehe es ja nicht mal selber.

»Heute Morgen, als ich aufgestanden bin, war alles noch in bester Ordnung. Mein Leben war langweilig, aber das war okay, so wollte ich es haben. Und jetzt sitze ich in einem Taxi in Stuttgart und versuche, es wieder in genau diesen Zustand zu versetzen. Und deswegen muss ich zu diesem Klub.«

Nur kurz sieht er zu mir.

»Das klingt aber wie ein Notfall.«

»Ist es auch.«

Diesmal ruhen seine hellen Augen einen Moment länger auf mir. Ich weiß zwar nicht, was er in meinem Gesicht sieht, allerdings glaube ich nicht, dass meine verheulten Augen und die dazu passenden Schatten darunter die Fähigkeiten eines britischen Meisterdetektivs erfordern, um den Fall zu lösen.

Er setzt den Blinker, wechselt die Spur und biegt in eine Nebenstraße, wo sich der Verkehr nicht ganz so staut. Dort bringt er den Wagen auf einem Behindertenparkplatz zum Stehen.

»Kommen Sie mit«, fordert er mich auf.

»Was?«

»Na, Sie müssen doch in den Klub. Ich kenne eine Abkürzung.«

»Aber …«

Augenzwinkernd öffnet er die Fahrertür.

»Keine Sorge, ich lasse das Taxameter einfach weiterlaufen.«

Tatsächlich steige ich aus und folge einem Wildfremden, dessen Namen ich mir gemerkt habe, um ihn der Polizei im Fall eines Raubüberfalls nennen zu können. Seine klaren Augen wirken so vertrauenswürdig, dass ich sie erst recht bei einer Gegenüberstellung wiedererkennen würde.

Keine drei Minuten später werden wir durch den Lieferanteneingang ins Innere des Klubs geführt, und ich gehe hinter einem ziemlich kräftigen Türsteher her, den mein Taxifahrer kennt. So wird uns der Einlass ohne Warteschlange ermöglicht. Der wummernde Bass aus dem Klub ist sogar hier hinten spürbar und wirkt reanimierend auf mein Herz.

»Hier durch.« Er schubst eine schwere Tür auf und deutet ins Innere, wo sich feierwütige Gäste vor der Bar drängeln, Getränke über ihre Köpfe halten und zur Musik tanzen. Ich werfe einen Blick über die Schulter zu Justus Wolf, der den Daumen in die Luft streckt.

»Viel Glück.«

»Danke.«

»Ich warte hier.«

Worauf er genau wartet, weiß ich nicht. Aber es fühlt sich gut an, zu wissen, dass ich eine Fluchtmöglichkeit wie ihn habe. Der Türsteher nickt mir aufmunternd zu, und schon lasse ich mich von der Partymenge verschlucken, hin- und hertreiben, während ich nur dieses eine Gesicht suche. Er ist hier irgendwo. Das Video ist keine Stunde alt. Wer ihn kennt, der weiß auch genau, dass er nie vor dem Morgengrauen wieder nach Hause geht. Nicht am Wochenende. Und weil er ist, wie er ist, zieht er häufig die schönsten Gäste an, so wie das Licht die Motten. Es sollte demnach nicht so schwer werden, ihn zu finden.

Ungewollt werde ich an den rechten Rand der Tanzfläche gespült, wo ich kurz Luft hole und dann wieder in die Menschenmenge tauche. Das Stroboskoplicht erschwert meine Suche, weil die Gesichter nur für den Bruchteil einer Sekunde erleuchtet werden. Schließlich greift eine Hand nach meiner Schulter, und ich spüre sofort, wie mein Herz einen Satz macht.

»Marie?!«

Der Mann, der mich aufgehalten hat, muss mich anbrüllen, um die Musik zu übertönen. Ich kenne ihn, zwar nicht gut, aber ich kenne ihn. Er ist nicht der Mann, den ich suche.

»Dirk! Wo ist Tobi?!«

Die Begrüßung erspare ich mir, weil es eine in diesem Moment unangebrachte und zeitfressende Floskel wäre.

»Vor ein paar Minuten weitergezogen. Aber was machst du hier?!«

Dirk ist einer von Tobis Freunden. Einer, der ihn anhimmelt und ihm bedingungslos folgt. Sein Gesicht verrät, dass er von Tobis WhatsApp-Nachricht und seiner Entscheidung nichts weiß. Also lüge ich. Mehr oder weniger.

»Ich wollte ihn überraschen.«

Das ist keine echte Lüge. Dirk lehnt sich näher zu mir.

»Du hast ihn echt nur um ein paar Minuten verpasst!«

Sein Atmen riecht nach Alkohol und Zigaretten.

»Weißt du, wohin er wollte?«

»Loco Dice legt im Rocker 33 auf.«

Ein Satz, der für mich keinen Sinn macht, mir aber wohl alle nötigen Informationen liefern soll. Nickend bedanke ich mich und erkämpfe mir einen Weg durch die Menge zurück zur Bar, wo ich Justus Wolf noch immer erhoffe.

Adriana Popescu

Und tatsächlich lehnt er an der Wand neben der Tür, durch die wir gekommen sind, mit einem Glas Wasser in der Hand und einem Lächeln auf den Lippen, als er mich sieht.

»Und? Gefunden?«

Mein Kopfschütteln fegt sein Lächeln vom Gesicht.

»Loco Dice legt im Rocker 33 auf.«

Ich wiederhole diesen Code, den Dirk mir verraten hat. Er bringt mir sogar das erhoffte Nicken ein.

»Dann müssen wir ins Rocker 33.«

Was auch immer das sein mag.

Er stellt das Wasser auf die Theke, winkt seinem Freund, dem Türsteher, zu und führt mich durch die Tür zurück ins Freie, wo sein Taxi – und das Taxameter – noch immer steht und wartet.

Der Verkehr ist in den letzten Minuten noch verrückter geworden. Polierte Autos lassen an den roten Ampeln ihren Motor aufheulen, als würden sie uns zu einem Wettrennen auffordern. Obwohl der schöne Mercedes, in dem ich sitze, wohl über genug PS verfügt, ignoriert Justus alle Herausforderungen und sieht angespannt auf das Chaos vor uns.

»Um diese Uhrzeit ist es immer die Hölle. Ich könnte eine andere Route versuchen, aber ich weiß nicht, ob wir da besser durchkommen. Die vielen Baustellen ...«

Er klingt so, als müsse er sich entschuldigen. Zum ersten Mal seit der Bahnfahrt spüre ich wieder ein Lächeln auf meinen Lippen.

»Wieso tun Sie das eigentlich?«

Meine Frage irritiert ihn sichtlich.

»Was meinen Sie?«

»Sie hätten mich da drinnen doch auch einfach zurücklassen können.«

Er scheint einen Moment über diese verpasste Möglichkeit nachzudenken, bevor er den Kopf in meine Richtung dreht.

»Hätte ich machen können. Aber Sie haben noch nicht bezahlt.«

Wir wissen beide, dass das nicht der wahre Grund ist, deshalb lässt mein Blick den seinen noch nicht los. Für einen kurzen Moment bin ich froh, in dieses Taxi gestiegen zu sein.

»Sie fahren also öfters hilflos verirrte Frauen durch die Stadt?«

»Das ist mein Job. Ich fahre Taxi.«

»Sie sehen nicht aus wie ein typischer Taxifahrer.«

»Ist das ein Kompliment?«

»Vielleicht ein bisschen.«

»Nun, Sie sehen nicht wie eine typische hilflos verirrte Frau aus. Und ja, das ist ein Kompliment.«

»Danke.«

Wir sehen uns lächelnd an, wobei ich sogar kurz die Tatsache vergesse, dass ich aus einem schmerzhaften Grund hier bin. Ohne es zu wissen, ist Justus nicht nur zu meinem Komplizen, sondern auch zu meinem Ruhepol geworden, er lenkt mich ab und bietet mir einen Moment der Auszeit.

»Keine Ahnung, wen Sie suchen, aber ich hoffe, Sie finden die Person.«

Ein Fremder, der unzählige Namenlose durch die Nacht zu ihren Zielen chauffiert, findet tröstende Worte für mich. Am liebsten würde ich ihn umarmen. Aber das ungeduldige Hupen des hinteren Wagens zwingt uns, den Blickkontakt zu beenden. Also greife ich nach meinem Handy, checke Tobis Twitter- und Facebook-Account und werde fündig. Er postete vor knapp sieben Minuten ein Foto von der Schlange vor diesem Klub namens Rocker 33 mit den Worten: »LOCO DICE WIRD EPISCH!«

Wann immer er besonders überdreht ist, schreibt er ausschließlich in Versalien, als würde er uns alle anschreien: »SEHT HER, WIE GROSSARTIG MEIN LEBEN IST!« Das hat mich noch nie so genervt wie heute.

»Wie lange dauert es noch?« Es rutscht mir nur so raus und klingt dabei so schroff, als hätte ich diesmal in Versalien gesprochen. Justus ist überrascht von meiner plötzlichen Stimmungsschwankung.

»Bei dem Verkehr dauert es wohl länger als erwartet.«

»Okay. Er steht sowieso noch in der Schlange.«

Als würde das eben Gesagte auch nur den entferntesten Sinn ergeben, nickt Justus.

Wir bleiben in zweiter Reihe stehen, handeln uns dadurch ein erneutes Hupkonzert und eindeutige Handzeichen der anderen Autofahrer ein, aber das alles scheint Justus nicht im Geringsten zu stören.

»Na los! Schauen Sie mal, ob Sie reinkommen.«

Die Schlange scheint sich von Tobias' Foto bis jetzt kein Stück verändert zu haben, denn noch immer warten viele auf ihren Einlass. Justus bemerkt meine Unsicherheit und lächelt ermutigend.

»Ich suche einen Parkplatz und komme nach.«

Ich zögere, bis er auf das Taxameter deutet und ich verstehe, dass er nicht gehen wird, solange ich den stetig steigenden Betrag nicht bezahlt habe. Wir sind einen stummen Vertrag eingegangen, den wir beide zu erfüllen haben: Ich werde ihn bezahlen, er wird bleiben. Also schlage ich die Autotür zu und mache mich auf den Weg, um die Schlange abzusuchen. Gut möglich, dass Tobi noch gar nicht im Inneren des Klubs ist.

»Hey! Hinten anstellen!«

»Oh, hey, wir warten auch!«

»Hallo? Geht's noch?«

Die meisten Wartenden sind jünger als ich. Einige würde ich am liebsten nach ihrem Ausweis fragen, aber das ist heute nicht meine Aufgabe.

»Ich suche nur jemanden!«

»Ja, dann such von hinten!«

»Ich will gar nicht in den Klub!«

Zumindest nicht, wenn ich ihn hier finde. Doch wieder scheint keines der Gesichter zu Tobi zu gehören, also bleibt mir nichts anderes übrig, als mich ganz hinten in die meterlange Schlange zu stellen. Klar, ich könnte behaupten, es wäre ein Notfall und ich bräuchte nur ein paar Minuten, dann wäre ich wieder weg. Aber wer glaubt mir das schon?

Da mir der Name des DJs nichts sagt, kann ich auch die Begeisterung der anderen Wartenden nicht teilen oder mich an ihren Geschichten beteiligen. Am liebsten würde ich ihnen ein Foto von Tobi zeigen und fragen, ob sie ihn gesehen haben oder ob er hier gewartet hat und jetzt schon drinnen ist.

Seine Social-Media-Accounts bringen mich im Moment auch nicht weiter. So bleibt mir nichts anderes übrig, als zu warten.

Ich komme ganze vier Schritte weit, da drückt sich Justus neben mich und grinst frech.

»Sie haben es ja richtig weit geschafft.«

»Ha. Ha.«

Spielerisch verpasse ich ihm einen Schlag gegen die Schulter. Ich lächle ihn an und merke, wie froh ich bin, dass er hier ist. Ich komme mir deswegen ein bisschen weniger verloren vor.

»Wissen wir denn schon, ob die Zielperson überhaupt im Inneren ist?«

Ich schüttele matt den Kopf und würde mich am liebsten hier und jetzt hinsetzen, aufgeben und hoffen, dass das alles nur ein schlechter Traum ist, aus dem ich morgen früh erwache.

»Wieso rufen Sie ihn nicht einfach an?«

»Weil sofort die Mailbox angeht. Er geht mir aus dem Weg.«

»Verstehe.«

Justus stellt sich auf die Zehenspitzen und lässt seinen Blick über die Köpfe vor uns gleiten. Er trägt ein weißes T-Shirt, dessen Ärmel er ein bisschen hochgerollt hat, dazu Jeans, die er ebenfalls hochgekrempelt hat. Seine Füße stecken in ausgelatschten Turnschuhen. Er passt mit dem Outfit viel besser in diese Warteschlange als in sein Taxi.

»Ich heiße übrigens Marie.«

Er sieht überrascht zu mir, als würde ihm erst jetzt einfallen, dass

Adriana Popescu

er gar nicht weiß, wie mein Name lautet. Ich halte ihm meine Hand ganz förmlich hin, die er nach kurzem Zögern annimmt.

»Justus.«

»Ich weiß.«

Seine rechte Augenbraue schießt fragend in die Höhe.

»Dein Taxiausweis …«

»Du bist eine aufmerksame Beobachterin, Marie.«

Noch immer lässt er meine Hand nicht los. Ich seine übrigens auch nicht. Seine warme, raue Haut fühlt sich gut an. Sein Händedruck ist nicht zu lasch und nicht zu fest, genau richtig. Er vermittelt einen Eindruck von Sicherheit. Schließlich lockert er den Griff, als eine fünfköpfige Gruppe Jugendlicher vor uns aufgibt und sich schimpfend auf die Suche nach einer anderen Location für den Abend macht. Mit einer ausholenden Handbewegung lässt Justus mich vortreten.

»Erzähl mir was über dich, Justus.«

»Du weißt doch schon alles.«

»Ich weiß, wie du heißt und dass du Taxi fährst.«

»Das ist mehr, als ich über dich weiß.«

»Was willst du denn wissen?«

Er schiebt seine Hände in die Hosentaschen und zuckt mit den Schultern, als wolle er nicht zu neugierig wirken.

»Na ja, die offensichtliche Frage wäre wohl: Was machst du hier?«

»Ich hoffe, Loco Dice live zu sehen. Angeblich wird das EPISCH!«

Er grinst und schüttelt den Kopf.

»Du bist ziemlich verzweifelt, wenn du diese Schlange in Kauf nimmst, um einen DJ zu sehen, von dem du noch nie gehört hast. In einer Stadt, in der du nicht sein willst. Mit einem Mann, den du nicht mal kennst.«

»Siehst du, das sind eine Menge Infos, die du über mich hast. Jetzt verrate mir etwas über dich.«

Wieder geht es voran, wir treten im Gleichschritt vor.

»Nun, ich fahre Taxi, weil ich nicht besonders gut schlafen kann.«

»Insomnia?«

»So was in der Art. Deswegen übernehme ich die Nachtschichten. Sonst würde ich jetzt auf der Couch sitzen und die Wiederholung von ›Promi Big Brother‹ schauen.«

Es soll wohl wie ein Scherz klingen, aber er kann kaum den Blickkontakt halten.

»Ich sollte zu Hause in Essen sein und schlafen. Aber ich bin hier, weil ich mit jemandem reden muss. Mit einer bestimmten Person.«

Wieder kommen wir voran.

»Kein angenehmes Gespräch, nehme ich an?«

»Nein.«

»Es mag ein schwacher Trost sein, aber ich bin froh, dass du in mein Taxi gestiegen bist.«

Überrascht über diese Offenbarung schaue ich ihn an.

»Wirklich?«

»Ja. Du bringst etwas Abwechslung in meine Nacht.«

Während er das sagt, sieht er kurz zu mir. Lange genug, um die Wahrheit in seinen klaren Augen zu sehen. Sie entlockt mir ein Lächeln. Schon wieder.

Irgendwo vor uns wird sich lautstark beschwert, die enttäuschten Wartenden fluchen in Richtung des Türstehers, der keine Miene verzieht, während er erklärt, dass leider niemand mehr reingelassen wird. Mir rutscht das Herz in die Hose.

»Verdammt.«

Ich sehe Tobi da drinnen tanzen: die Arme über den Kopf gestreckt, auf der Stelle hüpfend, so wie er immer tanzt, wenn er alles um sich herum vergessen will. Heute Abend zähle auch ich dazu.

Justus' Blick streift mich, dann geht er mit entschlossenen Schritten auf den Türsteher zu. Ich bin zu müde, um mich zu bewe-

Adriana Popescu

gen, also zücke ich erneut das Handy und sehe wieder kein Update auf Tobias' Kanälen.

»Mist. Mist. Mist.«

Ich kenne Tobi. Er wird bis in die Puppen tanzen, betrunken vom Glück der Nacht, irgendwann morgens aus dem Klub torkeln und nie erfahren, dass ich hier draußen bin.

Justus kommt mit hängenden Schultern zu mir.

»Nichts zu machen. Brandschutzbestimmungen und so.«

»Ich müsste nur kurz rein, um zu wissen, ob er da ist.«

»Das habe ich ihm auch gesagt, aber er kann kein Auge zudrücken.«

»Verdammter Mist!«

Wütend drehe ich mich weg und stapfe davon, komme aber nicht weit, denn Justus taucht auch schon neben mir auf und greift sanft nach meinem Arm.

»Hey, Marie, warte!«

»Hm?«

»Wie wäre es, wenn wir einfach warten, bis einige Leute aus dem Klub kommen. Dann hoffen wir auf Einlass. Bis dahin schmieden wir einen Schlachtplan, wie es weitergeht.«

Irritiert sehe ich ihn an. Hat er etwa noch nicht aufgegeben?

»Wieso machst du das?«

»Weil du noch nicht bezah…«

Ich hebe die Hand und bringe ihn dadurch zum Schweigen.

»Wieso machst du das wirklich?«

Er will sich eine Ausrede einfallen lassen, aber ich starre ihm ernst ins Gesicht. Er holt tief Luft, zuckt mit den Schultern und lächelt dabei unsicher.

»Weil du dein Happy End verdient hast.«

Das Happy End rückt näher, als wir keine halbe Stunde später doch noch in den Klub kommen, wo es dunkel, stickig und laut ist. Die Musik hüllt alle Gäste wie in einer Blase ein, an der die Realität gnadenlos abprallt. Schon nach wenigen Schritten bemerke selbst ich, wie die wachsende Panik in meinem Brustkorb den wummernden Beats des DJ-Sets weicht und ich mich ein bisschen entspanne.

Mein Blick saust über die vielen verschwitzten Gesichter, noch immer auf der Suche nach Tobi, der hier irgendwo sein muss. Justus ist ganz dicht hinter mir, ich spüre seine Brust an meinem Rücken. Es ist unmöglich, sich in dieser tanzenden Masse nicht zu berühren. Aus Angst, ihn hier zu verlieren, greife ich nach hinten und kriege seine Hand zu fassen. Er verhakt seine Finger mit meinen, hält sie fest umschlossen, und ich verlangsame meine Schritte. Irgendwo in der Mitte der Tanzfläche sehe ich den DJ, der in seiner eigenen Welt versunken scheint und die Menge mit immer härteren Beats zum Tanzen antreibt. Bevor ich weiß, was passiert, werde ich von der Seite angerempelt und spüre Justus' schützenden Arm, der sich um meine Hüfte legt. Ich lehne mich gegen ihn, um weiteren Tanzmanövern auszuweichen, und fühle mich verloren wie auf hoher See – und doch sicher in dieser unfreiwilligen Umarmung.

»Alles okay?«

Obwohl er mir ins Ohr brüllt, erreichen mich seine Worte wie ein Flüstern, und ich nicke benommen.

Benommen von der Musik, dem mangelnden Sauerstoff, der Müdigkeit und auch von der plötzlichen Nähe unserer Körper, die meine Gedanken kurz aus dem Tritt bringen. Für einen Augenblick halte ich meine Welt an. Wie in Zeitlupe tanzen die Menschen um mich herum.

Wieso renne ich Tobi hinterher?

Warum lasse ich mich auf diese Schnitzeljagd ein?

Um am Ende doch nur das zu hören, was er bereits in der Whats-App-Nachricht deutlich gemacht hat?

Langsam drehe ich mich in Justus' Armen, um ihn besser ansehen zu können.

Da steht er, unbeweglich in einem Ozean aus Musik, sieht mich an und lächelt schüchtern, ebenfalls überfordert von der unerwarteten Nähe unserer Körper.

Adriana Popescu

Ich bin in einen Zug gestiegen, weil ich etwas festhalten wollte, was mir schon lange nicht mehr gehört.

Jetzt stehe ich hier und habe etwas gefunden, mit dem ich nicht gerechnet habe.

Es gibt keine Chance, sich nicht zu bewegen, wenn alle wild um einen herum tanzen und die Musik wie eine heranwogende Brandung über unsere Körper rollt.

Deswegen bin ich nicht hier.

Aber selten hört das Leben auf das, was man sich wünscht oder erwartet. Und so tue ich das, was alle tun.

Ich tanze.

Ausgelassen. Übermüdet. Verzweifelt.

Ich tanze mit Justus, der sich von meiner Energie anstecken lässt.

Ich tanze mit dem Beat und gegen den Schmerz, der sich in meiner Brust festgekrallt hat.

Wo auch immer Tobi gerade ist, er verschwendet keinen Gedanken an mich oder meine Gefühle. Er hat mich aussortiert wie ein Paar durchgelaufener Turnschuhe, aber ich bin trotzdem in den Zug gestiegen.

Justus' Hand legt sich unvermittelt an meine Wange, und ich spüre, dass ich weine. Mit dem Daumen wischt er mir die Tränen weg, beugt sich zu mir runter und legt seine Lippen an mein Ohr.

»Nicht weinen.«

Ich wünschte, dass ich erklären könnte, was in meinem Inneren passiert, aber jedes Wort würde ja doch nur von der Musik und der guten Laune der anderen verschluckt werden. Also lege ich meine Arme um seinen Nacken, halte ihn fest und atme seinen Duft ein. Wenn das hier der Trostpreis ist, habe ich keinen Grund, mich zu beschweren.

Ich weiß nicht, wie lange wir so dastehen, aber es könnte sich leicht um eine Ewigkeit handeln. Langsam hebe ich den Kopf und sehe in sein Gesicht.

Seine Lippen, voll und zu einem traurigen Lächeln verzogen, sind mir mit einem Mal so nah. Ich müsste mich nur etwas auf die Zehenspitzen stellen und …

»Marie?«

Jemand berührt meine Schulter, aber ich weigere mich, jetzt schon diesen Moment und die Umarmung aufzugeben. Schließlich drehe ich mich trotzdem um.

Da steht Karsten, ein Kumpel von Tobias, den ich einige Male bei irgendwelchen Partys getroffen habe.

»Was machst du denn hier?«

»Tanzen.«

Er sieht kurz zu Justus, der seinen Arm um meine Schulter gelegt hat, bevor er sich wieder zu mir wendet.

»Ist Tobi doch noch reingekommen?«

»Was?«

»Na, er hat doch aufgegeben, weil die Schlange so lang war, und ist dann ins Climax weitergezogen.«

»Ach …«

Karsten weiß offensichtlich noch nicht, dass Tobi und ich kein »Wir« mehr sind, denn seine musternden Blicke in Justus' Richtung sprechen eine deutliche Sprache.

»Dann gehe ich ihn wohl mal suchen.«

Plötzlich ist die Musik zu laut, die Luft zu sauerstoffarm, die vielen Menschen beängstigend und mein Kopf zu voll.

Ich muss hier raus!

Ohne mich zu verabschieden, kämpfe ich mich durch die Menge, was sich als viel kräftezehrender herausstellt, als ich gehofft habe.

»Marie!«

Justus folgt mir, aber ich renne nur weiter, schiebe mich an Menschen und dem Türsteher vorbei und hole draußen tief Luft. Damit hoffe ich, das Schwindelgefühl zu bekämpfen.

»Marie!«

Adriana Popescu

Justus taucht neben mir auf und sieht mich besorgt an, während ich nicht weiß, was ich sagen soll. Zögernd greift er nach meiner Wange, stellt damit sicher, dass ich seinem Blick nicht ausweichen kann, und wartet auf ein Zeichen. Ich schließe kurz die Augen und konzentriere mich ausschließlich auf seine Berührung, halte diesen winzigen Moment fest umklammert und blende alles andere aus. Keine Ahnung, was da drinnen passiert ist oder wieso ich mich so wohl in seinen Armen gefühlt habe. Die Gefühle des Tages, die Wut und Enttäuschung, die ich hinter der Panik versteckt hielt, Tobi zu verlieren, brechen durch. Justus kommt näher, ich kann die Wärme seines Körpers spüren, will mich instinktiv wieder in seine Arme flüchten ... aber ich kann nicht. Also bleibe ich auf Abstand, öffne die Augen und sehe ihn an.

»Wir müssen ins Climax.«

Sein Lächeln verblasst. Ich sehe, wie sehr ihn meine Worte treffen, dann nickt er schließlich und tritt einen Schritt zurück.

»Dann mal los.«

Das Taxi kommt im Halteverbot zum Stehen, das Taxameter läuft fleißig weiter und wird mir am Ende dieser Nacht eine ordentliche Rechnung bescheren, was mir aber im Moment egal ist. Die Schlange vor dem Climax ist quasi nicht vorhanden, ganz anders als noch vor dem Rocker 33. Ich löse den Gurt und drehe mich zu Justus, erwarte dabei irgendwie, dass er es mir gleichtut, doch stattdessen schaltet er den Motor aus und sieht dann zu mir.

»Dreiundneunzig Euro vierzig.«

Einen kurzen Moment bin ich mir sicher, mich verhört zu haben.

»Wie bitte?«

»Dreiundneunzig Euro vierzig.«

»Kommst du nicht mit rein?«

Erst jetzt weicht er meinem Blick aus, schüttelt den Kopf und deutet auf die rote Zahl auf dem kleinen Bildschirm.

»Ich denke, unser kleines Abenteuer endet hier.«

»Du bist sauer.«

Das ist keine Frage, sondern eine Feststellung. Dennoch antwortet er.

»Nein.«

»Du bist sauer, weil ich Tobi suche.«

»Nein.«

»Weil du denkst, dass er es nicht verdient hat. Habe ich recht?«

Seine Augen finden meine, doch er bleibt stumm. Obwohl es noch immer über zwanzig Grad hat, ist es hier im Taxi gerade verdammt kühl geworden.

»Weil du denkst, ein Kerl, der mich in einer WhatsApp-Nachricht abschießt und anschließend durch die Stuttgarter Klubs zieht, der hat es nicht verdient, dass ich von Essen hierher fahre, um ihn zurückzuerobern.«

Justus sagt gar nichts, sein Blick bleibt unverändert ernst.

»Ich weiß auch nicht, was sich verändert hat. Als ich hier ankam, wollte ich Tobi unbedingt finden, mit ihm sprechen und ihm meine Argumente vortragen, wieso es ein großer Fehler ist. Aber ...«

Die genauen Worte, die ich in meinem Gehirn abgespeichert habe, lösen sich auf wie der morgendliche Nebel an einem Herbsttag.

»Aber ... ?« Seine Stimme klingt rau.

»Aber ...«

... *dann kamst du und eine Nacht mit dir in diesem Taxi. Wir beide beim Tanz, dein Blick jedes Mal, wenn ich in einen Klub stürze, um Tobi zu finden, dein Lächeln, als würdest du es verstehen.*

Doch auch diese Worte bleiben ungesagt, weil das Taxameter auf die fünfundneunzig springt und ich einsehe, dass dieser Abend nicht nur eine große Enttäuschung mit sich bringt, sondern auch schweineteuer wird. Nicht nur für mein Herz. Ich ziehe meinen Geldbeutel hervor, greife nach zwei Fünfzigeuroscheinen, die ich

Adriana Popescu

am Bahnhof in Essen abgehoben habe, und reiche sie Justus – bedacht darauf, seine Hand nicht zu berühren.

»Der Rest ist für dich. Danke für den Einsatz.«

Ich öffne die Tür, ohne ihm noch mal in die Augen zu sehen, und stürze aus dem Taxi direkt auf den Eingang des Klubs zu. Justus, der meinen Namen ruft, ignoriere ich, ebenso wie das heftige Pochen in meiner Brust, das mit jedem Schritt schmerzhafter wird. Der Türsteher mustert mich, nickt und drückt mir einen Stempel auf den Handrücken. Eine weitere temporäre Erinnerung an diese chaotische Sommernacht.

Die Stufen nach unten in den Klub kommen mir unendlich vor, als würde sich die Tanzfläche irgendwo im Mittelpunkt der Erde befinden. Es wird sekündlich heißer, und in meinem Kopf dreht sich inzwischen alles in jede denkbare Richtung. Wenn ich Tobi hier nicht finde, gebe ich auf.

Doch schon bevor ich die letzte Stufe erreicht habe, sehe ich eine kleine Menschentraube, die sich um das Zentrum ihrer Aufmerksamkeit – nämlich meinen Freund/Ex-Freund – bewegt, tanzt und springt, als wäre er ihr Kapellmeister. Lautes Lachen mischt sich zum Beat aus den Boxen, auch ich werde davon magisch angezogen.

Tobi sieht aus wie immer. Selbst nach einer Fulltime-Partynacht sitzen seine Haare noch immer perfekt, sein Lächeln ist überzeugend, charmant und offen. Das T-Shirt klebt an seiner Brust, was die Damen um ihn herum nur noch rotwangiger werden lässt. Das alles hat vor wenigen Stunden noch in mein Leben gehört.

Hi Marie! Wir beide, das ist nichts mehr. Nix für ungut, aber tschüss!

Die Nachricht, die heute mein ganzes Leben auf links gedreht hat, kommt mir jetzt wie ein schlechter Witz vor. Tobi ist von alldem so meilenweit entfernt – und das, obwohl er direkt vor mir steht.

Als er mich entdeckt, verrutscht sein perfektes Lächeln für den Bruchteil einer Sekunde, was den anderen nicht weiter auffallen wird. Sie kennen ihn nicht so gut wie ich, nach knapp vier Jahren Beziehung.

Eine Beziehung, die zu Ende ist. Schon länger, als ich wahrhaben wollte.

»Marie?!« Die Überraschung in seiner Stimme macht deutlich, wie verzweifelt meine Aktion wirklich ist. Bin ich tatsächlich nach dieser feigen WhatsApp-Nachricht in den Zug gestiegen und hierhergefahren?

»Hi, Tobi.«

»Was machst du denn hier?«

Jetzt wäre der perfekte Zeitpunkt, um ihm all das zu sagen, was ihn davon überzeugen könnte, mich zurückzunehmen, zu umarmen und den erstaunten Frauen in seinem Jubelkreis den Neid durch die Adern pumpen zu lassen.

»Ich wollte mich verabschieden.«

Diesmal gelingt es ihm nicht, das Lächeln in Position zu halten.

»Was?«

»Ich bin hier, weil ich dir sagen will, wie feige du bist, eine vierjährige Beziehung via WhatsApp zu beenden.«

»Ey, Marie …«

»Und ich will dir sagen, dass du eines Tages, wenn die Musik nicht mehr laut genug ist, um deine eigene Unsicherheit zu übertönen, zurückdenken wirst. An mich. An uns. Und du wirst dich in den Hintern beißen, weil du mich weggeworfen hast wie einen leeren Coffee-to-go-Becher.«

Mein Hals tut weh, weil ich schreien muss, damit er mich überhaupt versteht. Sein Gesicht spricht Bände – er begreift nicht, obwohl er mich versteht.

»Aber dann bin ich weg. Weit weg.«

Er lacht unsicher. Wie immer, wenn er nicht weiß, was er antworten soll.

»Und wie kommst du ›weit weg‹?«

Adriana Popescu

Es soll witzig und verletzend sein, aber ich zucke nur lässig mit den Schultern.

»So, wie ich hierhergekommen bin. Mit dem Taxi.«

Und bevor er überhaupt noch etwas sagen kann, drehe ich mich um und eile die Treppe nach oben. Auch diesmal klopft mein Herz schneller und schneller, allerdings aus ganz anderen Gründen. Ich schubse die Tür auf, stolpere gegen die Schwüle der Nacht und sehe mich suchend um.

»Hi.«

Justus sitzt auf der Motorhaube seines Taxis, noch immer im Halteverbot, mit einem schüchternen Lächeln auf den Lippen. Ich gehe zu ihm, ich fühle mich mit einem Mal so leicht.

»Hi.«

»Alles erledigt?«

Ich nicke. Er rutscht von der Motorhaube und bleibt direkt vor mir stehen.

»Und wohin soll es jetzt gehen?«

Durch die Scheibe kann ich sehen, dass das Taxameter noch immer weiterläuft. Er hat es nicht angehalten. Er wusste, dass ich wiederkomme.

»Nach Hause.«

Damit greife ich nach seiner Hand und ziehe ihn das letzte Stück an mich heran. Seine Lippen sind wieder so nah, und auch wenn ich genau weiß, dass er nur eine verrückte Anekdote in meinem Leben bleiben könnte, gehe ich das Risiko ein und küsse ihn. Küsse ihn so, wie ich ihn im Rocker 33 schon küssen wollte. Wie ich Tobi nie mehr küssen werde.

Und es schmeckt wie ein perfekter Sommernachtskuss.

»Witzig, überraschend, lebensecht.
Eine neue Serie, aufregend wie New York!« Für Sie

CARRIE PRICE
New York Diaries – Sarah

Roman

Im Herzen von New York City steht das Knights Building, ein
ziemlich abgelebtes Wohnhaus. Etwas schäbig und daher nicht
ganz so teuer, ist es perfekt für junge Leute, die hungrig auf das Leben sind.
Sarah Hawks lebt schon lange im Knights, und obwohl nichts darauf hoffen lässt, dass ihr großer Traum in Erfüllung geht, hält sie
unbeirrt daran fest: Musikjournalisten mag es viele geben, aber niemand hat so ein Gespür für Musik wie sie. Dann lernt Sarah kurz
nacheinander den Sänger Will und den Musikproduzenten Charlie
kennen. Normalerweise trennt sie sauber zwischen Arbeit und Pri-
vatleben, doch diesmal kümmern sich ihre Gefühle nicht darum
und stellen ihr Leben vollkommen auf den Kopf.